Aime-moi encore une fois

Tendres mensonges

YVONNE LINDSAY

Aime-moi encore une fois

Traduction française de
AURE BOUCHARD

PASSIONS

HARLEQUIN

Collection : PASSIONS

Titre original :
THE WIFE HE COULDN'T FORGET

Ce roman a déjà été publié en 2016

HARPERCOLLINS FRANCE
83-85, boulevard Vincent-Auriol, 75646 PARIS CEDEX 13
Service Lectrices — Tél. : 01 45 82 47 47 - www.harlequin.fr
ISBN 978-2-2804-5266-3 — ISSN 1950-2761

Composé et édité par HarperCollins France. Achevé d'imprimer en janvier 2021.
par CPI Black Print - Barcelone - Espagne
Dépôt légal : février 2021.

FSC www.fsc.org MIXTE Papier issu de sources responsables FSC® C159065

Pour limiter l'empreinte environnementale de ses livres, HarperCollins France s'engage à n'utiliser que du papier fabriqué à partir de bois provenant de forêts gérées durablement et de manière responsable.

- 1 -

Ce qu'elle pouvait détester les hôpitaux…

A peine entrée, Olivia Jackson sentit sa gorge se serrer tandis que de mauvais souvenirs remontaient à la surface. A contrecœur, elle scruta le panneau près de l'accueil pour trouver le service où on l'attendait. Enfin, si elle avait bien compris…

Renouer contact avec son ex-mari était bien la dernière chose dont elle avait besoin ! Même si, apparemment, c'était lui qui avait demandé à la voir. Enfin, il y avait de quoi être surpris. Xander avait fait un choix en la quittant deux ans auparavant, non ? Et cela avait été assez difficile à accepter. Oh ! elle avait remonté la pente, certes, mais il lui faudrait encore du temps pour venir définitivement à bout de ce sentiment d'anxiété qui la tenaillait toujours. Cette façon d'être à fleur de peau en permanence… Bref, elle n'avait aucune envie de se retrouver dans les couloirs d'un hôpital. Et pourtant, elle était venue.

Les portes de l'ascenseur s'ouvrirent devant elle. Malgré son envie de prendre ses jambes à son cou, elle parvint à entrer dans la cabine et à appuyer sur le bouton de l'étage où elle était attendue.

Enfin, le verbe *attendre* était peut-être un peu fort. Un peu trop proche de son synonyme, *espérer.* Et d'un autre verbe : *désirer…* Bien sûr, *attendre* pouvait aussi avoir un caractère tout à fait innocent. A condition de ne pas être employé dans le contexte d'une relation au sein de laquelle deux personnes cheminent dans des directions clairement opposées. Auquel cas, ce mot avait une connotation autrement plus douloureuse.

Néanmoins, Olivia était venue à bout de la douleur. De ce sentiment d'abandon. De ce deuil qui avait bien failli l'anéantir pour de bon. Du moins, c'était ce qu'elle croyait jusqu'à ce coup de téléphone qui l'avait réveillée en sursaut au petit matin. Depuis, tout avait basculé.

Elle s'agrippa un peu plus fort à la sangle de son sac à main. Soyons honnêtes : rien ne l'obligeait à voir Xander si elle n'en avait pas envie. Même si, apparemment, il s'était réveillé d'un coma de six semaines la veille au soir en la réclamant à son chevet. C'était tout lui, ça : réclamer, exiger… Demander quelque chose poliment ne faisait pas partie de ses habitudes.

Un instant plus tard, les portes s'ouvrirent devant elle. Le temps de prendre une grande inspiration, elle sortit et s'avança vers un comptoir. Allez, courage.

— Je peux vous aider ? demanda une infirmière qui jonglait avec tout un tas de dossiers.

— Oui, j'ai rendez-vous avec le Dr Thomas.

— Oh ! vous êtes Mme Jackson ? Bien sûr, suivez-moi.

L'infirmière l'entraîna vers une salle d'attente sans âme puis disparut après lui avoir promis que le médecin ne tarderait pas à venir la chercher. Espérons…

Olivia se mit à faire les cent pas. Impossible de rester en place ! Décidément, les salles d'attente étaient bien trop exiguës, pensa-t-elle. Après de longues minutes, elle entendit la porte s'ouvrir derrière elle. Elle se retourna brusquement et aperçut un homme. Ce type n'était pas le neurologue, quand même ? Il avait l'air tout jeune !

— Madame Jackson, je vous remercie d'être venue, dit-il.

Elle hocha la tête puis serra la main qu'il lui tendait, propre et chaleureuse. Par comparaison, les siennes étaient glaciales, songea-t-elle. A croire que son sang avait cessé de circuler depuis qu'elle avait reçu ce fichu coup de fil…

— Vous disiez que Xander avait eu un accident ? parvint-elle à articuler.

— C'est exact. Il a perdu le contrôle de sa voiture sur une route mouillée et a heurté un poteau électrique. Maintenant qu'il est sorti de son coma, nous l'avons déplacé du service de réanimation à un service de médecine générale. Ses blessures sont en voie de guérison.

Ouf, il était tiré d'affaire, c'était déjà ça.

— Mais son accident a eu lieu il y a six semaines… C'est une longue période de coma, n'est-ce pas ?

— En effet. Depuis plusieurs jours, il montrait des signes de réveil et ses réactions aux stimuli étaient prometteuses. Et puis hier soir, il s'est réveillé pour de bon. Et vous a demandée. Ce qui a surpris l'équipe soignante : il n'y avait que le nom de sa mère dans la liste des personnes à prévenir.

Cette fois, Olivia fut obligée de s'asseoir. Xander avait demandé à la voir, *elle* ? Non, impossible… Le jour où il l'avait quittée, il lui avait affirmé qu'ils n'avaient plus rien à se dire. Toute cette histoire ne tenait pas la route !

— Je… Je ne comprends pas, finit-elle par bredouiller.

— En plus de ses autres blessures, M. Jackson souffre d'une amnésie post-traumatique. C'est très souvent le cas quand il y a des lésions cérébrales : en fait, moins de 3 % de ces patients échappent aux pertes de mémoire.

— Et Xander ne fait pas partie de cette infime proportion.

Le médecin secoua la tête.

— L'amnésie post-traumatique est un passage obligé, si j'ose dire : les personnes qui en sont atteintes se sentent généralement désorientées car elles ne se souviennent plus de certains événements récents. Ce qu'on appelle la mémoire à court terme. Cela dit, le cas de M. Jackson est un peu atypique, puisqu'il souffre d'une perte de mémoire à long terme. Vous n'étiez pas au courant de son accident, je me trompe ?

Malheureusement non : il avait vu juste.

— Je ne fréquente pas vraiment ses collègues et je n'ai jamais été proche de sa mère, lâcha Olivia. Ça ne m'étonne pas beaucoup que personne n'ait songé à me prévenir. Je n'avais pas revu Xander depuis qu'il a quitté le domicile conjugal, il y a deux ans. Nous attendions une date du tribunal ces jours-ci pour entériner notre divorce.

Elle sentit un long frisson remonter le long de son dos. Même après tout ce temps, elle ne pouvait réprimer cette amertume dans sa voix.

— Je vois. Ça va donc compliquer les choses, répondit le médecin.

— Compliquer ?

— Pour son autorisation de sortie.

— Je ne comprends pas, murmura-t-elle en fronçant les sourcils.

— Il vit seul, n'est-ce pas ?

— A ma connaissance, oui.

— Le problème, c'est qu'il veut rentrer chez lui avec vous.

Elle resta figée sur son fauteuil. Mon Dieu…

— A… Avec moi ? bafouilla-t-elle.

— Il pense que vous êtes toujours ensemble. C'est pour ça qu'il vous a réclamée. A son réveil, ses premiers mots ont été : « Dites à ma femme que je vais bien. »

Le Dr Thomas se mit alors à lui expliquer la nature des lésions de Xander. Mais, entre la description des séquelles physiques après six semaines de coma et ces histoires de pertes de mémoire à court ou à long terme, il y avait de quoi se perdre. Mais une chose était sûre : même après tout ce temps, son ex-mari avait demandé à la voir. Et ce n'était pas rien…

— Excusez-moi, reprit-elle. De quoi se souvient Xander, au juste ?

— Manifestement, son plus récent souvenir remonte à six ans.

Six ans ? Ça voulait dire que…

— Nous venions à peine de nous marier ! s'écria-t-elle.

Autrement dit, il ne se souvenait plus de la rénovation de leur maison en haut de Cheltenham Beach. Ni de la naissance de leur fils, cinq ans plus tôt.

Encore moins du décès de Parker, alors qu'il avait à peine trois ans.

Au prix d'un effort surhumain, Olivia réussit à souffler :

— Est-ce qu'il peut… Est-ce qu'il risque… Est-ce qu'il recouvrera un jour la mémoire ?

— C'est possible, dit le médecin avec un haussement d'épaules. Mais il risque aussi de ne jamais récupérer ces années perdues, ou bien seulement partiellement.

Elle garda un moment le silence. Cela faisait beaucoup d'informations à assimiler en peu de temps. Puis elle poussa un long soupir. Il fallait qu'elle tente le coup.

— Je peux le voir, à présent ?

— Bien sûr. Suivez-moi.

Olivia suivit le neurologue jusqu'à une chambre spacieuse au bout du couloir. Elle comptait quatre lits, mais un seul était occupé. Elle s'arrêta net, incapable de faire un pas de plus. Incapable de poser ses yeux sur l'homme à qui elle avait dit « Oui », pour le meilleur et pour le pire. Xander… L'homme pour qui elle aurait pu donner sa vie. Et par qui elle se croyait aimée.

Son cœur se serra quand elle osa enfin regarder son visage. Parker lui ressemblait tellement. Son portrait craché.

— Il se repose, mais il ne devrait pas tarder à se réveiller, expliqua le médecin tout en parcourant les notes du dossier de Xander. Vous pouvez vous asseoir près de lui.

— Merci, bredouilla-t-elle mécaniquement en prenant place dans le fauteuil près du lit.

Olivia tourna le dos au soleil, qui faisait scintiller la

baie qu'on apercevait à l'horizon. Elle promena alors son regard le long de cette silhouette immobile, allongée entre les draps. Il était amaigri, et ses muscles, autrefois marqués, semblaient avoir fondu. Une petite barbe assombrissait ses joues habituellement rasées de près. Et il avait besoin d'une bonne coupe de cheveux.

Pauvre Xander… Se retrouver dans un tel état de faiblesse, de fragilité… Lui, un homme d'action, de décisions, qui savait prendre les choses en main quand il le fallait. Pour quelqu'un qui n'avait pas l'habitude d'être aidé, le fait de se retrouver dans un lit d'hôpital, sans autonomie, allait le rendre dingue, à coup sûr.

Soudain, Olivia tressauta. Mon Dieu… Xander… Il remuait les paupières. Un instant plus tard, il ouvrit les yeux et son regard gris perçant croisa le sien. Elle sentit son cœur chavirer quand il lui adressa un sourire radieux. Pas de doute : il l'avait reconnue. Au même instant, elle ressentit alors la force quasiment palpable du lien qui les unissait — comme s'il n'avait jamais été rompu. Elle ne put s'empêcher d'esquisser un sourire en réponse.

Depuis quand n'avait-elle pas revu ce sourire ? Bien trop longtemps, en tout cas… Il lui avait tellement manqué… Durant ces deux années si dures, si solitaires, Olivia avait tenté de se persuader qu'avec un peu de persévérance, une femme pouvait chasser de sa mémoire un homme aussi facilement qu'elle était tombée amoureuse de lui. Mais au fond, c'était une façon de se mentir à soi-même. Impossible d'oublier d'un simple claquement de doigts la personne qui avait pris une place centrale dans votre vie !

Car il fallait bien l'admettre : elle l'aimait encore.

— Livy ? articula Xander d'une voix un peu rugueuse.

— C'est moi, dit-elle en balbutiant. Je suis là.

La gorge nouée, Olivia lui prit la main. Ses yeux se mirent à picoter. Et quand il entremêla ses doigts aux siens, elle sentit les larmes rouler sur ses joues. Il poussa un soupir puis referma les yeux. Quelques secondes plus tard, il reprit, d'une voix rauque :

— Tant mieux.

Elle réprima du mieux qu'elle put les sanglots qui lui serraient la gorge. De l'autre côté du lit, le Dr Thomas s'éclaircit la voix.

— Xander ?

— Ne vous inquiétez pas, il s'est rendormi. Une infirmière va bientôt passer le voir. Il se réveillera sans doute à ce moment-là. A présent, si vous voulez bien m'excuser.

— Oh ! oui, bien sûr. Merci, docteur.

C'est à peine si elle entendit le neurologue quitter la pièce. Toute son attention était accaparée par l'homme allongé sous ses yeux.

Olivia laissa son esprit vagabonder… Xander aurait pu mourir dans cet accident qui lui avait volé une partie de sa mémoire. Et elle n'aurait peut-être jamais eu l'occasion de l'implorer de leur laisser une seconde chance. Mais il avait survécu. Et oublié que leur relation avait pris fin parce qu'il l'avait voulu.

Xander gardait pourtant ses doigts fermement agrippés aux siens. Un peu comme s'il ne pouvait plus se raccrocher qu'à elle. Il avait vraiment voulu l'avoir près de lui. Elle se pencha doucement et posa une main sur sa joue. Sa peau était chaude, vivante. Soudain, elle eut envie de lui comme jamais elle ne l'avait désiré. Un fol espoir l'envahit. Et si cette amnésie leur apportait cette seconde chance qu'il avait si catégoriquement refusé de lui accorder ?

En tout cas, en cet instant précis, Olivia se sentait prête à tout pour reconquérir son mari.

A tout.

Quitte à faire comme si les problèmes qui avaient entaché leur passé n'avaient jamais eu lieu ?

Un long frisson parcourut tout son corps. Oui, elle se sentait capable d'aller jusque-là.

- 2 -

Sitôt rentrée de l'hôpital, Olivia referma la porte derrière elle et soupira. Allez, il fallait qu'elle relâche toute cette tension qui envahissait son corps. Peine perdue. Impossible d'enrayer la migraine lancinante qu'elle avait senti monter en elle dès qu'elle avait quitté l'hôpital.

Pourquoi avait-elle fait ça ?

Pourquoi avait-elle menti à Xander ? Désormais, il croyait qu'ils étaient toujours mariés, et heureux ensemble. Mais, en un sens, cela faisait deux ans qu'elle espérait le voir changer d'avis. Alors où était le mal ?

Personne ne peut faire marche arrière, songea-t-elle. Ni réécrire ce qui s'était passé ces deux dernières années. En revanche, on a toujours la possibilité de prendre un nouveau départ. Et c'est ce qu'ils allaient faire, tous les deux.

Bien sûr, ce n'était pas très moral de profiter de l'amnésie de Xander. Elle était consciente de courir un risque — un risque énorme — à agir ainsi. A tout moment, il pouvait recouvrer la mémoire. Et recommencer à fuir leurs problèmes. Dès cet instant, il refuserait qu'elle l'aide de quelque manière que ce soit. Pourtant, s'il existait une chance, une seule, pour qu'ils soient de nouveau heureux ensemble, elle devait la saisir.

Mon Dieu, quelle migraine atroce. Et si elle se faisait une camomille ? Avec un peu de chance, cela l'apaiserait. Elle traversa le couloir pour rejoindre la vaste cuisine qu'ils s'étaient tant amusés à rénover quand ils avaient emménagé ici, une semaine après leur mariage. S'installer dans une maison aussi ancienne, il fallait oser le faire !

Hélas, elle sentit son cœur tenaillé par la culpabilité. Mais après la décision qu'elle venait de prendre, il n'y avait rien d'étonnant. Qu'avait-elle voulu faire ? Effacer ses regrets ? Soyons lucides : la mort de Parker avait tout bouleversé dans son couple. En un sens, c'était parce qu'elle s'était sentie envahie par le remords qu'elle avait préféré laisser Xander s'éloigner plutôt que de se battre pour sauver leur mariage ? Plutôt que de se battre pour *lui* ? Elle l'avait accusé de ne pas partager sa douleur avec elle, mais n'avait-elle pas fait la même chose ? Et quand il était parti, l'avait-elle seulement retenu ? Quand elle avait enfin ouvert les yeux, il était trop tard. Xander n'avait même pas voulu aller voir un conseiller conjugal, ni même tenter une réconciliation. C'était comme s'il l'avait déjà effacée de sa vie, elle et tout ce qu'ils avaient vécu ensemble.

Autant être lucide : même si elle avait beaucoup souffert à l'époque, elle souffrait encore. Mais, avec le recul, elle y voyait plus clair. Elle avait sa part de responsabilité dans l'échec de son mariage. Si c'était à refaire, elle ne commettrait pas les mêmes erreurs.

Olivia essaya de chasser ces idées pénibles de son esprit puis versa l'eau bouillante dans la théière. Là-dessus, elle sortit sa tasse et son sucrier en faïence du placard où elle rangeait sa collection de porcelaines. Après avoir tout disposé sur un plateau, elle se dirigea vers le patio où elle déposa le tout sur la table, avant de s'installer confortablement sur le transat. Allez, il était grand temps de se détendre un peu.

Sous le soleil estival de cette fin d'après-midi, elle ferma les yeux et prêta l'oreille aux petits bruissements qui l'entouraient. En plus du léger bourdonnement des voitures, elle percevait des petits cris d'enfants qui jouaient dehors. Elle ne put s'empêcher d'avoir un pincement au cœur. Hélas, il n'y avait pas grand-chose à faire. Malgré les tragédies, la vie — des autres — poursuivait son cours. Quand elle rouvrit les yeux pour verser sa tisane dans sa tasse, elle sentit les larmes lui monter aux yeux. Le parfum délicat de la camomille titilla ses narines. Heureusement que son petit rituel de la tisane savait l'apaiser. Elle avait bien fait de prendre cette habitude quand tout allait si mal dans sa vie.

Elle porta la tasse à ses lèvres, savoura l'arôme chaud et parfumé de sa boisson et repensa à la décision qu'elle avait prise à l'hôpital. Ce n'est que maintenant qu'elle en mesurait les risques. Tout pouvait échouer à n'importe quel moment. Car Xander n'en était qu'au début de sa convalescence. Le chemin serait long, et il ne sortirait pas de l'hôpital avant plusieurs jours, voire plusieurs semaines. Pour l'heure, il ne pouvait pas marcher seul : les médecins devaient d'ailleurs mettre en place un programme de rééducation intensive avant son retour chez lui.

Chez lui.

Olivia se sentit frissonner. Xander ne se souvenait évidemment plus d'avoir pris un appartement après leur séparation. *Chez lui*, c'était donc cette maison qu'ils avaient achetée ensemble et qu'ils avaient rénovée avec tant d'enthousiasme au cours de leur première année de mariage. En fin de compte, elle avait bien fait d'être restée y vivre avec ses souvenirs. Pourquoi aurait-elle dû la vendre ? En fait, son choix l'avait même aidée à surmonter la douleur du deuil, et celle de la séparation. A la longue, elle avait accepté l'idée que son mariage avait pris fin. Même si son amour pour Xander ne s'était jamais éteint.

Bref, il fallait qu'elle s'accroche à cet espoir que la vie lui avait offert. Xander était revenu dans son existence. Ce serait un nouveau départ pour eux deux. Dès qu'il sortirait de l'hôpital, ils retrouveraient le cocon familial, comme lorsqu'ils étaient encore jeunes mariés. Et s'il recouvrait la mémoire, il aurait déjà de nouveaux souvenirs, heureux, qui compenseraient l'amertume de ceux liés à leur séparation.

Bien sûr, s'il retrouvait la mémoire avant de rentrer avec elle à la maison, ils n'auraient sans doute plus jamais l'occasion de reconstruire leur couple sur des bases plus solides. Mais Olivia était prête à courir le risque. Impossible de faire autrement. Elle s'inquiéterait plus tard de l'entourage de Xander. De fait, elle n'avait plus sa place dans le monde où il évoluait et travaillait. Cela dit, la chambre de Xander était loin de crouler sous les bouquets de fleurs ou les cartes de bon rétablissement, c'était le moins qu'on puisse dire. Elle n'avait repéré qu'un petit mot signé par toute l'équipe de la banque où il était employé. Les choses se compliqueraient après sa convalescence… Mais elle aurait tout le temps de réfléchir à la façon de gérer la situation. De toute façon, les médecins avaient été catégoriques : Xander ne pourrait pas reprendre le travail avant au moins quatre semaines, voire plus, en fonction de l'évolution de sa rééducation.

Olivia admira la vue magnifique qu'elle avait sur la mer. Inutile de paniquer pour rien : elle n'aurait aucun mal à tenir ses collègues à distance. Et pour cause : les seules visites autorisées à l'hôpital étaient celle de la famille. Les gens qui voulaient s'informer de l'état de Xander devaient téléphoner au standard du service de neurologie. Olivia n'aurait donc qu'à appeler l'un de ses associés dans les prochains jours pour lui donner quelques nouvelles. Ce qui découragerait certainement d'éventuels visiteurs.

De nouveau, elle sentit une vague de culpabilité s'emparer d'elle. Les amis de Xander avaient le droit de savoir comment il allait. Et ils demanderaient sans doute à lui rendre visite. Hélas, elle ne pouvait prendre le risque de les laisser poser trop de questions.

L'amnésie de Xander lui offrait une seconde chance presque deux ans trop tard, mais cette fois, elle allait se battre pour lui. Tout ce qui lui restait à faire, c'était reconstruire cet amour qu'ils avaient partagé autrefois. Ce qui, soyons lucides, n'avait rien d'évident. Heureusement, le fait qu'il se soit réveillé de son coma, visiblement toujours amoureux d'elle, lui avait redonné espoir. Et, avec un peu de chance, ils allaient rattraper le temps perdu.

Xander fixa la porte de sa chambre d'hôpital. Cela devait être la centième fois de la journée. Où était Olivia ? Elle aurait dû être là, maintenant. Une chose était sûre : il n'irait pas en maison de repos. Heureusement que le Dr Thomas avait fini par capituler quand il était venu le voir ! Par conséquent, plus personne ne le retenait ici : il allait pouvoir rentrer à la maison, en fin de journée au plus tôt. Lorsqu'il en avait eu la certitude, il avait pris le téléphone portable qu'Olivia lui avait laissé — le sien avait apparemment été pulvérisé lors de son accident de voiture, tout comme son ordinateur portable. Il l'avait alors appelée pour lui demander des habits de rechange. Mais elle n'avait répondu ni sur le fixe ni sur son portable.

Tant pis, il était prêt à rentrer chez lui en pyjama s'il le fallait. Mais il était tellement impatient de retrouver la maison ! Il aurait aimé apercevoir son toit en ardoise depuis la fenêtre de l'hôpital : cela lui aurait permis de se rappeler ce qui l'attendait dehors. Et de penser à Olivia encore plus souvent.

Olivia… Voilà trois semaines qu'il était sorti du coma, et pourtant, il se souvenait encore de l'expression qu'elle avait eue quand il avait rouvert les yeux. De l'inquiétude qui assombrissait ses traits si délicats. De son impatience, quand il lui avait promis que tout allait rentrer dans l'ordre. Le sommeil s'était alors emparé de lui sans lui laisser le temps de lui offrir autre chose qu'un sourire. Cette maudite blessure cérébrale n'avait pas fini de lui jouer des tours… D'après le neurologue, le choc avait effacé les six dernières années de sa vie, mais il l'avait aussi physiquement affaibli. A certains moments, il avait même du mal à formuler une simple phrase. Tous les thérapeutes qu'il avait vus lui avaient assuré qu'il faisait des progrès, que sa convalescence se déroulait normalement, mais cela ne lui suffisait pas. Ce qu'il voulait, c'était recouvrer la mémoire et redevenir l'homme qu'il était avant l'accident.

Pourvu qu'il puisse vite rentrer à la maison. Le fait de revenir dans son environnement familier faciliterait peut-être sa guérison… Il regarda par la fenêtre et se mit à sourire en voyant son reflet dans la vitre. Au moins, une chose n'avait pas changé : il était toujours aussi impatient que dans les souvenirs qui lui restaient.

Soudain, il sentit une présence derrière lui dans la chambre. Il tourna la tête. Olivia. Elle était arrivée, enfin. Une vague de chaleur se répandit dans tout son corps. Quand elle était là, tout paraissait tellement plus simple…

— Tu as l'air content, remarqua-t-elle en venant déposer un baiser sur sa joue.

Il sentit aussitôt le désir l'envahir. Il avait beau ne pas être au mieux de sa forme, il n'en restait pas moins un homme. Et tout se passait merveilleusement bien avec Olivia sur le plan physique. Bref, il lui tardait de revenir à la normale. Et voilà, encore cette impatience… Mais chaque chose en son temps, comme on dit…

Il croisa ses jambes sur le rebord du lit.

— Ils vont peut-être me laisser sortir aujourd'hui, annonça-t-il. J'ai essayé de t'appeler, mais…

— Aujourd'hui ? Tu es sûr ?

Xander fronça les sourcils. Etrange, on aurait dit que le sourire sur le visage d'Olivia s'était figé. Il chassa aussitôt cette idée de son esprit. Elle était forcément aussi impatiente que lui, non ?

— Le Dr Thomas veut juste me faire passer encore quelques tests ce matin. S'ils sont concluants, je pourrai quitter l'hôpital dès cet après-midi.

— Eh bien, c'est une très bonne nouvelle, répondit Olivia. Je file à la maison te chercher des vêtements propres.

Il l'attrapa alors par le bras.

— Tu es pressée de repartir ? Tu viens à peine d'arriver.

Elle entremêla ses doigts aux siens et porta sa main à ses lèvres pour l'embrasser. Il la sentit frémir légèrement, vit ses pupilles se dilater et ses joues rosir.

— Tu me manques quand tu n'es pas là, dit-il simplement avant d'observer sa main qu'il tenait encore.

Ses ongles étaient coupés court mais il devina quelques traces de peinture séchée. Tiens, tiens…

— Je vois que tu peins toujours. Ça fait du bien de constater que certaines choses ne changent pas…

Elle se mordit la lèvre et détourna le regard. Trop tard. Il avait aperçu la lueur d'émotion au fond de ses yeux.

— Livy ? Est-ce que ça va ?

— Bien sûr. C'est juste que je n'ai pas envie de te ramener à la maison dans cette tenue, lança-t-elle d'un ton léger en pointant son pyjama à rayures d'un air réprobateur. Et, oui, je peins toujours. J'ai ça dans le sang. C'est toute ma vie…

Il rit en l'entendant parler de cette façon. Toujours aussi passionnée !

— Bon, tu peux y aller… Mais tu reviens vite, hein ?

— Evidemment. Je ferai au plus vite, promit-elle en déposant un baiser furtif sur son front.

Xander s'affala contre l'oreiller et regarda Olivia s'éloigner. Décidément, quelque chose n'allait pas, mais quoi ? Mystère. Voilà plusieurs jours qu'ils parlaient de son retour à la maison. Mais maintenant que le moment arrivait enfin, elle avait l'air d'avoir peur. Pourquoi ? Peut-être était-elle inquiète de la façon dont il devrait se réhabituer au monde, après tout ce qu'il avait traversé. En un sens, c'était compréhensible. Olivia avait toujours été du genre à s'inquiéter pour les autres. Après tout, c'était elle, la sœur aînée, qui avait dû s'occuper de ses frères à la mort de leur mère…

La Livy qu'il aimait avait toujours tendance à vouloir tout gérer, pour que les gens se sentent bien.

Quand il l'avait épousée, il s'était d'ailleurs secrètement juré de ne jamais être un fardeau pour elle. De ne jamais lui faire endosser des responsabilités inutiles. Même aujourd'hui, il était déterminé à faire en sorte que sa convalescence ne lui pèse pas trop. Il ferait son maximum pour s'assurer que cette période de récupération se passe le mieux possible, et que cette lueur d'angoisse quitte son regard une fois pour toutes.

— Tout va bien se passer, marmonna-t-il.

Pourvu que l'avenir lui donne raison…

Olivia fila en direction du parking puis regagna sa voiture. D'une main tremblante, elle tourna la clé de contact et attendit un instant avant de boucler sa ceinture.

Xander revenait à la maison. Cela faisait des semaines qu'elle rêvait de cet instant. Alors pourquoi s'était-elle enfuie comme une dératée à l'instant même où il lui avait annoncé la nouvelle ? Probablement parce qu'elle devait enfin accepter l'évidence : Xander avait refait sa vie après leur rupture. Elle allait aussi devoir prendre le jeu de clés que l'hôpital lui avait confié — avec les effets personnels maculés de sang qu'il portait au moment de l'accident —, se rendre à son appartement et récupérer quelques habits.

Ce qu'elle pouvait être bête ! Pourquoi avait-elle attendu le dernier moment pour le faire ? Elle aurait mieux fait de rassembler quelques vêtements et affaires de toilette dans l'optique de son retour à la maison. L'idée de pénétrer dans cet univers qui lui était complètement étranger la glaçait. Mais au moins, elle savait où il habitait grâce aux papiers du divorce, pensa-t-elle en quittant l'hôpital d'Auckland.

Une fois garée au pied de l'immeuble où Xander avait loué son appartement, elle monta au dernier étage. Arrivée devant la porte au bout du couloir, elle se figea. Qu'allait-elle trouver de l'autre côté ?

Mais en franchissant le pas de la porte, elle éprouva une certaine déception. Ce n'était pas un appartement mais un magazine de décoration ! Tout était froid, parfaitement assorti et aligné : ce que cet endroit pouvait manquer d'âme ! En tous les cas, il ne donnait pas l'impression d'être habité, loin de là. Rien ne rappelait la personnalité de Xander, son amour pour les antiquités. Elle traversa le séjour puis s'engagea dans un couloir en espérant qu'il la mènerait à sa chambre. Là, elle découvrit une pièce tout aussi dépouillée et aseptisée que les autres. Mon Dieu… Rien ne dépassait, pas même une petite chaussette égarée au pied du lit. L'homme avec qui elle avait vécu était pourtant moins ordonné que ça. Peut-être faisait-il appel à une femme de ménage depuis qu'il vivait seul ? Sauf s'il avait véritablement changé, pensa-t-elle avec un frisson.

Peu importe : il n'y avait pas de temps à perdre. Elle devait récupérer les affaires de Xander et les ramener à la maison, avant de retourner à l'hôpital. Pas question de le laisser croire qu'elle avait changé d'avis, qu'elle ne viendrait pas le chercher.

Dans le dressing attenant à la chambre, Olivia trouva une grosse valise où elle fourra des sous-vêtements, des chaussettes et d'autres tenues. Dans la salle de bains, elle prit son gel douche, son après-rasage, et son nécessaire à barbe. Pourvu qu'il n'ait pas oublié comment s'en servir. Cela faisait longtemps qu'il ne s'était pas rasé. Depuis quelques jours, elle le taquinait sur sa barbe qui s'épaississait de jour en jour. Ce qui lui allait plutôt bien, d'ailleurs. Cette barbe adoucissait ses traits, elle le rendait plus sympathique que cet homme froid et distant qui était brutalement sorti de sa vie.

Elle secoua la tête pour chasser ce douloureux souvenir puis fit rouler la valise vers la porte de l'appartement. Devait-elle vérifier le réfrigérateur ? L'idée d'y découvrir des restes qui devaient pourrir depuis plus de neuf semaines n'était guère engageante, mais de toute façon, elle serait bien obligée de s'en inquiéter à un moment ou à un autre, non ? Après avoir farfouillé dans les placards, elle se munit d'un sac plastique puis ouvrit la porte chromée de l'appareil.

Vide. *Ça alors*, pensa-t-elle en le refermant aussitôt. Pas même une bouteille de vin… Si elle n'avait pas trouvé toute la garde-robe de Xander dans sa chambre et ses affaires de toilette, on aurait pu croire qu'il ne vivait plus ici. Ni une ni deux, elle ouvrit un autre placard : ouf, il y avait deux ou trois petites choses à l'intérieur. Bon. Manifestement, la personne qui devait avoir fait le ménage avait vidé le réfrigérateur. Il faudrait qu'elle regarde dans les papiers de Xander s'il employait quelqu'un pour s'occuper de cet appartement. Si tel était le cas, elle résilierait le contrat.

Elle balaya du regard le salon et la salle à manger. Voyons voir… Où pouvait-il bien ranger ses paperasses ? Malheureusement, il n'y avait aucun espace pouvant faire office de bureau à l'horizon. Sauf si tout se trouvait dans une autre pièce… Olivia retourna dans le couloir menant à la chambre et aperçut une porte qu'elle n'avait pas repérée tout à l'heure. Elle la poussa et s'arrêta net.

Son cœur se mit à battre à tout rompre. Sur ce qui devait être le bureau de Xander était posée une photo. Ce cadre… C'était elle qui le lui avait offert. Derrière la plaque de verre, on pouvait voir la dernière photo qu'ils avaient prise de Parker avant sa mort.

- 3 -

Olivia leva la main devant la bouche. Impossible de réprimer le sanglot qui montait du plus profond de sa gorge. Elle n'avait jamais remarqué que Xander avait emporté cette photo quand il l'avait quittée. Sans doute l'avait-il mise de côté après l'enterrement de Parker, quand elle avait vidé la chambre de leur enfant. Toutes ses affaires, les albums et autres photos disséminés dans la maison avaient fini dans des cartons au grenier. Avoir constamment sous les yeux tous ces objets qui lui rappelaient que leur petit ange s'était éteint trop tôt était bien trop douloureux.

Jour après jour, nuit après nuit, elle n'avait fait que penser à toutes les petites choses qui avaient conduit à l'accident…

Si seulement Xander n'avait pas laissé le portail ouvert ; si seulement il n'avait pas lancé le ballon pour que leur chien le ramène… Si seulement leur chien n'était pas sorti dans la rue pour le rattraper… Des années après, elle sentait encore son cœur s'emballer en pensant à ce cruel souvenir. Si seulement Parker n'était pas parti à la poursuite de son chien… Olivia écrasa la larme qui roulait sur sa joue. Si seulement elle n'avait pas suggéré à Parker d'aller jouer dehors avec son père au lieu de rester tranquillement à l'atelier avec elle, ce jour-là…

Mon Dieu… Elle avait éprouvé tant de culpabilité et de colère envers la vie en général et Xander en particulier. Voilà pourquoi elle avait fait la seule chose qui pouvait atténuer sa peine : mettre dans des cartons les souvenirs de la courte vie de Parker et les cacher en se disant qu'elle les affronterait de nouveau le jour où elle s'en sentirait capable. Elle avait tout fait disparaître : les vêtements, les jouets, les photos…

Enfin, sauf celle-là. Le souffle court, elle posa un doigt sur le cadre. Ce que Parker pouvait être mignon sur cette photo… Son petit ange n'avait pas pu grandir, ni aller à l'école, ni faire du sport, ni rencontrer une fille. Jamais il ne volerait de ses propres ailes, jamais il ne ferait de bêtises, jamais il ne serait privé de sorties.

Olivia resta plusieurs minutes le regard dans le vite avant de revenir à la réalité. Vite, il fallait qu'elle chasse de son esprit tous ces souvenirs qui remontaient à la surface… Qu'est-ce qu'elle était venue faire dans cette pièce, déjà ? Ah oui, le service de ménage. En fouinant un peu dans les classeurs de Xander — il avait toujours été la méticulosité incarnée —, elle finit par trouver le numéro qu'elle cherchait. Parfait. Il ne lui restait plus qu'à passer un coup de fil et mettre un terme à la prestation.

Avant de quitter la pièce, elle prit la photo du bureau et la rangea dans un tiroir. Se débarrasser du portrait de son petit ange était horrible mais, si elle était amenée à revenir ici, elle ne supporterait pas de se retrouver nez à nez avec cette image. En un sens, cela lui rappelait tout ce que Xander et elle avaient perdu.

Par chance, la circulation en ville était plus fluide que d'habitude, ce qui permit à Olivia de rentrer chez elle assez rapidement. Elle monta la valise jusqu'à la chambre d'amis à l'étage, la défit rapidement et accrocha dans la penderie les pantalons et chemises de Xander, ainsi que quelques costumes encore emballés dans le film protecteur du pressing. Elle rangea ses sous-vêtements dans les tiroirs de la commode et ses affaires de toilette dans la salle de bains de l'autre côté du couloir. Et voilà, le tour était joué. Si jamais il lui demandait pourquoi elle avait déménagé ses affaires dans cette pièce, elle lui expliquerait que c'était pour faire une transition en douceur avec l'hôpital. Quelque part, ce n'était pas un mensonge. Elle omettrait simplement de mentionner le fait qu'elle était allée chercher ses vêtements à l'autre bout de la ville.

Avant de repartir, elle glissa quelques habits et une ceinture dans un petit sac à dos puis quitta la maison en toute hâte. Elle sentit sa tête tourner. Toutes ces émotions l'avaient épuisée. Heureusement, elle arriva tant bien que mal jusqu'à l'hôpital. Xander l'attendait, debout devant la fenêtre de sa chambre.

— Je commençais à me dire que tu avais changé d'avis, dit-il d'un ton léger alors qu'elle s'approchait de lui.

Même s'il disait cela pour la taquiner, il le pensait vraiment, cela ne faisait aucun doute. D'ailleurs, ce n'était pas étonnant. En temps normal, elle aurait pu revenir bien plus tôt à l'hôpital. Mais la situation dans laquelle ils se trouvaient n'avait rien de normal. Même si Xander n'en, avait absolument rien pour l'instant.

— Les embouteillages... Tu sais ce que c'est, répondit-elle le plus naturellement possible. Tu es prêt à partir ? Je t'ai apporté quelques affaires, mais je pense que tout va te paraître trop grand... On risque de devoir refaire toute ta garde-robe !

Elle le vit sourire. Ouf, sa tentative pour changer de conversation avait fonctionné !

— Et je sais à quel point tu adores le shopping ! ajouta Xander en riant.

A ces mots, elle sentit son cœur se serrer. Xander s'était toujours un peu moqué de ses petites habitudes en matière de shopping. Mais si elle adorait suivre les tendances de la mode, elle détestait les boutiques bondées. Elle savait en général ce qu'elle voulait acheter avant de quitter la maison. Une fois sur place, elle fonçait jusqu'au rayon qui l'intéressait sans jamais dévier de sa trajectoire. Là-dessus, elle rentrait directement chez elle le plus vite possible. Les séances shopping, ça n'avait jamais été son truc, aucun doute là-dessus. Enfin, sauf dans les magasins de fournitures artistiques.

Cela dit, pourquoi était-elle étonnée qu'il s'en souvienne ? Après tout, il n'avait pas perdu *tous* ses souvenirs... Seulement les six dernières années.

Elle s'efforça alors de rire puis lui tendit le sac à dos.

— Tiens... Tu as besoin d'aide pour t'habiller ?

Pauvre Xander... Depuis sa sortie du coma, il avait quelques difficultés d'équilibre et de coordination. Ses séances de physiothérapie lui avaient permis de récupérer une partie de ses facultés mais il avait encore une certaine marge de progression.

— Je crois que je peux m'en sortir, dit-il en relevant la tête.

Olivia ne put s'empêcher de sourire. Il avait toujours cette dignité tranquille... Voilà bien une chose qu'elle avait toujours admirée chez lui.

— Tu peux m'appeler si tu as besoin...

Xander la regarda dans le blanc des yeux avec une petite moue avant de lancer :

— Bien sûr.

Elle secoua la tête. Xander ne ferait pas appel à elle, même s'il faisait mine de dire le contraire. Il avait toujours tenu à son indépendance... Soudain, elle repensa à cette époque, au début de leur mariage, où chacun semblait vivre pour l'autre. Mais tout cela était si loin...

Il avait de la chance d'avoir perdu la mémoire, pensa-t-elle amèrement, et d'être resté bloqué à l'époque où ils étaient heureux de vivre ensemble. Au moins, il avait oublié les plus mauvais souvenirs...

Xander emporta le sac à dos dans la salle de bains puis referma la porte derrière lui. Un frisson parcourut tout son corps. Olivia était revenue. Quel soulagement… Dès qu'elle était partie chercher ses affaires, il avait été en proie à une agitation indescriptible. L'infirmière chargée de préparer son dossier de sortie s'en était d'ailleurs aperçue : il faut dire que sa tension artérielle était incroyablement haute.

C'était à n'y rien comprendre. Olivia était sa femme. Alors pourquoi avait-il l'impression que quelque chose clochait ? Mystère… Le temps d'ôter son pyjama, il passa sous la douche et serra les dents le temps que l'eau atteigne la bonne température. Comme il avait hâte de quitter l'hôpital… Sieste, repas, séance de rééducation, repas, sieste, encore et encore : son quotidien était monotone au possible. Heureusement que les visites d'Olivia lui changeaient les idées. Même s'il n'avait qu'une envie : rentrer chez lui.

Quand il se sécha, il manqua de perdre l'équilibre et marmonna un juron en s'agrippant au mur. Mince… Décidément, il ne s'habituait pas à ce que ses gestes soient aussi lents, ça non. C'était comme si les messages de son cerveau allaient au ralenti jusqu'à ses muscles. Enfin, ce qu'il en restait. La physiothérapie était un processus de longue haleine, et il n'en était qu'au début.

Quand il s'habilla, il dut serrer sa ceinture jusqu'au dernier cran. Olivia avait raison. On aurait dit qu'il portait les vêtements d'un autre homme. Il ne se souvenait pas les avoir achetés : ils appartenaient donc à ces fameuses « années perdues », comme il les appelait.

Un petit coup frappé à la porte le tira de ses pensées.

— Xander ? Est-ce que ça va ? demanda Olivia de l'autre côté.

— Bien sûr. J'en ai pour une minute.

Il se regarda dans le miroir puis caressa sa barbe qui s'était épaissie au cours de son séjour à l'hôpital. Il ne se reconnaissait pas. Voilà peut-être pourquoi Olivia semblait si distante. Il se raserait dès son retour à la maison. Après avoir rassemblé ses affaires et les avoir glissées dans le sac à dos, il sortit de la salle de bains.

— Je suis prêt ! lança-t-il.

— Alors allons-y ! dit-elle avec son sourire renversant.

Lui avait-il déjà dit à quel point il adorait son sourire ? Combien il adorait l'entendre rire ? Impossible de s'en souvenir. Encore une chose qu'il allait devoir réapprendre.

Ils s'arrêtèrent au bureau des infirmières pour les saluer une dernière fois et récupérer le dossier de sortie. Là-dessus, ils rejoignirent l'ascenseur au bout du couloir. Une fois dehors, Xander grimaça. Voir Olivia ralentir pour rester à sa hauteur l'agaçait. Heureusement, la voiture n'était pas loin : ce petit trajet à pied l'avait épuisé. Il s'affala sur le siège passager avec un soupir de soulagement.

— Désolée, j'aurais dû venir te chercher devant l'entrée plutôt que te traîner jusqu'ici, s'excusa Olivia en prenant place à côté de lui.

— Pas grave, j'aurai tout le temps de me reposer. Maintenant, je n'ai plus que ça à faire.

— Tu travailles déjà très dur pour ta convalescence, soupira-t-elle avant de poser une main sur sa cuisse.

Il sentit la chaleur de sa paume à travers le tissu.

— Xander, tu as déjà fait des progrès considérables en peu de temps. Tu as dû réapprendre des choses qui étaient naturelles pour toi avant l'accident. Alors ne sois pas trop dur envers toi-même, d'accord ? Il faut laisser du temps au temps.

Pour toute réponse, il marmonna entre ses dents.

Du temps. Il en avait perdu suffisamment, du temps. Il s'adossa contre l'appui-tête alors qu'Olivia prenait le chemin de la maison. Tiens, une partie du paysage qui défilait sous ses yeux ne lui était pas inconnue. Tant mieux, c'était bon signe. Certes, différents détails n'éveillaient aucun souvenir chez lui mais cela n'avait rien d'anormal. Auckland était une ville dense, en perpétuel mouvement, elle se renouvelait constamment. Malgré tout, il lui était difficile de garder son sang-froid en découvrant un terrain vague à la place de ce qu'il croyait être un pâté de maisons.

— Ton lycée était d'accord pour te laisser venir à mon chevet quand tu le voulais ? demanda-t-il.

— Je ne travaille plus au lycée, répondit Olivia. J'avais déjà arrêté avant le…

— Avant quoi ?

— Avant qu'ils me rendent folle ! reprit-elle avec un petit rire forcé. Plus sérieusement, j'ai démissionné il y a cinq ans, mais je me débrouille assez bien en vendant mes toiles. Tu vas être fier de moi. J'ai déjà exposé à plusieurs reprises, ça m'a même permis de décrocher un certain nombre de commandes.

Xander hocha la tête. Eh bien, il y avait de quoi être surpris, c'était le moins qu'on puisse dire.

— Mais tu n'as jamais fait ça pour l'argent, hein ? rétorqua-t-il pour la taquiner.

Même si tout cela restait flou, il se souvenait des nombreuses fois où il s'était amusé de son style avant-gardiste, pas assez grand public.

— C'est clair, confirma-t-elle avec un sourire nettement plus spontané, cette fois.

Au bout d'un trajet qui lui parut interminable, Xander aperçut finalement la maison. Seigneur, il avait l'impression d'avoir cent ans. Malgré ses efforts pour dissimuler sa fatigue à Olivia, celle-ci vint aussitôt l'aider à descendre de voiture et à monter les marches du perron.

En la voyant déverrouiller la porte, il ne put réprimer un large sourire.

— Quand je pense que je t'ai portée dans mes bras le jour où nous avons emménagé… Aujourd'hui, ce serait presque à toi de me porter !

Il vit soudain Olivia prendre un air inquiet. Mince, il n'aurait peut-être pas dû essayer de faire de l'humour…

— Tu es sûr que ça va ? demanda-t-elle en passant un bras autour de sa taille pour le soutenir. Tu devrais te reposer un moment au rez-de-chaussée avant de prendre l'escalier. Sauf si tu veux que j'installe un lit en bas, le temps que tu sois complètement requinqué.

— Non, assena-t-il d'un ton catégorique alors qu'ils entraient dans le couloir. Je dors en haut ce soir. Ça va aller.

Elle le guida jusqu'au séjour puis vers un canapé.

— Tu veux une tasse de café ?

— Avec plaisir, merci.

Comme elle s'éclipsait, il regarda autour de lui. Voyons… Quels éléments avaient changé par rapport à ses souvenirs ? Des portes-fenêtres ouvraient sur la terrasse — elles avaient apparemment remplacé le bow-window d'origine. En baissant les yeux vers le parquet en bois massif, il se souvint de la moquette hideuse à motifs floraux qui couvrait autrefois le sol. Manifestement, la maison avait subi de gros travaux de rénovation.

Xander se leva du canapé puis fit le tour de la pièce, promenant sa main sur les meubles et le manteau de la cheminée devant laquelle se trouvaient deux fauteuils de style bergère. Avaient-ils l'habitude de s'asseoir au coin du feu le soir ? Il secoua la tête. Impossible de se rappeler. Fichue mémoire… Et s'il s'asseyait sur l'un des fauteuils, cela déclencherait peut-être un souvenir ? Hélas, cela ne lui rappelait rien.

Soudain, un bruit de pas le tira de ses pensées.

— Et voilà ! lança gaiement Olivia en revenant dans la pièce. Oh ! tu as retrouvé ton fauteuil ! Tu veux lire le journal ?

— Non merci. Juste le café.

— Tu as toujours des difficultés de concentration ?

Il hocha la tête et accepta le mug qu'elle lui tendait. Il enroula ses doigts autour de la tasse chaude et la regarda attentivement. Pas de doute, il avait un sentiment de déjà-vu.

Mais oui ! Il l'avait achetée au mémorial de Pearl Harbor, lors de leur voyage de noces, à Hawaï. Il but une gorgée puis s'appuya contre le dossier du fauteuil.

— C'est bien meilleur que les cochonneries qu'on nous sert à l'hôpital, s'exclama-t-il avec enthousiasme avant de balayer de nouveau la pièce du regard. J'ai l'impression qu'on a fini de rénover la maison, hein ?

Olivia hocha la tête.

— Ça n'a pas été facile, mais on y est arrivés en à peu près un an. Nous étions, euh… impatients de finir. C'est pour ça qu'on a engagé des artisans pour les travaux de gros-œuvre. Si seulement tu pouvais te rappeler la façon dont tu as marchandé les portes-fenêtres… Ça valait le détour !

Il dut faire une drôle de tête car, en deux secondes, Olivia vint s'agenouiller à côté de lui et prit son visage entre ses mains.

— Xander, ne t'en fais pas. Ça finira par te revenir. Et si jamais ce n'est pas le cas, eh bien, on se fera plein de nouveaux souvenirs, d'accord ?

Il fronça les sourcils. Bizarre… Olivia semblait préférer fabriquer de nouveaux souvenirs plutôt que l'aider à faire remonter les fragments du passé à la surface. Non, il devait se faire des idées. Et puis il se sentait vraiment exténué. Certes, pendant son séjour à l'hôpital, il s'était dit qu'il n'allait pas si mal en voyant des gens plus mal en point que lui… Mais maintenant qu'il était de nouveau chez lui, ce n'était plus la même histoire.

Il frotta son visage contre la paume de la main d'Olivia et l'embrassa.

— Merci, se contenta-t-il de dire.

Elle se retira et fronça les sourcils.

— On va s'en sortir, Xander.

— Je sais.

Elle se leva et posa les mains sur son jean.

— Je vais préparer le dîner, d'accord ? On devrait peut-être manger tôt ce soir ?

Xander ferma les yeux. Il dut s'endormir car il fut réveillé par un de ces délicieux baisers sur le front.

— Je t'ai préparé des spaghettis bolognaise, tes préférés.

Elle l'aida à se lever et ils marchèrent main dans la main jusqu'à la salle à manger. La pièce n'avait plus rien du chantier dont il avait gardé le souvenir. Il leva les yeux vers le lustre en cristal ancien qui pendait du plafond.

— Je vois que tu aimes le baroque, commenta-t-il.

— Ça n'a pas été une mince affaire. En échange, j'ai dû accepter le secrétaire le plus laid de tous les temps pour le bureau à l'étage, précisa-t-elle en riant.

Il sourit. Enfin, il l'entendait, ce rire qui lui manquait tellement…

Après le dîner, Xander vint s'accouder au bar de la cuisine pendant qu'Olivia faisait la vaisselle. Il essaya de l'aider mais l'assiette lui glissa des mains et s'écrasa à terre. Il s'écarta avec un soupir d'exaspération. Comment pouvait-on tomber aussi bas ?

— Tu devrais te ménager, dit-elle en ramassant les derniers morceaux de porcelaine au sol.

— C'est plus fort que moi. Je veux redevenir comme avant.

Elle se releva et jeta les derniers morceaux à la poubelle.

— Mais tu es comme tu étais avant. Ne t'inquiète pas.

— J'ai l'impression d'avoir le cerveau en compote, grommela-t-il.

— Je te l'ai dit, tu peux encore remplir ton cerveau avec les nouveaux souvenirs que nous allons fabriquer, Xander. On n'est pas obligés de vivre au passé.

Elle prononça ces quelques mots avec une intensité émouvante. Mais est-ce qu'elle ne cherchait pas à lui dire autre chose ? Impossible de le savoir. Le plan de travail nettoyé, elle leva les yeux vers lui avec un sourire fatigué.

Aussitôt, une bouffée de culpabilité s'empara de lui. Durant son séjour à l'hôpital, Olivia avait multiplié les trajets pour être à son chevet et même l'aider lors de ses séances de rééducation, quand elle le pouvait. Or il savait que dans les phases où elle peignait, elle travaillait très tard le soir, sans pause, ni repas. Et c'était seulement maintenant qu'il remarquait les cernes qui creusaient son regard ? Pourquoi n'avait-il pas fait plus attention ? Le responsable de cette fatigue, c'était lui.

— Je ne sais pas toi, mais moi, j'ai très sommeil, déclara Olivia en dissimulant à peine un bâillement.

— J'ai failli croire que tu ne me le proposerais jamais, la taquina-t-il.

Ensemble, ils montèrent à l'étage. Lentement. Trop lentement. Xander retint un soupir. La fatigue n'atténuait guère ses difficultés de coordination. Au contraire.

— On a changé de chambre ? demanda-t-il en voyant Olivia l'entraîner vers la chambre d'amis.

— Non, dit-elle, un peu essoufflée. Mais je me suis dit que tu serais plus à l'aise dans celle-là. J'ai le sommeil très agité en ce moment, et je ne veux pas te déranger.

— Livy, cela fait déjà trop longtemps que je dors loin de toi. Je suis rentré à la maison. Alors on partage le même lit.

- 4 -

Partager le même lit ?

Oliva se figea devant la porte de la chambre d'amis tandis que Xander avançait à petits pas le long du couloir qui menait à la grande chambre. Elle le suivit mais s'arrêta de nouveau en le voyant ôter ses habits et s'affaler, nu, sur le côté du lit qui avait toujours été le sien. Il s'endormit aussitôt. Elle l'observa pendant au moins cinq minutes. Que devait-elle faire ? Finalement, elle récupéra sa chemise de nuit sous son oreiller puis rejoignit la salle de bains pour se déshabiller. Son cœur battait à cent à l'heure.

Bon, Xander avait retrouvé de nombreux automatismes en rentrant à la maison. Ce qui était à la fois rassurant et angoissant. D'une part, cela montrait que son cerveau n'avait pas été endommagé de façon irréversible, et tant mieux. Mais cela rappelait aussi à Olivia que le temps était compté : Xander avait de solides chances de recouvrer *toute* sa mémoire…

Elle se glissa délicatement entre les draps en s'efforçant de ne pas déranger Xander puis roula sur son côté. Pourvu qu'elle ne le réveille pas. Alors, elle le regarda dormir. Elle écouta chacune de ses respirations profondes. Mon Dieu, c'était incroyable de se dire qu'il était bel et bien là… Soudain, il se mit à respirer plus fort et se tourna de son côté. Elle croisa son regard lourd de sommeil.

— Qu'est-ce que tu fais sur le rebord ? Ça fait assez longtemps que je dors loin de toi, articula-t-il d'une petite voix tout en l'attirant contre son torse. Tu peux quand même me toucher, je ne suis pas en porcelaine, tu sais.

A ces mots, il replongea dans un profond sommeil.

Olivia retint son souffle. Si elle écoutait ce que lui disait son corps, elle irait se blottir contre lui, près de sa chaleur réconfortante. Xander était différent et en même temps il n'avait pas l'air d'avoir beaucoup changé. Son cœur avait toujours l'air de battre pour elle. Comment ne pas savourer ce moment, et prendre les choses comme elles venaient ?

Un moment précieux, sans doute unique.

Combien de nuits avait-elle passées, seule dans ce lit, à se morfondre depuis qu'il l'avait quittée ? A rêver qu'ils pourraient de nouveau s'y allonger l'un contre l'autre, même si c'était absolument improbable ? Comme autrefois. Et voilà que désormais Xander était là. Le rêve d'Olivia s'était réalisé. Du moins, en apparence.

Elle soupira et se détendit un peu. Mais de nombreuses pensées continuaient d'assaillir son esprit. Si Xander recouvrait la mémoire, allait-il lui pardonner son mensonge par omission ? En était-il capable ? En un sens, elle l'avait arraché à la vie qu'il menait avant son accident. Et elle l'avait ramené ici pour retrouver une existence à laquelle il avait pourtant renoncé.

Olivia n'avait pourtant jamais été du genre à manipuler les gens ! Mais elle sentait l'épée de Damoclès qui planait au-dessus d'elle : au moindre faux pas, tout risquait de voler en éclats, elle le savait bien. Autant être lucide : le fait d'avoir ramené Xander à la maison comme s'ils ne s'étaient jamais séparés constituait un terrible mensonge. Mais elle voulait croire ce mensonge nécessaire. Du moins pendant un temps. Serait-il du même avis qu'elle ? Seul l'avenir le dirait.

Elle inspira profondément pour laisser ses narines s'emplir de l'odeur de cet homme qu'elle avait déjà perdu une fois. Pas question de le perdre à nouveau, elle ne le supporterait pas. Cette fois, elle se battrait de toutes ses forces pour le garder. D'une façon ou d'une autre, elle ferait en sorte que ça marche.

Elle remua un peu et sentit le bras de Xander se resserrer contre elle. Comme s'il avait lui-même décidé de ne plus la laisser s'éloigner, cette fois. Ce simple geste fit soudain naître un fol espoir en elle. Un espoir fragile, mais un espoir quand même. S'il la serrait contre lui avec une telle ferveur, même inconsciemment, alors qui sait, peut-être recommencerait-il à l'aimer comme au premier jour ?

Quand Olivia ouvrit les yeux, le lendemain, le lit était vide. Xander se tenait nu comme un ver devant la garde-robe dont les portes étaient grandes ouvertes.

— Xander…, marmonna-t-elle d'une voix endormie. Tout va bien ?

— Où sont mes vêtements ? demanda-t-il en farfouillant dans les tiroirs et en tirant les rails de la penderie.

— Je les avais déplacés dans la chambre d'amis : je croyais que tu préférerais y passer ta convalescence.

Il poussa un soupir agacé.

— La convalescence, c'est pour les invalides. Je ne suis pas handicapé, moi !

Elle se redressa puis s'assit sur le rebord du lit.

— Je sais, dit-elle patiemment. Mais tu n'es quand même pas au mieux de ta forme. Dis-moi ce que tu as envie de porter et j'irai te chercher tes habits.

Enfin, si elle trouvait ce qu'il lui demandait. Car elle n'avait pas ramené toutes ses tenues de son appartement. Et, à présent qu'il était à la maison, elle allait avoir du mal à récupérer d'autres affaires là-bas. Pourquoi n'y avait-elle pas pensé plus tôt ?

— Je voudrais mon vieux T-shirt de la fac et un jean, murmura-t-il en se retournant vers elle.

Elle le dévisagea de la tête aux pieds. Il avait beau avoir perdu du poids, il était encore incroyablement beau. Il avait une cicatrice sur l'abdomen, fine et encore rose. En la voyant, elle sentit sa gorge se nouer. Il avait frôlé la mort dans cet accident. Et elle avait bien failli ne jamais avoir de nouvelle chance avec lui. Elle en tremblait. La vie était tellement fragile… Tout pouvait basculer d'un instant à l'autre.

Elle s'attarda sur ce torse contre lequel elle avait passé la majeure partie de la nuit. Elle sentit aussitôt ses tétons se tendre sous sa chemise de nuit. Elle poussa un petit soupir. Cela faisait tellement longtemps qu'ils n'avaient pas eu de moment d'intimité tous les deux. Pourtant, elle sentait son corps réagir comme au premier jour. Et apparemment, Xander réagissait comme elle.

— Et si tu prenais une douche pendant que je vais chercher tes habits ? suggéra-t-elle en se levant pour rejoindre la chambre d'amis.

C'en était trop, le désir qui couvait en elle devenait irrépressible. Elle devait s'éloigner de Xander, et vite. Sans quoi, elle risquait de faire une bêtise. Comme l'entraîner vers le lit pour rattraper deux années entières de frustration.

— Et si tu la prenais avec moi, cette douche ? proposa Xander qui semblait avoir lu dans ses pensées.

Il sourit et elle se sentit fondre.

— Je ne suis pas sûre que tu aies le feu vert de ton médecin pour ce genre de choses, dit-elle d'un ton aussi léger que possible.

Sans lui laisser le temps de répondre, elle se précipita dans le couloir. Une fois dehors, elle hésita. Est-ce qu'elle n'aurait pas dû suivre son instinct ? Au même instant, elle entendit la porte de la salle de bains claquer et l'eau couler sous la douche. Tant pis… Elle emprunta l'escalier en colimaçon étroit qui menait au grenier et manqua de trébucher sur la première marche. Il fallait vraiment qu'elle se calme.

Au fil du temps, le grenier était devenu une sorte de

débarras pour toutes les choses qu'elle se refusait à regarder en face. Mais à présent, elle n'avait plus le choix. Elle ferma les yeux en poussant la porte de la pièce qui n'était éclairée que par deux fenêtres de toit. Encore une inspiration, et elle entra.

Avisant la grande caisse en plastique qui contenait les vêtements laissés par Xander quand il avait quitté la maison, elle traversa la pièce, ouvrit rapidement le couvercle et farfouilla à l'intérieur d'une main fébrile. Fort heureusement, elle finit par trouver le jean et le T-shirt qu'il lui avait réclamés. Ouf !

Soulagée, elle referma le couvercle et se hâta de redescendre à l'étage. Il faudrait qu'elle revienne chercher le reste des vêtements de Xander, mais ce serait pour plus tard.

De retour dans sa chambre, dans *leur* chambre, Olivia posa le jean et le sweat-shirt sur le lit puis sortit de quoi s'habiller. Peu après, il sortit de la salle de bains, une serviette enroulée autour de la taille, suivi d'un nuage de vapeur d'eau.

— Je vois qu'on a résolu notre problème d'eau chaude, dit-il en venant vers elle.

— Oui, on a fini par installer un petit cumulus rien que pour notre salle de bains. Tu m'en as laissé un peu ?

— Je t'avais proposé de m'accompagner, rétorqua-t-il avec un clin d'œil.

Elle s'efforça de rire même si elle sentait comme un pincement au cœur. Xander se comportait comme au tout début de leur histoire. Il était redevenu l'homme qu'il était jusqu'au jour où ils avaient découvert qu'ils allaient devenir parents. A l'époque, elle était professeur d'arts plastiques, ce qui leur permettait surtout de financer les rénovations de la maison. Pourtant, même s'ils n'étaient pas particulièrement dans le besoin, sa grossesse avait fragilisé leurs finances. Entre-temps, la carrière de Xander avait pris son envol : il était devenu associé de la banque d'investissements pour laquelle il travaillait. Et son salaire avait alors atteint des niveaux stratosphériques.

— Eh bien, s'amusa Xander en venant chercher ses habits sur le lit, tu es fâchée avec les sous-vêtements ?

— Oh ! c'est vrai, j'avais oublié… Attends deux secondes, dit-elle en se précipitant vers la chambre d'amis.

Quel stress ! Heureusement qu'elle avait ramené un boxer de l'appartement. Une fois de retour, elle lui tendit le sous-vêtement.

— Et voilà pour toi, lança-t-elle comme si de rien n'était. Je prends une douche rapide et je nous prépare un petit déjeuner, d'accord ?

Xander récupéra son boxer et hocha la tête.

— Bonne idée.

Olivia referma la porte de la salle de bains derrière elle, et il se rassit sur le bord du lit. De nouveau, il se sentait faible. Un vrai pépé, pensa-t-il en se relevant pour s'habiller. En plus, il flottait désormais dans son jean. Formidable.

Il se dirigea vers la commode puis ouvrit le tiroir dans lequel il rangeait ses ceintures. Enfin, dans son souvenir, c'était à cet endroit. A l'intérieur, il découvrit la lingerie d'Olivia. Ça alors ! Il s'était sans doute trompé. Il ouvrit alors un autre tiroir, puis encore un autre… avant de s'apercevoir que le meuble était entièrement occupé par les affaires de sa femme. Pour un peu, on aurait pu croire qu'ils ne partageaient plus cette chambre… Olivia lui avait bien expliqué qu'elle avait déplacé ses affaires dans la chambre d'amis, mais… *toutes* ses affaires ? D'ailleurs, il aurait dû y avoir de la place dans la commode. Pourtant, elle était remplie jusqu'à ras bord. Bizarre…

Enfin, cela n'avait aucune importance. Mais il n'en restait pas moins que sa mémoire allait continuer de lui jouer des tours. Quoi d'autre avait-il oublié ? Soyons honnêtes : il avait l'impression de redécouvrir entièrement son quotidien. Même Olivia avait l'air différente. Il y avait en elle comme une retenue qu'il ne lui connaissait pas. Comme si elle faisait attention à chacun de ses mots, chacun de ses gestes.

Au même instant, Olivia sortit de la salle de bains et il sentit son parfum suave titiller ses narines. Il eut aussitôt comme un nœud à la gorge. Elle avait toujours eu cet effet-là sur lui. Depuis le premier instant où il avait posé les yeux sur elle. Comment pouvait-il se souvenir aussi nettement du jour de leur rencontre alors que son cerveau avait effacé les six dernières années de leur vie commune ?

Ils descendirent au rez-de-chaussée, une marche à la fois. Elle le soutint en passant son bras autour de sa taille. Il n'avait toujours pas recouvré son sens de l'équilibre, et sa coordination demeurait hésitante. Il retint un profond soupir. Devoir dépendre de sa femme pour des gestes aussi anodins l'agaçait profondément. D'autant qu'il avait le souvenir de dévaler ces marches quatre à quatre…

— Qu'est-ce qui te ferait plaisir pour le petit déjeuner ? demanda Olivia quand ils arrivèrent dans la cuisine.

— N'importe quoi, du moment que ce n'est pas cuisiné par l'hôpital ! répondit-il avec un sourire. Tu fais toujours ton muesli maison ?

Elle parut surprise.

— Ça fait des années que je n'en ai pas préparé. Mais j'ai acheté des céréales spécialement pour toi.

— Non, ne t'en fais pas, dit-il en secouant la tête. Je vais me contenter d'un toast.

D'un geste doux, elle le fit asseoir sur un tabouret du bar.

— Pas question. Pour ton premier matin à la maison, c'est moi qui te prépare le petit déj' ! Que dirais-tu d'un plat d'œufs brouillés avec du saumon fumé ?

Mmmh… Voilà qui était plus appétissant qu'un toast !

— Ça m'a l'air délicieux, merci !

Il la regarda s'affairer dans la cuisine. Elle avait de la

chance de se rappeler où se trouvait chaque ustensile… Alors que pour lui, tout semblait nouveau. Car cette cuisine-là n'avait plus rien à voir avec celle qu'il avait connue au moment où ils avaient acheté la maison A l'époque, les lieux semblaient avoir été figés dans le temps : il y avait encore une vieille cuisinière à charbon, c'est dire ! La demeure appartenait à la même famille depuis sa construction, et sa dernière habitante, une vieille fille, n'avait rien touché depuis les années 1960…

Une odeur de café emplit peu à peu la pièce. Xander se leva pour récupérer deux mugs dans la vitrine. Autant se rendre un peu utile ! D'autant qu'il était sûr de ne pas se tromper. Machinalement, il versa une cuillère de sucre dans chaque tasse.

— Oh ! merci, mais je ne prends pas de sucre, murmura Olivia en prenant une tasse pour remettre le sucre dans le pot.

— Depuis quand ?

— Au moins deux ans.

Combien de détails comme celui-ci allait-il encore devoir réapprendre ? Les mugs à la main, il se dirigea vers la machine à café. Mais Olivia dut voir à quel point il était perturbé.

— Ce n'est pas grave, Xander. Que je prenne du sucre ou non, ce n'est pas la fin du monde.

— Peut-être, mais il y a quand même des choses importantes. Tous ces moments que nous avons partagés tous les deux, les projets que nous avions… Et cette fichue mémoire qui ne me revient jamais ! Bon sang, je ne me souviens même pas de l'accident qui m'a mis dans cet état. Ni même de la voiture que je conduisais…

Il aurait voulu se calmer mais c'était plus fort que lui. Au même instant, le visage d'Olivia s'assombrit d'un froncement de sourcils inquiet.

— Xander, ces choses-là n'ont pas d'importance. Ce qui compte, c'est que tu sois en vie et *que tu sois là. Avec moi.*

Elle se rapprocha et vint l'enlacer avec ferveur, son beau visage plongé dans le creux de son épaule. Il ferma les yeux, inspira profondément et s'efforça d'étouffer la colère qui bouillonnait en lui. A quoi bon nier la vérité ? Ne même pas se souvenir que sa propre femme ne prenait pas de sucre avec son café le rendait dingue…

— Excuse-moi, chuchota-t-il en déposant un baiser sur son front. C'est juste que je me sens perdu en ce moment.

— Mais tu n'es pas perdu, répliqua Olivia en le serrant tout contre elle. Je suis là, avec toi. Et tu es de retour chez toi.

Présentée sous cette forme, la situation paraissait simple. Mais Xander avait du mal à l'accepter. Pour l'instant, il ne se sentait pas du tout chez lui. Et cela commençait à l'angoisser sérieusement.

- 5 -

Olivia sentait Xander perdu dans ses pensées. Les médecins l'avaient pourtant prévenue qu'il risquait de connaître des sautes d'humeur. Cela faisait partie du processus de guérison de son cerveau et de ses lésions. Elle le serra un peu plus contre elle puis le lâcha. Inutile de l'étouffer, il pourrait se braquer.

— Tu veux prendre le petit déj' dehors ? demanda-t-elle d'un ton aussi léger que possible. Tu peux peut-être servir le café et mettre le couvert pendant que je prépare les œufs ?

Sans attendre sa réponse, elle disposa la vaisselle sur un vaste plateau à hauts rebords — comme ça, il ne ferait rien tomber. Certes, elle ne pouvait pas être près de lui à chaque seconde, mais rien ne l'empêchait de l'encourager à prendre son autonomie. Elle lui ouvrit alors les portes de la terrasse en s'assurant que rien ne risquait de l'entraver au passage.

— Voilà, je te rejoins dans deux minutes, dit-elle alors qu'il finissait de remplir les tasses.

Il semblait hésiter. A quoi pouvait-il bien penser ?

— Quelque chose ne va pas, Xander ?

— Je n'ai pas remarqué hier si tu prenais toujours du lait ou pas, répondit-il d'une voix blanche.

Elle sentit son cœur se serrer. Avoir l'air aussi abattu ne lui ressemblait pas.

— Oui, toujours, merci.

Elle se tourna alors vers la plaque de cuisson pour verser les œufs battus dans la poêle chaude : pas question de le laisser croire qu'elle le prenait en pitié. Tout en remuant les œufs, elle tendit l'oreille et entendit Xander s'emparer du plateau et s'engager doucement vers la terrasse. Ouf. Vers la fin de la cuisson, elle ajouta un peu de ciboulette fraîchement cueillie dans sa jardinière puis versa les œufs brouillés dans deux assiettes qu'elle avait mises au chaud. Elle releva les œufs de quelques gouttes de crème, d'une autre pincée de ciboulette et d'un peu de poivre du moulin avant d'ajouter les tranches de saumon roulées sur le côté. Impeccable ! Xander allait se régaler, songea Olivia. Il ne lui restait plus qu'à apporter les assiettes à l'extérieur.

Xander se tenait sur le rebord de la terrasse et contemplait le cerisier. Celui qu'il avait planté quand ils avaient emménagé.

— Il a grandi, n'est-ce pas ? lança-t-elle en déposant les assiettes sur la table. Tu te souviens du jour où on l'a planté ?

— Oui. C'était une belle journée, dit-il simplement.

En réalité, ils s'étaient amusés comme des petits fous. Une fois l'arbre en terre, ils avaient fêté l'événement avec du champagne et un pique-nique sur la pelouse. Avant de faire l'amour jusque tard dans la nuit.

— Viens manger ton petit déjeuner avant que ça refroidisse, dit Olivia d'une voix soudain étranglée d'émotion.

Ce jour-là, ils avaient échafaudé tellement de projets pour le jardin… Certains avaient pu voir le jour avant la fin de leur mariage, mais elle n'avait eu ni le courage ni l'énergie de poursuivre les travaux qu'ils avaient abandonnés en cours de route. A vrai dire, elle avait même hésité à garder la maison. Car, avec le studio de l'autre côté du jardin où elle avait installé son atelier, la propriété était bien trop grande pour une personne seule.

Seulement voilà, Xander était de retour à la maison. Et Olivia s'y sentait beaucoup mieux. C'était comme si les pièces du puzzle s'assemblaient enfin.

Elle afficha un sourire en prenant sa tasse de café alors que Xander s'attaquait avec application à ses œufs brouillés.

— Ça ne te plaît pas ? demanda-t-elle.

— C'est bon, affirma-t-il entre deux bouchées, mais je n'ai plus la sensation de faim, c'est tout.

— Tu as des douleurs ? Les médecins m'ont dit que tu serais sujet à des migraines. Tu veux que j'aille te chercher des antidouleurs ?

— Livy, je t'en prie, arrête d'en faire toute une histoire ! s'agaça-t-il avant de poser sa fourchette et se lever de table.

Olivia le regarda faire quelques pas sur le gazon. Xander avait l'air d'avancer péniblement, comme s'il luttait contre une sorte de force invisible devant lui.

Elle baissa les yeux vers son assiette et repoussa sa nourriture sur le côté, l'appétit coupé. L'énormité de ce qu'elle faisait venait soudain de lui exploser à la figure. Xander n'était pas le genre d'homme qu'on manipulait ou qu'on forçait à quoi que ce soit. Olivia en savait quelque chose, elle qui l'avait souvent mis en colère. Comme le jour où elle avait ramené ce chien de la fourrière sans l'avoir consulté. Ou celui où elle avait décidé d'arrêter la pilule…

Soudain, la main chaude et puissante de Xander se posa sur son épaule.

— Excuse-moi, je n'aurais pas dû réagir comme ça…

Elle posa sa main sur la sienne.

— Ce n'est pas grave. Tu as raison, j'en fais toute une histoire. J'essaierai de garder ça pour moi, maintenant. C'est juste que… Je t'aime tellement, Xander. Quand j'ai appris ton accident, j'étais pétrifiée. Quand je pense que j'ai failli te perdre…

De nouveau, sa voix s'étrangla. C'était trop dur pour elle, bien trop dur.

— Oh ! Livy… Qu'allons-nous devenir ? demanda-t-il d'une voix fatiguée.

Elle le laissa essuyer d'un revers de la main une larme qui roulait sur sa joue et secoua doucement la tête.

— Je ne sais pas. Il faut prendre la vie au jour le jour, je crois.

— Oui, approuva-t-il. Je crois qu'il n'y a rien d'autre à faire.

Il se rassit à table et termina son petit déjeuner. Après quoi, il parut épuisé, un peu comme si tous les muscles de son corps s'étaient relâchés en même temps. Olivia lui montra le hamac qu'elle avait récemment installé.

— Tu veux essayer le hamac pendant que je débarrasse ?

— Voilà que tu en fais encore toute une histoire, Livy, dit-il avec un sourire amusé. Mais pourquoi pas ? C'est une bonne idée je pense.

Elle répondit à son sourire puis rassembla la vaisselle sale sur le plateau.

— Tu prendrais un autre café ? proposa-t-elle.

— Peut-être plus tard, d'accord ?

Avec un hochement de tête, elle regagna la cuisine. Après avoir rempli le lave-vaisselle, elle fut de nouveau saisie d'un vertige. Mon Dieu, le chemin qui restait à parcourir était si long ! Elle ferma les yeux et s'agrippa au plan de travail jusqu'à en avoir les doigts tout blancs. L'espace d'un instant, tout à l'heure, quand elle l'avait vu contempler le jardin, elle avait paniqué. Il aurait très bien pu se souvenir de ce jour funeste où il avait joué avec le chien et Parker sur la pelouse. Elle se rappelait encore son hurlement quand il avait imploré Parker de s'arrêter. Sa voix était si perçante qu'elle en avait lâché son pinceau. Ni une ni deux, elle s'était précipitée dehors, juste à temps pour entendre l'abominable crissement de pneus.

Elle frissonna et s'efforça de chasser cet horrible souvenir. Elle avait fait de son mieux pour verrouiller sa mémoire, pourquoi fallait-il que cette scène atroce revienne la hanter maintenant ?

En rouvrant les yeux, elle en profita pour jeter un regard dehors. Xander était allongé dans le hamac, il semblait assoupi. C'était peut-être le moment de redescendre ses vêtements restés au grenier et de les mélanger à ceux qu'elle avait ramenés de son appartement. Au passage, elle en profiterait pour ramener le tout dans leur chambre.

Oui, *leur* chambre.

Sans attendre une seconde, elle monta au grenier. Pas de temps à perdre. Cette fois, elle parvint à ignorer les caisses de Parker. Si seulement elle avait pu enfermer dans une de ces petites boîtes la douleur d'avoir perdu son petit ange... A quoi bon le nier ? Son cœur saignait à vif comme au premier jour.

Olivia sentit des larmes lui monter aux yeux, mais elle se hâta de regagner l'escalier. Pas question de craquer. *Pas maintenant. Pas maintenant. Pas maintenant*, se répéta-t-elle à chaque marche de l'escalier.

Une fois dans sa chambre — *leur* chambre — elle poussa ses propres affaires d'un côté de la penderie, récupéra quelques cintres puis y accrocha les vêtements qui avaient passé toutes ces années enfermés dans un carton. Là-dessus, elle alla dans la chambre d'amis récupérer le reste des affaires de Xander qu'elle déplaça dans son dressing.

Cela ne faisait pas beaucoup d'affaires — même s'il en restait un certain nombre à l'appartement. Allait-il le remarquer ? Sans doute. Malgré son accident, Xander restait quelqu'un de très organisé, qui portait une attention particulière aux détails. C'était un peu une seconde nature chez lui. Voilà certainement pourquoi son professionnalisme était reconnu par l'ensemble de ses collègues. Sa carrière à la banque où il travaillait était tout sauf un hasard. Il n'en restait pas moins qu'elle ne pourrait pas retourner à son appartement. Du moins, pas dans l'immédiat. Impossible d'expliquer à Xander la présence de tous ces vêtements dans sa garde-robe. Moralité : il valait mieux s'en tenir à ce qu'il avait pour l'instant à sa disposition.

Et prier pour que cela lui suffise.

Xander se réveilla en sursaut. *Où suis-je ?* se demanda-t-il avant de reconnaître le patio autour de lui. Pas de panique, il s'était endormi sur le hamac, dans le jardin. A la maison. Il jeta un coup d'œil autour de lui. Voyons voir… Qu'est-ce qui avait changé par rapport à ses souvenirs ? Si seulement il pouvait se rappeler tous les travaux qu'ils avaient entrepris, Olivia et lui, cela l'aiderait sûrement à se sentir chez lui pour de bon. Quoi qu'il en soit, ils avaient fait du beau travail.

Doucement, il se redressa puis posa les pieds par terre. Où était passée Olivia ? Il ne la voyait pas à travers la fenêtre de la cuisine. Il se leva, fit quelques pas puis, après une brève hésitation, avança sans trop trembler.

— Livy ? appela-t-il en entrant dans la maison.

Il entendit le parquet craquer à l'étage, puis des bruits de pas dans l'escalier.

— Xander, est-ce que ça va ? répondit-elle en le rejoignant.

Il retint un soupir. Inutile de lui en vouloir de s'être inquiétée sans raison. Lui faire ce reproche ne servirait à rien. Toute cette situation était aussi inédite et intimidante pour elle que pour lui.

— Ça va, répondit-il calmement. Je me demandais juste où tu étais passée.

— J'ai ramené tes habits dans notre chambre, expliqua-t-elle, l'air un peu essoufflée. Ça m'a pris un peu plus de temps que prévu, excuse-moi.

— Il n'y a pas de quoi, tu n'es pas à mon service.

Malgré ses efforts, il sentit lui-même l'irritation qui perçait dans sa voix. Sans surprise, le visage d'Olivia se rembrunit aussitôt.

— Mais j'ai peut-être envie d'être à ton service, Xander.

Tu y as pensé ? Ça fait… longtemps que nous ne nous étions pas retrouvés dans cette maison.

Il se sentit bête. Une fois encore, il l'avait blessée, tout ça parce qu'elle s'occupait de lui. Il lui prit alors la main et l'attira vers lui. Elle résista un peu mais il l'enlaça tendrement.

— Je crois que quand nous nous sommes promis d'être ensemble « pour le meilleur et pour le pire », on ne s'attendait pas à ce que le pire nous tombe dessus, murmura-t-il en pressant ses lèvres sur son front.

Olivia sembla se relâcher et appuya sa tête contre son épaule. Sentant son souffle tiède contre son cou, il resserra son étreinte, comme pour lui dire avec son corps ce qu'il n'arrivait pas à exprimer avec des mots. Après un long moment, elle se dégagea.

— Qu'as-tu envie de faire aujourd'hui ? demanda-t-elle. Un tour en voiture, peut-être ? On devrait en profiter aujourd'hui. C'est que demain tu commences tes séances de kiné à domicile…

A ces mots, elle frotta nerveusement ses mains sur son jean. Xander fronça les sourcils. Qu'est-ce qui pouvait la tracasser comme ça ? Il se souvenait qu'elle avait toujours ce petit geste machinal quand quelque chose n'allait pas. Etait-ce à cause de cette étreinte ? Probablement pas. Ils avaient toujours été un couple assez démonstratif. Du moins en privé. Au même instant, le simple fait de repenser au nombre de fois où ils s'étaient passionnément aimés réveilla sa libido. Au moins, ses lésions cérébrales ne semblaient pas avoir endommagé cet aspect-là de sa vie.

Pourtant, même s'il se sentait relativement en forme de ce côté-là, c'était comme si une barrière invisible s'était érigée entre Olivia et lui. Hélas…

La voix d'Olivia le tira alors de ses pensées.

— Xander ? fit-elle.

— Tu sais, j'aimerais rester à la maison aujourd'hui.

Je me fatigue trop vite. Et si tu me montrais sur quoi tu travailles en ce moment à l'atelier ?

A ces mots, le visage d'Olivia s'illumina.

— Bien sûr ! Suis-moi !

Elle glissa un bras autour de sa taille et ils traversèrent le jardin pour rejoindre l'atelier.

Le studio était une des raisons qui les avaient convaincus d'acheter la maison. Xander savait depuis toujours qu'Olivia rêvait d'abandonner son poste d'enseignante pour se consacrer à la peinture. C'était l'occasion d'exaucer son désir, et il l'avait saisie.

En franchissant le seuil de ce qui était à l'origine un salon-salle à manger, il eut l'impression de violer un espace sacré. Cet atelier était à elle, c'était *sa* pièce, depuis le début.

D'une certaine façon, c'était compréhensible. Dans son enfance, Olivia n'avait jamais eu d'endroit rien que pour elle. Elle avait dû s'occuper de ses petits frères et aider son père comme elle le pouvait tout en suivant les cours du lycée, puis de la fac d'Auckland. Là, elle avait trouvé une colocation avec une dizaine d'autres étudiants dans une maison délabrée. Par bonheur, toute cette histoire était encore nettement gravée dans sa mémoire.

— Tu as fait quelques aménagements, nota-t-il en s'avançant dans l'atelier.

— Pas récemment, dit-elle avant de soupirer. Excuse-moi, Xander, c'était peut-être maladroit de ma part…

— Ne t'en fais pas, dit-il en regardant les toiles qu'elle avait alignées contre le mur.

Il s'approcha un peu plus près des tableaux.

— Je peux regarder ?

— Evidemment. Je travaille sur une série de toiles pour une exposition en galerie. Elle est prévue aux alentours de Noël.

— Ton style a évolué, commenta-t-il. Je dirais qu'il est plus… mûr.

— Je prends ça comme un compliment, répondit Olivia dans son dos alors qu'il soulevait une toile pour mieux l'observer.

— C'en est un. Tu as toujours eu du talent, Livy. Mais ces toiles… C'est d'un autre niveau. Comme si tu étais un papillon sorti de sa chrysalide pour découvrir le monde.

— C'est une jolie comparaison, merci.

— Je suis sincère. Tu as bien fait de renoncer à l'enseignement.

Elle baissa les yeux, et ses cheveux tombèrent devant ses joues qui rosissaient. Ce qu'elle pouvait être belle.

Olivia se cacha derrière ses mèches de cheveux pour qu'il ne voie son visage. Elle avait démissionné de son poste six semaines avant la naissance de Parker. Ça n'avait rien à voir avec la peinture. Mon Dieu… Devoir sauver les apparences était aussi difficile qu'épuisant émotionnellement.

— Est-ce que ça te manque d'enseigner ? demanda Xander.

Il ne se doutait manifestement pas de ce qu'elle était en train de penser. Toutes ces choses qu'elle lui cachait…

— J'ai l'impression que je devrais connaître la réponse à cette question, je suis désolé de t'obliger à revenir sans cesse en arrière…

Elle leva les yeux et le regarda en face.

— Tu n'as pas à t'excuser, Xander. Tu n'as pas demandé à avoir ce fichu accident. On doit juste faire avec, c'est tout.

Au même instant, Olivia sentit son estomac se nouer. Mon Dieu… Cette histoire de papillon sorti de sa chrysalide… C'était exactement celle du livre que Xander avait l'habitude de lire à Parker tous les soirs. Ce ne pouvait pas être une simple coïncidence.

- 6 -

— C'est sur ça que tu travailles en ce moment ? demanda Xander en s'arrêtant devant la toile qui se trouvait sur le chevalet.

Il s'agissait d'une vaste aquarelle représentant Cheltenham Beach. Cet endroit se trouvait à seulement un pâté de maisons de chez eux, en contrebas. Elle allait marcher là-bas chaque jour. C'était la meilleure façon de chasser les démons du passé qui continuaient de la hanter.

— Oui, j'ai presque fini, dit-elle en le regarder étudier son travail de plus près.

Se rappellerait-il des journées où ils emmenaient leur chien se promener sur le sable blanc, où ils riaient en le regardant prendre les mouettes en chasse, avec ses petites pattes. Ce qu'il avait l'air pataud à côté des oiseaux… Se souviendrait-il un jour de la fois où Parker avait pris son premier bain de mer ? Leur fils aimait tellement l'eau… Elle le revoyait courir dans les vagues, encore et encore. Lors de cette première sortie, ils avaient été obligés de l'attacher dans sa poussette pour rentrer à la maison, malgré ses vives protestations.

Olivia sentit son cœur se serrer. Cette situation allait la rendre folle. Toute cette incertitude, cette attente, la crainte de voir Xander recouvrer la mémoire et l'espoir malsain qu'il perde à jamais tous ses souvenirs. Quelle horreur… Comment pouvait-elle espérer qu'il oublie son passé à tout jamais ? Il avait été un bon père — même s'il avait été réticent au départ. Pourquoi devrait-il oublier tout ce qu'il avait apporté à Parker, et tout l'amour que leur enfant lui avait apporté en retour ?

Au même moment, la voix de Xander la tira de sa rêverie.

— J'aime beaucoup. Tu es obligée de la mettre en vente ? Elle serait parfaite sur le manteau de la cheminée dans le salon, non ?

C'est drôle, elle s'était fait exactement la même remarque. C'était à se demander pourquoi Xander et elle avaient perdu leur complicité de toujours.

— Non, je ne suis pas obligée, dit-elle prudemment. Mais cette toile est le point d'orgue de la série.

— Dans ce cas, je l'achèterai moi-même, déclara-t-il avec un demi-sourire.

Son petit air charmant lui rappela aussitôt pourquoi elle était tombée amoureuse de lui au premier regard.

— J'espère que tu en as les moyens ! reprit-elle en riant.

— Je crois savoir comment m'y prendre pour convaincre l'artiste de me faire un prix… disons un prix d'amis…

Au même instant, une onde de désir traversa tout son corps. Cela faisait tellement longtemps qu'ils n'avaient pas joué à ce petit jeu de séduction. Tellement longtemps qu'elle n'avait pas ressenti cette chaleur intense l'envahir.

— Nous verrons ça en temps voulu, murmura-t-elle en s'écartant au moment où Xander semblait vouloir l'enlacer. Sinon, je pensais cuisiner des feuilletés au fromage pour le déjeuner ? Ça te tente ?

— Je ne devrais pas avoir faim après un petit déjeuner aussi copieux, mais oui, ça me tente ! admit-il avec ce qui semblait être une lueur de regret au fond de ses yeux.

Avait-il eu envie d'elle comme elle avait envie de lui ? Si seulement elle avait le courage de répondre à son désir… Les médecins n'avaient pas clairement établi s'ils pouvaient ou non retrouver tout de suite une vie conjugale normale. De toute façon, leur mariage n'avait plus rien de normal.

Est-ce que laisser libre cours à ce désir féroce ne reviendrait pas à abuser de Xander ?

Bien sûr que ce serait abuser… Elle ne pouvait pas lui *mentir à ce point*. Mais est-ce qu'elle ne lui mentait pas déjà sur toute la ligne ? Cela pouvait-il vraiment être pire ?

Elle secoua légèrement la tête. Il valait mieux oublier cette idée, et vite.

— Allons, dit-elle en glissant un bras autour de lui de façon légèrement distante, tu peux te battre contre la machine à café pendant que je prépare les feuilletés. On parlera de mes peintures plus tard.

Quinze jours s'étaient écoulés, songea Olivia en posant sa palette près de son chevalet. Elle et Xander avaient déjà pris quelques petites habitudes. Le kiné venait deux fois par semaine à la maison pour aider Xander à travailler sa marche et lui faire pratiquer des exercices d'équilibre et de coordination. Entre ces séances, elle veillait à ce qu'il s'entraîne. Par bonheur, les bons petits plats maison qu'elle préparait pour lui et tous ces exercices physiques l'aidaient à retrouver peu à peu sa silhouette. Les choses revenaient à la normale. Sur le plan physique, du moins.

Moralement, il était encore prisonnier de ce passé qui lui échappait. On voyait d'ailleurs à quel point cela le minait. Il avait pris l'habitude de passer de longs moments dans son bureau, à l'étage, à relire ses fichiers clients. Fort heureusement, il était encore loin de pouvoir reprendre le travail. Pour l'instant. Mais ce jour finirait par arriver. Elle ne pourrait pas continuer à le cocooner indéfiniment à la maison.

Bien sûr, elle était consciente qu'elle serait forcée de lui avouer toute la vérité s'il ne retrouvait pas du tout la mémoire. Pas question de garder le silence indéfiniment, c'était trop dangereux. Quelqu'un risquait incidemment d'évoquer le sujet, un collègue, par exemple : autant prendre les devants. Mais pour l'heure, c'était prématuré. Xander avait déjà suffisamment de choses à régler. Il devait tout réapprendre : ce n'était pas rien.

Olivia récupéra sa palette, déposa de la peinture sur sa toile puis choisit un pinceau pour l'étaler. Allez, il fallait qu'elle se concentre sur les petits tableaux qu'elle avait commencés ce matin pendant la séance de kiné de Xander. Hélas, impossible de ne pas penser à lui. Lui, l'homme qu'elle aimait.

D'habitude, elle n'avait aucun problème de concentration quand elle peignait. Au contraire. Depuis que Xander l'avait quittée, la peinture était devenue un véritable refuge. D'ailleurs, avant leur séparation, elle cultivait ardemment ce petit jardin secret, quitte à empêcher Xander d'envahir son espace créatif. Or à présent qu'il avait frôlé la mort, elle avait envie de passer chaque seconde auprès de lui.

Quelques instants plus tard, elle décida de porter ses outils à la cuisine pour les nettoyer. Inutile de s'acharner à vouloir de travailler alors qu'elle n'avait qu'une idée en tête : être avec Xander. Une fois ses affaires de peinture lavées et rangées, elle traversa l'atelier pour rejoindre la chambre attenante. C'était une grande pièce, tout en longueur. La lumière n'y était pas assez bonne pour pouvoir y peindre, mais on avait les moyens d'y installer le bureau de Xander. Il pouvait même le rejoindre grâce à une porte séparée, histoire de ne pas la déranger pendant qu'elle travaillait. Et puis, s'il réaménageait son espace de travail ici, elle pourrait rester auprès de lui autant qu'elle le souhaitait.

Hélas, Olivia avait beau se convaincre que ce besoin de garder Xander près d'elle était un geste d'amour vis-à-vis de lui, c'était en réalité la preuve de son égoïsme. Evidemment, elle s'inquiéterait moins de le voir perdre l'équilibre dans l'escalier s'il se trouvait dans la pièce à côté de celle où elle travaillait. Mais cette inquiétude n'était pas sa seule motivation. Non, il y avait plus que cela. D'une certaine façon, elle refusait de laisser filer cette deuxième chance que la vie leur offrait. Jamais elle ne supporterait de voir Xander lui échapper une deuxième fois, ça non.

Cette fois, sa décision était prise. Elle regagna la maison et grimpa les marches de l'escalier quatre à quatre, jusqu'à la pièce où Xander avait installé son bureau depuis toujours. La porte était ouverte. Quand elle l'aperçut, elle hésita dans l'embrasure de la porte mais se résolut à frapper.

Il était affalé sur son fauteuil, les coudes sur son bureau, le visage entre ses mains. Oh non, pourvu qu'il ne lui soit rien arrivé !

— Xander ? s'exclama-t-elle en se précipitant vers lui. Est-ce que ça va ?

— Encore une de ces maudites migraines, maugréa-t-il.

— Je vais chercher tes médicaments.

En moins d'une minute, elle revint vers lui avec le flacon de cachets d'antidouleur prescrits par l'hôpital et un verre d'eau.

— Tiens, dit-elle en lui donnant deux comprimés, avale ça. Je vais t'aider à regagner la chambre. J'ai l'impression que tu ne t'es pas ménagé, encore une fois ?

Après la séance de kiné du matin et le déjeuner, il avait passé deux heures enfermé dans son bureau. C'était beaucoup trop pour lui. A la fois physiquement, et psychiquement. Mais ça, elle était la seule à le voir. Comme toujours, son mari faisait preuve d'une obstination à toute épreuve.

— Mouais, peut-être, grommela-t-il.

Cet aveu en soi avait quelque chose d'étonnant. D'inquiétant, même. Elle le vit d'ailleurs devenir blanc comme un linge quand elle l'aida à se lever. Pour une fois, il ne fit pas semblant de pouvoir se passer de son aide. A petits pas, ils traversèrent le couloir jusqu'à leur chambre.

Xander s'allongea sur le lit avec un petit grognement. Olivia se hâta de le recouvrir avec un drap puis de tirer les rideaux. Une lumière plus tamisée lui ferait sans doute du bien. Elle déposa un baiser sur son front puis pivota sur ses talons. Mais il la retint par le bras.

— Allonge-toi avec moi, Livy, s'il te plaît ?

Ce « s'il te plaît » la fit chavirer. Doucement, elle s'installa sur le lit et se blottit contre lui, les yeux plongés au fond des siens. Elle passa une main dans ses cheveux et se mit à lui masser le crâne. Sous ses doigts, elle sentit la cicatrice de l'opération qu'il avait subie pendant qu'il était dans le coma. Mon Dieu… Elle retira machinalement sa main.

— Continue… C'est si bon, protesta Xander.

Elle éprouva aussitôt une sorte de fierté. Il n'y avait pourtant rien d'exceptionnel à ce qu'il ait ainsi besoin d'elle. Depuis qu'il était rentré à la maison, il passait son temps à tenter de reconquérir son autonomie. S'il acceptait son aide, c'était lorsqu'il n'avait absolument pas le choix. Ou qu'elle insistait lourdement.

Or voilà qu'il avait subitement besoin d'elle. Pas de doute : elle avait bien fait de l'avoir ramené ici. Il valait mieux qu'il vive ici, dans la maison qu'ils avaient rénovée ensemble, plutôt que seul dans cet appartement sans âme. Alors, si elle pouvait être là pour lui, pourquoi y trouver à redire ? De fait, cela lui redonnait confiance en la vie. Et cela faisait bien longtemps qu'elle n'avait rien ressenti de tel.

La première chose qu'Olivia vit en se réveillant, ce fut le visage de Xander penché sur elle. Il avait une mine si grave… L'espace d'un instant, elle crut qu'il avait recouvré la mémoire. Il lui adressa alors ce petit sourire en coin qu'il n'avait jamais réservé qu'à elle seule. Fausse alerte.

— Livy ? murmura-t-il en rejetant une mèche de cheveux qui lui tombait sur le visage.

— Hmm ?

— Je t'aime.

Le cœur battant à tout rompre, elle écarquilla les yeux. Depuis combien de temps n'avait-elle pas entendu Xander prononcer ces mots ? Trop longtemps, sans doute.

Elle posa son visage contre sa paume et l'embrassa.

— Je t'aime aussi.

Elle se blottit tout contre lui. Que c'était bon de pouvoir trouver du réconfort auprès de lui.

— Je suis sincère, ajouta-t-il. J'étais en train de repenser à l'accident et je me demandais depuis combien de temps je ne t'avais pas dit à quel point tu comptes pour moi. Ça me terrifie de penser que ça remonte à trop longtemps. J'aurais pu mourir avant de pouvoir te le redire.

Olivia demeura bouche bée. Eh bien, elle ne s'attendait pas à un tel aveu, loin de là ?

Mais Xander poursuivit :

— Et je voulais aussi te remercier.

— Me remercier ? Mais de quoi ? Je suis toujours ta femme, affirma-t-elle avant de retenir son souffle.

Et zut... Pourquoi avait-elle dit ça ? Ce « toujours » allait peut-être lui mettre la puce à l'oreille.

— Tu as fait preuve d'une telle patience depuis que je suis sorti de l'hôpital... Je t'en suis reconnaissant.

A ces mots, il se rapprocha doucement d'elle jusqu'à ce que leurs lèvres s'effleurent : ce baiser était d'une douceur infinie. Olivia sentit alors son corps se réveiller au contact de celui de Xander. Peu à peu, ses sens revenaient presque douloureusement à la vie. Elle ne put s'empêcher de répondre à son baiser. Leurs lèvres s'unirent comme si rien ne les avait jamais séparées. Puis leurs langues se rencontrèrent, d'abord timidement, puis avec de plus en plus d'excitation.

Les mains de Xander se promenèrent le long de son corps, s'attardèrent sur ses hanches, puis le long des courbes de sa poitrine. Olivia sentit sa peau s'embraser sous ses caresses, ses tétons pointer contre le tissu de son soutien-gorge. Et quand il referma ses paumes autour de ses seins, elle crut s'enflammer.

Non, il fallait qu'elle garde la tête froide. Si elle allait plus loin avec Xander, elle ne ferait qu'aggraver son mensonge.

Avec un soupir de regret, Olivia prit alors les mains de Xander puis les repoussa doucement de son corps pourtant transi de désir. Elle s'écarta de lui puis se redressa. Là, elle prit une profonde inspiration et lui sourit par-dessus son épaule.

— Si c'est comme ça que tu exprimes ta gratitude, je vais redoubler d'efforts ! reprit-elle en essayant d'avoir l'air enjoué.

— Reviens ici, dit-il d'une voix urgente.

Elle croisa son regard langoureux et y lut tout le désir qu'il nourrissait pour elle. Même à l'époque où leur couple battait de l'aile, ils avaient toujours conservé cette espèce de complicité totale entre eux. Une petite flamme inextinguible. Un désir hors du commun qui les unissait.

— J'aimerais beaucoup, mais j'ai du travail, dit-elle en se levant avant de remettre d'aplomb ses habits. Toi, en revanche, tu restes au lit. Tu es encore un peu pâle à mon goût. Comment va ta migraine ?

— Ça va, répondit-il en se levant à son tour.

Alors qu'Olivia s'apprêtait à quitter la chambre, il se planta devant elle.

— Livy, attends. Tu ne vas pas me blesser si nous faisons l'amour.

— Je sais… Ecoute, j'ai envie de toi, mais je crois qu'il est encore un peu tôt pour toi… Sans parler de ces migraines, qui…

Au même instant, la sonnerie du téléphone retentit.

Eh bien, on pouvait dire que ce coup de fil tombait à point nommé. Ni une ni deux, elle se précipita vers le téléphone à côté du lit.

— C'est la galerie, murmura-t-elle à Xander. Je vais en avoir pour un petit moment.

Il répondit par un regard perçant. Pas de doute : on retrouvait bien l'homme déterminé qu'il avait été dans le passé. Sur ce, il pivota sur ses talons et quitta la chambre. Olivia se rassit sur le rebord du lit, le cœur battant encore la chamade. Avec toutes les peines du monde, elle tenta de se concentrer sur sa conversation avec le propriétaire de la galerie. Par chance, elle parvint tant bien que mal à répondre correctement à ses questions : en moins de vingt minutes, son interlocuteur raccrocha après l'avoir chaleureusement remerciée.

Après avoir reposé le téléphone sur la table de chevet, Olivia s'allongea de nouveau sur lit en tirant le drap sur elle. Le matelas était encore chaud là où, quelques minutes auparavant, ils étaient encore endormis. Si seulement elle pouvait faire taire le désir qui la tenaillait au plus profond d'elle-même... Evidemment, elle aurait très bien pu s'abandonner à Xander, mais cela n'aurait pas été honnête.

Comment faire l'amour avec lui alors qu'il avait presque tout oublié de leur vie passée ? Y compris la terrible épreuve qui avait eu raison de leur couple, deux ans auparavant ? Comment avait-elle pu être assez stupide pour croire qu'ils allaient enfin tirer un trait sur les épreuves qu'ils avaient traversées ? Autant être lucide : ils ne pourraient pas repartir de zéro. Elle aimait cet homme, profondément, et cela faisait bien partie du problème. Si elle n'avait pas été à ce point amoureuse, elle aurait saisi l'occasion de faire l'amour avec lui, de s'abandonner à ses caresses expertes et de se laisser posséder sans culpabilité ni arrière-pensées.

Comment aurait-elle pu veiller sur lui sans être confrontée tôt ou tard à ce genre de dilemme ? Xander avait toujours su aimer les plaisirs des sens, tout comme elle. Mais cela faisait bien longtemps qu'ils n'avaient plus partagé cette symbiose.

Oh ! ce n'était pas la première fois qu'elle éprouvait des remords. Elle était la seule responsable de cette situation. Certes, elle avait seulement voulu donner une seconde chance à leur mariage. Pourtant, il était inutile de se leurrer : Xander allait découvrir ce qu'elle avait fait, la façon dont elle avait profité de son amnésie. Et à ce moment-là, qu'allait-il penser d'elle ?

Et qu'allaient-ils devenir ?

- 7 -

En sortant de la chambre, Olivia entendit Xander fureter dans son bureau. Elle traversa le couloir et s'appuya contre l'embrasure de la porte.

— Tu es censé y aller doucement, lui rappela-t-elle.

Il pivota sur sa chaise pour lui faire face.

— J'ai besoin de m'occuper. Mis à part mon amnésie, je commence à me sentir mieux. Je m'ennuie. Comme tu es assez occupée avec tes toiles, je vais peut-être appeler le bureau pour voir si je peux reprendre du service quelques heures par semaine. Histoire de préparer mon retour en douceur, tu vois…

Aussitôt, Olivia sentit son cœur se glacer. S'il reprenait le travail, combien de temps lui faudrait-il pour découvrir la supercherie ? Elle risquait de tout perdre…

— Le médecin ne t'a pas encore donné le feu vert. Pourquoi ne pas attendre encore une semaine ou deux ? Tu verras ce qu'il te dit lors de ton prochain bilan. En attendant, rien ne t'empêche de te replonger dans tes dossiers pendant que je suis à l'atelier. Nous pourrions même déménager ton bureau à côté du studio. Qu'est-ce que tu en penses ?

— J'en pense que tu pourras continuer à me couver comme une mère poule…, lâcha-t-il en haussant un sourcil.

Elle fit une petite grimace. Il n'avait pas tout à fait tort.

— Appelle ça comme tu voudras. Moi, je dis que je veille sur toi, c'est tout. A mon avis, cette solution pourrait t'éviter de t'ennuyer et nous permettre de rester l'un près de l'autre.

Il inclina la tête sur le côté. Pourvu qu'il accepte !

— D'accord, vu sous cet angle... De toute façon, tu perds toute notion du temps quand tu commences une toile. Si je suis à côté, je te servirai au moins de repère.

— Alors... C'est d'accord ?

Il se leva et lui effleura les lèvres avec les siennes.

— C'est d'accord.

Olivia pouvait s'estimer heureuse : elle avait eu chaud...

— Dans ce cas, il ne nous reste plus qu'à dispatcher toutes tes affaires, dit-elle en sortant de la pièce.

En se retournant, elle vit qu'il lui emboîtait le pas mais hésita à le laisser la rattraper. Etait-il capable de descendre l'escalier à son rythme ? Certes, il reprenait des forces chaque jour, mais cela ne l'empêchait pas d'être inquiète.

— Tu sais, ça m'étonne que tu m'accordes une petite place si près de ton espace de travail, commenta Xander alors qu'ils arrivaient au rez-de-chaussée.

Ils sortirent puis traversèrent le jardin vers le studio.

— Pourquoi donc ? demanda Olivia d'un air innocent.

En réalité, elle savait très bien où il allait en venir.

— Parce que dans mes souvenirs, tu n'avais jamais voulu que je m'approche de ton petit univers. Ce que je comprends, d'ailleurs.

Elle haussa les épaules.

— Il faut bien changer un peu, dans la vie. Mais alors, ça veut dire que tu n'as pas envie de déménager ton bureau de l'étage au studio ? Rien ne t'y oblige, tu sais.

— Non, mais c'est une bonne idée. Et puis ça libérera une chambre à l'étage pour nos enfants, même si nous avons manifestement passé beaucoup de temps à repousser l'échéance.

A ces mots, Olivia crut que le sol se dérobait sous ses pieds. Mon Dieu, s'il savait... Ils n'avaient pas repoussé l'échéance, ça non. Les choses auraient-elles tourné différemment si cela avait été le cas ? Auraient-ils échappé à toute cette souffrance si elle avait écouté Xander ? Lui estimait qu'il était prématuré pour eux de devenir parents. Seulement, de son côté, Olivia avait terriblement envie d'un bébé. Voilà pourquoi elle ne regretterait jamais les moments qu'ils avaient passés avec Parker. Bien sûr, s'ils avaient attendu un peu… Avec quelques années de plus, peut-être qu'ils auraient tous les deux réagi différemment ? Xander aurait eu plus de temps pour se préparer à l'idée de devenir père…

Sauf qu'Olivia avait pris seule l'initiative d'arrêter sa pilule. Sans rien lui dire. Au départ, Xander lui en avait voulu quand elle lui avait annoncé sa grossesse. Mais il s'était fait à l'idée, peu à peu. Même si quelque part au fond de lui, il conservait une certaine retenue. Un peu comme s'il avait eu peur de trop aimer Parker. Enfin, c'était ce qu'elle s'était toujours dit.

Elle l'avait même accusé de moins aimer leur fils qu'elle ne l'aimait. C'était pendant ces journées si sombres, après le décès de Parker.

— Hé là, ça va ? demanda soudain Xander en la prenant par le bras. Je croyais que c'était moi qui manquais d'équilibre…

— Je vais bien, assura-t-elle d'une voix tremblante.

Elle avait beau se concentrer sur chacun de ses pas, son esprit ne cessait de la tourmenter.

— Pour reparler de cette histoire d'enfants… Je crois qu'on devrait y réfléchir au plus vite. La vie est trop courte et trop précieuse pour continuer à perdre du temps. Si mon accident de voiture m'a appris une chose, c'est bien celle-là. J'aimerais qu'on commence à essayer…

Arrivée devant le cottage, Olivia hésita. Il fallait qu'elle réagisse, et vite.

— Tu es sûr de ce que tu dis, Xander ? Tu commences à peine à te remettre… Tu penses vraiment que c'est une bonne idée de faire un enfant maintenant ?

Elle-même ne savait même pas si elle avait envie de redevenir mère, un jour. Avait-elle le cœur assez solide pour reprendre un tel risque ? Elle aimait Xander de tout son cœur, la question n'était pas là. Seulement, elle l'avait déjà perdu le jour où il l'avait quittée, et avait bien failli le perdre pour de bon le jour de l'accident.

Au même moment, la voix de Xander la tira de ses réflexions.

— Ce n'est pas toi qui me reproches habituellement de repousser les choses à plus tard ? Pourquoi ce revirement, Livy ? Dis-moi…

— Xander, tu ne préfères pas attendre d'être complètement remis ? Tu n'étais pas du tout pressé d'avoir des enfants avant…

— Et si je ne me remets jamais complètement ? Et si je ne retrouve jamais ma mémoire ? Si toutes ces années restent perdues pour moi ?

D'une certaine façon, Olivia l'espérait… Mais ce ne serait évidemment pas juste, ni pour lui ni pour elle. S'ils voulaient vraiment que ce mariage fonctionne, ils ne devaient avoir aucun secret l'un pour l'autre. Malgré tout, pouvait-elle évoquer avec Xander leur séparation ? Bien sûr que non, et encore moins la tragédie qui l'avait provoquée. Pas pour l'instant. Pas avant de savoir comment il pourrait réagir.

Quand elle était petite, elle avait appris très tôt à enfouir au plus profond d'elle-même la douleur du deuil, pour ne pas se laisser dévorer. Par bonheur, son père l'avait aidée. A la mort de sa mère, il lui avait expliqué que c'était désormais à elle de s'occuper des « petits » — c'est ainsi qu'il appelait ses frères. Lui-même s'était réfugié corps et âme dans son travail à la ferme pour oublier son chagrin.

Après quoi, chaque fois qu'Olivia s'était sentie submergée par la tristesse, par le vide qu'avait laissé sa mère, elle s'était appliquée à tout faire pour ne plus y penser : en se plongeant dans ses études ou en s'occupant du mieux qu'elle pouvait de ses frères. Et puis il y avait toujours du travail à la ferme ou dans la maison. Tout comme son père, elle ne s'était jamais laissé le temps de réfléchir à son deuil, à son chagrin. Et c'était exactement comme ça qu'elle avait survécu à la mort de Parker.

Elle entendit alors la voix de Xander murmurer :

— Livy ?

— Chaque chose en son temps, répondit-elle stoïquement. Pour l'heure, ce qui compte, c'est que tu reprennes des forces et que nous soyons de nouveau heureux ensemble. Et si le fait de t'avoir là, à côté de mon atelier, me permet de t'empêcher de travailler jusqu'à épuisement, alors c'est tant mieux.

— Et vice versa, ajouta-t-il en caressant son visage. Toi aussi, tu travailles trop.

Elle lui lança un sourire malicieux. Effectivement, elle se trouvait à faire peur depuis quelques jours.

— C'est l'hôpital qui se moque de la charité !

Xander pouffa de rire et Olivia se sentit soulagée d'un poids terrible. Ils reparleraient des enfants plus tard. Beaucoup plus tard.

Une fois à l'intérieur du cottage, ils réfléchirent à la meilleure façon de réaménager la chambre pour répondre aux besoins de Xander. Elle ferait appel à une entreprise spécialisée pour prolonger la ligne téléphonique du bureau à l'étage jusqu'ici. Pareil pour le wi-fi, dont la réception était hasardeuse. Même si, en réalité, elle était soulagée que Xander ait un accès assez limité à Internet. Car que se passerait-il si l'envie lui prenait de chercher son nom sur un moteur de recherche ? Il courait le risque de tomber sur des articles de journaux relatant avec mille et un détails les méfaits du chauffard qui avait provoqué la mort de leur petit garçon. Cela ne voulait dire qu'une chose : tôt ou tard, elle allait devoir parler de cette horrible journée à Xander… Mais tant qu'elle pourrait repousser l'échéance, elle le ferait.

— Comment allons-nous pouvoir transporter mon bureau ici ? demanda Xander alors qu'ils balayaient tous deux la pièce du regard. J'aimerais le placer sous la fenêtre, mais, même à deux, nous aurons du mal à le déplacer.

— Tu ne préfères pas acheter un autre bureau ? demanda-t-elle avec espoir.

Elle détestait le meuble énorme qu'il avait tant voulu installer dans son bureau, au début de leur mariage. A l'époque, c'était d'ailleurs leur seul sujet de discorde.

— Ne t'imagine pas que j'ai oublié à quel point ce bureau te déplaît... Mais je l'adore. Et si je dois déménager ici, ce sera avec lui, affirma Xander en feignant la colère.

Olivia poussa alors un soupir théâtral.

— D'accord, si tu insistes... Mme Ackerman, notre voisine, héberge deux étudiants chez elle. Ils seront peut-être ravis de gagner quelques dollars en déplaçant cette horreur jusqu'ici. Avec un peu de chance, ils pourraient même le faire tomber dans l'escalier et le casser...

Elle ponctua sa dernière phrase d'un grand éclat de rire. Avant même qu'elle puisse s'en rendre compte, Xander vint l'enlacer puis la serrer fort contre lui.

— Je crois que je vais devoir te punir pour ce dernier commentaire, dit-il en la chatouillant.

Quand elle parvint enfin à s'extraire de ses bras, elle partit dans un fou rire irrépressible... Que c'était bon de vivre des moments pareils. Pour peu, elle se persuaderait que tout allait redevenir comme avant.

Le lendemain matin, Xander errait dans la maison. Que pouvait-il bien faire ? C'était la première fois qu'il se retrouvait dans un état pareil. Olivia était sortie faire quelques courses pendant qu'il avait sa séance de rééducation. Mais cela faisait déjà plusieurs heures qu'elle s'était absentée. Tiens, et s'il en profitait pour explorer un peu la maison ? Quitte à rester seul… Il arpenta toutes les pièces, en commençant par le rez-de-chaussée, où il inspecta les placards de la cuisine, puis s'attaqua au salon, à la salle à manger et à la bibliothèque. Certains objets lui étaient familiers et d'autres, pas du tout. Quoi qu'il en soit, il avait l'impression d'avoir été dépossédé de quelque chose de vital. Et il détestait cette sensation. Il voulait revenir à sa vie d'avant. Redevenir lui-même.

Il y avait tout de même un point positif : la fatigue générale qui le plombait depuis sa sortie de l'hôpital s'estompait peu à peu. Et son kiné était très satisfait de ses progrès. Du coup, Olivia avait suggéré de transformer une petite pièce du rez-de-chaussée en salle de gym. Au bout du compte, il disposait maintenant du matériel nécessaire pour suivre son programme de remise en forme.

Oh ! il ne rechignait jamais à repousser ses limites, mais cela n'était pas sans conséquences. Il finissait souvent ces séances de rééducation affaibli. Sans parler de ces migraines qui ne le lâchaient pas !

Il s'empara d'une photo de lui et Olivia le jour de leur mariage. En observant ses épaules d'une blancheur de lait que laissait apparaître sa robe dos nu, il fut saisi par une vague de désir. Au moins, de ce côté-là, il n'avait pas de séquelle, pensa-t-il en reposant le cadre sur son étagère. Le lien qui l'unissait à Olivia était plus solide que jamais. Elle lui apportait un immense soutien, même si elle persistait à afficher une certaine timidité dès que les choses devenaient plus sensuelles entre eux. Mais au bout du compte, ces barrières finiraient par céder, c'était une certitude. Leur relation, leur attirance mutuelle avaient toujours été très fortes : ce n'était pas quelques lésions cérébrales qui allaient y changer quoi que ce soit.

Soudain, des bruits de pas dans l'allée le tirèrent de ses pensées. Une visite ? Non, impossible. Ils n'avaient revu personne depuis sa sortie de l'hôpital. Il n'avait eu de contact avec personne, pas même avec sa mère, qui vivait dans le Nord. Il lui avait bien téléphoné pour lui annoncer qu'il quittait l'hôpital mais, comme toujours avec elle, la conversation avait été assez courte. Il allait mieux, elle allait bien. Rien de plus à ajouter. Enfin, voir un peu de monde lui ferait le plus grand bien. Il se dirigea aussitôt vers la porte d'entrée.

Hélas, sa joie fut de courte durée : l'homme qui se tenait sur le pas de la porte n'était qu'un coursier. Lui qui espérait voir un ami ou un collègue de bureau !

— Un paquet pour Mme Olivia Jackson. Vous voulez bien signer s'il vous plaît ? demanda le coursier en lui tendant un stylet et un boîtier électronique.

Xander obtempéra et attrapa la grosse enveloppe qu'on lui tendait. Le temps de dire « Merci », il referma la porte puis tourna le courrier entre ses mains. L'enveloppe portait l'en-tête de « Oxford, Clement & Gurney, cabinet spécialisé en droit de la famille ». Des avocats ? Fronçant les sourcils, Xander relut les petits caractères noirs à voix haute. Bizarre, ces noms ne lui étaient pas inconnus. Mais il avait beau chercher dans sa mémoire, cela ne lui évoquait rien de précis.

Pourquoi Olivia aurait-elle besoin de spécialistes en droit de la famille ? L'enveloppe n'était pas particulièrement protégée. S'il relevait un peu la languette arrière, il pourrait voir ce qu'elle contenait. Peut-être qu'il y trouverait quelque chose susceptible de l'aider à y voir plus clair ? Seulement, il pouvait aussi découvrir quelque chose qui ne lui plairait pas ? Et d'ailleurs, comment expliquerait-il à Olivia qu'il avait fouillé dans son courrier ? C'était à elle que cette lettre était adressée. Lui n'était aucunement mentionné.

Soudain, un doute traversa son esprit. Peut-être que leur mariage connaissait des difficultés avant son accident ? Cela expliquerait pourquoi Olivia semblait si réservée au sujet de ces six années qui avaient disparu de sa mémoire.

Il n'avait pas trop insisté auprès d'elle pour en savoir plus, mais est-ce que ce n'était pas pour elle une façon de le préserver ? Avait-il *vraiment* envie de *tout* se remémorer ? Cela l'arrangerait-il d'oublier certaines choses ?

Les médecins affirmaient que son cerveau n'avait subi aucun dommage irréversible : à les croire, seul le temps permettrait de dire s'il recouvrerait ou non toute sa mémoire. Mais peut-être qu'il n'avait pas envie de se souvenir de tout… Si les choses entre lui et Olivia étaient tendues au point qu'elle consulte un cabinet d'avocats, pourrait-il avoir plus ou moins inconsciemment choisi d'oublier ?

Il eut beau ressasser cette éventualité, il n'y croyait pas. Car sans sa mémoire, sans cette femme, que lui resterait-il ?

— Ce n'est pas vrai ! s'écria-t-il en jetant rageusement l'enveloppe sur la console du hall. Ce n'est pourtant pas si compliqué de se souvenir !

Il retourna à la cuisine et se servit un verre d'eau froide qu'il but d'un trait. D'une main tremblante, il reposa le verre sur le comptoir. Formidable, une nouvelle migraine. Il avala alors deux comprimés d'antidouleur qu'Olivia lui avait laissés, puis alla s'allonger sur le canapé du salon.

A force, il avait fini par constater qu'il n'y avait qu'une façon de faire passer ces fichues migraines : les antidouleurs combinés à une bonne dose de sommeil. Avec un peu de chance, à son réveil, Olivia serait rentrée et pourrait lui expliquer à quoi rimait cette histoire d'avocats.

- 8 -

Olivia rentra par la porte de la cuisine et s'arrêta net. La maison était plongée dans le silence. Etrange… Xander serait-il sorti se promener seul ? Sa gorge se noua. Ils avaient déjà abordé le sujet ensemble : Xander avait reconnu qu'il n'était pas prudent pour lui de sortir seul, du moins pour l'instant. Même son kiné avait jugé cette éventualité prématurée et suggéré qu'il utilise une canne lors de ses premiers déplacements. Ce que Xander avait refusé tout net.

Soudain, une voix résonna.

— Livy ? Je suis au salon !

A ces mots, Olivia sentit son corps se relâcher. Quel soulagement, il était là…

— J'arrive, dit-elle en posant les sacs de provisions.

Avec tout ce qu'elle avait ramené, elle allait lui préparer un bon dîner !

Elle le trouva allongé sur un des canapés du salon, baigné dans la lumière du soleil de cette fin d'après-midi. Il avait les joues rouges. Pourvu que ce ne soit pas la fièvre, songea-t-elle en posant sa paume sur son front. La main de Xander se referma sur la sienne.

— Tu t'attends toujours au pire, Livy ? J'ai juste un peu chaud à cause de tout ce soleil, assura-t-il en se redressant avant de l'attirer sur ses genoux.

Il la dévisagea longuement puis se rapprocha d'elle et l'embrassa langoureusement.

— Voilà comment il faut dire bonjour à son mari, murmura-t-il d'un ton taquin.

Elle sourit et l'embrassa à son tour.

— Si tu le dis, vénérable mari… As-tu été sage pendant mon absence ? Tu n'as pas fait de bêtises, j'espère ?

— Bien sûr que j'en ai fait, rétorqua-t-il avec un sourire effronté… Ou du moins, j'aurais bien voulu…

Elle soutint son regard et vit son visage s'assombrir.

— Qu'y a-t-il, Xander ? Il est arrivé quelque chose ? Tu t'es blessé ?

Il roula des yeux.

— Non. Mais un coursier est venu te livrer un courrier. Venant d'un cabinet d'avocats.

Olivia se raidit puis se leva brusquement. *Oh non…*

— Une enveloppe ?

Elle lui tourna le dos et ferma les yeux. Pourvu que cette lettre n'ait pas réveillé les souvenirs de Xander !

— Je te l'ai laissée sur la console dans l'entrée, reprit-il en se frottant les yeux. Bon sang, je me sens tout chose à force de faire des siestes. Il va falloir que ça s'arrête un jour.

— Tu as encore eu une migraine ?

— Mouais.

— Tu sais que seul le sommeil te permet de t'en débarrasser. Ce sont peut-être les antidouleurs qui te donnent l'impression d'avoir l'esprit embrumé. On peut en parler au médecin, si tu veux. Il faudra peut-être diminuer les doses.

— Bonne idée, dit-il en se levant du canapé pour rejoindre la cuisine.

Elle l'entendit se servir un verre d'eau. Pendant ce temps, elle retourna au pas de course dans le hall pour récupérer l'enveloppe. C'était le moment ou jamais.

— Je monte prendre une douche et me changer, lança-t-elle alors. Je reviens dans dix minutes.

Sans même attendre sa réponse, elle se précipita à l'étage, puis dans sa chambre. Là, elle s'empara d'un jean et d'un T-shirt à manches longues qu'elle emporta, avec l'enveloppe, dans la salle de bains, où elle s'enferma. Après avoir enclenché l'eau de la douche, elle ouvrit son courrier d'une main tremblante. Son cœur battait la chamade. Elle parcourut rapidement la lettre de son avocat : les deux années de séparation requises par l'Etat de Nouvelle-Zélande pour formaliser un divorce étaient désormais écoulées. Il avait joint le formulaire de demande de dissolution en lui demandant de bien vouloir apposer sa signature à côté de celle de Xander.

Une minute, à quelle date avait été signé ce courrier ? Olivia parcourut le document et se sentit frémir : c'était le même jour que celui de l'accident. Depuis tout ce temps, ce document attendait quelque part. Que serait-il advenu si elle avait reçu ce formulaire avant que Xander se réveille de son coma et demande à la voir ? Sans doute l'aurait-elle signé et renvoyé à son avocat, ce qui aurait lancé la procédure.

Elle relut la lettre, attentivement cette fois. Son avocat s'excusait du retard avec lequel il traitait son dossier. Un retard apparemment lié à un changement de personnel au sein du cabinet. Olivia se passa une main dans les cheveux. Mon Dieu… A un détail près, sa vie aurait pu basculer. Son divorce aurait déjà pu être prononcé…

Mais ce n'était pas le moment de paniquer. Il fallait agir, et annuler cette procédure de divorce. Seulement, comment faire ? Pour commencer, ne pas signer ce formulaire. Elle rangea à la hâte les documents dans l'enveloppe, qu'elle plia en deux. Elle allait devoir cacher le tout dans un lieu où elle était certaine que Xander ne trouverait pas. Tiens, si elle la mettait dans la commode de la salle de bains, là où elle rangeait ses parfums ? A priori, il y avait peu de chance qu'il tombe dessus.

Là-dessus, elle se déshabilla à la hâte et passa sous la douche. Une fois lavée, elle se sécha et enfila ses habits de rechange, avant de descendre rejoindre Xander.

— Tu as pris une bonne douche ? demanda-t-il quand elle entra dans la cuisine. Je suis en train d'éplucher les patates… Il faut bien que je mérite ma pitance !

— Merci, dit-elle d'une voix un peu essoufflée. Ça fait plaisir de voir que tu peux te servir de tes mains.

Et voilà que ces petites badineries entre eux reprenaient de plus belle. Comme aux premiers jours. C'était tellement émouvant de retrouver la complicité qu'ils partageaient encore à l'époque où ils n'étaient pas encore parents. Avant que la vie les éloigne l'un de l'autre de la plus cruelle des manières.

Comme une petite pluie fine les empêchait de dîner dehors, Olivia dressa la table dans la salle à manger. Elle sortit sa plus belle vaisselle, ainsi que les chandeliers en cristal que son père leur avait offerts pour leur mariage. Son père qui les avait lui-même reçus comme cadeau de mariage. Jamais elle n'oublierait ce qu'il lui avait dit en les lui offrant :

— Je sais que ta mère aurait aimé te les transmettre, et j'espère que Xander et toi serez aussi heureux que je l'ai été avec elle. La vie me l'a enlevée trop tôt, et je regrette de ne pas lui avoir dit chaque jour combien je l'aimais. Mais on ne peut pas revenir en arrière. N'oublie pas, Olivia, de dire à Xander combien tu l'aimes, chaque jour qui vous sera donné de vivre.

Olivia baissa la tête. Ce seul souvenir lui fit monter les larmes aux yeux tandis qu'elle se penchait pour allumer les bougies. Soyons lucides : elle avait négligé cet aspect de sa relation avec Xander, bien longtemps avant la mort de Parker, absorbée qu'elle était par son travail au lycée, puis par les rénovations de la maison. Et puis, il y avait eu sa grossesse, et la naissance du petit. Certes, elle n'avait jamais cessé d'aimer Xander, mais elle avait cessé de le lui dire…

C'est ma faute si j'ai négligé Xander… Mais je ne vais

pas commettre la même erreur. Cette fois, je vais faire en sorte que ça fonctionne.

Plus tard dans la soirée, quand elle se blottit contre le dos de Xander dans le lit, elle lui chuchota dans le noir :

— Je t'aime.

Il lui marmonna quelques mots fatigués en guise de réponse. Mais pour l'heure, cela lui suffisait.

Au matin, la pluie avait cessé. Après le petit déjeuner, Xander proposa à Olivia une balade sur la plage. Comme il reprenait des forces jour après jour, elle l'estimait désormais capable d'affronter une promenade au bord de l'océan. Et si cela était trop pénible, ils pourraient facilement rentrer à la maison. Dans le pire des cas, elle pouvait toujours le laisser sur un banc et revenir le chercher en voiture. Mais Xander n'était pas du genre à s'avouer vaincu aussi facilement.

— Tu es prêt ? demanda-t-elle en le regardant ramener leurs tasses.

— Plus que jamais, assura-t-il. Ça va nous faire du bien de sortir. C'est chouette d'être à la maison, mais je commence à devenir claustrophobe.

Elle avait redouté ce moment. La vie était si simple, si douce, dans leur petit cocon douillet. Elle avait contacté le patron de Xander pour lui expliquer qu'il n'était pas prêt à recevoir de visite ou de coup de fil. Du coup, aucun de ses collègues ne lui avait téléphoné. Et comme il n'avait pas encore l'autorisation de conduire, il n'était pas autonome. Comme ça, elle avait pu donner l'impression que leur mariage était toujours solide.

Or tout cela n'était qu'un énorme mensonge. Même si les nuits passées blottis l'un contre l'autre ou leurs journées passées à l'atelier étaient merveilleuses… Hélas, cette situation idyllique ne pourrait durer éternellement. Ils finiraient par être rattrapés par la réalité, surtout si Xander recouvrait la mémoire. Bref, elle allait devoir lui parler, et vite. Il lui suffisait de trouver une façon sereine de lui présenter les choses, sans rancœur ni accusations.

Ils marchèrent sans difficulté le long de la colline menant à la plage. Le chemin du retour serait peut-être abrupt, mais ils verraient bien en temps voulu… En un sens, Olivia commençait à s'habituer à prendre les choses comme elles venaient. C'était le mieux à faire, non ?

La plage était balayée par une forte brise. Enveloppés dans leurs parkas, les promeneurs venus respirer le grand air étaient rares.

— J'avais oublié le bien que ça fait d'être sur la plage, s'exclama Xander alors qu'ils longeaient le rivage, bras dessus, bras dessous. Même si ça me manque de ne plus venir faire mon jogging, comme avant…

Il contemplait un homme courir à grandes enjambées sur le sable, avec à ses côtés un chien qui courait, la langue pendante.

— Tu pourras bientôt t'y remettre, j'en suis sûre, murmura-t-elle en lui pressant le bras.

— On devrait prendre un chien, reprit-il tout en suivant le joggeur du regard. Mais d'ailleurs, on n'en avait un, non ?

Olivia se sentit frémir. Voilà, le moment qu'elle redoutait était arrivé. Elle allait devoir lui dire la vérité, ou du moins une partie de la vérité.

Elle inspira profondément, puis répondit :

— Oui, on avait un chien…

Un sourire éclaira le beau visage de Xander, et ses yeux gris s'illuminèrent de satisfaction.

— Je me souviens de lui ! Mais que s'est-il passé ? Il était jeune, non ?

Oui. A peine un an de plus que leur fils. Et il était mort en même temps que lui, renversé par le même chauffard.

— Oui, c'était encore un chiot quand je l'ai ramené à la maison. Il n'avait que quatre ans quand il est mort.

Elle retint son souffle. Pourvu qu'il ne lui demande pas plus de détails. Heureusement, ses prières furent exaucées.

— On devrait prendre un autre chien. Ça me ferait du bien et ça m'obligerait à faire un peu d'exercice tous les jours. Et toi aussi, ajouta-t-il avec un clin d'œil avant de la prendre dans ses bras. Car je te connais. Quand tu travailles sur tes toiles, tu oublies tout le reste, hein ? Tu as tendance à te négliger quand tu travailles ainsi.

Olivia déglutit péniblement. Le jour de la mort de Parker, elle était en train de travailler. Elle l'avait fait sortir de l'atelier car sa présence l'empêchait de se concentrer. Si seulement elle l'avait autorisé à jouer avec elle, il serait en vie aujourd'hui…

C'était si difficile pour elle de surmonter ce sentiment de culpabilité. Y arriverait-elle un jour ? Impossible à dire. Elle était évidemment consciente qu'un tragique concours de circonstances avait mené à ce drame, mais cela ne l'empêchait pas d'imaginer que les choses auraient pu se passer différemment.

— En parlant de ça, tu n'es pas trop fatigué ? On devrait peut-être rentrer, suggéra-t-elle histoire de ramener la conversation vers Xander.

Il accepta de faire demi-tour. Tiens ! Ce n'était pas son genre de dire oui tout de suite. Qu'est-ce que cela pouvait bien cacher ? De retour à la maison, elle prépara du café pendant qu'il s'allongeait sur le hamac du patio. Quand elle sortit, il dormait. Il avait fourni un peu trop d'efforts sur la plage, pensa-t-elle en s'asseyant à la table pour le regarder. Il était encore un peu pâle, mais son visage était moins creusé qu'à sa sortie de l'hôpital. C'était déjà un bon signe.

Petit à petit, il récupérait, mais le chemin serait encore long. Même si les capacités de récupération du corps humain continuaient d'épater Olivia. Quant à la récupération psychologique… C'était l'inconnu. Soyons honnêtes : elle était en sursis. Tôt ou tard, elle n'aurait d'autre choix que dire la vérité à Xander.

Le lendemain, à l'aube, Olivia se réveilla dans son lit. Soudain, un mauvais pressentiment la saisit. Quelque chose n'allait pas. Elle se tourna de l'autre côté : Xander n'était pas là. Elle se leva d'un bond et se précipita vers la porte. Là, elle entendit une voix. C'était lui : il avait l'air de marmonner des paroles inaudibles.

Où était-il ? Elle suivit sa voix, et son cœur se mit à battre à toute vitesse contre sa poitrine quand elle comprit où il se trouvait. Il était dans la chambre qui avait appartenu à Parker. Que diable était-il allé faire là ? Une fois devant la porte, elle hésita. Devait-elle allumer la lumière ? Et réveiller Xander ? Il allait sans doute lui poser des questions auxquelles elle n'avait aucune envie de répondre pour l'instant.

D'un pas prudent, elle s'avança dans la pièce.

— Xander ? dit-elle à voix basse en posant une main sur son bras.

Il marmonna quelque chose entre ses dents et elle tendit l'oreille pour tenter de déchiffrer ses paroles. Et là, son sang se glaça.

— Quelque chose ne va pas… Il manque quelque chose, répétait-il en regardant autour de lui.

Il avait beau avoir les yeux ouverts, elle savait qu'il dormait encore.

— Tout va bien, Xander. Reviens te coucher, lui suggéra-t-elle doucement en lui prenant la main pour le ramener vers leur chambre.

Au début, il résista et répéta ces quelques mots. Puis elle sentit son corps se décontracter et il la suivit à travers le couloir, jusqu'à leur lit. Une fois allongée, elle se détendit à son tour en le sentant s'enfoncer de nouveau dans un sommeil réparateur. Mais pour être honnête, elle eut du mal à se rendormir. Et voilà, le compte à rebours était lancé.

Si la mémoire consciente de Xander avait été touchée, si elle n'avait pas gardé trace de l'existence de leur fils, sa mémoire inconsciente, elle, fonctionnait parfaitement. En son for intérieur, il pressentait cet anachronisme avec la vie qu'il vivait depuis son amnésie. Ce qui soulevait la question qu'Olivia redoutait tant : de combien de temps disposait-elle avant qu'il découvre la vérité ?

- 9 -

A travers la porte-fenêtre donnant sur l'atelier, Xander contemplait Olivia travailler, absorbée par la composition d'une toile destinée à sa prochaine exposition. Il adorait la regarder quand elle ne se savait pas observée.

Pourtant, quelque chose avait l'air de la tracasser — profondément, même. Seulement, Olivia savait parfaitement cacher ses émotions. Quand ils s'étaient connus, il avait admiré cette maîtrise de soi, cette force, qu'il trouvait alors particulièrement fascinantes. Devant lui, Olivia n'avait jamais fait preuve de fragilité et avait toujours farouchement défendu son indépendance. Mais avec le recul, il s'apercevait que ce n'était pas forcément une bonne chose. Comme tout le monde, elle avait des hauts et des bas. Or elle n'en montrait jamais rien. La main qu'on lui tendait, elle la refusait. Pourtant, lorsqu'on se dit « Oui », c'est pour le meilleur et pour le pire, non ? C'est pour partager ses soucis, et les affronter, ensemble.

A quoi pouvait bien penser Olivia ? Comment pouvait-il la convaincre de se confier à lui ? Et cette enveloppe, qu'elle avait reçue du cabinet d'avocats, il y a deux semaines ? Elle s'était volatilisée comme par magie. Quant au cabinet d'avocats qui l'avait envoyée, Xander avait découvert en cherchant sur Internet qu'il était spécialisé dans les divorces. Ce qui, pour être tout à fait honnête, avait soulevé beaucoup de questions mais apporté peu de réponses.

Leur mariage traversait-il une zone de turbulences ?

Voilà peut-être pourquoi Olivia n'osait pas lui en parler ! La vie paisible qu'ils menaient depuis sa sortie de l'hôpital masquait-elle une réalité plus cruelle ? Il se devait de le découvrir, et vite. Car depuis le moment où il l'avait vue face à lui, au moment de son réveil à l'hôpital, il était habité d'un étrange sentiment d'évidence mêlé de doute. Oh ! cela s'expliquait sans doute par les lésions qui avaient affecté son cerveau. Seulement, une petite voix intérieure n'avait de cesse de lui souffler que certaines choses continuaient à lui échapper. Des choses d'une importance vitale.

Est-ce qu'Olivia ne lui cachait pas quelque chose ? Ce n'était qu'une intuition, bien sûr, mais cette lueur triste qui envahissait son regard quand elle se croyait seule le troublait. Et puis il y avait cette façon de froncer les sourcils, comme elle le faisait maintenant : on pouvait sentir son inquiétude, sa préoccupation.

Sa décision était prise : il allait laisser passer encore quelques jours avant de lui demander des explications. Avec un peu de chance, cette information qui lui manquait serait la clé pour recouvrer la mémoire ! Ou peut-être pas. Une chose était sûre : il ne s'en sortirait jamais s'il n'arrivait pas à aller au fond des choses.

Olivia dut l'apercevoir car elle se tourna vers lui. Hélas, le doux sourire qu'elle lui adressa ne suffit pas à faire briller ses jolis yeux bleus. Elle avait l'air tellement concentrée. Mais cela n'avait rien d'étonnant : elle s'adonnait toujours corps et âme à son art. Pourtant, elle paraissait sous pression. Distraite, même. Heureusement, elle finit par retrouver son visage rayonnant, celui qu'il connaissait depuis toujours.

— Il se fait tard, déclara Xander alors qu'elle posait ses pinceaux. Tu devrais terminer ta journée, non ?

— Je suis d'accord avec toi, dit-elle en s'étirant paresseusement. De toute façon, tout va de travers aujourd'hui.

— Range tes affaires, et rejoins-moi à la maison. J'ai une surprise pour toi !

— Une surprise ? répéta-t-elle avec un regard pétillant.

Il lui sourit.

— Ne te fais pas trop d'idées, ce n'est rien de bien spectaculaire. On se retrouve à la maison dans cinq minutes.

— Je serai là, promit-elle.

Et, exactement cinq minutes plus tard, il entendit la porte du jardin s'ouvrir et Olivia approcher de la cuisine.

— Hmm, ça sent délicieusement bon ! dit-elle en le rejoignant. Tu as cuisiné pour moi ?

— En effet, répondit-il en se penchant pour sortir le plat du four.

— Tu m'as préparé ta fameuse moussaka ? lança-t-elle d'un air réjoui. Je n'en avais pas mangé depuis…

Et voilà, de nouveau cette retenue… De nouveau, des paroles en suspens. Que voulait-elle lui dire avant de se reprendre de la sorte ? Il fallait qu'il sache.

— Depuis quand ? insista-t-il.

— Depuis la dernière fois où tu m'en avais préparé une, reprit-elle simplement. Ça fait un bail. J'ai hâte d'y goûter à nouveau. Tu veux que je dresse la table ?

— C'est fait !

— Waouh ! Mais tu es très organisé ce soir…

— Tu étais occupée et je n'avais rien d'autre à faire, plaisanta-t-il. Suis-moi : nous dînons à la salle à manger.

Le plat chaud à la main, il entraîna Olivia dans la pièce qu'il avait décorée de bouquets de fleurs fraîches. Il avait aussi sorti leur plus belle vaisselle pour l'occasion. Quitte à faire quelque chose, autant que tout soit parfait ! Une bouteille de vin pétillant attendait dans un seau à glace et des flûtes en cristal reflétaient la lumière du lustre au-dessus de la table.

— On fête quelque chose ? demanda Olivia.

— Ça fait un mois que je suis rentré à la maison. Je me suis dit que ça valait bien un bon repas.

— Je devrais me changer, répondit-elle en ajustant

son jean et son T-shirt maculés de peinture. Tu t'es donné tellement de mal.

— Mais non, assura-t-il avant de la détailler de la tête aux pieds. Et puis… Tu es parfaite à mes yeux.

Elle se mit à rougir.

— Merci, murmura-elle.

Xander posa le plat sur la table puis s'avança vers Olivia. Sans la quitter des yeux, il prit son visage entre ses mains, et le rapprocha du sien.

— Je suis sincère. Tu es parfaite pour moi, Olivia.

A ces mots, il l'embrassa. Doucement, d'abord. Puis avec de plus en plus de fougue. Quand il referma ses bras autour d'elle, elle se blottit contre lui. Comme si leurs corps avaient été faits pour se compléter. A cet instant, tout le désir que Xander refoulait depuis des semaines se répandit au creux de ses veines. Pas de doute : il avait envie de la femme merveilleuse qu'il tenait entre ses bras.

Il n'eut alors qu'une envie : repousser toute la vaisselle de la table pour y allonger Olivia. Pour se donner à elle et répondre enfin à cet appétit qui ne demandait qu'à être assouvi. Mais il fallait absolument que leur première fois depuis sa sortie de l'hôpital soit vraiment unique : il avait passé sa journée à organiser ce dîner. Et puis, plus ils prendraient leur temps, meilleures seraient leurs retrouvailles.

Alors lentement, doucement, il dompta tant bien que mal sa passion, desserra son étreinte et savoura ses lèvres pulpeuses. Au bout de quelques secondes, il posa son front contre le sien. Sa respiration saccadée et ses mains fébriles trahissaient le désir qui couvait encore en lui.

— Maintenant que nous avons goûté au hors-d'œuvre, nous pouvons attaquer le plat de résistance, suggéra-t-il d'un air presque détaché.

A cet instant, le regard langoureux que lança Olivia lui indiqua que le charme n'était pas complètement rompu.

— Si tu cuisines encore aussi bien que tu embrasses,

alors ce dîner s'annonce merveilleusement bien, murmura-t-elle d'un air rêveur.

— Comment ça, « encore » ?

Encore une allusion qu'il ne saisissait pas. Depuis son retour, chacun préparait les repas à tour de rôle, et il leur arrivait même de cuisiner ensemble. Mais à entendre Olivia, il n'avait pas cuisiné pour elle depuis des lustres.

— Bah, dit-elle en agitant une main, tu as oublié tellement de choses. Je pensais que tu avais peut-être aussi oublié de cuisiner.

Drôle de réponse. L'ambiance devint soudain pesante. Olivia semblait étrangement troublée. Autant ne pas insister pour le moment. Il avait tout fait pour que l'atmosphère soit festive et détendue : pas question de tout gâcher avec des doutes malvenus.

— Je suis presque sûr que tu ne risques pas de t'empoisonner, assura-t-il en souriant.

Une fois à table, il ouvrit le champagne et remplit leurs verres. Il s'assit à son tour et leva sa flûte sans quitter Olivia du regard.

— A notre nouveau départ, déclara-t-il.

Elle trinqua avec lui en répétant ces paroles. Ils trempèrent alors leurs lèvres dans ce vin délicieux, mais Xander continua d'observer Olivia par-dessus le rebord de son verre. Elle avait les traits incroyablement fins et sa bouche charnue trahissait son goût pour les bonnes choses. Il eut brusquement envie de savourer de nouveau ses lèvres. Après tout, pourquoi se priver des meilleures choses qu'offre la vie ?

En tout cas, ce dîner allait lui prouver qu'il n'avait rien oublié de ses talents de cuisinier.

Après le repas, ils emportèrent le reste de la bouteille de vin au salon où ils regardèrent un film. Entre deux baisers, ils dégustèrent leur champagne, et quand Xander suggéra de monter à l'étage, Olivia ne se fit pas prier. Elle lui prit la main et se leva du canapé pour lui emboîter le pas.

Il l'entraîna vers l'escalier qui menait à leur chambre. La lueur tamisée des lampadaires de la rue filtrait à travers les fenêtres, accentuant les ombres des meubles, ce qui créait une ambiance un peu surréaliste dans la pièce. Dire qu'ils allaient enfin faire l'amour à nouveau. S'aimer et se chérir de toute leur âme, comme ils se l'étaient promis le jour de leur mariage.

Sans un mot, Olivia se tourna vers lui et s'attaqua aux boutons de sa chemise, qu'elle ôta rapidement pour poser les paumes sur son torse. Elle avait les mains fraîches, mais il sentit sa peau s'embraser au contact de ses doigts délicats. Chaque millimètre de son corps fut soudain irradié par un irrépressible désir. Car il avait envie d'Olivia comme jamais.

Il frissonna quand, d'une main experte, Olivia explora ses abdominaux avant de descendre jusqu'à la boucle de sa ceinture. Il lui prit alors les mains et les porta à sa bouche pour les embrasser.

— Toi d'abord, murmura-t-il d'une voix emplie de désir. Je veux pouvoir te voir de nouveau, Olivia. Je veux te voir tout entière.

Ses lèvres tentatrices esquissèrent un sourire, et elle inclina légèrement la tête. Cela suffit à le propulser dans un état proche de la transe. Lentement, Olivia dégrafa chaque bouton de son chemisier. Arrivée au dernier, elle laissa doucement glisser le vêtement le long de ses épaules, puis de son corps. Comme elle était belle… Ses seins voluptueux étaient maintenant offerts à son regard. Toujours aussi lentement, elle passa ses mains dans son dos, et il retint son souffle en la voyant dégrafer le soutien-gorge, faire glisser une bretelle, puis l'autre le long de ses épaules… Avant de le quitter pour de bon.

Lui qui pensait être capable d'attendre, de faire durer les choses… Soyons honnêtes : il s'était menti à lui-même. Impossible de ne pas poser ses mains sur elle. De ne pas retrouver chaque courbe de son corps. Un corps qu'il connaissait par cœur, à une époque, mais qui lui paraissait aujourd'hui étrangement différent. Le souffle court, il referma ses mains autour de sa poitrine et la caressa pour retrouver la sensation du grain de sa peau. Il promena ensuite ses doigts autour de ses tétons durcis de désir puis rapprocha son visage de ses seins et referma ses lèvres autour de leur pointe brûlante. Olivia laissa échapper un soupir alors qu'il parcourait son corps frissonnant du bout de la langue. Lentement. Inlassablement. Elle plongea les mains dans ses cheveux et s'agrippa à lui comme si le sort du monde en dépendait.

L'instant d'après, elle défit la braguette de son jean puis le fit glisser le long de ses jambes. D'une main, Xander la prit par la taille, tout en promenant l'autre autour de l'élastique de sa culotte. Tout en elle lui paraissait à la fois familier et différent. Elle était plus douce que dans son souvenir. Ses hanches, autrefois saillantes, s'étaient joliment arrondies, et ses seins lui semblaient plus ronds et plus sensibles qu'avant…

Hélas, son étrange malaise ne se dissipait pas. Il connaissait cette femme mieux que lui-même. C'était bien la même Olivia dont il était tombé amoureux, qu'il avait épousée, et avec laquelle il avait rénové cette maison. Celle qui s'était précipitée à son chevet quand il était sorti du coma, celle qui l'avait ramené à la maison pour veiller sur lui depuis un mois. Et malgré tout, Xander avait toujours l'impression que quelque chose lui échappait.

Heureusement, son désir eut tôt fait de chasser cette idée de son esprit. Il glissa sa main dans la culotte d'Olivia, puis entre ses cuisses, et grogna de plaisir en sentant sa chaleur moite entre ses doigts.

— Tu as envie de moi ? susurra-t-il contre son cou qu'il mordilla avec gourmandise.

— Oui, Xander… Toujours, murmura-t-elle.

Il poursuivit sa caresse, explorant sans relâche son intimité jusqu'à la sentir frissonner contre lui. S'il continuait comme ça, la chaleur de son corps sublime allait le consumer tout entier, lui faire perdre la tête. Doucement, il retira sa main pour prendre Olivia dans ses bras. Ignorant ses molles protestations, il l'allongea sur le lit.

— Tu n'aurais pas dû faire ça, tu aurais pu te blesser, marmonna-t-elle d'une voix suave qui se voulait sans doute réprobatrice.

— Sauf que j'aurais raté *ça*, répondit-il dans un souffle avant de s'immiscer entre ses cuisses d'un geste familier et évident après toutes ces années de mariage.

Il pressa alors contre elle son sexe qui ne laissait plus de doute quant à son état d'excitation et eut le plaisir d'entendre Olivia pousser un petit gémissement.

— On est encore trop habillés, remarqua-t-elle en parcourant ses épaules du bout des doigts.

— Je m'en occupe, répondit-il en faisant courir ses lèvres le long de sa poitrine puis de son ventre. Chaque… chose… en… son… temps…

Il ponctua cette phrase de baisers délicats avant de glisser ses mains sous ses fesses pour rapprocher sa bouche du centre de son désir. Et quand il referma sa bouche, il l'entendit pousser un soupir lascif.

— Ça m'a manqué, tu sais… Tu m'as tellement manqué, articula-t-elle d'une voix suave.

Après quoi, elle se mit à haleter et à pousser de voluptueux soupirs. A présent, elle se contentait de recevoir tout le plaisir qu'il lui donnait. Et il s'assura, à chaque coup de langue, à chaque petite morsure, qu'Olivia savourait chaque seconde.

Alors qu'elle frémissait encore des derniers soubresauts de son orgasme, il la déshabilla complètement avant d'en faire autant. Sans perdre une seconde, il ouvrit le tiroir de la table de chevet, s'empara d'un préservatif qu'il se hâta d'enfiler. Alors il s'enfonça entre ses cuisses et put enfin retrouver sa chaleur vibrante alors qu'elle l'accueillait en elle. C'était tellement bon.

Autrefois, leurs ébats étaient fougueux, mais ce soir, il avait envie de faire durer le plaisir. Le plus possible. Il voulait savourer pleinement chaque instant qui leur était donné. Doucement, délicatement, il donna un coup de reins tout en lui volant un baiser. Il sentit ses petits muscles se contracter tout autour de lui et il s'ouvrit à toutes les sensations qui l'envahissaient soudain. Pour une fois, il se contentait de *ressentir*. Sans douleur. Sans cette sensation d'être perdu. Ou frustré.

Perdu ?

Oliva resserra encore ses muscles les plus intimes autour de lui et il arrêta de penser. Pour s'abandonner à la magie de cet instant, à la beauté de cet amour qu'il partageait avec cette femme qu'il aimait plus que la vie elle-même. Lentement, sûrement, il fit monter en elle un nouvel orgasme et la rejoignit dans le plaisir ultime.

Plus tard, alors qu'il sombrait peu à peu dans le sommeil, sa femme se blottit dans ses bras, ses cheveux soyeux étalés sur ses épaules. Pas de doute : leur vie revenait peu à peu à la normale. Il avait beau ne pas se souvenir de tout, *ça*, il s'en rappelait. Et il n'était pas près de l'oublier. Ni de renoncer à Olivia.

Olivia se réveilla juste avant l'aube, avec l'impression que sa vie était revenue à la normale. Elle avait mieux dormi : cela ne lui était pas arrivé depuis bien longtemps, peut-être même depuis la mort de Parker. Xander était profondément assoupi à côté d'elle, et elle contempla son profil dans la lumière du soleil levant qui baignait petit à petit la chambre. Jamais elle n'aurait cru possible d'aimer un homme comme elle l'aimait, lui. Et plus jamais elle ne voulait le perdre, ça non.

Autrement dit, elle allait devoir lui parler. Elle allait devoir lui parler de Parker, de sa disparition tragique… Et de leur séparation. Mais comment allait-elle trouver les mots alors qu'ils venaient de se redire leur amour de la plus belle des façons ? Impossible à dire. Il n'était pas question que l'horreur du deuil qui les avait frappés ou la violence des paroles qu'ils s'étaient ensuite lancées à la figure ne vienne ternir la nuit magnifique qu'ils venaient de passer. Peut-être devraient-ils s'accorder encore une journée, ou même toute une semaine…

Bref, tout lui avouer ne serait pas facile. Que la mémoire lui revienne ou non. Néanmoins, Xander méritait de connaître la vérité. Objectivement. Pas question de se reprocher quoi que ce soit. Ce qui signifiait qu'elle devait affronter sa propre responsabilité dans la descente aux enfers qui avait peu à peu anéanti leur mariage.

Comment allait-elle lui expliquer les décisions qu'elle avait prises seule, alors qu'ils auraient dû faire ces choix à deux ? Comme le fait qu'elle arrête la pilule avant même d'évoquer avec lui l'éventualité de fonder une famille… A quoi bon le nier ? Ils n'étaient pas prêts à devenir parents, ni lui ni elle. Sauf qu'Olivia avait forcé le destin, parce qu'elle avait cette envie, et que rien ni personne n'avait pu la faire renoncer.

Avec le recul, elle comprenait un peu mieux ce qui l'avait poussée à agir ainsi, mais est-ce que cela lui donnait raison pour autant ? Evidemment que non ! Dès ses douze ans, elle avait été obligée de s'occuper de ses trois frères — âgés de dix, huit et six ans — quand leur mère était morte. Elle avait alors dû les lever chaque matin, leur servir leur petit déjeuner, préparer leur goûter et s'assurer qu'ils ne manquaient pas le bus de ramassage. Puis, chaque soir, il fallait qu'elle vérifie si tout le monde avait fait ses devoirs et qu'elle fasse en sorte que le repas soit prêt à l'heure où son père rentrait de la ferme.

Elle avait espéré le rendre heureux et fier d'elle : manifestement, cela n'avait pas fonctionné. Elle avait eu beau faire tout son possible pour que son père puisse à nouveau sourire, ses grands yeux bleus n'avaient jamais retrouvé leur lueur rieuse. Inutile de nier l'évidence : la mort de sa femme lui avait définitivement fait perdre sa joie de vivre.

Olivia était alors devenue encore plus organisée, tentant de maîtriser au mieux tous les aspects de leur vie de famille. Et cela ne s'était pas arrangé quand elle avait entrepris ses études puis débuté sa carrière d'enseignante. De fait, elle avait continué à encourager les aspirations professionnelles de ses jeunes frères, les poussant à emprunter de l'argent pour payer leurs études et à travailler pour subvenir à leurs besoins. Comme elle l'avait fait elle-même.

Ce n'est qu'après la fin des études du petit dernier, à l'époque où Olivia avait trouvé un poste à plein temps au lycée d'Auckland, qu'elle avait pu, enfin, penser à elle. Et puis elle avait rencontré Xander.

Il y avait en lui une grande indépendance qui l'avait aussitôt attirée. Si, par certains côtés, il lui rappelait son père et sa façon de garder une certaine distance vis-à-vis de ses enfants, cela signifiait aussi que Xander n'aurait jamais besoin d'elle. Pour la première fois depuis des années, elle avait pu s'occuper d'elle. Elle avait gagné sa liberté et pouvait enfin vivre sa vie. En s'adonnant à la peinture et en fondant une famille.

Certes, elle avait réalisé toutes ces choses, mais entretemps, elle avait oublié l'ingrédient vital qui assurait le bonheur d'un mariage : le fait de prendre des décisions à deux. Et non chacun de son côté.

Bref, elle avait un certain nombre de choses à se faire pardonner par Xander. Le fait de veiller sur lui comme elle le faisait depuis sa sortie de l'hôpital en faisait partie. Désormais, il ne lui restait plus qu'à remettre leur mariage sur les bons rails.

La main de Xander se promena sur ses fesses, et elle sourit avant de fermer les yeux. Elle avait tout le temps de trouver le moment adéquat pour tout lui révéler. Pour l'heure, autant profiter de l'instant présent.

- 10 -

Quand Olivia se réveilla, le soleil filtrait à travers les rideaux de leur chambre. A côté d'elle, le lit était vide et elle entendit la douche couler derrière la cloison. Elle s'étira en savourant la sensation de sa peau dénudée contre les draps. Même si elle avait pu en douter, elle était désormais certaine d'une chose : tout allait s'arranger.

Pourtant, un souvenir troublant lui revint à l'esprit. Le préservatif que Xander avait utilisé hier soir… Elle avait complètement oublié cette boîte perdue au fond du tiroir de la table de chevet du côté du lit où il dormait. Après la mort de Parker, Xander préférait lui-même prendre ses précautions pour éviter toute grossesse accidentelle. Même s'ils n'en avaient jamais parlé, Olivia l'avait compris : elle n'y avait d'ailleurs opposé aucune objection. Seulement, depuis quand ces préservatifs étaient-ils rangés là ? Si Xander avait spontanément su où les trouver, cela voulait-il dire que certaines portes du passé se rouvraient à lui ? Même si ce n'était que de façon fragmentaire ?

Elle se mit en travers du lit pour ouvrir le tiroir et plissa les yeux pour tenter de distinguer la date limite d'utilisation imprimée sur la boîte de préservatifs. Soudain, son estomac se noua. La date avait expiré… Depuis longtemps. Elle la rangea immédiatement et referma le tiroir. Mince… Elle ne risquait sans doute pas grand-chose mais, par sécurité, elle achèterait une boîte neuve. Deux précautions valaient mieux qu'une.

Allez, il fallait qu'elle reprenne ses esprits. Le temps d'enfiler sa robe de chambre, Olivia prit la direction de la cuisine. Un bon petit déjeuner : voilà bien une chose dont elle avait besoin. Pourquoi pas des pancakes avec du sirop d'érable et du bacon ? Après s'être rapidement rafraîchie dans la salle de bains du bas, elle se lança dans la préparation de sa pâte à pancakes.

Elle venait juste de déposer le bacon sur le gril quand Xander arriva dans la cuisine. Elle leva les yeux et se sentit frémir. Il était plus beau que jamais.

— Waouh, ça faisait longtemps que tu n'avais pas eu un teint aussi radieux, lança-t-elle en souriant avant de traverser la pièce pour l'embrasser.

— Je crois qu'on sait tous les deux pourquoi, dit-il en glissant les mains sous sa robe de chambre avant d'attraper ses seins.

Aussitôt, elle sentit son corps s'enflammer. Comment avait-elle pu survivre tout ce temps loin de lui ?

Sans un mot de plus, Xander l'embrassa à en perdre haleine. Mais très vite, il s'écarta d'elle et rajusta sa robe de chambre… Dommage qu'il s'arrête en si bon chemin…

— Tu as faim ? demanda-t-elle d'une voix rauque. Je prépare des pancakes.

— Miam ! On mange ici ou sur la terrasse ?

— Il fait beau… On peut prendre le petit déjeuner à l'extérieur ?

— Je vais dresser la table !

Tandis qu'elle versait de la pâte dans la poêle, Xander rassembla sets de table, couverts et condiments, puis sortit sur la terrasse. Le cœur léger, elle ne put s'empêcher de sourire. Mais soudain un bruit retentit dans la pièce. Le téléphone. Après s'être assurée que le bacon ne brûlerait pas, elle alla décrocher le téléphone.

— Madame Jackson ? Peter Clement à l'appareil.

Aussitôt, Olivia sentit sa bonne humeur s'évanouir.

Me Clement. Son avocat. Celui qui représentait ses intérêts dans la procédure de divorce lancée par Xander.

— Pouvez-vous patienter un instant ? murmura-t-elle dans le combiné avant de passer une tête par la porte menant au jardin. Xander, tu veux bien surveiller la cuisson du bacon et des pancakes ? Je dois répondre, c'est important.

— Pas de souci, répondit-il en revenant vers la maison d'un pas toujours prudent.

Olivia remonta à l'étage au pas de course puis s'enferma dans la chambre. Il valait mieux être prudente.

— Merci d'avoir patienté…

— Je vous en prie, répondit son avocat d'une voix suave. J'ai reçu un appel des avocats de votre époux concernant la demande de dissolution que je vous ai envoyée pour signature la semaine dernière. Vous l'avez bien reçue, au moins ?

— Euh… Oui. Mais il y a eu un changement.

— Un changement ?

— Xander est de retour à la maison. Avec moi. Nous, euh… Je crois qu'on peut dire que nous ne sommes plus séparés.

Il y eut un long silence à l'autre bout de la ligne. Puis Olivia entendit un bref soupir.

— Je vois…

— Peut-on interrompre la procédure de divorce ?

— Est-ce le souhait de votre époux ?

— Oui, bien entendu, murmura-t-elle en croisant les doigts.

Après tout ce n'était pas un mensonge. Pas après la nuit qu'ils venaient de vivre.

— M. Jackson a donné des instructions en ce sens à ses avocats, j'imagine ?

— Euh, pas encore… Vous savez, il a eu un accident et n'a pas encore eu l'occasion de les joindre… Enfin, jusqu'à présent, je veux dire, précisa-t-elle rapidement. Mais je suis certaine qu'il les contactera sans tarder.

— Ce n'est pas la procédure habituelle, madame Jackson. Votre époux a déjà rempli et signé les formulaires et…

Un petit bruit derrière elle la fit tressauter. Elle se retourna.

Mon Dieu, Xander se tenait dans l'embrasure de la porte. Depuis combien de temps était-il là ? Avait-il entendu sa conversation ? A en juger par son expression, la réponse était oui.

— Maître Clement, je suis obligée de raccrocher. Je vous rappellerai plus tard pour vous confirmer tout ça.

Sans lui laisser le temps de répondre, elle coupa son téléphone qu'elle posa sur le lit, sur ces draps où elle et Xander avaient fait l'amour…

L'estomac noué, elle affronta le regard de Xander, puis lui tendit la main.

— Xander ?

— Tu peux m'expliquer ce qui se passe ? articula-t-il d'une voix froide et distante.

La voix de l'homme qui l'avait quittée il y a deux ans.

— C'est… C'est compliqué.

Elle se leva et resserra la ceinture de sa robe de chambre.

— Alors explique-toi simplement. Je suis sûr que je pourrai comprendre, malgré ma blessure à la tête, reprit-il d'un ton sarcastique.

Pas de doute : on reconnaissait bien l'intelligence redoutable dont il avait toujours fait preuve.

— Xander, ne fais pas ça, implora-t-elle. Je t'en prie.

— Alors dis-moi ce que je dois faire. Je viens de t'entendre demander à ton avocat d'interrompre une procédure de divorce. La nôtre, je suppose…

Elle frissonna devant la noirceur de son regard. Lui qui pouvait avoir des yeux si doux…

— Si, bredouilla-t-elle.

— Une procédure qui était manifestement déjà lancée quand j'ai eu mon accident.

Elle hocha la tête, la gorge nouée. Les mots qu'elle aurait

dû lui dire depuis bien longtemps n'arrivaient pas à franchir ses lèvres. Quelle idiote… Elle avait eu mille fois l'occasion d'être honnête avec lui, mais chaque fois, elle avait gardé la vérité pour elle. Tout ça pour avoir une seconde chance. Tout le reste était passé après, y compris l'homme qu'elle aimait. Cette fois, elle n'arrivait plus à contenir ses sanglots. Pourquoi avait-elle tout gâché ?

Xander se passa une main dans les cheveux puis se dirigea vers la fenêtre pour contempler la vue sur la baie d'Auckland et ses gratte-ciel. Là-bas, au loin, se trouvait la vie qu'il avait choisie. Loin de cette maison qu'ils avaient achetée et rénovée ensemble… Cette maison qu'Olivia avait transformée en prison dorée, en omettant délibérément de lui révéler qu'ils étaient séparés depuis deux ans.

— Depuis combien de temps nous ne sommes plus ensemble ? demanda-t-il sèchement, sans même la regarder.

Allez, courage. L'heure de dire la vérité avait sonné.

— Tout juste deux ans…

A ces mots, il se retourna brusquement vers elle. Mais avec le contre-jour elle n'arrivait pas à voir son visage.

— Et tu m'as ramené ici comme si de rien n'était ?

— Xander, je t'aime. Je t'ai toujours aimé. Evidemment que je t'ai ramené à la maison…

— Mais ce n'est plus ma maison, n'est-ce pas ? demanda-t-il d'une voix profondément désabusée. C'est pour ça que tu n'avais pas tous mes habits, que je n'arrivais pas à me reconnaître… Je n'arrive pas à y croire… Tu pensais vraiment que ça pouvait fonctionner ?

Olivia se mordit la lèvre. Tous ces mots étaient tellement durs à entendre…

— J'ai juste pensé que nous méritions une dernière chance de sauver notre mariage, rétorqua-t-elle en tremblotant. Nous nous aimons toujours, Xander. Le mois que nous venons de passer n'est pas une preuve suffisante pour toi ? On n'était pas bien, tous les deux ? Rappelle-toi un peu cette nuit que nous avons passée…

— Tais-toi, l'interrompit-il en agitant une main en l'air. Ne mélange pas tout. Tu t'imagines ce que je ressens en ce moment ?

Elle secoua la tête. Impossible d'articuler un traître mot.

— Je suis perdu. Je me sens aussi paumé que la première fois où j'ai rouvert les yeux en sortant du coma, quand je me suis retrouvé entouré de visages inconnus, trop faible pour pouvoir me lever seul. Sauf qu'aujourd'hui, c'est pire : je te faisais confiance, Olivia.

Olivia écarquilla les yeux. La réalité de ce qu'il décrivait venait brutalement de lui exploser au visage. Il avait raison. Elle lui devait la vérité. Depuis le début.

— Pourquoi est-ce qu'on s'est séparés ? demanda-t-il en s'approchant d'elle.

Elle tremblait comme une feuille. Elle allait devoir faire un gros effort pour organiser les mots qui se bousculaient à son esprit.

— Ça faisait longtemps qu'on s'éloignait l'un de l'autre. En fait, le bonheur de notre première année de mariage s'est vite estompé. Et c'est en partie ma faute. J'ai pris des décisions pour nous sans te consulter. Comme, adopter le chien…

Elle prit une grande inspiration. Il fallait qu'elle lui parle de Parker. Hélas, quelque chose lui glaça le cœur. Impossible de lui en parler. Pour l'instant, du moins.

— Tous les deux, on était très pris par nos carrières respectives, et je crois que nous avons oublié d'être un couple, reprit-elle. Tu passais beaucoup de temps au bureau. Avant de devenir associé, tu t'es donné corps et âme à la banque, car tu tenais à faire tes preuves. Une fois que tu as été promu, tu as tenu à montrer que tu étais digne de l'honneur qui t'avait été fait. Et moi, je… Je n'arrivais pas à l'accepter. Je t'en voulais de faire toutes ces heures supplémentaires. Même si je savais que tu faisais ça pour nous. On voulait rapidement finir la maison, ce qui nous obligeait à jongler constamment avec nos emplois du temps respectifs. A l'époque, j'enseignais toujours la journée, et je peignais la nuit. Le peu de temps que tu passais à la maison, tu voulais que je le passe avec toi. Mais j'avais mon propre travail. Cette situation, d'abord provisoire, a fini par s'installer pour de bon. Et notre vie de couple s'est peu à peu étiolée.

Ce qu'elle disait là était vrai. Mais ce n'était qu'une partie de la vérité. Leur mariage n'était pas au beau fixe quand Parker était né, loin de là, mais Olivia avait ignoré les failles qui commençaient à apparaître. Et pour cause : elle était persuadée que les choses finiraient par rentrer dans l'ordre.

Sauf que les choses ne rentraient jamais dans l'ordre toutes seules. Si leur couple avait implosé, ce n'était pas seulement à cause du décès de Parker. Mais parce que les failles qui existaient auparavant entre eux n'avaient jamais été comblées. Ils s'étaient habitués tous les deux à vivre chacun de leur côté, même au moment où ils avaient tous deux été meurtris par le deuil de leur fils.

— Ce portrait que tu fais de moi n'est pas très flatteur, expliqua Xander. Je n'aime pas le personnage que tu décris.

Elle fit un pas vers lui et posa une main sur son bras. Bizarrement, il ne chercha pas à la repousser.

— Xander, nous avons tous les deux nos torts. Je n'étais pas facile à vivre, moi non plus. Nous nous sommes rencontrés, et nous sommes tombés amoureux très vite. Nous nous sommes mariés tout aussi vite. Peut-être que nous n'avons pas pris le temps d'apprendre à devenir un couple. Mais je t'aime encore… Je t'ai toujours aimé. Est-ce que tu peux me reprocher d'avoir voulu nous accorder une seconde chance ?

En regardant Olivia, Xander avait l'impression de voir une étrangère. Cette femme lui avait tout simplement caché qu'ils étaient séparés ! Alors même que leur séparation était sur le point d'être définitivement officialisée, à en juger par la conversation qu'il venait de surprendre.

Mais au-delà du doute et des soupçons, il était maintenant assailli par une foule de questions. Pour quelles raisons l'avait-il quittée ? Uniquement parce que leur vie avait pris des chemins séparés ? Est-ce qu'elle ne lui cachait pas autre chose encore ?

Cela dit, elle lui avait dit une chose qui, malgré la colère, l'avait touché au plus profond de son âme : elle l'aimait. Et lui aussi, il l'aimait. C'était d'ailleurs pour cela qu'il se sentait affreusement trahi, qu'il lui en voulait tant. Voilà pourquoi il éprouvait ce malaise dont il n'arrivait pas à se débarrasser depuis sa sortie de l'hôpital.

Olivia resserra ses doigts autour de son bras.

— Xander ? Je t'en prie, dis quelque chose.

— J'ai besoin de réfléchir, rétorqua-t-il en s'écartant d'elle pour quitter la pièce.

Il dévala alors l'escalier et se précipita vers la porte d'entrée. C'est à peine s'il entendit les suppliques d'Olivia qui le poursuivait. Mais pas question de faire marche arrière. Il avait besoin d'espace, de temps pour lui tout seul.

Il descendit le long de la colline, comme porté par une colère qui lui rendit la force, l'équilibre et la coordination qui lui manquaient depuis son réveil du coma. Il accéléra encore le pas et finit par courir. Assez rapidement, il se mit à transpirer. Ses muscles et ses poumons lui rappelèrent assez douloureusement qu'il était encore loin d'avoir récupéré toutes ses capacités physiques. S'il continuait à ce rythme, il allait finir par se retrouver au lit, au repos forcé, une fois de plus.

Par conséquent, autant ralentir. Machinalement, il se dirigea vers la plage. Des mouettes criaient dans les airs au-dessus de la plage de sable fin. Il les contempla avec une pointe d'envie. La vie de ces oiseaux était tellement simple ! Mais sa vie à lui, pourquoi était-elle si compliquée ? Comment son beau mariage avec Olivia avait-il pu virer au drame ? Mystère…

Il descendit marcher sur la plage, sans se soucier des petites vagues qui s'échouaient sur le sable en mouillant ses baskets et le bas de son jean.

Pourquoi n'arrivait-il pas à se réapproprier ses souvenirs ? L'homme qu'Olivia avait décrit, absorbé par son métier et exigeant toute l'attention de sa femme quand il rentrait le soir… Ce n'était pas lui, impossible. Quand et, surtout, pourquoi les choses entre eux avaient-elles pris une telle tournure ?

Il se souvenait bien de sa rencontre avec Olivia. C'était lors d'un vernissage dans une galerie d'art en ville. Il avait d'abord été subjugué par sa beauté — sa longue chevelure rousse, son teint de porcelaine et ses immenses yeux bleus pétillants. Dès qu'il l'avait aperçue, il s'était senti attiré par elle. Mais c'est surtout quand ils avaient commencé à parler que son cœur avait chaviré. Tout de suite, il avait compris qu'il voulait faire sa vie avec cette femme. D'autant qu'Olivia avait semblé sur la même longueur d'onde que lui.

Ils ne s'étaient plus quittés du week-end. Ils étaient devenus amants très vite : les choses semblaient plus évidentes entre eux ! Tout était tellement parfait, au début… Six mois plus tard, ils s'étaient mariés et avaient acheté leur maison qu'ils avaient décidé de rénover. La maison qu'il venait de fuir. Car voilà que six ans plus tard, ils étaient séparés, sur le point de divorcer. Il s'était forcément passé quelque chose entre-temps. Mais quoi ?

Il s'arrêta de marcher et se massa les tempes. Comme pour convoquer ses souvenirs. Peine perdue. Une nouvelle vague trempa ses chaussures et son jean. Il regarda alors les bancs qui bordaient la promenade le long du rivage. Autant faire une pause.

Il croisa de nombreux joggeurs et promeneurs. Des chiens prenaient les mouettes en chasse ou jouaient avec des morceaux de bois. La vie continuait. Sa vie à lui continuait, même s'il était dépossédé de son passé. Pourtant, il devait bien y avoir un moyen pour faire revivre ses souvenirs, pour retrouver la personne qu'il avait été.

Assis sur un banc, il contempla la mer. Au bout d'une dizaine de minutes, une question lui vint à l'esprit. S'il ne vivait plus à Davenport, avec Olivia, où habitait-il au moment de son accident ? Il habitait forcément quelque part. Dans un endroit où il devait avoir des souvenirs plus récents que son cerveau récalcitrant finirait peut-être par retrouver ?

Une chose était sûre : Olivia devait savoir où il vivait. Les vêtements qu'elle avait placés dans leur dressing commun étaient un mélange de vieux habits qu'il portait au début de leur mariage et de tenues plus récentes dont il n'avait aucun souvenir. Sans doute les avait-elle récupérées à l'endroit où il vivait avant son accident. Autrement dit, elle pouvait le ramener chez lui.

Il se leva d'un bond. Ses jambes fatiguées le soutenaient à peine quand il se dirigea vers le chemin pavé qui remontait vers chez lui.

Chez lui ? Non, il ne pouvait considérer cet endroit comme étant chez lui. Plus maintenant. Peut-être même plus jamais. Tant qu'il ne comprendrait pas pourquoi Olivia et lui s'étaient séparés, il ne se sentirait chez lui nulle part.

- 11 -

Assise à la table de la cuisine, Olivia serra son mug de café refroidi entre ses mains. Le petit déjeuner avait fini par brûler dans le four. Rien d'étonnant : Xander avait laissé les pancakes au chaud le temps de venir la chercher dans la chambre. C'est là qu'il avait surpris la conversation qu'elle avait pourtant tout fait pour dissimuler. A son retour à la cuisine, elle avait dû jeter tout le repas. Elle avait bien essayé d'avaler une gorgée de café, mais son estomac avait protesté. Son inquiétude était bien trop grande. Où pouvait bien être Xander ?

Depuis qu'il avait quitté la maison, elle était restée plantée ici, morte d'inquiétude, à regarder son mug et l'horloge murale. Cela faisait plus d'une heure qu'il avait disparu, songea-t-elle, les yeux rougis par les larmes. Mais où était-il passé ?

Pourquoi ne lui avait-elle pas couru après, au lieu de rester plantée au pied du lit ? Elle aurait pu prendre la voiture et faire le tour du quartier. Mais si ça se trouve, cela n'aurait servi à rien. Il valait mieux attendre qu'il revienne. Enfin, à supposer qu'il compte revenir…

Soudain, un bruit du côté de la porte d'entrée la fit se lever d'un bond. Sa chaise tomba en arrière et s'écrasa sur le carrelage. Pourvu que ce soit lui ?

— Xander ? Est-ce que ça va ? Je me faisais un sang d'encre…

— Je monte me changer à l'étage. Ensuite, tu vas m'emmener où je vivais avant l'accident, rétorqua-t-il sèchement.

— Où… Où ça ? bredouilla-t-elle.

Il voulait bien évidemment parler de son appartement. Impossible de lui dire non. Même si elle était dévastée à l'idée de le faire.

— Je veux aller chez moi… Je suppose que toi, tu sais y aller ?

Elle leva les yeux et, croisant son regard accusateur, hocha doucement la tête.

— Oui… Je m'y suis rendue une fois, avant que tu quittes l'hôpital pour revenir ici, chez toi.

— Ce n'est pas ici, chez moi, reprit-il avec amertume. Apparemment, ça fait un moment que je n'habitais plus ici.

Olivia ravala la supplique qui lui brûlait les lèvres : cette maison pourrait être de nouveau la sienne s'il le souhaitait. Ces dernières semaines, il y vivait comme chez lui. Pourquoi refusait-il ce nouveau départ ?

Bien sûr, elle connaissait la réponse à cette question. Xander était le genre d'homme à toujours peser le pour et le contre avant d'agir. Il tenait à être sûr de lui avant de prendre la moindre décision. Il n'aimait pas les imprévus. Et ce qu'il avait découvert par inadvertance plus tôt dans la journée, en était un, à l'évidence.

— D'accord. Fais-moi signe quand tu seras prêt.

— Je n'en ai pas pour longtemps, lâcha-t-il avant de quitter la pièce.

Olivia porta son mug dans l'évier et y vida le reste de café froid. Elle était terrifiée à l'idée de ramener Xander à son appartement, difficile de prétendre le contraire. Et s'il se souvenait subitement de tout ? De ses griefs, des mensonges… du deuil ?

Autant affronter la réalité en face. Après ce qu'il venait d'apprendre, il risquait de ne plus jamais vouloir la revoir. En fait, s'il recouvrait la mémoire, il y avait toutes les chances qu'il contacte ses avocats pour leur demander d'accélérer la procédure de divorce. Elle n'y pouvait rien. Et ce sentiment d'impuissance était en train de la ronger de l'intérieur.

Le cœur lourd, elle s'empara de ses clés et alla attendre Xander dans l'entrée. Les clés de l'appartement étaient restées au fond de son sac depuis le jour où elle l'avait ramené de l'hôpital. Elle avait l'impression que cela remontait à des années.

Quand il redescendit, Xander était vêtu d'un pantalon et d'une chemise très chic. Il s'était douché rapidement et avait coiffé ses cheveux en arrière. Il s'était même soigneusement rasé la barbe. A présent, il ressemblait beaucoup plus à l'homme d'affaires qui l'avait quittée deux ans plus tôt.

Peut-être pouvait-elle essayer de détendre l'atmosphère ? Il valait mieux désamorcer un peu de cette tension…

— Tu es prêt ?

Quelle question idiote. Bien sûr qu'il était prêt ! D'ailleurs, il leva les yeux au ciel d'un air impatient.

— Allons-y, grommela-t-il en lui ouvrant la porte.

En dépit de sa colère, il continuait de se comporter en gentleman, comme il l'avait toujours fait. Malgré tout, Olivia ne put s'empêcher d'éprouver un certain réconfort devant son geste de courtoisie.

Pourtant, le trajet se déroula dans une atmosphère glaciale. Quand ils débouchèrent sur Quay Street, Xander s'agita sur son siège.

— Où est-ce qu'on va ?

Elle sentait bien que cela l'agaçait de devoir poser une question pareille.

— Parnell. Tu loues un grand appartement dans l'un des gratte-ciel.

Il hocha la tête et regarda droit devant lui, visiblement impatient d'arriver.

Une fois garée dans le parking souterrain, Olivia entraîna

Xander vers les ascenseurs, les nerfs à vif. Elle avait l'impression qu'elle allait s'effondrer à la moindre contrariété. Ils arrivèrent rapidement au dernier étage et atteignirent la porte de l'appartement en quelques secondes seulement.

Elle farfouilla dans son sac pour récupérer les clés, qu'elle agita en l'air.

— A toi l'honneur ? demanda-t-elle.

Xander prit le trousseau puis contempla les clés.

— Je ne sais pas quelle est la bonne, répondit-il en plissant le front.

Allez, courage. Après avoir pris une grande inspiration, elle lui désigna la clé ouvrant la porte d'entrée. Il l'enfonça dans la serrure, tourna et poussa enfin la porte de son appartement. Elle le suivit à l'intérieur. L'endroit sentait un peu le renfermé et une fine couche de poussière recouvrait les meubles. Normal, après un mois sans ménage… Olivia manqua de heurter le dos de Xander alors qu'il s'arrêtait brusquement pour balayer du regard le vaste séjour au bout du couloir.

— Est-ce que c'est… Enfin, est-ce que tu te reconnais ? demanda-t-elle prudemment.

Pour toute réponse, Xander secoua la tête.

Il détesta tout de suite cet appartement. Bien sûr, ces pièces étaient très fonctionnelles — et même belles dans leur style dépouillé. Pourtant, malgré l'ambiance très « garçonnière », il ne s'y sentait pas chez lui. Ce qu'il manquait à ces murs, c'était une touche féminine. Son regard tomba sur un vase vide posé sur une étagère le long du mur. Aucun doute possible : il vivait seul. De toute façon, s'il avait eu une nouvelle compagne, c'est elle qu'il aurait vue à son réveil du coma, à l'hôpital, et non Olivia.

Il s'avança dans le spacieux salon mais il sentit très vite sa gorge se nouer. Ces lieux auraient dû lui paraître familiers. Et pour cause, toutes ces affaires lui appartenaient. Pourtant, rien ne l'inspirait — contrairement à certains objets de la maison de l'autre côté de la baie.

En un éclair, la fureur qui s'était emparée de lui depuis qu'il avait surpris la conversation d'Olivia avec l'avocat s'évanouit. Il ne lui restait plus qu'un grand sentiment de défaite. Une nouvelle fois, il parcourut la pièce du regard.

Toujours rien.

Il repéra un autre couloir, mais n'éprouva ni l'envie ni l'énergie d'aller explorer ce qui se trouvait derrière. Sans doute une chambre. Une chambre qui ne lui évoquerait rien, de toute manière.

Un sentiment de lassitude s'était emparé de lui. Il ne se sentait pas plus chez lui ici qu'ailleurs. Allez, il était grand temps de faire cesser cette comédie.

— Ramène-moi, exigea-t-il brutalement. S'il te plaît. J'en ai assez vu pour aujourd'hui.

A ces mots, elle se rapprocha de lui. Tout en elle semblait l'inviter à lui faire confiance. Que ce soit son visage au regard doux ou ses bras qu'elle enroula avec précaution autour de sa taille.

— Peut-être que cette amnésie peut servir à quelque chose, Xander. Tu y as réfléchi ? Nous avons été heureux, tous les deux. C'est la preuve qu'on peut être ensemble. Est-ce qu'on ne pourrait pas repartir de zéro ? Pour construire quelque chose de plus beau encore ? Ce serait le plus simple, j'ai l'impression…

Il mourait d'envie de lui dire « Oui », mais quelque chose d'indicible l'en empêcha. Ils se dirigeaient vers la porte quand la sonnette d'entrée retentit. On entendit alors le bruit d'une clé. Et la porte ne tarda pas à s'ouvrir.

Les yeux écarquillés, Olivia regarda une frêle jeune femme pénétrer dans l'appartement de Xander. Ce visage…

Mais oui ! C'était une stagiaire qui avait été engagée dans le service de Xander peu après leur mariage. Rachelle. Cette fille avait depuis gravi de nombreux échelons au sein de la banque. Que faisait-elle ici ? Pourquoi avait-elle une clé de l'appartement de Xander ?

Quelque chose lui disait qu'elle n'était pas au bout de ses surprises…

— Rachelle ! Comment vas-tu ? demanda Xander en retrouvant ce sourire qu'il avait momentanément perdu.

Olivia ne put s'empêcher de ressentir une jalousie immédiate, viscérale. Il y avait toujours eu quelque chose chez Rachelle qui l'agaçait — cette familiarité qu'elle avait avec Xander, même à l'époque où leur mariage était au beau fixe. Face à cette femme, Olivia avait toujours eu l'impression d'avoir un train de retard.

Rachelle s'avança vers Xander pour lui faire la bise. Olivia se demanda si la méfiance qu'elle venait d'éprouver pouvait se voir dans son regard. Au prix d'un effort surhumain, elle arriva à sourire poliment. Elle n'avait pourtant qu'une envie : éloigner cette femme de son mari et la traîner jusqu'à la porte. Au lieu de ça, elle prit une grande inspiration. Pas question de s'abaisser à ça. Elle n'avait jamais été du genre jalouse. Même si Rachelle avait toujours eu le chic pour la déstabiliser.

— Xander ! Quel bonheur de te voir ! lança Rachelle en resserrant encore son étreinte. Nous avons tous tellement été choqués par ton accident… Je serais bien venue te rendre visite à l'hôpital, mais on n'était pas autorisés à te voir. Cela dit, j'ai appelé l'hôpital régulièrement pour avoir de tes nouvelles. Enfin, jusque récemment…

Rachelle finit par adresser un regard à Olivia qui dut se mordre la langue pour ne pas répondre. Car la jeune femme avait parlé sur un ton de reproche à peine voilé. Mais Olivia finit par hausser le menton. Ce n'était pas cette petite écervelée qui allait lui faire la morale !

— Je donne régulièrement des nouvelles à Ken depuis que Xander est rentré à la maison pour sa convalescence, déclara-t-elle fermement.

— Bien sûr, rétorqua Rachelle avec un petit sourire en coin. Je venais simplement voir comment allait Xander. Car c'est bien ici qu'il habite, n'est-ce pas ? Je n'avais pas compris que vous l'hébergiez chez vous… Alors, Xander, quand est-ce que tu nous rejoins au bureau ?

Olivia retint son souffle. Qu'allait-il répondre ?

— Je ne sais pas, marmonna-t-il en secouant la tête. Pas dans l'immédiat, je pense.

Olivia fit de son mieux pour ne pas laisser paraître son soulagement.

— En fait, déclara-t-elle en affichant un sourire forcé, nous étions sur le point de partir.

— Ah…, dit Rachelle visiblement déçue. Quel dommage. Moi qui venais justement prendre des nouvelles fraîches…

Sans laisser le temps à Xander de répondre, Olivia reprit :

— Peut-être une autre fois…

Elle soutint le regard de Rachelle. Ni l'une ni l'autre n'était manifestement disposée à baisser les bras. Mais Rachelle finit par détourner les yeux.

— Bien sûr, marmonna-t-elle.

A cet instant, Xander s'excusa pour aller aux toilettes, et les deux femmes se retrouvèrent face à face dans le couloir. Rachelle attendit d'entendre claquer la porte des toilettes, avant de venir se planter devant Olivia. Il était temps de tirer les choses au clair.

— Il n'est pas au courant, hein ?

— Au courant de quoi ? demanda Olivia d'un ton évasif.

— De votre séparation. Du divorce imminent. Et de Park…

— Il sait que nous nous sommes séparés, et nous y travaillons. Les médecins nous ont déconseillé de brûler les étapes dans le processus de…

— Olivia…

— Non ! s'écria-t-elle en levant un doigt autoritaire en direction la jeune femme. Si la mémoire doit lui revenir, ça se fera à son rythme.

— Mais comment va-t-il gérer son retour au travail ? Tout le monde au bureau connaît son passé. Les gens viendront forcément lui parler.

— Sauf que, pour l'instant, il n'est pas prêt à reprendre le travail. C'est un sujet que Xander et moi aurons à aborder, mais en temps voulu.

Rachelle la dévisagea d'un air incrédule.

— Je n'arrive pas à croire que vous lui mentiez de façon aussi éhontée.

Certes, elle était bien consciente de ne pas lui dire *toute* la vérité, mais cela ne voulait pas dire qu'elle lui mentait.

— Je ne suis pas d'accord avec vous, répliqua Olivia avec insistance. Ecoutez, vous devriez partir. Je m'occuperai d'arroser les plantes : vous pouvez me laisser votre jeu de clés.

Mais Rachelle secoua vigoureusement la tête.

— Pas question. C'est Xander qui m'a confié sa clé. Si je dois la rendre à quelqu'un, ce sera à lui, et à personne d'autre.

Cette fois, Olivia ne répondit rien. Inutile d'en faire toute une histoire, d'autant qu'elle n'avait aucune envie de s'interroger sur les raisons qui avaient poussé Xander à donner une clé de son appartement à une collègue.

— Vous allez bien devoir lui dire la vérité, à un moment ou à un autre, poursuivit Rachelle. Et si vous ne le faites pas, je m'en chargerai. Il a le droit de savoir. Vous ne pouvez pas le récupérer comme on récupère un chat égaré. Il vous a quittée, Olivia. Et il avait ses raisons.

Un grand bruit retentit alors au bout du couloir, et les deux femmes se retournèrent brusquement.

Xander…

Quelque chose n'allait pas.

Sans plus réfléchir, Olivia se précipita à l'autre bout de l'appartement.

Devant le lavabo de la salle de bains, Xander s'agrippa de toutes ses forces à la porcelaine blanche. Il était pris d'une migraine terrible. Un vrai supplice. Il avait besoin de s'allonger, de dormir, mais pas question de faire ça ici. Cet endroit ne lui convenait pas du tout. Il avait beau en vouloir à Olivia, il avait besoin d'elle. Il avait besoin de rentrer. Chez lui. Soudain, en tournant la tête, il s'aperçut qu'elle était là, à ses côtés. L'air inquiet et les sourcils froncés.

— Encore une migraine ? Tiens, dit-elle en fouillant dans son sac à main, j'avais apporté une boîte d'antidouleur, juste au cas où…

Elle déposa deux cachets dans le creux de sa main puis remplit à la hâte le verre posé sur l'étagère au-dessus du lavabo.

Xander accepta le verre puis avala ses médicaments avec une grimace.

— Ramène-moi à la maison, s'il te plaît.

— Tu ne préfères pas te reposer ici ?

Il secoua la tête, mais le regretta aussitôt. Une douleur lancinante avait envahi tout son crâne.

— Emmène-moi loin d'ici…

Doucement, elle passa un bras autour de sa taille et le cala contre son épaule pour l'aider à se lever. A petits pas, ils sortirent de la pièce pour rejoindre le hall. Rachelle était toujours dans le séjour. Il eut le temps d'apercevoir son expression choquée.

— Je dois le ramener à la maison, expliqua Olivia d'un ton possessif. S'il vous plaît, n'oubliez pas de fermer à clé derrière vous.

Tiens… C'était bien la première fois qu'il voyait Olivia prendre un ton aussi possessif.

— Vous avez besoin d'aide ? demanda la jeune femme en venant se mettre du côté de Xander.

— On va s'en sortir, rétorqua fermement Olivia en guidant Xander vers la porte.

Avant de sortir, il eut tout de même le temps d'entendre Rachelle lancer :

— Xander, j'espère que tu seras vite remis sur pied. Tu nous manques, au bureau… Tu me manques.

La porte se referma derrière eux, Xander fit la grimace en l'entendant claquer. Ils arrivèrent tant bien que mal à la voiture, où Olivia abaissa un peu le siège passager pour lui permettre de s'allonger un peu. Durant tout le trajet vers Devonport, il s'efforça de penser à autre chose. Car cette migraine était vraiment atroce.

Lui qui était persuadé d'obtenir des réponses en retournant dans cet appartement… Au lieu de ça, il revenait avec encore plus de questions. Non seulement il n'avait rien reconnu là-bas, mais il s'y était senti plus étranger à lui-même que jamais. Pas un meuble, pas un objet, pas un vêtement ne lui avait évoqué le moindre souvenir. Pas même les tasses ou les soucoupes du placard de la cuisine.

Et puis, il y avait eu Rachelle. Elle s'était montrée si familière avec lui. Comme s'ils partageaient bien plus qu'une simple relation de travail. Avait-il rapidement tiré un trait sur son histoire avec Olivia ? Difficile à croire. Certes, Rachelle était une femme attirante — quand on aimait les brunes pulpeuses. Mais lui n'avait d'yeux que pour les rousses longilignes. Enfin, une en particulier. Même si elle lui avait délibérément caché qu'ils étaient séparés.

Pourtant, il avait reconnu Rachelle. Elle faisait partie de son passé, aucun doute là-dessus. Cela expliquait-il pourquoi elle s'était pratiquement jetée sur lui pour le prendre dans ses bras et l'embrasser, tout à l'heure ? Car si son baiser avait atterri sur sa joue, c'était uniquement parce qu'il avait détourné le visage au dernier instant. Faute de quoi, ce baiser aurait atterri sur ses lèvres. Et, à en juger par la réaction qu'avait eue Olivia face à sa collègue, elle l'aurait très certainement mal pris.

Mais alors, quel genre de relation avait-il pu entretenir avec Rachelle ? Cette femme était plus qu'une simple collègue. Cela se voyait à son attitude envers lui. Sans parler du fait qu'elle disposait d'une clé de son appartement.

S'était-il lancé dans une nouvelle relation aussitôt après la séparation ? Cela ne lui semblait ni correct ni probable.

Si seulement il pouvait se souvenir…

- 12 -

Olivia releva les pieds de Xander sur le canapé puis tira les rideaux du salon pour le protéger des rayons de soleil. Quand ils étaient arrivés à la maison, il n'avait même pas voulu tenter de monter l'escalier. Sa migraine avait dû être particulièrement violente. Olivia vérifia qu'il respirait normalement alors qu'il s'enfonçait dans un sommeil profond. Il valait mieux être prudent.

Le plus important pour elle, c'était de l'avoir ramené ici. Car il aurait tout aussi bien pu exiger de rester à l'appartement. Avec Rachelle. Cette idée lui laissa un goût amer. Olivia avait longtemps essayé d'apprécier cette femme. Elle avait même tenté une fois ou deux de se montrer sympathique avec elle. Mais cette petite pimbêche avait toujours fait preuve d'une certaine condescendance envers elle. Ce qui n'avait rien d'étonnant, puisqu'à l'époque Olivia n'était qu'enseignante, puis simple maman au foyer. Alors que Rachelle était une femme déterminée, très active, avec un plan de carrière bien rodé. Bref, tout lui souriait.

Par ailleurs, cette fille n'avait jamais fait mystère de son attirance pour Xander. Et de fait, Olivia l'avait toujours vue comme une menace… Mais il y avait de quoi, car Rachelle passait beaucoup de temps avec son mari au bureau. Cela dit, à aucun moment Olivia n'avait suspecté Xander de s'embarquer dans une relation extra-conjugale. Ce n'était pas son genre. Néanmoins, il avait profondément changé à la suite de la mort de Parker. Après tout, il avait peut-être bel et bien fréquenté Rachelle une fois qu'il s'était installé dans sa garçonnière. En tout cas, cette fille avait l'air de vouloir lui mettre le grappin dessus.

Quelle histoire… Au cours de leurs deux années de séparation, Olivia avait fait de son mieux pour tenir le choc : après avoir perdu son fils, elle avait perdu son mari. Pourtant, jamais elle n'avait songé à se demander si Xander l'avait quittée pour une autre femme. Ou plutôt, elle n'avait jamais voulu envisager une telle éventualité. A vrai dire, l'idée ne lui avait même pas traversé l'esprit quand elle l'avait ramené de l'hôpital. Comment aurait-elle pu y penser alors que les médecins n'avaient mentionné aucune visite sinon celles de sa mère ? Une petite amie hypothétique aurait forcément eu un droit de visite auprès de lui, non ?

Elle chassa vite cette idée de son esprit. Pas question de se laisser entraîner sur ce terrain-là. Hélas, c'était plus fort qu'elle : elle ne pouvait s'empêcher de revoir Rachelle se jeter dans les bras de son mari. Et l'embrasser. Pire encore : Xander avait non seulement reconnu cette femme, mais il ne l'avait pas vraiment repoussée.

Alors voyons… Jusqu'où remontaient les souvenirs de Xander concernant Rachelle ? Cette fille était entrée dans la banque où il travaillait avant la naissance de Parker. Son amnésie s'étendait-elle aussi loin dans le temps ou bien commençait-il à avoir quelques réminiscences ?

Elle baissa de nouveau les yeux vers lui. Le voir aussi profondément endormi était vraiment rassurant. Du coup, elle passa à la cuisine pour se préparer un café. Mais cette histoire continuait de l'intriguer. Quel rôle exact jouait cette femme dans la vie de Xander, en dehors du travail ? Depuis combien de temps était-elle entrée dans son quotidien ? Un an ? Deux ans ? Plus encore ? Faisait-elle déjà partie du tableau avant que Xander quitte la maison ? Etait-elle déjà prête à lui mettre le grappin dessus à la moindre occasion ? Olivia sentit son estomac se nouer. Quelque part, elle avait peut-être poussé Xander dans les bras de cette fille... Le fait qu'elle se soit consacrée corps et âme à Parker y était peut-être pour quelque chose... Ce genre de mésaventure n'était pas rare, hélas.

Cela dit, elle n'avait pas été la seule à être absorbée par leur fils. A vrai dire, les premiers temps, Xander n'avait pas été enchanté par sa grossesse — d'autant qu'il avait découvert qu'il ne s'agissait pas d'un accident, mais bien d'un choix délibéré et unilatéral. Mais dès l'accouchement, il était devenu fou de leur bébé. Auraient-ils tous les deux laissé leur rôle de parents prendre le dessus sur le fait qu'ils étaient — encore — un couple ? Etait-ce pour cette raison que Rachelle avait pris cette place dans la vie de Xander ?

Peu à peu, Olivia sentit une terrible angoisse l'envahir. Seigneur, elle ne supporterait pas de perdre Xander une seconde fois... Elle n'y survivrait pas. Si elle ne s'était pas battue quand il l'avait quittée, si, en apparence, elle avait donné l'impression de tenir le coup, c'était parce que la mort de Parker l'avait dévastée. Résultat : elle n'avait pas su trouver l'énergie de sauver son mariage.

Or désormais, cette énergie, elle l'avait, c'était une certitude. Et elle savait qu'elle allait devoir puiser au fond d'elle-même les ressources pour reconquérir son homme. Pour consolider la place qu'elle occupait dans sa vie, dans son cœur. Quitte à tout recommencer avec lui.

A la seconde où elle l'avait revu, sur son lit d'hôpital, elle avait su qu'elle serait prête à tout pour lui. Car elle l'aimait autant qu'au premier jour de leur rencontre. Un peu comme un deuxième coup de foudre.

Rien ni personne ne pourrait désormais l'empêcher de sauver son mariage.

Olivier et lui méritaient un nouveau départ. Car elle avait tiré profit de ses erreurs passées, en acceptant tout d'abord de les reconnaître. Certes, elle était loin d'être parfaite. Mais Xander avait lui aussi ses responsabilités dans cette histoire. Pourtant, elle l'aimait tel qu'il était. Avec toutes ses imperfections. Depuis qu'il l'avait quittée, elle avait acquis une certaine maturité. Et tout au fond de son cœur, elle était certaine d'une chose : tant que Xander le voudrait, ils auraient toutes les chances de s'en sortir. A deux. Ils pourraient reconstruire leur couple sur des bases solides, sincères et durables.

Oui, mais s'il changeait d'avis ? Si jamais il recouvrait la mémoire, et avec elle, toutes les paroles affreuses qu'elle lui avait lancées à la figure sous le coup de la colère et de la douleur, après la mort du petit ? Si jamais il ne trouvait pas la force de lui pardonner ? Elle ne pourrait pas lui en vouloir… Après tout, c'est son comportement à elle qui l'avait sans doute poussé à partir.

Elle ferma les yeux, tâcha de chasser ce douloureux souvenir, puis inspira une grande bouffée d'air. Cette fois, les choses seraient moins difficiles. Avec le temps, ils avaient pris le recul nécessaire. Et à n'en pas douter, les semaines qui venaient de s'écouler avaient montré à Xander à quel point les choses marchaient bien entre eux. Bien mieux que lorsqu'ils étaient séparés.

Alors que faire ? Il n'y avait pas des milliers de solutions. Olivia devait s'abandonner à lui. Corps et âme. Et ne plus rien lui cacher.

L'après-midi se déroula dans une ambiance mitigée. Xander s'enferma dans le bureau attenant à l'atelier après avoir expliqué à Olivia qu'il ne souhaitait pas être dérangé. Soit, c'était son choix. De son côté, elle passa un long moment à charger dans sa voiture les toiles qu'elle devait livrer à la galerie le lendemain matin. A moins d'un mois de Noël, son agent espérait réaliser un maximum de ventes, d'autant que ses œuvres commençaient à être assez demandées. Tant mieux, d'ailleurs.

Elle prépara le dîner, mais Xander n'était toujours pas ressorti de son bureau. Cette fois, il y avait de quoi s'inquiéter. Après sa migraine de ce matin… Elle se risqua à aller frapper à sa porte. Sans attendre la réponse, elle passa la tête à l'intérieur de la pièce.

— Xander ? Est-ce que tu as faim ? Le dîner est prêt.

Elle s'était donné la peine de lui cuisiner un de ses plats préférés, un steak à la sauce Diane accompagné de jeunes pousses d'asperges et de pommes de terre nouvelles. Vu la journée qu'ils avaient passée, ce n'était pas forcément la meilleure idée du monde. Seulement, Olivia se sentait incapable de parler de tout cela avec Xander. Autant agir.

— Je n'ai pas faim, rétorqua-t-il sans même lever les yeux de son écran d'ordinateur.

Elle s'avança pour voir ce qui le captivait à ce point. Son sang se glaça quand elle reconnut l'organigramme de la banque où il travaillait. Au centre de celui-ci, elle reconnut la photo de Rachelle. Les poings serrés, elle s'efforça de respirer pour évacuer la tension qui montait en elle. Surtout, ne pas s'énerver.

— Je t'ai préparé un steak sauce Diane, articula-t-elle en desserrant les doigts un par un. Tu préfères que je t'apporte un plateau ici ?

— Tu essaies de m'amadouer ? demanda-t-il en se retournant enfin vers elle, un sourire cynique aux lèvres.

— Non… Enfin, pas complètement. Je ne suis pas sûre qu'un repas pourra compenser le choc que tu as reçu aujourd'hui. Je suis tellement désolée, Xander. Je comptais vraiment te parler de ces choses-là plus tôt, mais je n'ai… pas pu.

Il se frotta les yeux, l'air fatigué.

— Je suppose que ce n'est pas le genre de conversation qu'on a envie d'avoir avec un mari convalescent.

A ces mots, Olivia sentit ses épaules se décontracter un peu. Xander lui tendait une perche. Il fallait la saisir !

— Viens dîner, l'implora-t-elle en posant avec précaution une main sur son épaule.

Il posa brièvement la main sur la sienne.

— J'arrive dans une minute. Laisse-moi juste le temps d'éteindre tout ça.

Elle eut envie de l'attendre ici. De lui demander s'il avait trouvé sur Internet les réponses aux questions qu'il semblait se poser. Mais elle sentait bien que c'était prématuré. D'un pas hésitant, elle retourna à la cuisine et mit leur repas au chaud. Hélas, impossible d'effacer la photo de Rachelle de son esprit.

Pourquoi diable Xander avait-il eu besoin de chercher une photo de cette femme ? Essayait-il de se rappeler ce qu'ils avaient été l'un pour l'autre ? Ses sentiments pour elle refaisaient-ils surface ?

Mon Dieu… La seule idée de le perdre une nouvelle fois était en train de la tuer à petit feu.

Ces dernières semaines auprès de Xander lui avaient appris une chose : ils étaient faits l'un pour l'autre. Plus que jamais. Elle aimait cet homme de tout son corps, de toute son âme. Il ne lui restait plus qu'à le lui prouver, maintenant.

Xander eut la surprise de voir Olivia monter se coucher avant lui. C'était bien la première fois ! Cela dit, contrairement à lui, elle n'avait pas passé la moitié de son après-midi à dormir. Elle avait semblé sur des charbons ardents toute la soirée, et il avait eu plusieurs fois l'impression qu'elle était à deux doigts de lui dire ou de lui demander quelque chose. Mais chaque fois, elle s'était ravisée.

Cette journée avait été bouleversante pour tous les deux. Lui avait eu le choc d'apprendre qu'ils étaient séparés depuis deux ans au moment de son accident tandis qu'Olivia avait paru stupéfaite de voir Rachelle s'inviter dans son appartement.

Il appuya sur la télécommande de la télé, zappant machinalement d'une chaîne à l'autre en repensant aux événements de la journée. Il avait beau tourner les choses dans tous les sens, il n'y comprenait rien. Il n'avait pas du tout l'impression d'avoir développé une quelconque relation romantique avec Rachelle. S'ils avaient été en couple, il aurait sûrement ressenti quelque chose de fort en la voyant. Mais en l'occurrence, il s'était surtout senti mal à l'aise quand elle avait cherché à l'embrasser. Rien à voir avec les caresses d'Olivia. Et encore moins avec leur nuit d'amour passionnée de la veille !

Il serra la télécommande entre ses doigts. Le simple fait de penser à son épouse — car Olivia était encore son épouse — suffisait à réveiller en lui un profond désir. Comment les choses entre eux avaient-elles pu se dégrader au point qu'ils soient forcés de se séparer ? Pourquoi n'avaient-ils pas réussi à régler leurs problèmes ?

Avec un profond soupir, Xander éteignit la télé, se leva, éteignit la lumière et monta à l'étage. Autant chercher le sommeil au lit plutôt que de rester avachi devant une télé qui lui embrumait le cerveau.

Mais une fois en haut de l'escalier, il hésita. Que faire ? Une lueur tamisée émanait de la chambre et un parfum suave lui chatouilla les narines. Vanille, peut-être ? Il avança à pas de velours sur la moquette du couloir qui menait à la chambre. Il s'arrêta devant la porte. Olivia s'était manifestement donné du mal pour créer cette ambiance romantique.

Il entra. Les rideaux étaient tirés, mais les fenêtres ouvertes laissaient entrer une brise quasi estivale dans la pièce. Des petites bougies étaient allumées aux quatre coins de la chambre, sur le bureau, les tables de chevet, le manteau de la cheminée. L'odeur de vanille s'intensifia, et il sentit son cœur réagir à ses enivrants effluves.

Olivia sortit alors de la salle de bains, enroulée dans une serviette. Le souffle court, il contempla la ligne de ses épaules. Avant de s'attarder sur sa poitrine voluptueuse qu'on devinait aisément.

Elle avait relevé ses cheveux en un chignon lâche qui révélait la courbe délicieuse de sa nuque, laissant quelques mèches soyeuses retomber en cascade au-dessus de ses épaules. Oh ! comme il avait envie de les caresser...

— Tu chercherais à me séduire que tu ne t'y prendrais pas autrement, déclara-t-il d'une voix remplie de désir.

— Est-ce que ça fonctionne ? demanda-t-elle sur un ton suave.

— Je ne sais pas. Il faudrait peut-être que tu continues.

Alors, sans un mot de plus, il la regarda dénouer sa serviette puis la laisser tomber à terre, révélant en un clin d'œil son corps magnifique. Xander sentit sa bouche s'assécher. Il allait devenir fou si elle continuait comme ça...

D'un geste sensuel, Olivia défit son chignon, laissant sa chevelure retomber sur ses épaules. La pointe de ses seins, habituellement rose, s'était tendue et assombrie, et semblait se dresser vers lui, comme pour implorer ses caresses, sa bouche, sa langue...

Xander sentit son sang bouillonner dans le creux de ses veines, son désir ne faisait que grandir. Elle était tellement belle... Et elle se dirigeait droit sur lui. Quand elle se planta devant ses yeux, il serra les poings pour ne pas la prendre tout de suite dans ses bras. Plus aucun doute : elle cherchait à le séduire.

— Et maintenant ? demanda-t-elle dans un souffle.

Elle se caressa un sein d'une main, et il regarda, fasciné, son téton se durcir encore.

— Oui, répondit-il d'une voix rauque. Ça fonctionne...

Elle esquissa un demi-sourire.

— Tant mieux, susurra-t-elle en se hissant sur la pointe de pieds pour l'embrasser.

Ce fut un baiser furtif, presque prude, mais il déclencha en lui une vague de désir dévastatrice. Chaque millimètre de son corps désirait Olivia. Elle dut s'en apercevoir, car soudain elle porta les mains sur les boutons de sa chemise, qu'elle ouvrit avec adresse avant de laisser tomber le vêtement au sol. Sans un mot de plus, elle posa ses paumes chaudes le long de sa peau brûlante de désir. Il avait tellement envie d'elle qu'il sentit tout son corps s'embraser au gré de ses caresses.

Il voulut la caresser à son tour, l'attirer à lui, mais elle lui bloqua les mains et les lui plaqua sur les flancs.

— Laisse-moi faire, susurra-t-elle. Laisse-moi t'aimer, Xander.

Elle déposa alors une pluie de baisers le long de son torse, dessinant un chemin de feu autour de ses tétons durcis de plaisir. Il ne put réprimer un grognement bestial alors qu'une décharge exquise de désir le traversait.

L'instant d'après, les mains d'Olivia s'attaquèrent à sa boucle de ceinture, puis — enfin — à la braguette de son pantalon. Elle se faufila alors sous son boxer, et ses doigts de velours se refermèrent autour de son pénis dur comme un roc. Lentement, langoureusement, elle se mit à le caresser de la plus sensuelle des façons… Que pouvait-il faire sinon accepter de s'abandonner à elle ?

Avant même de comprendre ce qui se passait, il sentit son pantalon puis son boxer glisser le long de ses jambes, avant de sentir le souffle chaud d'Olivia contre ses cuisses. Et sa bouche pulpeuse se refermer autour de sa chair transie de désir.

— Livy, grogna-t-il en plongeant ses doigts dans son épaisse chevelure.

Pour toute réponse, elle enroula sa langue autour de lui.

Très vite, il perdit le contrôle… Très vite, il se laissa envahir par un orgasme intense, le corps agité par des soubresauts de plaisir incontrôlables. Il finit tout de même par recouvrer peu à peu ses esprits et s'aperçut qu'il tenait à peine debout.

Tremblotant, il aida Olivia à se relever puis la serra tout contre lui en attendant de retrouver un rythme cardiaque supportable.

— Tu es prêt pour la suite ? demanda Olivia à voix basse.

— La suite ?

— Oui, la suite… Car nous avons beaucoup de choses à rattraper.

— Alors nous sommes deux, répondit-il en déposant un baiser sur son front.

Elle l'entraîna à reculons vers le lit, sur lequel elle le poussa avant de parcourir de ses mains brûlantes chaque centimètre de son corps : le bout de ses orteils, ses jambes, ses cuisses, son ventre. Elle s'installa alors à califourchon sur lui.

— Tu m'as manqué, Xander, susurra-t-elle en plongeant ses grands yeux bleus au fond des siens.

Il lut dans son regard la ferveur incandescente d'un désir qui faisait tellement écho au sien…

Dans la lueur tamisée des bougies, Olivia lui paraissait plus belle que jamais. Ses cheveux aux reflets mordorés tombaient en vagues soyeuses au-dessus de sa nuque et caressaient la peau dénudée de ses épaules. Ses seins fermes et voluptueux se dressaient vers lui comme pour réclamer ses caresses — qu'il lui accorda sans se faire prier.

Sans la quitter des yeux, il referma alors ses doigts autour de ses tétons durcis tout en laissant son corps se remettre de cet incroyable déferlante de plaisir qu'elle venait de lui offrir.

De nouveau, il sentit son sexe se raidir au contact de la chaleur exquise et humide d'Olivia. Il glissa alors une main entre ses cuisses et sourit : elle était terriblement excitée.

— Montre-moi, grogna-t-il. Montre-moi à quel point je t'ai manqué.

Elle s'empara alors d'un préservatif qu'elle avait dû glisser sous l'oreiller en prévision de ce moment et le lui enfila. Cet instant devint alors une exquise torture. Sans un mot de plus, elle ondula des hanches pour l'accueillir lentement en elle. Il sentit ses cuisses trembloter alors qu'elle s'offrait à lui de la plus délicieuse des façons.

— J'ai tellement envie de toi, Xander, dit-elle d'une voix haletante. Je ne veux plus jamais te laisser partir.

Puis elle commença à se déhancher. Il ne lui restait plus qu'à savourer tout le plaisir qu'elle lui donnait. Il s'agrippa à ses hanches et lui laissa l'initiative de les entraîner tous les deux vers la jouissance qui arriva à la fois trop vite, mais aussi trop lentement. Le souffle court, il passa ses bras autour d'elle et la serra fort contre lui. Que c'était bon.

De longues minutes plus tard, Olivia se leva pour aller éteindre les bougies qui brûlaient encore. Il l'observa à travers ses paupières mi-closes. La chambre s'assombrit peu à peu, avant d'être plongée dans l'obscurité totale. Olivia ne tarda pas à revenir sur le lit, s'allongeant contre lui. Il vint alors se blottir contre son dos. C'était incroyable de voir à quel point leurs corps s'épousaient merveilleusement.

— Bonne nuit, Xander, murmura-t-elle dans l'obscurité. Et… désolée pour aujourd'hui.

Il la serra contre lui et déposa un baiser au creux de sa nuque, alors qu'elle s'enfonçait dans un profond sommeil.

Aussi sincère soit-elle, Xander avait encore l'impression qu'elle lui cachait quelque chose… Quelque chose de crucial, mais sa mémoire récalcitrante refusait de l'aider à le savoir. Allait-il finir par la retrouver un jour, cette fichue mémoire ?

- 13 -

Le lendemain matin, Olivia se réveilla tard. Heureuse, elle était heureuse. Elle se tourna sur l'oreiller et se retrouva nez à nez avec les grands yeux gris de Xander. Que c'était bon de l'avoir tout près d'elle.

— Je t'aime, murmura-t-elle. Je t'aime tant.

Elle ôta une mèche qui encombrait son front puis l'embrassa avant de se lever du lit. Mais Xander l'attrapa par le poignet et la retint dans ses bras.

— Reste, ordonna-t-il avant d'enfouir son visage dans le creux de son cou.

Elle frissonna. Seigneur, il savait exactement où la toucher pour la rendre folle…

Quand ils se levèrent enfin, il était 11 heures passées. Xander vint la rejoindre sous la douche.

— On devrait passer toute la journée au lit, suggéra-t-il en la savonnant langoureusement.

De nouveau, elle sentit son cœur battre la chamade.

— J'adorerais, mais je dois livrer mes tableaux à la galerie. Ça va m'occuper tout l'après-midi et une partie de la soirée, expliqua-t-elle avant d'ouvrir la porte de la cabine. Je ne peux pas me défiler, Xander. Il s'agit de ma carrière, et de ma réputation d'artiste.

— Alors vas-y. Je trouverai bien de quoi m'occuper pour passer le temps.

— Tu pourrais m'accompagner, proposa-t-elle.

Si seulement il pouvait dire oui ! Ce serait une telle joie…

— La prochaine fois, d'accord ? répondit-il.

Olivia se mordit les lèvres. Dommage. Mais ce serait sans doute trop fatigant pour Xander de sortir tout l'après-midi, puis toute la soirée. Néanmoins, elle n'avait aucune envie de briser cette petite bulle d'intimité qu'ils partageaient de nouveau. Elle s'essuya rapidement puis se sécha les cheveux tandis que Xander sortait de la douche.

Voyons… Quand avaient-ils partagé ainsi la salle de bains pour la dernière fois ? Ce genre de complicité au quotidien lui avait manqué, difficile de prétendre le contraire.

— Tu vas te raser ? lui demanda-t-elle.

— Mouais, répondit-il en étalant la mousse à raser sur ses joues. Je suis prêt à retrouver mon visage d'avant.

Elle fit une grimace. Retrouver son visage d'avant ? Qu'entendait-il par là exactement ? Elle démêla ses dernières mèches puis posa sa brosse avant de glisser un bras autour de la taille dénudée de Xander.

— Moi, j'aime bien ton visage d'aujourd'hui, murmura-t-elle en lui embrassant les épaules.

— Tu ne m'aimais pas avant ? demanda-t-il en cherchant son regard dans le miroir.

— Je t'aimais comme tu étais, Xander. Mais nous avons tous les deux changé. Je préfère la personne que je suis devenue. Peut-être que le vrai problème était là. Avant, j'essayais toujours d'être quelqu'un d'autre. Je dois peut-être m'autoriser à être moi-même, c'est tout.

Elle s'écarta doucement de lui et remit le sèche-cheveux en marche. Soyons honnêtes, elle ne s'était pas encore tout à fait débarrassée du stress et de l'inquiétude de la veille. Heureusement qu'elle n'avait pas à rester à la maison toute la journée ! Sans compter que ce n'était pas le moment d'annuler son rendez-vous : sa carrière et sa réputation reposaient beaucoup sur cette exposition. Cette galerie était l'une des plus renommées d'Auckland : c'était une grande chance pour elle d'avoir été invitée à y exposer. Bien sûr, la galerie prendrait une commission substantielle sur les ventes éventuelles, mais cela n'avait pas grande importance : on allait sûrement la repérer.

Un peu plus tard, après avoir avalé des œufs brouillés au bacon et à la ciboulette, accompagnés d'un bon café et de toasts, Xander l'aida à charger ses dernières toiles dans la voiture.

— Merci, dit Olivia en refermant le coffre de son break. Je ne sais pas trop à quelle heure je vais rentrer, mais ce sera sans doute tard. Après dîner, en tout cas.

— Je saurai me débrouiller.

— Tu me promets que si tu as encore une migraine, tu prendras bien tes cachets ? Pas d'imprudence, surtout.

— Tu n'es pas obligée de jouer les baby-sitters avec moi, tu sais…

— Je sais, dit-elle en lui caressant la joue. Mais je m'inquiète pour toi.

— Je ferai attention, promis, dit-il d'un ton solennel avant de l'embrasser tendrement.

De l'autre côté de la rue, Olivia aperçut soudain un voisin en train d'installer des guirlandes de Noël sur la façade de sa maison. Dire que les fêtes de fin d'année étaient dans moins d'un mois ! Tiens, ça lui donnait une idée…

— Dis voir, et si on décorait un sapin pour Noël ? Je ne l'ai pas fait depuis…

Sa voix s'éteignit un instant mais elle reprit sa respiration. Il fallait qu'elle surmonte ses réticences à évoquer le passé. Allez, courage.

— Depuis la séparation, poursuivit-elle à voix basse. Ça me faisait trop de peine de me souvenir de nos bons moments. Bref, quand je reviendrai de la galerie, je pourrais monter au grenier et récupérer nos décorations de Noël, qu'en penses-tu ?

— Bonne idée, approuva Xander. Ça me tente bien. Mais

tu devrais te mettre en route. Tu n'as pas envie d'arriver en retard, quand même ?

Olivia consulta sa montre. Mon Dieu, il était déjà si tard ?

— Oh la la, c'est déjà l'heure ! Tu me fais perdre mes repères…

Il se mit à rire et vint l'embrasser, cette fois plus longuement. Ce baiser-là ressemblait fort à une promesse.

— Dépêche-toi de rentrer… Je t'attendrai.

Olivia démarra et jeta un dernier regard dans le rétroviseur. Xander était debout dans l'allée, les mains sur les hanches. Cela lui fendait le cœur de le laisser seul ainsi. Depuis qu'il était rentré à la maison, elle s'était parfois éclipsée pour faire une course ou deux, mais jamais bien longtemps. Après tout, le laisser seul sur une plus longue période n'avait rien d'évident. Mais elle n'avait aucune raison de s'inquiéter. Tout allait bien se passer.

Xander regarda la voiture d'Olivia disparaître au bout de l'allée, puis le portail automatique se refermer derrière elle. Le portail… Il se souvenait de quelque chose à propos du portail, mais quoi ? Mystère. Tout était flou. Au même instant, il sentit une vive douleur lui paralyser le crâne. Encore une de ces fichues migraines… Il ferma les paupières et secoua la tête pour tenter de l'apaiser.

Tu prendras bien tes cachets. La voix d'Olivia résonnait dans son esprit. Malgré ce mal de tête atroce, il regagna la maison, un sourire aux lèvres. Il lui avait promis de faire attention. Et pour tout dire, il n'avait aucune envie de se retrouver dans le même état que la veille. Une fois à l'intérieur, il se précipita vers la boîte de médicaments et prit deux cachets d'antidouleur avant de s'allonger sur le hamac. Au bout d'un moment, la douleur lancinante finit par s'apaiser. Tant mieux.

Tout en se reposant, il réfléchit à ce qu'il pourrait faire

en attendant le retour d'Olivia. Et s'il s'occupait de l'arbre de Noël ? Certes, elle avait souhaité qu'ils le décorent à deux, mais c'était l'occasion de lui faire une belle surprise. Si elle découvrait le sapin déjà tout illuminé à son retour, elle serait forcément ravie.

Ils avaient toujours adoré ce rituel des décorations. Et, comme cela faisait deux ans qu'Olivia ne sortait plus leur arbre de Noël du grenier, il ne devrait avoir aucun mal à le retrouver. Xander rentra aussitôt à l'intérieur et monta à l'étage. L'escalier menant aux combles se révéla aussi étroit que dans son souvenir, et il éprouva une étrange sensation de vertige en posant le pied sur la première marche.

Arrivé au grenier, il prit quelques instants pour s'habituer à la semi-pénombre. Un rayon de soleil filtrait par la fenêtre de toit et la poussière se soulevait du parquet à chacun de ses pas. Xander éternua un nombre incalculable de fois. Heureusement qu'il ne montait pas tous les jours !

Peu à peu, il se repéra dans la vaste pièce et observa les nombreux cartons et meubles qu'ils y avaient stockés au fil du temps. Voyons voir… Où rangeaient-ils les affaires de Noël, déjà ? Si Olivia disait vrai et qu'elle ne les avait pas touchées depuis deux ans, elles devaient se trouver à l'endroit où il les avait lui-même rangées.

Il s'arrêta un instant. *Si Olivia avait dit vrai.* Pourquoi diable pensait-il qu'elle lui mentirait ? *Peut-être parce qu'elle t'a menti au sujet de votre séparation*, lui souffla une petite voix.

Mais il chassa vite cette idée de son esprit. Olivia lui avait expliqué les raisons de son mensonge. Certes, il n'approuvait pas son choix mais, s'ils voulaient avancer tous les deux, chacun devait y mettre du sien. Elle avait fait amende honorable et accepté sa part de responsabilité dans leurs problèmes de couple, non ? Vu ce qu'il savait de lui-même, et ce qu'Olivia lui avait elle-même raconté, il comprenait tout à fait ce qui avait pu les éloigner.

Il avait plus ou moins été traité comme un enfant unique après la noyade accidentelle de son frère aîné. Avec le recul, il comprenait mieux la façon dont ses parents avaient géré leur deuil. Sa mère s'était consacrée corps et âme à son travail tandis que son père, malheureusement, s'était replié sur lui-même, incapable de reprendre une activité professionnelle normale.

Xander se souvenait encore qu'il rentrait de l'école le soir en se demandant si son père était assez en forme pour sortir jouer au football avec lui… Sa mère, elle, était encore retenue au bureau… Les soirs de déprime, Xander finissait assis derrière la porte de la chambre de ses parents, à écouter son père sangloter, incapable de surmonter le deuil de ce fils qu'il n'avait jamais vu grandir.

Sans doute avait-il été plus influencé par sa mère que par son père, songea Xander. Il avait toujours fait en sorte de suivre l'exemple qu'elle lui donnait. Jamais il ne s'était laissé démoraliser : il avait toujours préféré mettre son chagrin de côté et regarder vers l'avenir.

Une chose était sûre : il n'avait jamais considéré son père comme un faible. Même s'il était très jeune au moment de cette tragédie, il avait compris que ce que traversait son père n'avait rien à voir avec le fait d'être fort ou faible. Résultat : il s'était toujours promis de ne jamais se laisser envahir à ce point par le chagrin. Autrement dit, il avait très tôt appris à contrôler ses émotions, à les garder enfouies le plus possible.

Xander avait fait en sorte de se construire une vie calme, en se concentrant sur son travail. Mais finalement, est-ce que le souhait de toujours tout contrôler ne l'avait pas peu à peu éloigné d'Olivia ? Hélas, impossible à savoir.

Ce dont il était sûr, en revanche, c'était qu'il était prêt à lui accorder le bénéfice du doute pour laisser une seconde chance à leur mariage. En fin de compte, cet accident et son amnésie leur seraient peut-être bénéfiques… Soyons lucides : il pouvait très bien se montrer borné et passer à autre chose quand quelque chose n'allait pas comme il voulait. Au lieu de sauver leur couple, il avait peut-être préféré fuir leurs problèmes. Contrairement à ce que voulait Olivia.

Malgré tout, il avait encore et toujours l'impression qu'Olivia ne lui avait pas donné toutes les raisons de leur séparation. Pourtant, Dieu sait s'il avait envie de la croire ! Et puis il y avait Rachelle… Pourquoi cette femme avait-elle une clé de son appartement ? Il y avait quelque chose d'étrange dans tout ça, mais il était incapable de dire quoi. Inutile de désespérer : il finirait bien par trouver. Car il se sentait de mieux en mieux. De plus en plus solide, physiquement et moralement. Il ne lui restait plus qu'à se débarrasser de ces maudites migraines, pensa-t-il en poussant quelques cartons. La seconde d'après, il se pencha pour lire ce qui était écrit sur une caisse poussée dans un recoin.

« Vrac »… C'était lui qui avait écrit ce mot. Il ouvrit le carton. A l'intérieur, il trouva des diplômes encadrés et de vieux albums photo. Aussitôt, une immense excitation s'empara de lui. Peut-être allait-il enfin retrouver des souvenirs perdus… Il ouvrit le premier album et commença à le feuilleter. Il reconnut des photos remontant à l'époque où il était étudiant, avant de rencontrer Olivia. Non, il n'y avait rien dont il ne se souvenait pas déjà.

Le temps de tout remettre en place, il referma le carton et le repoussa contre le mur. Il n'allait sans doute rien trouver de plus dans ces vieux albums. Leurs photos plus récentes avaient sans doute été prises sur des appareils numériques. Peut-être devrait-il fouiner dans les archives de son ordinateur.

Mais avant cela, il devait mettre la main sur les décorations de Noël. C'était tout de même pour les trouver qu'il était monté ! Xander remua encore un certain nombre de caisses, mais à part des moutons de poussière, il n'y avait pas grand-chose d'intéressant. Il s'apprêtait à baisser les bras quand il repéra deux derniers cartons dans un autre recoin. Ce qu'il cherchait était peut-être dedans !

Il tira les caisses sous la lucarne pour mieux y voir. Ni l'une ni l'autre ne ressemblaient à la grande boîte dans laquelle il se souvenait d'avoir rangé les décorations de Noël, mais qui sait… D'ailleurs, elles lui rappelaient très vaguement quelque chose.

Un étrange pressentiment s'empara alors de lui, et il eut de nouveau cette sensation désagréable de vertige. Du calme. Sans doute avait-il juste besoin d'un peu d'air. Les rayons de soleil qui tapaient sur la fenêtre de toit juste au-dessus de lui étaient assez chauds.

Xander s'attaqua à l'adhésif qui scellait la première boîte. Mais, une fois encore, il eut l'impression de perdre l'équilibre. Il ferma les yeux un instant, le temps de laisser cette sensation se dissiper. Mais celle-ci était si forte qu'il en eut la nausée. Allez, du nerf, pas question de fléchir. Il déglutit péniblement et se força à rouvrir les yeux.

— Je fouille ce dernier carton, marmonna-t-il, et puis je redescends… Mais… Qu'est-ce que…

Sa gorge se serra. Il sortit le premier objet du carton.

Un vêtement d'enfant, soigneusement plié. Un vêtement de garçon, pour être précis.

Xander le posa de côté puis plongea de nouveau sa main à l'intérieur de la caisse.

Des jouets, cette fois.

Un ours en peluche.

Quelques petites voitures et un train électrique.

Son estomac se noua, et il se sentit pris d'un haut-le-cœur.

Il *connaissait* ces objets. Ces fragments d'une autre époque, d'une autre vie. Le sentiment de vivre dans un purgatoire depuis qu'il avait quitté l'hôpital s'évapora petit à petit alors qu'un frisson glacial lui parcourait l'échine.

Sans réfléchir, il ouvrit brusquement le carton d'à côté.

Tout son corps se mit à frémir.

Encore des habits, des jouets et, presque tout au fond, des albums photo. Malgré la pénombre, il déchiffra sans mal les dates inscrites au-dessus. Il s'empara du plus ancien, et l'ouvrit délicatement.

Là, sur la première page, il découvrit une image un peu floue d'échographie. Il suivit du bout des doigts la petite forme allongée qui se détachait du fond sombre. Avec une terrible impression de déjà-vu.

Alors, il se souvint.

Cette impression d'excitation, mêlée d'appréhension et d'amour. Le tout en un éclair.

Un éclair aussi puissant que celui du deuil. De la douleur. De ce déchirement immense. Insurmontable.

Xander tourna fébrilement et découvrit une photo d'Olivia, plus jeune et plus insouciante que l'Olivia qu'il avait accompagnée à sa voiture tout à l'heure.

Olivia avec un sourire radieux et un ventre plat qui s'arrondissait au fil de la série de clichés. Sur l'une d'elles, son épouse montrait une date entourée sur un calendrier.

Sur la page suivante, il se découvrit en train de tenir dans ses bras un nouveau-né qui semblait hurler.

Son fils.

- 14 -

Xander sentit son cœur se serrer. Soudain, l'air ne parvint plus jusqu'à ses poumons. La gorge nouée, il laissa échapper un sanglot. *Il se souvenait.* De tout. Depuis le jour où Olivia lui avait annoncé qu'ils allaient avoir un bébé et la dispute que cette nouvelle avait fait éclater.

Il lui en avait terriblement voulu d'avoir pris une telle décision sans le consulter. Car cette grossesse n'avait rien d'un accident. Olivia avait délibérément choisi d'arrêter sa contraception. Résultat : il n'avait pas eu le temps de se préparer. Il se rappelait bien que tout était allé très vite : ils avaient voulu se marier rapidement et construire leur vie. Mais il avait à peine eu le temps de s'habituer à cette nouvelle vie qu'Olivia lui avait annoncé qu'ils allaient devoir accueillir un petit être de plus dans leur vie. Un petit être qui dépendrait exclusivement d'eux.

A l'époque, Xander ne savait pas s'il allait trouver au fond de son cœur assez d'amour pour aimer cet enfant comme il aimait Olivia. Mais il avait trouvé la réponse à cette question dès le jour de la naissance de Parker.

Parker… C'était comme ça que s'appelait son petit bonhomme.

Les larmes roulaient désormais sur ses joues alors qu'il tournait les pages de l'album, qu'il parcourut jusqu'au bout. Avant de s'attaquer au suivant. Puis encore au suivant. Au fil des pages, il redécouvrait chaque chapitre de la vie de leur magnifique petit garçon. Jusqu'au jour où… Plus rien.

Les dernières photos montraient son troisième anniversaire, dans le jardin. Tout le monde s'était déguisé en pirate pour l'occasion.

A l'époque, ils étaient une famille heureuse. Comblée. Jusqu'à ce que, à cause d'un stupide moment d'inattention de la part de Xander, tout ait volé en éclats.

Xander avait été anéanti par la mort de son fils. Il aurait pu éviter ce tragique accident, c'était une certitude. Il n'y avait qu'un coupable, et c'était lui. Lui et lui seul. Il s'essuya le visage, incapable de sécher les larmes qui coulaient le long de ses joues.

Voilà donc ce que sa mémoire lui cachait. Il avait construit une véritable muraille autour de son cœur pour tenter d'étouffer cette douleur atroce, inhumaine, qui menaçait maintenant de le réduire en miettes.

Au prix d'un effort surhumain, il parvint enfin à se relever, laissant les jouets, vêtements et albums photo éparpillés autour des cartons. En sortant, il manqua de tomber dans l'escalier. Impossible de retrouver l'équilibre. Une fois au pied de l'escalier, il se précipita vers la chambre située à côté de son ancien bureau.

A présent, il se souvenait pourquoi il avait installé un bureau à la maison. Après la naissance de Parker, il s'était arrangé pour travailler le plus possible ici, près de son fils.Il avait pu concilier carrière et vie familiale de façon satisfaisante, regarder Parker grandir et s'épanouir chaque jour tout en continuant de travailler pour nourrir sa famille.

Oui, sa petite famille.

Jamais Xander n'aurait imaginé que son univers puisse ainsi s'effondrer. Murés dans leur chagrin, Olivia et lui s'étaient inexorablement éloignés l'un de l'autre.

Il poussa la porte de la chambre vide et contempla les murs dénudés. Le seul meuble restant était un bureau dans lequel étaient rangés les habits de Parker. Olivia s'était débarrassée de tout le reste. Elle avait effacé l'existence de leur fils de leur maison, de leur vie, avec une précision chirurgicale. Tout comme sa propre mère l'avait fait quand son frère était mort, songea-t-il.

Submergé par un incommensurable chagrin, Xander tomba alors à genoux. Il avait soudain l'impression que ces événements tragiques venaient tout juste de se produire.

Il avait dû dire adieu à son fils. A la chair de sa chair.

Il continua de sangloter, envahi par la colère, la frustration et un immense chagrin. Jamais il ne s'était autorisé à extérioriser cela comme il le faisait aujourd'hui. Jamais. C'était tellement dur.

Quand enfin il parvint à se remettre debout pour regagner sa chambre, il n'avait plus aucune notion du temps. Enfin, ce n'était plus sa chambre. Mais celle d'Olivia. Car il avait reconstruit sa vie ailleurs. Et à présent, il comprenait pourquoi. Il passa à la salle de bains et se doucha de nouveau. Il fallait qu'il oublie ce qu'il avait partagé ici même avec Olivia, quelques heures plus tôt.

Hélas, impossible d'effacer ces images-là. Car son corps trahissait de nouveau le désir qu'il éprouvait encore pour elle. Malgré tout.

Il régla le mitigeur vers l'eau froide, et la douleur de l'eau glacée qui ruissela le long de son corps compensa presque celle qui étreignait son cœur.

Une foule de questions assaillit soudain son esprit. Pourquoi Olivia lui avait-elle caché tout cela ? Que s'imaginait-elle ? Pourquoi ne lui avait-elle pas tout avoué hier, alors qu'elle en avait l'occasion ?

Quand il sortit de la douche, il n'avait pas le moindre début de réponse à ces questions. En un sens, elle l'avait pris au piège en le ramenant ici après l'hôpital, en le persuadant de rester… Tout comme elle l'avait piégé en faisant un enfant sans le lui dire. Pourquoi ? Pourquoi ?

Il se regarda dans le miroir. Mon Dieu, c'était à peine s'il reconnaissait l'homme au regard gris et torturé qui le dévisageait. Il ne pourrait pas rester ici. Pas question de continuer à écouter les mensonges d'Olivia. La trahison qu'elle lui avait infligée lui était d'autant plus douloureuse qu'il se souvenait des paroles affreuses qu'elle lui avait lancées à la figure après la mort de Parker.

Ils étaient encore aux urgences. Installés dans un coin de la salle d'attente pendant que les médecins et infirmières s'activaient frénétiquement pour tenter de ranimer Parker. Mais ils avaient dû se rendre à l'évidence : ils ne le ranimeraient plus. Quand l'agitation était retombée, laissant place à un silence glacial, Olivia s'était alors tournée vers lui. Et lui avait hurlé à la figure que tout était sa faute. Qu'il n'avait pas voulu de Parker, et qu'à présent leur petit garçon était mort.

Oh ! bien sûr, elle s'était ensuite excusée. Seulement, il n'avait pas pu oublier ces mots-là. Leur poison s'était lentement diffusé en lui, jusqu'à le détruire.

Olivia le tenait pour responsable de la mort de Parker, même s'il assumait sa part de responsabilité dans le drame. Autant être lucide : cette tragédie avait créé une faille entre eux. Une faille qui n'avait eu de cesse de les éloigner l'un de l'autre, alors que chacun aurait eu besoin d'être soutenu pour surmonter cette effroyable épreuve. La douleur qu'il avait ressentie avait été terrible : il avait même craint de plonger dans le même abîme qui avait fini par emporter son père. Alors il avait décidé de verrouiller toutes ses émotions. Même si cela l'avait poussé à prendre ses distances avec sa femme. De toute façon, Olivia n'avait jamais tenté de recoller les morceaux — du moins jusqu'à ce qu'elle vienne le cherche à l'hôpital, comme si de rien n'était… Laissant un nouveau mensonge s'installer entre eux.

Xander ramassa ses habits puis les roula en boule. Ils sentaient trop la poussière du grenier, sans compter qu'ils le ramenaient à ce moment terrifiant où il avait découvert la vérité. Jamais plus il ne voulait les revoir. Il récupéra des vêtements de rechange dans le dressing du bureau puis rassembla toutes ses affaires sur le lit.

Dans le placard du hall d'entrée, il trouva une valise qui lui semblait étrangement familière. Mais oui, il l'avait achetée avant un voyage au Japon, l'année avant l'accident. Olivia avait dû s'en servir pour rapporter ses vêtements de son appartement. Il enfouit à la hâte ses affaires à l'intérieur puis referma le bagage avant de descendre au rez-de-chaussée. Tout ce qui n'avait pas pu rentrer à l'intérieur, il le jeta dans la poubelle devant la porte du jardin.

Pas question de rester un instant de plus dans cette maison. Il avait décidé de partir tout de suite, avant le retour d'Olivia. Pourtant, quelque chose le poussait à attendre. Mais pour quoi, au juste ? Pour lui demander des explications. Après tout, il n'y avait pas de mal à avoir besoin de réponses. Est-ce qu'il ne méritait pas enfin qu'elle lui dise toute la vérité ?

Sans mensonge. Juste la vérité. Rien que la vérité.

Quand elle gara sa voiture dans l'allée, Olivia était aux anges. Le vernissage de son exposition avait été une grande réussite. Ses toiles intéressaient des clients du monde entier. Elle devait évidemment veiller à ne pas s'emballer : toutes ces commandes ne l'assuraient pas de faire une brillante carrière, mais, l'espace d'une soirée, elle avait eu le monde à ses pieds. Bref, elle était très impatiente de partager la nouvelle avec Xander.

Après avoir coupé le moteur, elle leva les yeux vers la maison et fronça les sourcils. Toutes les fenêtres de l'entrée avaient l'air éteintes. Bizarre. Enfin, peut-être que Xander était à la cuisine, ou même dans son bureau.

S'emparant de son sac à main et de la bouteille de champagne que lui avait offerte le propriétaire de la galerie, elle descendit de voiture, se pressa vers les marches du perron, puis entra à l'intérieur.

— Xander ? lança-t-elle en allumant la lumière du couloir.

Un petit bruit dans le salon lui fit faire marche arrière.

— Xander ? Est-ce que ça va ? demanda-t-elle en appuyant sur l'interrupteur du séjour. J'espère que tu as envie de boire une petite coupe, parce que mon vernissage s'est super-bien pass…

Sa voix s'éteignit en l'apercevant assis sur l'un des fauteuils. Il portait un des costumes qu'elle avait ramenés de son appartement. Il lui jeta un regard noir qui la glaça… Mon Dieu, pourquoi ne disait-il rien ?

— Pendant combien de temps tu espérais me cacher la vérité au sujet de Parker ? finit-il par demander.

Les jambes flageolantes, elle se laissa tomber dans le fauteuil juste derrière elle. Et voilà. Il avait tout découvert… Que pouvait-elle bien dire ?

— Je… Xander, je ne voulais pas te le cacher… C'est juste que… Je n'arrivais pas à t'en parler. Je ne savais pas par où commencer… Je ne trouvais pas mes mots… Pas plus que maintenant, d'ailleurs.

Il haussa un sourcil.

— Tu es sérieuse ? Même maintenant, tu continues à nier, Olivia ? Tu n'as pas eu l'occasion de tout m'avouer hier ? Bon sang, depuis *deux mois*, tu n'as pas trouvé un seul moment pour m'en parler ?

A ces mots, il se leva de son fauteuil et fit mine de sortir. Vite, il fallait qu'elle trouve les mots qui lui avaient si cruellement fait défaut pendant tout ce temps. C'était maintenant ou jamais.

— Xander, je t'en prie, ne t'en va pas.

— C'est un peu tard pour me dire ça, tu ne trouves pas ? répliqua-t-il d'une voix terriblement cassante.

— J'ai essayé, Xander. Honnêtement, j'ai voulu tout te raconter…

— Mais tu ne l'as pas fait. Tu as empaqueté toute la vie de notre fils dans des cartons, tu les as rangés dans le grenier. Tu avais déjà effacé toute trace de notre fils depuis longtemps… Je ne te reconnais pas, Olivia. Peut-être que je ne t'ai jamais connue, en fait.

Elle se leva, même si le sol semblait se dérober sous ses pieds, et s'efforça de trouver quelque chose à répondre.

— Et toi, tu n'as pas fait exactement la même chose ? Quand tu as franchi cette porte pour la dernière fois, tu n'as pas effacé notre fils de ta vie ? Et moi avec ?

— Je t'ai quittée parce que, contrairement à toi, je n'arrivais pas à faire comme si le passé n'avait jamais existé. A chaque instant, j'ai regretté ce jour maudit. Mais toi, tu as l'air d'avoir très facilement tourné la page. Comme si Parker n'avait jamais existé, conclut-il d'un ton accusateur.

Elle baissa les yeux. Même si ces mots étaient terriblement durs à entendre, elle devait garder son calme.

— Je ne pouvais pas rester accrochée au passé, bredouilla Olivia. Ça me tuait à petit feu, Xander. Mais toi, tu ne voyais rien. Tomber sur les jouets, sur les affaires de notre petit garçon me détruisait à petit feu. Il fallait que j'aille de l'avant ou que je me laisse mourir. Si je n'avais pas mis de côté tout ce qui pouvait me rappeler Parker, je l'aurais suivi de près dans la tombe.

— Contrairement à ce que tu penses, j'aimais notre fils de tout mon être, Olivia.

— Moi aussi ! hurla-t-elle. Et je t'aimais… Je t'aime toujours. C'est pour ça que je t'ai ramené à la maison en espérant que tu ne retrouverais pas la mémoire… Pour qu'on puisse oublier une fois pour toutes le passé, notre douleur et les horreurs que nous nous étions lancées à la figure. On pourrait de nouveau être un couple, Xander. Comme à l'époque. Sauf que toi, tu prends une fois encore la fuite. Comme la dernière fois. C'est vrai ça, pourquoi affronter nos problèmes alors qu'on peut fuir, hein ?

Sa voix résonna dans la pièce autour d'eux.

— Tu oses me reprocher de prendre la fuite ? Mais tu ne

voulais plus de moi, Olivia, rétorqua Xander. Tu as été on ne peut plus claire juste après la mort de Parker. Parfois, je me demande même si tu m'as jamais aimé… Ce n'était pas de *moi*, dont tu avais besoin. Je me demande même pourquoi tu as pris la peine de me mentir durant tout ce temps.

Olivia sentit sa gorge se nouer — exactement comme ce jour funeste où Xander l'avait quittée. Toutes ses angoisses semblaient se concentrer en une boule qui empêchait ses mots de sortir, de lui dire ce qu'elle ressentait au fond de son cœur.

Quand enfin elle put articuler quelques mots, sa voix n'était plus qu'un mince filet à peine audible.

— Je l'ai fait pour nous, Xander. Pour notre mariage. Ce mariage qui méritait une deuxième chance. *Nous* méritions une deuxième chance. Mais tu refusais de m'écouter quand je disais que ce qui comptait, ce n'était pas le passé, mais l'avenir.

— *Moi*, je ne voulais pas t'écouter ? Olivia, tu m'as caché la vérité, le souvenir de notre fils, notre histoire ! C'est fini à présent, lâcha-t-il en agitant une main autoritaire. Tu ne recommenceras plus. Tu ne prendras plus aucune décision à ma place !

— Mais que fais-tu de *nos* décisions, Xander ? Que fais-tu des décisions que nous devrions prendre à deux ? implora-t-elle.

— *Nos* décisions ? Mais il n'y a plus de *nous*, Olivia.

A ces mots, elle entendit un bruit venant du dehors. On aurait dit qu'une voiture s'était garée devant la maison. Là, elle entendit klaxonner. Xander se pencha alors pour s'emparer de la valise qu'elle n'avait pas encore remarquée à ses pieds. Elle la reconnut aussitôt — après tout, cela ne faisait pas si longtemps qu'elle l'avait elle-même remplie, cette valise.

— Au revoir, Olivia. Mon avocat te contactera — et

cette fois, la procédure de divorce ira jusqu'à son terme, assura-t-il en se dirigeant vers la porte.

Elle lui emboîta le pas, dans un état second. Tout allait trop vite. C'était à n'y rien comprendre…

— Xander, je t'en prie, reste ! Ne me laisse pas, supplia-t-elle. Nous avons été tellement heureux… Nous étions si bien depuis ton retour de l'hôpital. Et puis, cette maison est la nôtre…

Il se dirigea vers le hall sans se retourner. Un vrai mur. Mais Olivia accéléra le pas, et vint se planter entre lui et la porte pour lui barrer le chemin.

— Pense à tous les progrès que tu as faits ici grâce à tes séances de rééducation. Pense à la façon dont nous nous sommes rapprochés… Nous avons une chance de nous reconstruire. Certes, nous avons commis des erreurs par le passé, j'en suis consciente. Mais nous pouvons surmonter tout ça. Je t'en prie, ne gâche pas cette chance de nous reconstruire. De reconstruire notre mariage.

Il posa ses mains sur ses épaules, puis l'écarta de la porte. N'ayant pas la force de résister, elle ne put que le regarder poser la main sur la poignée et ouvrir la porte en grand.

— Tu es vraiment doué pour fuir, tu sais, lança-t-elle d'une voix blanche. Tu me reproches d'avoir menti, de t'avoir caché la vérité, mais tu as aussi ta part de responsabilités dans la façon dont les choses ont tourné. Tu préfères toujours fuir plutôt qu'accepter les problèmes ou demander de l'aide. Tu es prêt à partager ton corps, mais certainement pas tes sentiments profonds, ni tes soucis avec moi. Tu ne l'as jamais fait… S'il te plaît, Xander, je serai là pour toi. On arrivera à s'en sortir. Laisse-moi t'aider à affronter ta douleur, ton chagrin. Tu dis que j'ai empaqueté toutes les affaires de Parker dans des cartons : toi, tu as fait la même chose, mais avec tes sentiments. Tu as arrêté de travailler à la maison pour passer le plus de temps possible au bureau. Nous n'en avons jamais parlé. Nous n'avons jamais pu admettre que nous avions besoin l'un de l'autre. Aide-moi, Xander. Aide-moi à t'aider.

Pourvu qu'il se laisse convaincre, songea Olivia. C'était sa dernière chance. Hélas, de nouveau, Xander secoua la tête. Son visage demeurait impassible, et son regard froid.

— Tu es la dernière personne à qui j'ai envie de demander de l'aide.

A ces mots, il franchit le pas de la porte. Par-dessus son épaule, dans la rue, Olivia aperçut Rachelle qui sortait de sa voiture. Xander lui fit un petit signe de main puis partit à sa rencontre.

Incapable de bouger, Olivia regarda son mari la quitter pour la deuxième fois. Ses dernières paroles résonnèrent cruellement à son esprit.

Alors que la voiture de Rachelle s'éloignait en haut de la rue, Olivia referma lentement la porte, avant de coller le front contre sa vitre.

Elle était effondrée. La première fois qu'il l'avait quittée, elle avait beaucoup souffert, mais elle était tellement encore sous le choc de la mort de leur fils qu'elle n'avait pas eu le temps de se poser de questions.

Mais cette fois, c'était différent. Après tout ce qui s'était passé entre eux depuis que Xander était sorti de l'hôpital, Olivia souffrait le martyre. Jamais elle n'aurait pensé souffrir.

Qu'allait-il se passer, maintenant ? Une chose était sûre : elle allait détester ce qui allait suivre. Une fois encore, elle avait laissé la meilleure chose qui lui soit jamais arrivée dans sa vie lui tourner le dos.

Et pourtant, elle aimait encore Xander.

- 15 -

Xander attacha sa ceinture de sécurité alors que la voiture de Rachelle s'éloignait de la maison. *Regarde vers l'avenir*, se dit-il, les yeux perdus dans le vague. *Oublie le passé.* Oublie la douleur, la colère et la trahison. Pourtant, il avait toutes les peines du monde à se défaire de la colère qui l'étreignait. La colère qu'il éprouvait envers Olivia. Mais aussi envers lui-même.

— Tu veux t'arrêter quelque part pour grignoter ou boire quelque chose ? proposa Rachelle alors qu'ils approchaient de Harbor Bridge.

— Non, répondit-il sèchement. Merci… Je veux juste rentrer chez moi.

Elle hocha la tête, mais il sentit sa déception. Il se souvenait qu'avant son accident, ils avaient cessé d'être de simples collègues. Mais leur relation était amicale, attention. Il n'y avait pas d'ambiguïté, au départ. Car, peu à peu, les choses avaient pris une tournure pour le moins romantique. Néanmoins, Xander était certain d'une chose : pas question de s'embarquer dans une nouvelle relation avec une femme. Même si Rachelle avait eu très envie que leur relation évolue dans ce sens. Au moins, elle ne lui avait jamais caché ses intentions, elle. Contrairement à Olivia.

En repensant à elle, son estomac se noua. Comment pouvait-il éprouver autant de douleur à la quitter ? Après tout, il l'avait déjà quittée une fois. Et, à présent qu'il se rappelait pourquoi, il comprenait tout à fait la décision qu'il avait prise dans le passé. Pourtant, cette fois, il ne pouvait pas s'empêcher de penser qu'il laissait une partie de lui-même derrière lui.

En ce vendredi soir, la circulation était très dense. Le trajet lui donna le temps de réfléchir, de se perdre dans ses pensées. Et il éprouva un vif soulagement quand Rachelle se gara enfin au pied de son immeuble. Ouf, pas fâché d'en avoir terminé avec ce voyage !

Elle coupa le moteur, puis se tourna vers lui. Malgré le sourire qu'elle affichait, Xander décela une certaine hésitation dans son regard.

— Xander, est-ce que ça va ? Tu veux que je monte avec toi ?

— Ecoute, merci de m'avoir emmené jusqu'ici, mais je préférerais rester seul pour l'instant.

Son sourire s'évanouit aussitôt.

— Tu ne m'en veux pas, j'espère ? Je voulais te dire quelque chose quand je t'ai croisé avec Olivia, chez toi, mais elle ne m'en a pas laissé l'occasion.

Xander poussa un soupir. Cela ne le surprenait malheureusement pas.

— Bien sûr que non, je ne t'en veux pas, dit-il en se penchant pour déposer un baiser sur sa joue. Je te retrouve lundi, d'accord ? Au bureau ?

— Tu as l'autorisation des médecins pour reprendre le travail ? C'est formidable ! Tu nous as tellement manqué… Tu *m'as* tellement manqué…

— Autorisation ou pas, je reprends du service ! Même si ce n'est qu'à temps partiel. J'ai besoin de reprendre une vie normale…

Même s'il ne savait plus très bien à quoi ressemblait une vie normale.

— Encore une fois, merci de m'avoir conduit jusqu'ici. C'est gentil d'être venue me chercher comme ça, au pied levé.

— Tu peux m'appeler quand tu veux, ajouta Rachelle. Je

serai là pour toi. Je pourrais même te faire quelques courses, si tu as besoin, et venir te les porter. Ton réfrigérateur est plutôt vide en ce moment.

— Non, merci, lâcha-t-il en secouant vigoureusement la tête. Je ferai venir un livreur.

— Ce week-end ?

— Je me débrouillerai, affirma-t-il en descendant de voiture. A lundi, Rachelle.

Elle se contenta de hocher la tête, visiblement très déçue.

— A lundi… Bonne soirée, Xander. Je suis heureuse que tu aies pu retrouver tes souvenirs.

Quand la voiture de Rachelle disparut, Xander prit l'ascenseur jusqu'à son appartement. Le silence et le vide qu'il y trouva lui firent le plus grand bien. Plus question de se laisser submerger par des souvenirs ou des émotions. Tiens, et s'il prenait un whisky ?

Une fois servi, il rejoignit la baie vitrée qui dominait la baie. On pouvait apercevoir Devonport — autrement dit, Olivia et la maison. Il but une première gorgée de whisky qui lui brûla la gorge. C'était bien moins agréable que dans ses souvenirs. Son regard se perdit dans son verre. Pourquoi l'alcool l'aiderait-il à tenir ? Jamais il n'avait cherché à noyer ses soucis dans la boisson, alors ce n'était pas aujourd'hui que cela allait commencer.

De retour dans la cuisine, il vida son verre dans l'évier. Il avait besoin de se changer les idées, certes, mais ce n'était pas ce whisky qui allait l'aider. Il aperçut alors le grand écran plat accroché au mur du salon. Non, il n'avait ni envie de passer deux heures devant un film, ni de zapper d'une chaîne à l'autre. Au lieu de ça, Xander traversa le couloir menant à sa chambre. Et s'arrêta à la porte du bureau.

Ce n'est qu'une fois la main sur la poignée qu'il comprit ce qu'il était en train de faire. Le travail avait toujours été une sorte de bouée de sauvetage pour lui — en quoi cela serait-il différent aujourd'hui ? Il devait bien avoir des notes sur ses clients qui traînaient quelque part… Dommage que son ordinateur portable ait été détruit dans son accident. Xander aurait pu tuer quelques heures en se remémorant ses dossiers en cours. Et découvrir qui avait pris la relève pendant son absence.

Mais à la seconde même où il foula le parquet de son bureau, il s'arrêta net. Pas de doute : Olivia était entrée dans cette pièce. La photo de Parker qu'il avait emportée avec lui après leur séparation, deux ans plus tôt, n'était plus là où il l'avait laissée sur le bureau. Il sentit alors une colère noire l'envahir. Pourquoi avait-elle fait ça ? Choisir d'effacer toute trace de leur fils de la maison où elle vivait était une chose. Mais en faire autant chez lui ? Quelle honte.

Il fouilla alors le bureau à la recherche du fameux cadre. Mais quand il finit par le retrouver, posé à l'envers au fond d'un tiroir, il éprouva un tel soulagement qu'il s'affala sur son fauteuil. Il contempla le visage tant aimé de son fils unique. Son petit bonhomme était magnifique. Comme au premier jour, Xander éprouva la douleur abominable qu'il avait pourtant gardée tout au fond de lui. La douleur, mais aussi la culpabilité.

Il replaça délicatement la photo à sa place sur le bureau et continua à la regarder pendant de longues minutes. Le fait d'avoir perdu Parker lui rappelait qu'il ne pouvait s'éloigner du chemin qu'il s'était tracé. Il ne voulait plus jamais aimer comme il avait aimé Olivia ou leur petit garçon : cela lui avait fait trop mal de les perdre.

Il comprenait désormais pourquoi son père s'était effondré quand il avait vécu le même drame. Le chagrin, la culpabilité qu'avait éprouvés Xander au moment de la mort de son frère avaient été trop forts pour qu'il sache comment s'en défaire. D'autant que sa mère s'était repliée sur elle-même pour pouvoir continuer à avancer sur les chemins de la vie. Son père n'avait pas trouvé en elle le soutien dont il aurait eu besoin.

Après avoir perdu son fils et son mariage, Xander n'avait eu personne sur qui compter, lui non plus. Mais il était plus fort, bien déterminé à ne pas devenir une victime de ses propres erreurs. Moralité : s'il devait se couper de toute émotion — comme sa mère l'avait fait —, eh bien, c'est ce qu'il ferait.

Olivia poussa un profond soupir. Elle venait de vivre les deux semaines les plus longues de toute sa vie. Il fallait désormais qu'elle se fasse violence tous les matins pour arriver à s'extirper du lit et affronter son nouveau quotidien, seule. En descendant l'escalier au petit matin, les cheveux en bataille, elle se sentait épuisée. Inutile de se voiler la face : ces pathétiques tentatives pour poursuivre sa vie comme si de rien n'était ne représentaient ni plus ni moins qu'un retour vers le passé.

La maison lui paraissait tellement vide sans Xander… Et son cœur était plus vide que jamais. Depuis quinze jours, elle passait ses journées à errer comme une âme en peine, sans motivation, incapable de chasser cette impression de ne servir à rien. Même le coup de téléphone du propriétaire de la galerie qui tenait à lui annoncer la vente de ses dernières toiles ne parvint pas à lui faire retrouver le sourire.

Elle avait tout gâché. Une fois encore.

Et maintenant ? D'un geste las, elle se versa un peu de café dans son mug. Mais, quand elle porta le breuvage à ses lèvres, son arôme corsé lui emplit les narines et lui déclencha une violente nausée. Depuis plusieurs jours, elle se sentait écœurée en permanence… Avec un long soupir, elle vida le contenu de la tasse dans l'évier avant de mettre la bouilloire en marche. Peut-être qu'une tasse de tisane à la menthe lui raviverait l'appétit.

Autant être lucide : une simple tasse de tisane n'allait probablement pas l'aider à se sentir mieux. Car il n'y avait qu'une seule chose susceptible de lui remonter le moral. Une présence. Celle du seul homme qui avait compté dans son existence. Xander.

Elle venait juste de finir d'infuser son sachet quand le téléphone sonna. L'estomac noué, elle reconnut l'identité de son correspondant qui s'affichait sur le combiné. Son avocat.

— Madame Jackson, les avocats de votre époux nous ont expressément demandé d'accélérer la finalisation de votre procédure de divorce. Avez-vous besoin que nous vous adressions d'autres exemplaires du formulaire de dissolution ?

Olivia assimila tant bien que mal les paroles de son avocat. Décidément, Xander n'avait pas perdu de temps.

— Non, j'ai toujours les originaux.

— Il ne vous reste alors qu'à les signer puis à les glisser dans l'enveloppe jointe et les poster avant la fin de la journée. Je peux même vous adresser un coursier, si vous préférez. J'ai l'impression que M. Jackson est pressé d'en finir.

Sentant de grosses larmes lui monter aux yeux, Olivia ferma les paupières. Sa voix tremblait quand elle répondit :

— Je vois. Je vais vous poster tous les documents… Inutile de faire venir un coursier.

Il y eut un bref silence au bout de la ligne, puis son avocat s'éclaircit la voix.

— Je vous remercie, conclut-il. Et, madame Jackson, sachez que je suis navré que les choses ne se soient pas arrangées pour vous.

— Je le suis aussi, maître.

Elle coupa la communication sans même le saluer. Le téléphone lui tomba des mains. Envahie par l'émotion, elle se mit à sangloter de façon incontrôlable. Tout était fini. Par sa faute. Si seulement elle avait pu être honnête envers Xander dès le début, il aurait sans doute accepté de tout reprendre à zéro avec elle. Mais à présent, à cause de ses décisions inconsidérées, à cause de son incapacité à affronter le passé, elle avait gâché tout espoir d'avenir entre eux.

Finalement, elle se traîna jusqu'à l'étage, puis jusqu'à la salle de bains attenante à sa chambre. D'une main tremblante, elle ouvrit le tiroir où elle avait dissimulé les formulaires et les sortit un par un.

C'est alors qu'elle fronça les sourcils. Quelque chose clochait. Elle farfouilla dans le tiroir pour en retirer le petit agenda de poche sur lequel elle notait chacun de ses cycles… Pour constater qu'elle avait deux jours de retard. Rien d'extraordinaire a priori. Sauf qu'en général cela tombait toujours à la même date. Pourvu que…

Le souffle court, elle reposa l'agenda au fond du tiroir, qu'elle claqua. Les papiers du divorce attendraient. Quelque chose ne tournait pas rond et elle devait en avoir le cœur net. Depuis quelques jours, elle avait subi beaucoup de stress, et n'arrivait ni à manger ni à dormir normalement. Pas étonnant que cela ait affecté jusqu'à son cycle, tenta-t-elle de se convaincre.

Allons, à quoi bon se faire de faux espoirs ? Tous ces symptômes… Le manque d'appétit, l'envie permanente de faire la sieste, sans parler de son impression de nausée, quelques minutes plus tôt… Ces nausées dont elle avait beaucoup souffert quand elle attendait Parker. Tout était plutôt clair, non ? C'était l'évidence même.

Elle était enceinte. De l'enfant de Xander.

Bon sang, mais qu'allait-elle faire à présent ?

Trois jours plus tard, Olivia eut une réponse à ses questions. L'infirmière du cabinet de son médecin lui avait annoncé la nouvelle avec un certain enthousiasme. Enthousiasme qu'elle-même était bien en peine de ressentir. Il fallait qu'elle mette Xander au courant, et vite. Impossible de lui cacher une chose pareille.

De retour chez elle, elle l'appela sur son portable. Pas de réponse. Messagerie. Bon sang. Il ne voulait même pas lui parler au téléphone… Le coup était dur à encaisser. Mais elle n'allait pas baisser les bras aussi facilement.

Elle composa de nouveau son numéro. Cette fois, elle fut automatiquement dirigée vers la boîte vocale. Alors elle se décida à laisser un message.

— Xander, il faut qu'on se voie. C'est urgent. Retrouvons-nous demain, s'il te plaît.

Elle donna le nom d'un café de Devonport et lui indiqua l'heure à partir de laquelle elle s'y trouverait.

Il ne lui restait plus qu'à attendre.

- 16 -

Xander arriva en avance mais Olivia était déjà sur les lieux du rendez-vous. Elle l'aperçut à l'instant même où il franchit la porte. Il vit ses joues s'empourprer et son regard se mettre à pétiller.

— J'ai eu ton message, déclara-t-il d'une voix neutre en s'attablant face à elle. Qu'est-ce que tu veux ?

— Je suis heureuse que tu sois venu, Xander. Je ne pouvais pas t'annoncer ça en te laissant un message.

— Tu m'as caché des informations vitales pendant deux mois et voilà que soudain tu as des choses à m'annoncer ? De quoi s'agit-il ?

Il devait avoir l'air très agressif mais cela n'avait aucune espèce d'importance.

— Je suis enceinte.

Il la regarda sans rien dire.

Enceinte ?

Seigneur...

Un lourd silence s'installa entre eux. Une serveuse approcha pour prendre leur commande, mais il lui fit signe de revenir plus tard. Allez, il fallait qu'il recouvre ses esprits.

— Comment ça, enceinte ? parvint-il à articuler.

— Eh bien... Enceinte, répéta-t-elle avec un demi-sourire qui n'avait rien de radieux.

Il remarqua alors les cernes qui assombrissaient son regard. Elle était pâle à faire peur. Cela ne lui ressemblait pas Il ressentit une certaine inquiétude pour elle, mais s'efforça de la chasser. Après tout, savoir si elle dormait ou mangeait bien ne lui faisait ni chaud ni froid.

Enfin, sauf si ce qu'elle venait de dire était vrai.

— On va avoir un bébé, affirma-t-elle.

A ces mots, Xander crut que son cerveau allait exploser.

Un bébé ? Encore ? Non, pas encore. Plus jamais !

Et d'ailleurs, comment était-ce possible ? Ils s'étaient pourtant protégés !

— Mais… Comment est-ce que…

— Les préservatifs que nous avons utilisés étaient périmés, expliqua-t-elle en le dévisageant sans ciller.

— Tu le savais ?

— Non ! Bien sûr que non ! Pour être franche, j'avais même oublié qu'ils étaient encore là, dans ton ancienne table de nuit. Tu avais dû les acheter bien avant que…

Elle ne put terminer sa phrase.

Avant que Parker ait son accident.

Et, en effet, il les avait achetés bien avant. Car leur vie de couple avait été assez calme durant la dernière année de Parker. Leur petit garçon avait attrapé tous les rhumes et autres virus possibles à partir du moment où il était entré à l'école maternelle. Olivia disait toujours que cela lui permettait de renforcer son système immunitaire. Toutefois, elle avait passé plus de nuits au chevet de Parker, à le rassurer et le rendormir, que dans leur chambre. Leur vie sexuelle était devenue assez sporadique, vu qu'elle passait le plus clair de son temps à soigner le petit.

Et voilà qu'elle était de nouveau enceinte. Une effroyable appréhension s'empara de Xander. Qu'attendait-elle de lui ? Essayait-elle une fois encore de le manipuler ? Elle affirmait ne pas savoir que les préservatifs étaient périmés, mais pouvait-il lui faire confiance ? Peut-être avait-elle manigancé cette grossesse depuis le début. Si ça se trouve, elle avait pris cette décision seule de son côté, comme la première fois… Peut-être se servait-elle de ce bébé pour garder Xander auprès d'elle, vu que toutes ses autres tentatives avaient échoué ?

— Tu es en train de me dire que tu ne l'as pas fait exprès ?

— Evidemment que non, Xander ! Je te jure que c'est la vérité, assura-t-elle d'une voix stridente qui attira le regard des autres clients du café. Et je dois te rappeler que c'est toi qui as commencé quand nous avons refait…

— Je me souviens, l'interrompit-il brusquement.

En prononçant ces mots, il revit toutes les images de leurs ébats passionnés, de chaque moment exquis qu'ils avaient passé ensemble. Il repensa aux petits gémissements de plaisir d'Olivia. A l'odeur de sa peau. A cette sensation exquise qu'il avait chaque fois qu'elle se contractait de plaisir autour de lui, chaque fois qu'il jouissait en elle. A cette sensation magique que leurs corps avaient été conçus pour se compléter et s'épouser parfaitement. Seigneur, comme il aurait aimé effacer ces souvenirs-là… S'il se risquait à ressentir encore toutes ces choses, impossible de dire ce qui allait arriver…

— C'est pour ça que tu n'as pas encore renvoyé les formulaires ? demanda-t-il sèchement.

— Pas du tout ! Pour être honnête… Je les ai complètement oubliés.

— Honnête, toi ? C'est nouveau !

Devant le visage livide d'Olivia, il secoua la tête. Cette fois, il était allé trop loin.

— Excuse-moi. Je ne pensais pas ce que j'ai dit.

A cet instant, malgré les sentiments contradictoires qui se bousculaient en lui, une évidence s'imposa à lui. Olivia était enceinte et, apparemment, ils étaient aussi responsables l'un que l'autre de la situation.

Mais la pilule était difficile à avaler. Car il ne pourrait se défiler : Xander avait une responsabilité envers cet enfant. Le genre de responsabilité qu'il s'était pourtant promis de fuir jusqu'à nouvel ordre.

Il se leva alors brusquement de table.

— Merci pour l'information, lâcha-t-il avant de pivoter sur ses talons.

Mais très vite, il sentit la main d'Olivia sur son bras et dut s'arrêter net.

— Xander, reste… Je t'en prie. Il faut qu'on en parle.

— Ne fais pas une scène, Olivia. Tu m'as demandé de te rejoindre ici, et je suis venu. Tu m'as dit ce que tu avais à me dire. Maintenant, je m'en vais. Au passage, peux-tu signer les documents pour le divorce et les adresser à ton avocat, comme convenu ?

Il baissa les yeux vers sa main, qu'elle finit par retirer de son bras. Sans perdre une seconde de plus, il se précipita vers la sortie. Il retourna à son appartement dans un état second. A chaque instant, les paroles d'Olivia résonnaient à son esprit. « Je suis enceinte. » Les mots se répétaient inlassablement, encore et encore.

Il n'était pas capable de revivre cela. D'être père à nouveau. Pourtant, le destin en avait décidé autrement. Il allait devoir prendre des décisions. Des décisions difficiles.

Xander s'empara de son téléphone portable et contacta alors le cabinet de son avocat.

Olivia était en train de travailler à l'atelier quand elle entendit un bruit de moteur. Un véhicule était en train de se garer dans son allée. Une fois dehors, elle eut la surprise de se trouver nez à nez avec un coursier, qui lui tendait une enveloppe. Bizarre, elle n'attendait pourtant rien de particulier ! Elle signa le bordereau de réception, et l'homme remonta dans son fourgon. Quand elle identifia l'expéditeur, elle sentit son sang se glacer : c'était l'avocat de Xander.

Le cœur battant à tout rompre, elle se dirigea vers la terrasse où elle s'attabla. Que pouvait contenir cette enveloppe ? Impossible de savoir si elle devait l'ouvrir ou non :

pas question de lire noir sur blanc la réponse juridique de Xander à l'annonce qu'elle lui avait faite. A vrai dire, elle ne s'était toujours pas remise de sa réaction de la veille, quand elle lui avait appris la nouvelle. Certes, elle ne s'attendait pas à de grandes effusions de joie, mais de là à le voir prendre la fuite comme il l'avait fait…

A cet instant précis, elle eut l'impression d'être à la merci d'une force toute-puissante, supérieure, contre laquelle il était inutile de lutter. Elle n'aimait pas ce sentiment, mais cela lui rappelait que dans la vie certaines choses ne se maîtrisent pas. Or c'est comme ça qu'elle avait réussi à tenir le choc dans les moments les plus difficiles : en maîtrisant ses nerfs.

Elle tripota l'enveloppe entre ses mains. Comment pouvait-elle penser que Xander se réjouisse à l'idée de devenir père une nouvelle fois ? Peut-être avait-elle vaguement envisagé cette éventualité, dans un accès de naïveté. Mais cette nouvelle l'avait manifestement beaucoup choqué. Tout comme elle, d'ailleurs. Mais à aucun moment elle n'avait imaginé qu'il ferait preuve d'une telle indifférence. Du coup, elle ne savait plus du tout où elle en était.

Dire que la réponse se trouvait là, entre ses mains… Et pourtant, elle se sentait incapable de l'ouvrir, cette enveloppe. Alors elle la posa sur la table devant elle et alla se préparer une infusion de camomille. En prenant son temps. Et c'est seulement après avoir ramené le plateau sur la terrasse, après s'être servi une tasse de tisane et en avoir bu une première gorgée qu'elle se décida à reprendre l'enveloppe.

Après avoir pris une grande inspiration, elle posa une main sur son ventre.

— OK, mon petit, voyons voir ce que ton papa a à nous dire.

Elle déchira enfin l'enveloppe et en sortit le contenu. Elle balaya alors la lettre du regard avant de la relire plus attentivement une deuxième fois. Olivia sentit son sang se glacer. Xander n'aurait pas pu exprimer plus clairement ses sentiments. S'il était prêt à offrir un généreux soutien financier à leur enfant, il refusait tout contact avec celui-ci. Ou avec elle. Un contrat était joint au courrier, détaillant les termes de cet arrangement et les sommes qu'il était prêt à lui verser. Mais pas question de le regarder une seule seconde.

Une colère sourde bouillonnait en elle. Comment osait-il les rejeter aussi violemment, elle et leur bébé ? Libre à lui d'être en colère et de vouloir couper les ponts avec elle. Mais rejeter de cette façon leur bébé ? Cette froideur ne lui ressemblait pas !

Olivia rejeta la lettre sur la table puis se leva. Elle fit les cent pas avant de s'arrêter devant l'atelier. A travers la porte-fenêtre ouverte, elle aperçut la toile sur laquelle elle était en train de travailler — une commande passée après de son exposition à la galerie. Autrefois, la peinture avait toujours été un refuge pour elle — pour fuir son chagrin, surmonter son deuil. Mais elle sentait qu'elle allait devoir évacuer sa colère avant de pouvoir à nouveau tenir un pinceau.

Avec un soupir agacé, elle alla fermer et verrouiller les portes de l'atelier, ramena dans la cuisine le plateau de tisane et le courrier de Xander, puis enfila une paire de baskets. Une bonne balade sur la plage lui ferait du bien.

Une fois sur le sable, elle avança sans se soucier de la lueur aveuglante du soleil, qui se reflétait sur les flots.

Arrivée au bout de la grève, elle fit demi-tour et reprit le même chemin en sens inverse. Une grande partie de la colère et de son indignation était passée. Olivia s'assit alors sur un banc le long de la promenade, à l'ombre, et attendit que sa respiration et son cœur reprennent un rythme normal.

Qu'est-ce qui avait pu pousser Xander à prendre une telle décision ? Cette distance et cette froideur qu'il s'efforçait d'instaurer entre eux étaient si éloignées de l'homme qu'elle aimait. Certes, elle l'avait toujours connu distant et indépendant. Parfois obstiné. Mais il n'était pas le genre d'homme à rejeter son propre enfant. Il avait eu beau être très en colère quand elle lui avait annoncé être enceinte de Parker, il avait aimé leur fils aussi fort qu'on pouvait aimer un enfant. Pourquoi aurait-il dû agir différemment cette fois-ci ?

Elle contempla une mouette isolée qui volait en cercle au-dessus des vagues. Xander cherchait-il à préserver une liberté totale, comme celle de cet oiseau ? Peut-être voulait-il se recentrer sur lui-même désormais… Mais il y avait de fortes chances pour que les mensonges qu'elle lui avait fait subir et la façon tragique dont ils avaient perdu Parker l'aient rendu incapable d'aimer de nouveau…

Fallait-il pour autant qu'elle l'accepte ? Evidemment que non ! Au cours de ces dernières semaines, alors qu'il recouvrait peu à peu la mémoire, elle avait pu constater, sans le moindre doute possible, que cet homme l'aimait. Alors, s'il était encore capable d'éprouver ce sentiment, pourquoi diable le refuser à la chair de sa chair ?

Par angoisse.

Ce mot, aussi simple qu'effrayant, s'imposa brusquement à elle comme une terrible évidence. Xander était angoissé à l'idée d'offrir de nouveau son amour, que ce soit à leur enfant ou à elle. Car, après tout, l'amour était bien un sentiment basé sur la confiance, non ? Et elle avait brisé la confiance qu'il avait placée en elle, non pas une, mais plusieurs fois…

Lui avait-elle offert son soutien dans les jours, les semaines qui avaient suivi la mort de Parker ? Non. Tout ce qu'elle avait fait, c'était projeter sur lui sa propre douleur, ses récriminations et son sentiment de culpabilité. Avait-elle cherché à le retenir quand il l'avait quittée la première fois ? Non. Elle s'était murée dans sa douleur, incapable de la moindre initiative.

Sur sa famille à lui, elle ne savait que peu de choses : il n'avait jamais beaucoup évoqué ce sujet-là, et elle n'avait jamais été assez proche de sa belle-mère pour en parler.

Tout ce qu'elle savait, c'était que le père de Xander n'avait jamais su surmonter le deuil de son fils aîné : il avait perdu pied. Olivia avait plus ou moins compris que la mère de Xander avait dû travailler nuit et jour pour subvenir aux besoins du foyer. Cette femme n'avait peut-être pas été une mère très aimante, mais elle avait fait de son mieux pour assurer la sécurité de sa famille.

Comment s'étonner que Xander n'ait jamais su exprimer son chagrin ? Il avait grandi aux côtés de deux personnes qui avaient abordé la période de deuil de façon très différente. Quelqu'un lui avait-il demandé comment lui-même avait vécu la disparition de son frère ? De son fils ?

Certainement pas Olivia, en tout cas.

Et maintenant ? Comment allait-elle pouvoir fendre cette armure derrière laquelle il s'était retranché ? Maintenant qu'elle avait perdu sa confiance, comment arriverait-elle à obtenir son pardon et à retrouver une place dans son cœur ?

L'avantage, c'était qu'elle n'avait plus aucun secret pour lui. Autrement dit, rien ne l'empêchait d'essayer. Ils avaient de nouveau conçu un enfant, dans l'amour : cela allait forcément peser dans la balance. Olivia devait bien ça à Xander et à leur bébé : se battre pour ce qui était juste… Se battre pour leur amour, pour lui accorder une seconde chance.

Quand Xander prit connaissance du dernier message d'Olivia, il était déjà tard. Il avait passé une grande partie de sa journée à repousser l'échéance. Mais une fois chez lui, il sut qu'il n'était plus possible de se défiler. Olivia avait été droit au but. Elle avait bien accusé réception de la proposition transmise par son avocat mais voulait avant toute chose en discuter avec lui en tête à tête. Plus vite ils se verraient, plus vite l'affaire serait réglée : voilà ce qu'elle avait dit. Passé cette rencontre, ils seraient enfin débarrassés de toutes ces paperasses.

Xander secoua la tête. Il aurait dû la rappeler. Au lieu de ça, il laissa son téléphone sur la table basse et s'étendit sur le large canapé qui faisait face à la baie. Les lumières de la ville scintillaient devant lui, comme les étoiles d'une galaxie lointaine.

« Lointaine. » Ce mot avait une résonance toute particulière dans son esprit. Sa propre vie lui semblait désormais lointaine. Or tout ce qui était loin ne pouvait pas l'affecter… Tout ce qui était loin ne pouvait pas réduire le cœur d'un homme en miettes. Encore moins le trahir…

Il s'était pourtant persuadé d'avoir besoin, d'avoir envie de prendre de la distance. En tentant notamment de se replonger dans le travail, comme il l'avait toujours fait chaque fois qu'il avait rencontré des difficultés personnelles. Mais, dès qu'il baissait la garde, Olivia occupait toutes ses pensées. Il revoyait son visage lumineux et empli d'amour, à l'hôpital… Il revoyait sa détermination à le soutenir lors de ses séances de physiothérapie, jour après jour, quand il s'attachait à retrouver son tonus musculaire après son coma. Il entendait ses petits soupirs lascifs quand il lui faisait l'amour, dans ces moments où tout semblait tellement parfait pour eux…

Et puis il avait retrouvé ses souvenirs de la période où Parker était encore en vie. Il revoyait la jolie petite famille qu'ils formaient tous les trois et combien ils avaient été heureux. Chaque fois, Xander était saisi d'une douleur viscérale à l'idée qu'il ne verrait jamais son petit garçon devenir grand. Chaque fois, la culpabilité s'emparait de lui. Car c'était lui qui avait laissé le portail ouvert. Lui qui avait lancé la balle du chien un peu trop loin. Ces deux petits détails, pris séparément, auraient pu rester anodins. Mais, en s'enchaînant comme ils s'étaient enchaînés, ils avaient engendré une véritable tragédie.

Oh ! Xander était bien conscient que sa petite famille avait vu se répéter le drame épouvantable que ses propres parents avaient vécu quand son frère était mort. Mais Xander n'était pas comme son père. Il ne s'était pas laissé détruire par le chagrin, ça non. Il avait verrouillé tous ses sentiments. Car il voulait rester fort, indépendant. Et surtout, il ne voulait pas avoir besoin d'Olivia. D'ailleurs, quand il avait fini par comprendre qu'elle n'avait pas besoin de lui, elle non plus, qu'elle avait tourné la page, sans lui, alors Xander l'avait quittée.

Bon sang, tous ces souvenirs étaient tellement pénibles... Il aurait bien eu besoin de se changer les idées. Mais comment ? Et avec qui ? Son téléphone à la main, il parcourut sa liste de contacts. C'est alors qu'il tomba sur le numéro de Rachelle. De toute façon, il n'était guère d'humeur à voir un ami. Sans compter que sa collègue ne faisait pas mystère du fait qu'elle était prête à reprendre leur relation là où elle en était avant l'accident. A vrai dire, elle lui avait même clairement fait comprendre qu'elle avait envie de franchir un cap supplémentaire.

Peut-être qu'il tenait là le seul moyen d'effacer Olivia de ses pensées ? En tout cas, il l'espérait.

Moins de trente minutes après son coup de fil, Rachelle débarqua chez Xander et se glissa dans ses bras. Comme s'ils étaient ensemble depuis toujours.

— Je suis tellement contente que tu aies appelé, dit-elle d'une voix suave en levant les yeux vers lui.

Il l'embrassa et s'efforça de ressentir quelque chose. N'importe quoi. Mais tout ce qu'il éprouva, c'est une certaine indifférence. Peut-être manquait-il de pratique ?

Pourtant, avec Olivia... Tout s'est fait si naturellement, lui rappela une voix insidieuse. Mais il chassa cette idée de ses pensées tout en entraînant Rachelle vers le salon.

— Tu veux boire quelque chose ? proposa-t-il.

— Avec plaisir. Du pinot noir, si tu as, répondit-elle en croisant les jambes sur le canapé.

Il ne put s'empêcher de voir sa jupe remonter le long de ses cuisses longilignes. Rachelle avait beau être petite, elle avait une silhouette sculpturale qu'elle savait mettre en valeur. Malgré cela, Xander s'étonna de ne ressentir aucun désir, aucune envie envers elle. Rien.

Après avoir choisi une bouteille dans sa cave à vin vitrée, il passa à la cuisine pour l'ouvrir et remplir deux verres. Puis il rejoignit Rachelle et trinqua avec elle.

— Aux nouveaux départs, déclara-t-elle. Et aux happy ends.

Elle rejeta ses cheveux derrière son épaule et sourit. Ses yeux noisette pétillaient d'espoir.

Xander hocha la tête puis trempa ses lèvres dans le vin. Hélas, même ce délicieux breuvage avait comme un arrière-goût. En fait, tout lui semblait décalé ce soir. Rachelle se mit à parler de travail — elle avait reçu une promotion récemment et avait hâte de pouvoir proposer de nouvelles idées à ses associés. Xander appréciait son enthousiasme, et approuvait la plupart de ses suggestions. Mais, quand elle orienta la conversation vers des sujets plus personnels et posa délicatement une main sur sa cuisse, il comprit qu'il devait mettre un terme à cette soirée.

— Rachelle, écoute… Je suis désolé, mais…

Aussitôt, son visage s'assombrit. Elle était déçue, mais parvint presque à sourire. Et ôta sa main de sa cuisse pour la passer doucement sur ses lèvres.

— Ce n'est pas grave, Xander. Je vois bien que tu essaies, mais que tu n'y arrives pas, hein ? En fait, tu ne devrais même pas avoir à *essayer*… Le problème, c'est que tu es encore marié à Olivia. Peut-être plus sur le papier, ni dans ton esprit, mais… Mais *là*, ajouta-t-elle en posant une main sur sa poitrine. De toute évidence, elle occupe encore une grande place dans ton cœur.

Elle posa son verre sur la table basse, puis se leva.

— Non, reste assis, reprit-elle alors qu'il voulait la rejoindre. Je saurai retrouver la sortie. Oh ! et je suppose que je ferais mieux de te rendre ça, aussi.

A ces mots, elle sortit un jeu de clés de son sac à main et le posa sur la table à côté de son verre.

Elle quitta l'appartement sans rien ajouter. Xander garda les yeux rivés sur la table basse. Tout lui revenait. Il avait confié les clés à Rachelle environ une semaine avant son accident. On leur avait demandé de se déplacer chez un client. Il lui avait proposé de venir se changer chez lui car elle habitait assez loin du lieu de rendez-vous. Et, comme elle avait terminé sa journée de travail plus tôt, il avait préféré lui laisser la clé avant de venir la chercher pour cette fameuse visite.

Xander ne lui avait pas réclamé sa clé ce soir-là, ni le lendemain : leur relation allait évoluer, avait-il pensé. Il était loin d'imaginer ce qui allait arriver…

Il repensa alors à ses dernières paroles avant de partir. Etait-il encore amoureux de sa femme ? Il se leva et rapporta les verres à la cuisine. Il les vida dans l'évier, les laissa sur le comptoir et se dirigea vers sa chambre.

La pièce lui parut tellement vide. On pouvait même dire qu'il se sentait vide lui aussi. Il était temps d'être honnête envers lui-même. Olivia lui manquait. Leurs petites habitudes lui manquaient. Et surtout, cette nouvelle complicité qu'ils avaient développée durant sa convalescence lui manquait.

Mais saurait-il lui pardonner ? Saurait-il s'occuper de cette femme et de leur bébé alors que tout cela l'effrayait ?

Hélas, cette nouvelle nuit blanche ne lui apporta aucune réponse. Pas plus que sa journée de travail du lendemain.

Il était fatigué, sur les nerfs, quand il arriva à l'appartement après 20 heures, ce soir-là. Arrivé en haut de l'escalier, il s'arrêta net et écarquilla les yeux. Non, il devait avoir une hallucination… La dernière personne qu'il s'attendait à voir était pourtant là, devant sa porte, à l'attendre… Olivia.

- 17 -

Olivia se redressa à la seconde où elle aperçut Xander. Mon Dieu, comme elle était pâle... Elle paraissait épuisée. Mais il s'efforça de réprimer l'inquiétude qui s'emparait soudain de lui.

— Bonsoir, déclara-t-il simplement.

— Je... Je n'en pouvais plus d'attendre que tu répondes à mon message. J'avais besoin de te voir.

— Tu ferais mieux d'entrer, dit-il en ouvrant la porte.

Elle passa devant lui et ses narines tressaillirent sous l'effet du parfum qu'elle laissait derrière elle. Aussitôt, il sentit son corps réagir. Pourquoi n'avait-il pas pu réagir de cette façon hier soir, devant Rachelle ? Ce genre de réaction était-il seulement réservé à Olivia ?

— Assieds-toi, tu as l'air exténuée, reprit-il en posant son veston et sa mallette. Tu as dîné ?

— Oui, merci. J'ai mangé avant de venir.

— Cela faisait longtemps que tu attendais ?

— Un moment, éluda-t-elle.

Il ne la quitta pas des yeux alors qu'elle s'asseyait.

— Xander ? Est-ce qu'il est vraiment trop tard pour nous deux ? demanda-t-elle sans détour tout en promenant ses mains tremblantes sur ses genoux. Tu ne trouves vraiment pas la force au fond de ton cœur de me pardonner ? Et de nous accorder un nouveau départ ?

Il soupira et se passa une main dans les cheveux. Combien de fois s'était-il posé la même question, la nuit dernière ?

Sans trouver la réponse, bien sûr. Evidemment, s'il suivait son cœur, il allait tout lui pardonner et reprendre toute leur histoire depuis le début. Sauf que sa raison lui soufflait de prendre la fuite tant qu'il en était encore temps.

Car à quoi bon nier la vérité ? Il était encore amoureux d'Olivia. Même après tout ce qu'ils avaient vécu, il avait besoin d'Olivia, de son sourire, de son beau visage, de son corps… Son corps qui portait de nouveau un enfant. Son enfant.

C'est alors que la réalité lui explosa en pleine figure. C'était le moment où jamais de choisir. De relever le défi. Et quel défi… Se sentait-il prêt à prendre le risque de construire sa vie auprès d'Olivia ? Auprès de leur enfant ?

— Xander ? Je t'en prie, dis quelque chose.

La voix d'Olivia vibrait d'inquiétude. Une partie de lui avait envie de la rassurer, de lui promettre que tout allait s'arranger. Mais une autre, plus sombre, se souvenait de l'enfant qu'il avait été… Qui rentrait de l'école pour trouver une maison remplie de chagrin, où l'amour n'avait plus sa place. Comment oublier le vide que Xander n'avait jamais su combler ? Un vide similaire à celui qu'avait laissé le petit Parker… Un vide que jamais Xander ne pourrait compenser… Aimer, c'était apprendre à souffrir.

Et Xander en avait assez de souffrir.

Il vint s'asseoir près d'Olivia et baissa la tête.

— Je ne sais pas, finit-il par répondre.

— Au moins, ça me laisse plus d'espoir qu'un « non » catégorique, dit Olivia d'une voix monocorde.

Il se tourna vers elle. Les traits de son visage lui étaient si familiers. La présence douce et aimante de cette femme à ses côtés l'avait aidé à se reconstruire. Cette femme, dont il était retombé profondément amoureux à force de partager son quotidien. Mais s'il s'autorisait de nouveau à éprouver des sentiments pour elle et pour leur bébé, il serait de nouveau vulnérable. Sauf que… non, cela n'était pas raisonnable. Il devait entériner cette rupture. Proprement et sans plus attendre.

— Tu ferais bien de rentrer chez toi. Nous n'avons plus rien à nous dire, Olivia, articula-t-il prudemment.

— Je partirai quand tu m'auras écoutée, insista-t-elle. J'ai le droit de te dire ce que je ressens. Je t'aime, Xander. Et pas qu'un peu, ni même beaucoup. Je t'aime de tout mon être. Chaque fois que je respire, à chaque choix que je fais depuis que je t'ai rencontré. Il n'y a que toi, Xander. Je sais que je n'ai pas toujours pris les bonnes décisions, et je le regrette sincèrement. Mais j'apprends au fil du temps. Toi et moi, on a appris au fil du temps… On apprend *encore*, même.

— Je ne t'ai jamais rien demandé, répliqua-t-il en se levant.

Mais elle lui saisit le bras et le fit se rasseoir.

— Je sais. Tout comme je sais que tu as besoin de moi dans ta vie. Mais tu ne veux pas l'admettre. C'est pour ça que tu me rejettes maintenant. C'est pour ça que nous avions fini par vivre dans deux mondes parallèles, expliqua-t-elle avant de reprendre son souffle. J'ai parlé avec ta mère. Je sais ce que tu as dû traverser quand tu étais petit.

— Tu as… Quoi ? Pourquoi ? Tu n'avais pas le droit de la mêler à ça !

Une colère sourde se mit à bouillonner en lui. Il en voulait terriblement à Olivia d'avoir contacté sa mère pour évoquer un sujet qui ne concernait que lui. Et il en voulait à sa mère de s'être ouverte à Olivia d'un sujet qu'elle-même n'avait jamais abordé avec lui.

— J'avais besoin de comprendre, Xander. J'avais besoin de savoir s'il nous restait une chance. Quand Parker est mort, j'ai réagi comme j'ai pu. J'ai fait ce que j'ai toujours fait depuis vingt ans : j'ai ramassé les miettes et poursuivi ma route comme j'ai pu.

— Tu n'as pas fait que les ramasser. Tu les as mises à

la poubelle. Tu as effacé le souvenir de Parker comme si de rien n'était.

La voix d'Olivia était apaisée quand elle répondit :

— J'ai fait comme j'ai pu. J'étais incapable d'en parler, Xander. Dans ma famille, on n'avait pas pour habitude de parler de nos émotions. Et je crois savoir qu'il en était de même chez toi. Ta maman m'a parlé de ton papa. De son mal-être, qui est allé bien au-delà d'un simple deuil. Et qui a fini par le détruire pour de bon… Je ne veux pas de ça pour toi, Xander. Je veux que tu restes entier. Je veux que nous formions un tout. On n'y arrivera pas en restant chacun de notre côté. Mais, si on s'y met tous les deux, on pourra peut-être recoller les morceaux. Je t'en prie, Xander, dis-moi que tu es prêt à essayer… Dis-moi que nous le méritons, toi et moi, ajouta-t-elle en prenant sa main pour la poser sur son ventre encore plat. Je t'en prie, dis-moi que tous les trois, on en vaut la peine.

Il baissa les yeux vers son ventre puis la dévisagea longuement. Ses yeux brillaient, et elle semblait avoir du mal à retenir ses larmes. Mais lui aussi sentait l'émotion monter.

— Je ne peux pas te dire ce que tu as envie d'entendre…

Bien sûr, ce n'était pas la réponse qu'elle attendait. Mais elle revint malgré tout à la charge :

— Réfléchis encore un peu, Xander. S'il te plaît. Pour notre bien à tous. Ni toi ni moi ne sommes parfaits. Mais ensemble, on peut approcher la perfection. Je sais que je suis allée trop loin. J'ai eu tort de ne pas partager mes sentiments avec toi. Mais je ne pouvais tout simplement pas laisser ce chagrin s'exprimer au grand jour tout en essayant de te consoler… Si j'avais laissé ma douleur s'exprimer, cela m'aurait littéralement consumée. Le seul moyen que j'ai trouvé pour m'en sortir, c'est de me plonger dans mon travail. Pour ne plus y penser. Pour me perdre dans mes occupations. Jamais je n'ai voulu te rejeter, Xander.

— Tu n'as pas fait que me rejeter, Livy. Tu as rejeté les

souvenirs qui nous restaient de Parker, jusqu'au dernier. J'ai eu l'impression qu'une fois qu'il n'avait plus été là, c'était comme s'il n'avait jamais existé pour toi. Tu ne parlais plus de lui. C'est à peine si tu mentionnais encore son nom…

— Je n'ai jamais voulu te donner cette impression. Bien sûr que Parker a compté pour moi. Il compte encore. Tout comme toi, Xander. Toi et moi, ce n'est quand même pas rien, hein ?

A ces mots, elle se leva et se mit à faire les cent pas.

— Après la mort de Parker, quand tu es parti, je me suis réfugiée dans la peinture. Le temps que je passais à travailler sur mes toiles me permettait de ne plus penser au fait que je vous avais perdus tous les deux. Tout ce que je faisais à l'époque, c'était travailler… Jour et nuit. Je ne dormais plus. Je ne mangeais plus. Je ne savais plus que peindre. A l'époque, j'ai produit les œuvres les plus personnelles de ma carrière. J'ai même réussi à attirer l'attention d'un agent, et ces tableaux me valent un grand succès aujourd'hui. Mais tu sais quoi ? dit-elle en s'arrêtant de marcher, le visage déformé par les remords et le chagrin. Je n'en éprouve aucune fierté aujourd'hui. J'ai l'impression d'avoir utilisé la mort de Parker. J'ai peint mon deuil, ma frustration, ma colère… Ma culpabilité.

— Ta culpabilité ? Comment ça ? s'exclama Xander en se levant d'un bond, les poings serrés de frustration. Ce n'est pas toi qui avais laissé le portail ouvert. Ce n'est pas toi qui as lancé la balle pour le chien de l'autre côté de la route… Tout était ma faute.

Une petite larme roula sur la joue d'Olivia. Il mourait d'envie de l'écraser, mais il n'osait pas la toucher.

— Je sais que je t'ai accusé, Xander… C'était tellement plus facile pour moi de t'en vouloir plutôt que d'admettre ma propre part de responsabilité dans les événements. Ce matin-là, Parker jouait sagement dans mon atelier, tu t'en souviens ? Mais le bruit qu'il faisait avec son petit train me tapait sur les nerfs, je n'arrivais pas à me concentrer sur mon travail… Alors je lui ai demandé d'aller jouer dehors, articula-t-elle d'une voix brisée.

Comme il ne disait plus rien, elle revint vers le canapé et s'empara de son sac à main.

— Je regrette, Xander. Tu ne sais pas à quel point je regrette. J'espérais qu'en parlant de cette histoire, en mettant tout à plat, nous pourrions tout arranger. Mais je vois que le fossé qui s'est creusé entre nous est trop grand, désormais.

Et, avant même qu'il puisse formuler une phrase cohérente, elle avait disparu. C'est à peine s'il eut le temps de la voir fermer la porte l'appartement, sans se retourner. Xander s'enfonça alors sur le canapé, les yeux rivés à la baie vitrée. Jamais il ne s'était senti aussi seul. Vide, il était comme vide. Les derniers rayons du couchant caressaient la péninsule de l'autre côté de la baie. La péninsule où se trouvait encore sa maison. Et, s'il avait l'honnêteté de l'admettre, c'était aussi là où son cœur était resté.

Il repensa aux paroles d'Olivia. Encore et encore. Notamment à la part de responsabilité qu'elle assumait dans ce drame qui avait à jamais bouleversé leurs vies. Pourquoi ne lui avait-elle jamais rien dit avant maintenant ?

« J'ai réagi comme j'ai pu. J'ai fait ce que j'ai toujours fait depuis vingt ans : j'ai ramassé les miettes et poursuivi ma route comme j'ai pu. »

Qu'aurait-elle pu faire d'autre ? Elle avait suivi l'exemple de son père et avait réagi comme à la mort de sa mère. D'une certaine façon, cela ressemblait beaucoup à ce que Xander avait dû lui-même endurer, enfant, quand il avait perdu son frère. Il avait dû continuer son chemin, pas à pas, tant bien que mal. Sans prendre le temps de s'interroger sur ses sentiments, sur d'éventuels regrets. Il avait fait ce qu'on attendait de lui. Jour après jour, sans jamais s'encombrer de longs discours.

Aurait-il pu faire plus d'efforts pour sauver leur mariage

après la mort de Parker ? Bien entendu. Or il s'était renfermé sur lui-même. Il avait utilisé toutes ses forces pour conserver cette façade qu'il avait mis des années à construire, comme sa mère. Jamais il ne l'avait vue laisser paraître la moindre faiblesse, ni même verser une larme. Dans les périodes difficiles, quand elle se battait pour tout porter à bout de bras, elle se contentait de travailler plus dur encore. Est-ce que ce n'était pas ce qu'il avait fait, au plus fort de la tourmente ?

Quand Olivia lui avait annoncé qu'ils allaient avoir un bébé, il s'était plongé dans le travail. Il s'était éloigné d'elle et de cette future naissance en faisant son maximum pour leur assurer une certaine sécurité matérielle. Ce qui lui avait d'ailleurs valu une promotion.

De cette réussite, il avait retiré une certaine fierté. Car pour ce qui était de son rôle de père, il n'y connaissait rien, à l'époque. Et le moins qu'on puisse dire, c'était qu'il n'avait pas pu prendre son père pour modèle. Et surtout, il n'avait jamais eu le temps de se projeter dans ce rôle-là : Olivia et lui n'avaient jamais abordé le sujet avant qu'elle ne le place devant le fait accompli.

Et puis, à sa grande surprise, quand Parker était venu au monde, tout s'était fait naturellement. Ce qui avait à la fois rassuré… et effrayé Xander.

Contre toute attente, cette paternité imprévue lui avait alors apporté de profondes joies. Il avait été épaté par la facilité avec laquelle Livy avait renoncé à son rôle d'enseignante pour endosser celui de maman. L'aisance et l'efficacité avec lesquelles elle gérait cette nouvelle vie l'avaient soufflé. Elle semblait ne jamais avoir douté de ses compétences de mère. Avait-elle douté qu'il puisse être un bon père ? Si oui, elle n'en avait jamais rien laissé paraître.

Ce qui l'avait d'abord attiré chez elle, c'était ce grand besoin d'indépendance qu'elle avait toujours cultivé… ce même besoin qui, paradoxalement, avait été à l'origine de leur rupture. Mais désormais, après avoir analysé les paroles et les sentiments qu'elle avait fini par partager avec lui, il s'apercevait qu'à force de tout faire pour ne pas devenir une victime de son passé, il était tombé dans un autre piège : il était devenu comme sa mère.

Comment avait-il pu perdre à ce point sa lucidité ? Au bout du compte, il avait été incapable de faire la différence entre ce qui était bon pour lui et le reste… Comment avait-il pu négliger le bonheur et l'excitation qu'il avait ressentis quand il avait rencontré Olivia, quand il était tombé amoureux d'elle ?

Au fil du temps, il avait croisé la route de nombreuses femmes, toutes belles, fortes et brillantes. Pourtant, aucune n'avait su faire vibrer son cœur comme Olivia. Qu'y avait-il de mal à se sentir vulnérable auprès de la personne avec qui on avait envie de vivre ?

N'aurait-il pas, à force de prendre ses distances, contribué lui aussi au naufrage de son mariage ?

Bien sûr que oui.

Autant être lucide : il n'était pas tout-puissant, comme sa mère cherchait à l'être. Mais alors, pourquoi avait-il continué de suivre son exemple ? Pourquoi ne pas avoir suivi son propre chemin ?

Quel imbécile il avait été. Un véritable idiot. Il avait repoussé la seule personne au monde qui lui vouait un amour inconditionnel. Une femme qui, certes, avait ses défauts, mais qui avait autant besoin de lui qu'il avait besoin d'elle. Il voulait vivre avec elle : il en avait besoin, même. Mais quoi de plus normal ? Cela ne l'affaiblissait pas pour autant. Cela ne menaçait pas sa virilité. Au contraire. Cela le rendait plus fort, parce qu'il l'aimait.

Il se leva et approcha de la baie vitrée. Au loin, il pouvait apercevoir dans l'obscurité la colline sur laquelle ils avaient construit leur maison.

Olivia avait fait des choix contestables. Tout autant que

lui, à vrai dire. Pour autant, saurait-il lui pardonner de l'avoir manipulé comme elle l'avait fait à sa sortie de l'hôpital ?

En quelques instants, les derniers soubresauts de la colère qui l'habitait ces dernières semaines s'évaporèrent. Bien sûr qu'il saurait la pardonner. Ils allaient devoir faire des concessions, tous les deux. D'autant qu'il y avait désormais une troisième personne dans la balance.

Comment avait-il pu un seul instant imaginer pouvoir se couper de cet enfant ? Ne pas le voir grandir, s'épanouir… Cela lui faisait mal d'y repenser, et il voulut oublier, mais… Non. Ce n'était pas grave de souffrir, de ressentir des choses.

Les yeux fermés, il se détourna de la fenêtre. Aurait-il la force d'aller jusqu'au bout ? De retrouver la foi et de laisser l'amour reprendre le dessus…

Bref, il avait des décisions cruciales à prendre. Et il tenait à prendre les bonnes. Mais s'il suivait son cœur, tout irait bien.

- 18 -

En cette veille de Noël, cela faisait presque une semaine qu'Olivia avait vu Xander pour la dernière fois. Depuis, plus aucune nouvelle.

Malgré tout, elle avait décidé de faire un effort de décoration : elle était donc montée au grenier le matin même pour y récupérer quelques babioles. Sauf qu'elle avait vite oublié son projet en tombant sur les petites affaires de Parker éparpillées un peu partout sur le parquet. Alors elle avait ramassé puis rangé vêtements et jouets, avant de s'emparer des albums. D'abord, elle pensait les remettre dans leurs cartons, mais elle les prit avec elle au moment de partir.

Quand elle les posa sur l'étagère du salon, elle éprouva comme un soulagement. Alors elle remit aussi les portraits de son petit garçon à leur place. Et finit par redescendre le carton de jouets dans la chambre qui avait appartenu à Parker. Cette chambre qui deviendrait bientôt celle de son nouveau bébé. Après cela, la maison lui apparut sous un jour nouveau. L'atmosphère était soudain plus légère. Un peu comme si, en remettant chaque chose à sa place, Olivia avait elle-même pu se recentrer sur l'essentiel.

Soyons honnêtes : elle ne pourrait jamais remplacer l'enfant qu'elle avait perdu. Mais au moins, à présent, elle pourrait se souvenir de lui sans se noyer dans le chagrin qu'elle s'était efforcée d'étouffer depuis deux ans. Et puis le temps était sans doute venu de se pardonner les mauvais choix qu'elle avait faits.

Oui, le temps était venu de prendre un nouveau départ. Si seulement Xander pouvait être auprès d'elle pour ce nouveau chapitre qui s'ouvrait… Combien de fois avait-elle guetté, en vain, son répondeur ou l'écran de son téléphone portable, à l'affût d'un éventuel appel ? Non, il fallait affronter la réalité en face. Il n'y avait plus d'avenir pour eux deux.

Le formulaire de dissolution et l'offre de compensation financière de Xander étaient posés devant elle sur la table de la cuisine. Elle serra de toutes ses forces le stylo qu'elle tenait à la main.

— Bon sang, signe ces fichus papiers et n'en parlons plus, marmonna-t-elle.

Elle posa une main sur son ventre.

— Ne t'inquiète pas, mon bébé, toi et moi, on va s'en sortir.

Alors qu'elle allait poser la pointe du stylo sur le papier, la sonnerie de l'entrée retentit dans la maison. Qui cela pouvait-il être ? Elle laissa tout en plan et se leva pour aller ouvrir.

Quand elle ouvrit la porte, elle crut que son cœur allait cesser de battre. Xander. Il était là, face à elle, vêtu de son vieux sweat-shirt de l'université et d'un jean délavé. Elle manqua de tomber à la renverse. Son cœur se mit à battre la chamade et elle ne put s'empêcher de le dévisager : son beau regard gris brillait d'une étrange lueur.

— Tu es venu chercher les papiers ? demanda-t-elle en se passant une main dans les cheveux.

— Pas vraiment, dit-il. J'ai quelque chose pour toi. Pour Noël. En fait, c'est même pour toi et le bébé.

Olivia écarquilla les yeux. Elle n'était pas certaine de comprendre. Comment ça, pour le bébé ?

— Pour… ?

— Viens voir !

Xander tourna les talons puis descendit le long de l'allée jusqu'au portail. Là, Olivia aperçut alors un grand monospace. Manifestement, les médecins lui avaient donné l'autorisation de reprendre le volant. Seulement, il était plutôt amateur de coupés sport, non ? Peut-être avait-il emprunté ce véhicule à quelqu'un ? Mais, avec un peu de chance, le cadeau qu'il était venu lui apporter n'avait pas pu rentrer dans sa nouvelle voiture…

— Eh bien, tu viens ? lança-t-il depuis le portail.

— Euh, oui, dit-elle en finissant par descendre du perron pour le rejoindre. Cette voiture est à toi ?

— Oui, j'ai décidé de laisser les modèles sport aux flambeurs et de grandir un peu. Beaucoup, même.

L'arrière du monospace était ouvert. A travers les vitres teintées, Olivia distingua une panière à chien. Elle s'arrêta net, le souffle coupé, quand elle aperçut un petit chiot à l'intérieur. Xander ouvrit alors la panière et en sortit l'animal qu'il déposa dans les bras d'Olivia.

— Joyeux Noël, Livy.

Le chiot leva les yeux vers elle et lui lécha le menton avec enthousiasme. Elle éclata de rire.

— Mais… En quel honneur ?

— Tous les enfants ont besoin d'un animal de compagnie, non ? dit-il en saisissant un sac rempli de jouets et croquettes pour chien, ainsi que la panière. Ça te dérange si je rentre tout ça à l'intérieur ?

Eh bien, pour une surprise, c'était une surprise ! Elle ne s'attendait pas à ça, loin de là.

— Pas du tout, bredouilla-t-elle. Entre donc… Viens prendre un café. Est-ce que cet adorable chiot a un nom ?

— En fait, c'est une fille. Et, non, elle n'est pas encore baptisée. J'ai pensé que tu voudrais choisir toi-même.

Ils rentrèrent à l'intérieur de la maison. Olivia vit Xander jeter un coup d'œil aux photos de Parker qu'elle avait ressorties.

— Tu les as remises en place ? demanda-t-il en s'attardant sur l'une d'elles.

On les voyait tous les trois, radieux.

Olivia sentit sa gorge se nouer mais répondit :

— Oui… Leur place est ici. Je… Je n'aurais jamais dû les sortir. Ce n'était pas juste. Ni pour Parker. Ni pour nous.

Xander ne dit rien, mais elle le vit hocher la tête. Les épaules crispées, elle se demanda ce qu'il pensait au fond de lui. Hélas, impossible de le lui demander.

Quand ils arrivèrent à la cuisine, il aperçut tout de suite les papiers. Ceux qu'elle n'arrivait pas à signer.

— Tu t'apprêtais à signer les formulaires ? demanda-t-il.

— Je n'arrive pas à sauter le pas, avoua-t-elle sans détour. Mais puisque tu es là, tu pourras les récupérer.

Le visage de Xander s'assombrit.

— Il faut qu'on parle.

A ces mots, elle sentit son estomac se nouer. La petite chienne se mit à remuer et à couiner dans ses bras.

— Et si on montrait d'abord le jardin à cette demoiselle ?

— On sera très bien pour parler.

Après avoir posé les affaires de l'animal par terre, Xander se dirigea vers l'extérieur, suivi par Olivia. La chienne se mit à gambader. En voilà une qui était totalement étrangère à la tension qui était pourtant devenue palpable. Elle se mit à renifler plantes et arbustes avant de se coucher joyeusement sur la pelouse.

— Elle est magnifique, Xander. Mais pourquoi ce cadeau ?

Les yeux rivés sur le petit animal, elle était incapable de regarder celui qui était encore son mari dans les yeux.

— Quand j'étais petit, je n'ai jamais pu avoir d'animal de compagnie. J'avais beau promettre de m'en occuper, ma mère disait qu'elle avait déjà assez de choses à gérer. D'ailleurs, j'avais moi-même un peu réagi comme ma mère le jour où tu avais ramené le chien à la maison.

Olivia ne put se retenir : elle posa une main sur le bras de Xander et se hissa sur la pointe de ses pieds pour déposer un baiser sur sa joue. Mais il détourna le visage au dernier moment. Ses lèvres frôlèrent les siennes, déclenchant en elle une vague de désir qui se répandit dans tout son corps. Elle fit un pas en arrière. Tout était allé si vite…

— Merci… Je la trouve adorable. Elle est magnifique.

— Non, c'est toi qui es magnifique. Mais je n'avais pas encore su apprécier tes qualités à leur juste valeur. Livy, j'ai beaucoup réfléchi, tu sais… J'ai fini par comprendre que je ne voyais que la surface des choses. Je me suis convaincu que tout ça suffisait, que toi et moi, on pouvait construire notre vie sur notre attirance physique. Tant qu'il n'y avait que nous, je ne réfléchissais pas plus loin. Je savais que je t'aimais, mais je crois que je n'avais jamais mesuré à quel point. Et je n'avais pas vraiment prévu de devoir te partager un jour avec quelqu'un, que ce soit un chien ou un enfant…

A ces mots, il lui enleva une mèche qui retombait sur son front et prit son visage entre ses mains.

— Livy, je suis navré, j'ai été idiot. Je crois que je n'avais pas tout à fait compris ce qu'aimer voulait dire avant de te rencontrer. L'amour peut nous faire changer, mais je ne le savais pas. Je ne te méritais pas. Et je ne méritais pas Parker. Ni tout ce que nous avons partagé. Si j'avais été un meilleur mari, un meilleur père, peut-être que les choses se seraient passées différemment lors de cette maudite journée.

Olivia ravala un sanglot. On sentait tant de douleur et de regrets dans les paroles de Xander… Et pourtant, il n'avait pas à s'excuser. Ce qui était fait était fait.

— Xander, ne dis pas ça. Tu étais un père formidable et Parker t'adorait. Ne te mésestime pas… Tu n'étais pas le seul à prendre des décisions de façon unilatérale. Tu n'étais pas le seul à lancer des invectives avant même d'avoir cherché qui était responsable de quoi. Les torts ont toujours été partagés.

Mais Xander secoua vigoureusement la tête.

— C'était moi le père de cet enfant. J'aurais dû être

capable d'assurer sa sécurité. C'était ma mission, envers lui comme envers toi. Mais j'ai échoué.

Le cœur d'Olivia se serra quand elle aperçut les larmes qui embuaient son beau regard gris.

— La seule personne à qui on doit reprocher ce qui est arrivé ce jour-là, c'est le chauffard qui a renversé Parker. S'il avait été concentré sur sa conduite et non sur les SMS qu'il envoyait, s'il avait respecté la limitation de vitesse, alors il les aurait vus déboucher en courant sur la route et il aurait pu les éviter. Mais à quoi bon ressasser toutes ces histoires ? Ce qui est arrivé est arrivé. Même si on en meurt d'envie, on ne pourra jamais remonter dans le temps… Moi aussi, j'aurais agi différemment ce jour-là, si j'avais su. Mais rien de ce que je ferai désormais ne pourra altérer le cours des choses. Et ça vaut aussi pour toi, tu comprends ? Xander, tu vas devoir accepter ça et aller de l'avant.

Xander se mordit les lèvres puis observa la jeune chienne qui continuait de faire le tour du jardin.

— Ça ne rend pas les choses plus faciles, hein ? ajouta-t-elle.

— Non, tu as raison. J'ai regardé ma mère tout assumer seule quand j'étais petit. Elle est devenue tellement organisée qu'elle n'a pas accepté mon aide quand j'ai été en âge de la soutenir. J'imagine qu'elle t'a expliqué ce qui est arrivé à mon père après la mort de mon frère ? Sa dépression ?

Olivia se rapprocha de lui et glissa sa main dans la sienne.

— En effet. Jusqu'à ce qu'elle me raconte tout ça, je n'avais jamais mesuré à quel point cette période a dû être difficile pour toi et pour tes parents.

— A force, je trouvais ça normal. Bien sûr, je voyais des familles heureuses autour de moi et je savais que la mienne ne l'était pas. Je savais que je ne pouvais pas inviter mes amis à la maison… Mais ce n'est qu'à la mort de Parker que j'ai enfin pu comprendre ce qu'avait traversé mon père. Et je n'ai pas voulu sombrer dans le même abîme que lui.

En fait, j'ai même fait tout ce que j'ai pu pour que ça ne m'arrive jamais. Je n'ai jamais laissé mes angoisses et mon chagrin s'exprimer, expliqua-t-il en secouant la tête. J'ai tellement essayé de ne pas devenir comme lui… Il était devenu complètement dépendant de ma mère. Elle a dû travailler sans compter ses heures pour qu'on ait de quoi manger dans nos assiettes et un toit au-dessus nos têtes. Mais à l'instant même où elle quittait la maison le matin pour rejoindre son travail, il se mettait à pleurer. Je partais à l'école avec ses sanglots qui résonnaient à mes oreilles. Certains jours, il arrivait à se ressaisir… Mais plus le temps passait, plus je le retrouvais en larmes en rentrant de l'école.

Olivia serra fort sa main dans la sienne. Il poursuivit.

— Tu sais, quand il est mort, j'ai ressenti plus de soulagement que de tristesse. Parce que, pour la première fois depuis des années, je savais qu'il avait enfin retrouvé la paix. Il n'a jamais pu se pardonner la mort de mon frère. Ni même en parler. La plupart du temps, il ne se levait même pas le matin. Il dépendait de ma mère pour tout. Alors pour moi, c'était impensable de devenir comme ça. Impensable.

— Ta famille aurait eu besoin d'un peu plus de soutien.

Il hocha la tête.

— Maman n'est pas le genre de femme à accepter une main tendue. Elle gère tout, sans se poser de questions. Et elle va de l'avant. Elle a été forte, solide comme un roc durant toute cette épreuve. A vrai dire, j'ai retrouvé un peu de cette force-là en toi… Je ne me souviens pas l'avoir vue verser la moindre larme, ni se plaindre de ne pas pouvoir tout assumer seule, soupira-t-il. Quand Parker est mort, c'est toi qui t'es occupée de tout, de l'enterrement, de la procédure contre le chauffard qui l'a tué… Ton sang-froid m'a fait peur. Ça m'a obligé à m'interroger sur moi-même. J'avais l'impression de ne plus être le père de mon fils.

A ces mots, Olivia lui offrit un sourire apaisant.

— Evidemment, que tu étais son père. Mais tu étais en

deuil. Chacun gère sa douleur comme il le peut, Xander. Et tu as fait ce que tu as pu. Moi, j'ai mis mes sentiments de côté, comme j'avais appris à le faire quand j'étais enfant. J'ai fait comme si la vie continuait, ajouta-t-elle d'un ton amer. A la longue, toute ma famille venait me consulter en cas de doute ou de décision difficile à prendre. Même mon propre père… C'était devenu une seconde nature pour moi. Et ça a fait de moi la femme que je suis aujourd'hui. Si je n'ai jamais eu l'idée de t'associer aux décisions que je prenais pour nous, c'est parce que j'avais l'habitude de n'en faire qu'à ma tête. Et quand je t'ai rencontré, quand on est tombés amoureux et qu'on s'est mariés, j'ai pensé pouvoir bâtir toute seule notre projet de vie à deux. Pas étonnant que nous nous soyons éloignés l'un de l'autre…

A ces mots, Xander poussa un long soupir.

— Ce n'est pas exclusivement ta faute. Si je t'ai laissée prendre le contrôle de tous les aspects de notre vie, c'est aussi parce que j'y trouvais mon compte. Ça me laissait libre de faire ce que je pensais être mon rôle : le rôle que mon père n'a jamais endossé, dans mes souvenirs. J'avais besoin de compenser toutes ces choses qu'il n'a jamais faites. Mais il a fallu que j'en paie le prix. Tu crois que l'on peut faire en sorte que ça marche ? Qu'on peut s'accorder une seconde chance de faire renaître notre amour ? demanda-t-il tout en gardant les yeux rivés sur la pelouse du jardin.

— Oui, je suis sûre qu'on peut… Pas seulement parce qu'on est prêts à tenter le coup, mais parce qu'on se doit bien ça. On le doit à la mémoire de Parker, mais aussi pour le bien-être du petit être qui nous rejoindra bientôt. Nous avons droit au bonheur, Xander, affirma-t-elle en caressant son visage. Je n'ai jamais cessé de t'aimer, Xander. Et je t'aimerai toujours. J'avais juste besoin d'apprendre qu'il faut être deux pour réussir un mariage. Tu peux compter sur moi.

Xander approuva d'un signe de tête.

— Tu peux compter sur moi aussi. J'ai l'impression que

ni toi ni moi n'avons eu de modèle simple en grandissant. Et pourtant, va savoir comment, nous avons réussi à nous trouver. A nous aimer, ajouta-t-il en cherchant son regard. Veux-tu m'aider, Livy ? Veux-tu m'aider à faire le deuil de notre petit garçon ? Me laisseras-tu t'aimer jusqu'à la fin de tes jours ? Elever ce bébé, et même les suivants, auprès de toi ?

A ces mots, Olivia sentit une immense émotion monter en elle. Mon Dieu, cet aveu était tellement bouleversant…

— Oh ! Xander, rien ne pourrait plus me combler. Je t'aime tant… Je n'imagine pas la vie sans toi. Je veux être là pour toi, toujours. Je veux que nous formions la famille que nous méritons de former.

— Tout comme moi, Livy… Nous resterons ensemble, je te le promets. Nous allons tout reprendre à zéro, et cette fois, nous ferons les choses correctement. Dans les bons moments, comme dans les épreuves.

Il se pencha alors vers elle et posa tendrement ses lèvres contre les siennes. Olivia ferma les yeux. Jamais un baiser ne lui avait paru aussi solennel. Une exquise chaleur se répandit à travers son corps, alors que son cœur débordait d'amour et de passion pour cet homme. Ensemble, ils sauraient surmonter toutes les épreuves.

Xander regarda la jeune chienne qui s'était assise près d'eux comme pour les épier.

— Alors, comment tu as envie de l'appeler ?

Olivia leva les yeux vers son mari, l'homme de sa vie, celui qui lui apporterait le bonheur.

— Comment *allons-nous* l'appeler, tu veux dire ?

Le rire de Xander résonna dans tout le jardin et il l'enlaça. A cet instant, Olivia comprit que cette fois la page était tournée. Et que le chapitre qui s'ouvrait allait durer pour toujours.

MICHELLE CELMER

Tendres mensonges

Traduction française de
FLORENCE MOREAU

PASSIONS

HARLEQUIN

Titre original :
A CLANDESTINE CORPORATE AFFAIR

Ce roman a déjà été publié en 2012.

- 1 -

Ana Birch lança subrepticement un regard vers la terrasse du country club où se déroulait la fête, tout en priant pour que, un instant auparavant, son imagination lui ait joué un tour… L'homme à la veste en cuir dont la brève vision l'avait si vivement troublée ne pouvait pas être Nathan Everette, c'était simplement quelqu'un qui lui ressemblait !

Cela faisait des mois que Nathan et elle avaient rompu, et pourtant elle continuait à voir ses traits dans chaque inconnu ayant le même type que lui. Ses yeux sombres et langoureux, ainsi que sa bouche sensuelle, la hantaient. Parfois, quand elle apercevait des hommes à la large carrure et à la silhouette élancée, dans la rue, elle en avait le souffle coupé, et son cœur se mettait soudain à battre plus fort… Et puis l'illusion se dissipait pour laisser place à la déception et l'amertume.

Depuis qu'il avait mis fin à leur relation, dix-huit mois plus tôt, il n'avait même pas pris la peine de décrocher son téléphone pour l'appeler.

Cette fois pourtant, c'était bien lui ! constata-t-elle, pétrifiée. Il était assis au bar, un verre à la main, en train de discuter avec un autre convive.

Elle se mit à trembler de tout son corps… Ce n'était pas une hallucination, mais bien la réalité. *Nathan avait été invité à la fête d'anniversaire !* Comment sa cousine avait-elle eu le culot de lui jouer un tel tour ?

Son fils de neuf mois bien calé sur la hanche, elle entreprit de traverser la pelouse, pour aller dire sa façon de penser à Beth. Ses talons s'enfonçaient dans le gazon tendre et spongieux, l'obligeant à négocier chaque pas. La mine dégagée, elle se jura de ne plus jamais porter de talons hauts pour un anniversaire d'enfants organisé à l'extérieur. Pas plus d'ailleurs qu'une veste de soie, pensa-t-elle tandis que Max, qui s'agitait sur sa hanche, était de nouveau en train de glisser.

En jean moulant et boots à talons aiguilles, les cheveux fraîchement teints et aussi auburn que ceux d'une sirène, elle n'avait pas l'allure guindée qu'affectionnaient les mères de la haute société texane, comme en témoignaient les regards curieux qu'elle soulevait dans son sillage. Mais personne ne se serait permis le moindre commentaire sur l'héritière de l'empire Birch Energy, du moins pas devant elle. Elle en était tout à fait consciente, et elle en éprouvait à la fois du soulagement et de l'agacement.

Elle repéra sa cousine près d'une énorme structure gonflable remplie de ballons. Beth était en train d'y admirer sa fille de six ans, Piper, dont on fêtait précisément l'anniversaire : celle-ci battait l'air en poussant des cris ravis, à l'instar d'une douzaine d'autres enfants.

Elle aimait Beth comme une sœur, mais cette fois, elle avait passé les bornes.

Lorsque cette dernière remarqua sa présence, elle lui adressa un sourire tranquille, sans afficher la moindre culpabilité. Il était vrai que la vie de sa cousine était si profondément ennuyeuse qu'elle avait tendance à se mêler de celle des autres.

— Maxie ! s'écria-t-elle en tendant les bras.

L'enfant poussa un cri perçant, manifestement heureux de la voir.

Ana le lui tendit avant de passer à l'attaque.

— Pourquoi est-ce que tu l'as invité ? demanda-t-elle, le souffle court.

— De qui parles-tu ? répliqua à son tour Beth, jouant la carte de l'innocence, alors qu'elle savait parfaitement de qui il s'agissait.

— De *Nathan* !

Sur ces paroles, elle jeta de nouveau un coup d'œil vers le directeur marketing de la Western Oil.

Il se tenait près de la balustrade, son verre toujours à la main. Sa beauté classique et sa savante décontraction étaient les mêmes que le jour où Beth les avait présentés l'un à l'autre. En réalité, il n'était pas du tout son type, dans la mesure où il ne portait aucun tatouage et n'avait pas de casier judiciaire. Mais comme il occupait un poste important à la Western Oil, elle avait accepté de prendre un verre avec lui, juste pour faire enrager son père, le concurrent direct de sa société. Puis ils avaient pris un deuxième verre, un troisième, et quand il lui avait proposé de la raccompagner chez elle, elle n'avait pas refusé. Pourquoi aurait-elle eu des scrupules ? Il avait l'air si inoffensif.

Elle avait commis là sa première erreur de jugement, car dès qu'il l'avait embrassée devant sa porte, elle avait senti un véritable feu se déclencher en elle. En dépit de ce qu'elle aimait faire croire aux autres, elle n'était pas la jeune femme aux mœurs légères que l'on décrivait dans les chroniques people. Elle était très exigeante en ce qui concernait les hommes avec qui elle couchait, et cela ne se produisait jamais lors d'un premier rendez-vous. En l'occurrence, elle n'avait pas respecté ses propres règles puisque c'était elle qui avait entraîné Nathan chez elle…

En dépit de ses airs guindés, il savait assurément comment combler une femme. Avec lui, le sexe avait pris une toute nouvelle envergure… Il n'avait plus été question de défier son père, mais de se laisser porter par le désir intense que Nathan lui inspirait.

Au départ, ils s'étaient mis d'accord pour ne coucher qu'une fois ensemble, mais il l'avait rappelée et elle avait été incapable de lui résister. Lorsqu'il l'avait laissée tomber, le mal était déjà fait : elle était éperdument amoureuse de lui. Et surtout, elle était enceinte…

Nathan regarda soudain dans sa direction. Leurs regards se croisèrent et elle se retrouva prise au piège de ses yeux perçants. Un frisson lui parcourut la nuque. Un frisson qui n'avait rien à voir avec le vent frais de décembre. Son cœur se mit alors à battre plus fort, tandis qu'une sensation familière s'emparait de son corps… Se sentant brusquement rougir, elle détourna les yeux.

— Il a partagé la même chambre que Leo, à la faculté, commença Beth en chatouillant Max sous le menton. Je ne pouvais pas ne pas l'inviter, ç'aurait été grossier de ma part.

— Tu aurais au moins pu m'avertir !

— Si je l'avais fait, est-ce que tu serais venue ?

— Bien sûr que non !

Elle n'avait pas ménagé ses efforts pour l'éviter, durant ces dix-huit derniers mois. Elle ne pouvait pas prendre le risque qu'il croise Max. Et Beth savait pourtant ce qu'il en était, puisqu'elle était sa première confidente.

Fronçant légèrement les sourcils, sa cousine chuchota d'un ton sévère :

— J'ai sans doute pensé qu'il était temps que tu cesses de te cacher de lui. Un jour ou l'autre, la vérité va éclater, et si tu veux mon avis, le plus tôt sera le mieux. Tu ne penses pas qu'il a le droit de savoir ?

S'il n'en avait tenu qu'à elle, Nathan n'aurait jamais rien su. En outre, ce dernier lui avait clairement exprimé sa position : bien qu'elle lui plaise beaucoup, il n'avait pas l'intention de s'engager de manière sérieuse avec une femme. Il n'en avait concrètement pas le temps. Et quand bien même, il n'aurait pas choisi la fille de son premier rival en affaires, car cela aurait signé la fin de sa carrière.

Décidément, dans sa vie tout n'était jamais question que de réputation. Pour son père, Walter Birch, propriétaire de la Birch Energy, c'était primordial, et passait bien avant le bonheur de sa fille. S'il avait appris qu'elle avait eu une liaison avec le directeur marketing de la Western Oil, et que cet homme était le père de son petit-fils, il aurait estimé être victime d'une trahison majeure. Il avait déjà pris la naissance d'un enfant hors des liens du mariage comme une véritable honte, et il avait été si furieux qu'elle refuse de lui livrer le nom du père qu'ils ne s'étaient pas adressé la parole jusqu'à ce que Max ait environ deux mois. Sans l'héritage considérable que sa mère lui avait laissé, elle et son fils se seraient retrouvés à la rue.

Pendant des années, elle avait accepté les règles de son père. Elle s'était conformée à toutes ses exigences, espérant qu'enfin il lui témoigne son approbation. Elle avait porté les vêtements qu'il estimait convenables et décents, et avait toujours eu une moyenne scolaire fort honorable, qui aurait fait la fierté de nombreux autres parents. Mais elle avait eu beau faire, rien n'avait jamais été assez bien pour lui. Quand elle s'était rendu compte que le rôle de gentille fille soumise ne la mènerait nulle part, elle était devenue sciemment une « mauvaise fille » et s'était attiré les foudres de son père, ce qu'elle avait estimé préférable à son indifférence habituelle. Toutefois, elle s'était rapidement lassée du petit jeu. Quand elle avait découvert qu'elle était enceinte, elle avait instinctivement compris que, pour le salut de son enfant, il était temps qu'elle se comporte en adulte.

Bien qu'enfant illégitime, Max était devenu la prunelle des yeux de son grand-père, à l'instant même où il avait fait sa connaissance. Ce dernier concevait déjà des plans pour son petit-fils quand il serait en mesure de reprendre la Birch Energy. Cependant, si Walter Birch apprenait *qui* était le père de Max, par pur dépit, il les déshériterait tous les deux, de cela, elle ne doutait pas. Comment pouvait-elle, en toute conscience, priver son fils de l'héritage paternel ?

C'était en partie pour cette raison qu'elle préférait cacher la vérité à Nathan. De toute façon, il n'avait jamais tenté par le moindre biais — ne serait-ce qu'un misérable SMS — de prendre de ses nouvelles ! C'était comme si elle n'avait jamais existé.

— Je veux juste que tu sois heureuse, lui dit Beth en lui rendant son fils, qui commençait à s'impatienter dans ses bras.

— Je vais ramener Max à la maison, décréta-t-elle. Je t'appelle plus tard.

Puis elle replaça son petit garçon sur sa hanche.

Elle allait se retourner lorsque la voix profonde, et reconnaissable entre toute, de Nathan s'éleva juste derrière elle.

— Bonjour, mesdames.

Elle eut l'impression que le sol s'ouvrait sous ses pieds…

Toujours de dos, elle se figea, hésitante. Devait-elle fuir à toutes jambes, ou au contraire lui faire face ? Dans cette dernière hypothèse, elle prenait le risque que Nathan comprenne tout de suite que Max était son fils…

— Tiens, salut Nathan ! lança Beth en lui faisant la bise. Je suis si heureuse que tu aies finalement pu venir. Tu te souviens de ma cousine, Ana Birch ?

En prononçant ces paroles, Beth lui prit fermement le bras comme si elle avait deviné ses projets de fuite.

La gorge nouée, Ana se retourna, enfonçant le bonnet en laine de Max sur sa tête afin de masquer la marque de naissance brun clair derrière son oreille, la signature des Everette… Sa chevelure, épaisse et noire, comme celle de son père, sa fossette sur la joue gauche quand il souriait, et ses yeux noisette, clairs et expressifs, ne suffisaient-ils pas déjà à trahir la filiation ?

— Bonjour, Nathan, dit-elle en ravalant sa culpabilité et ses craintes.

Il n'avait pas voulu d'elle, et il n'aurait pas davantage souhaité la naissance du bébé, se rappela-t-elle alors. Elle avait pris la bonne décision en la lui cachant. Il avait forcément entendu parler de sa grossesse puisqu'elle avait fait les gorges chaudes de la haute société d'El Paso pendant des mois. Le fait qu'il n'ait jamais demandé s'il était le père était tout à fait révélateur de son état d'esprit.

Il ne voulait pas savoir.

Rassérénée par ces pensées, elle se força à croiser son regard. Il était exactement le même, il n'avait pas pris une ride. Mais il était vrai qu'elle ne s'attendait pas à ce qu'il ait changé, après un an et demi. A la façon dont il la dévisagea, d'un air indifférent, sans la moindre lueur d'affection ou de tendresse dans le regard, elle comprit qu'elle n'avait été rien d'autre qu'une distraction passagère, pour lui. Une relation vite consommée et oublié.

Elle aurait aimé pouvoir en dire autant, mais c'était impossible : il lui avait tellement manqué… Il avait éveillé en elle une émotion qui avait touché jusqu'à son âme et qu'elle n'avait jamais connue avec un autre. Chaque fois qu'il apparaissait sur le seuil de sa porte, les sentiments qu'elle ressentait pour lui étaient comme renforcés. Toutes les fibres de son corps lui criaient qu'il était l'homme qu'elle attendait et elle aurait tout sacrifié pour être avec lui : son héritage, l'amour de son père — encore qu'elle doutait que Walter Birch soit capable d'aimer une autre personne que lui-même.

Il ne se passait pas un jour sans qu'elle ne regarde son fils et que son cœur ne se serre de douleur à l'idée que Nathan l'avait rejetée…

Et maintenant, elle se sentait pathétique avec l'envie folle qu'elle avait de se jeter dans ses bras et de le supplier de l'aimer ! Il n'y avait pas d'autres termes pour qualifier sa conduite.

— Comment vas-tu, depuis ? s'enquit-il d'un ton poli et distant.

Puis il jeta un vague coup d'œil à Max. Elle se souvint

alors qu'il lui avait expressément dit qu'en l'état actuel de sa carrière, il n'avait pas de temps à consacrer à une femme et des enfants. Mais elle n'avait pas voulu l'entendre. Elle était tellement certaine de pouvoir le changer, et de faire en sorte qu'un jour il l'aime ! Elle en avait été convaincue jusqu'à ce qu'il franchisse le seuil de la porte pour ne plus jamais revenir…

— Très bien, répondit-elle en adoptant le même ton neutre, même si, au fond d'elle-même, elle était à la torture. Et toi ?

— Toujours très occupé, répondit-il, laconique.

Elle n'en doutait pas. L'explosion qui avait eu lieu dernièrement à la Western Oil avait fait la une de tous les journaux. A cette occasion d'ailleurs, sous la pression de son père, certains médias avaient donné de sa société une image fort peu honorable. En tant que responsable marketing, c'était à Nathan qu'il incombait de redorer le blason de la Western Oil.

— Si vous voulez bien m'excuser, déclara Beth, je dois voir le traiteur, au sujet du gâteau.

Sur ces paroles, elle adressa un bref sourire plein de compassion à Ana, la laissant tomber au moment où elle avait le plus besoin de son soutien !

Celle-ci espéra que Nathan allait lui aussi s'en aller. Mais il choisit précisément ce moment pour s'intéresser à Max qui s'agitait sur sa hanche, en quête d'attention.

— C'est ton fils ? questionna-t-il.

Elle hocha la tête en guise d'acquiescement.

— Oui, c'est Max.

Elle crut voir un vague sourire adoucir l'expression de Nathan.

— Il est mignon. Il a tes yeux, dit-il.

Ravi d'être de nouveau le centre d'intérêt, Max battit l'air de ses mains. Nathan attrapa alors son petit poing et Ana eut la sensation d'avoir les jambes comme du coton : c'était le premier contact entre le père et le fils…

Et le dernier ! pensa-t-elle en se ressaisissant. Des larmes lui brûlèrent soudain les yeux et un sentiment de perte immense l'envahit, tout comme l'impression d'être soudain sans défense… Elle devait partir d'ici au plus vite avant de faire des choses qu'elle regretterait, comme lui avouer la vérité et transformer cette rencontre un peu délicate en une véritable catastrophe.

A cet instant, elle serra Max un peu plus étroitement contre elle, ce que le bébé ne parut pas apprécier. Il poussa un petit cri, se tortilla contre elle et finit par faire tomber son bonnet par terre.

S'efforçant de ne pas céder à la panique, elle se pencha pour le ramasser, mais Nathan l'avait devancée. Elle posa alors la main sur la tête de son fils pour cacher la marque de naissance. Cependant, quand Nathan lui tendit le bonnet, elle fut bien obligée de le prendre, et la petite tête de Max se retrouva dénudée. Elle se tourna alors légèrement pour lui mettre le bonnet sans que Nathan ne voie son crâne, mais Max étant un peu énervé, il se mit à hurler et glissa sur sa veste de soie. Elle était elle aussi tellement agitée qu'elle manqua presque le lâcher. Ce fut grâce à l'intervention de Nathan qu'elle parvint à le reprendre en main.

Le cœur battant, elle pressa son fils contre elle.

— C'est un petit garçon robuste, observa Nathan.

— Et déjà fort spirituel, ajouta-t-elle.

Ce fut alors qu'elle se rendit compte que l'oreille gauche de Max était bien en vue. Priant pour que Nathan n'ait rien remarqué, elle fit prestement passer son fils sur la hanche opposée.

— J'ai été ravie de te voir, Nathan, continua-t-elle d'un ton aussi naturel que possible, mais je m'apprêtais à partir.

Et sans attendre sa réponse, elle lui tourna les talons. Malheureusement, elle n'eut pas le temps de faire un pas qu'elle sentit sa poigne de fer se poser sur son bras… Cela lui fit l'effet d'une décharge électrique.

— Ana ?

Retenant son souffle, elle se retourna avec lenteur. Quand elle croisa le regard de Nathan, elle comprit tout de suite qu'il savait. Et elle aurait beau se maudire, rien n'y changerait.

Elle fut un instant tentée de tout nier. Mais il y avait une différence de taille entre taire la vérité et mentir effrontément. En outre, la marque de naissance allait être difficile à expliquer…

Elle retint un soupir. Après tout, quelle différence cela faisait qu'il soit au courant ou non ? Il lui avait répété à maintes reprises qu'il ne voulait pas d'enfant. Il n'en aurait sans doute rien à faire que Max soit le sien, si elle lui promettait de ne dévoiler ses origines à personne et de ne jamais lui demander de soutien financier. D'ailleurs, pourquoi lui aurait-elle demandé de l'aide ? Elle vivait fort confortablement avec l'héritage de sa mère. Nathan pouvait tout à fait continuer à mener sa petite vie de son côté et à faire comme si cette rencontre n'avait jamais eu lieu.

Avec douceur, ce dernier prit le menton de Max, puis il lui tourna légèrement la tête afin d'examiner de plus près son crâne. Pensant qu'il s'agissait d'un jeu, son petit garçon se mit à battre des mains et à se tortiller dans ses bras.

Puis elle vit clairement Nathan devenir livide. Il était manifeste qu'il n'avait plus aucun doute sur sa paternité, et qu'il ne s'attendait vraiment pas à une telle découverte.

— Je peux te parler ? demanda-t-il d'un ton tendu.

— Où ?

Il y avait environ deux cents personnes à la fête, et beaucoup savaient que Nathan et elle n'avaient rien à faire ensemble, compte tenu de leurs patronymes.

— Tu ne voudrais tout de même pas qu'on te voie avec la fille de ton principal concurrent, ajouta-t-elle d'une voix où perçait un lourd ressentiment dont elle fut la première étonnée. Que penseraient les gens ?

Nathan serra les dents.

— Dis-moi juste une chose : est-ce que cet enfant est le mien ? demanda-t-il dans un souffle.

Combien de fois n'avait-elle pas imaginé cette scène et ce qu'elle lui dirait si elle se trouvait confrontée à une telle situation ! Elle avait répété la conversation un millier de fois, mais maintenant que le moment était arrivé, c'était le blanc total…

— Réponds-moi, Ana !

Au prix d'un gros effort, elle parvint à acquiescer de la tête.

Alors il poussa un juron et se mit à lui serrer le bras si fort qu'elle eut l'impression que son sang ne pouvait plus circuler dans ses veines… C'était un visage de Nathan qu'elle ne connaissait pas. Tout le temps qu'avait duré leur relation, elle ne l'avait jamais entendu élever la voix.

Il serait peut-être vite soulagé d'apprendre qu'elle n'attendait absolument rien de lui, que ce soit d'ordre financier ou parental. Il la remercierait même de respecter à ce point ses vœux. Puis il partirait et, avec un peu de chance, elle ne recroiserait jamais son chemin. En même temps que cette pensée l'effleura, elle sut que ce ne serait pas aussi simple.

Evidemment, il y avait une autre éventualité. Mais elle la perturbait tellement qu'elle n'avait même pas osé l'envisager… Que se passerait-il en effet si Nathan voulait faire partie de la vie de Max ? S'il exigeait un droit de visite et voulait avoir son mot à dire sur les décisions concernant l'enfant ? Soudain, elle fut en proie à la panique la plus vive : il était exclu qu'il tente de lui prendre son fils !

A cette pensée, elle serra convulsivement son petit garçon, lui arrachant un cri plaintif. Depuis neuf mois, il avait été sa seule préoccupation, le seul être qu'elle avait chéri et dont elle avait besoin. Il n'était pas question que quiconque le lui retire, et certainement pas un homme comme Nathan qui n'avait même pas de temps à consacrer à une petite amie.

— Est-ce que je dois conclure que tu n'avais pas l'intention de me le dire un jour ? demanda-t-il, mâchoires serrées.

— Pour être honnête, répondit-elle en relevant le menton d'un air de défiance afin de masquer la peur panique qui l'avait envahie, je ne pensais même pas que la nouvelle t'intéresserait.

- 2 -

Il avait un fils.

Nathan n'arrivait pas à le croire. Et Ana avait tort : cela l'intéressait, et probablement bien plus que de raison. Dès l'instant où il l'avait repérée en train de discuter avec Beth, son cœur s'était mis à cogner si violemment qu'il en avait eu du mal à respirer. Et quand leurs regards s'étaient croisés, il avait ressenti un besoin impérieux d'aller vers elle. Il avait dégringolé les marches pour la rejoindre, sans calculer les conséquences de son acte irréfléchi.

Après avoir rompu avec elle, il lui était arrivé de décrocher le téléphone une bonne dizaine de fois, la semaine qui avait suivi. Il était prêt à reconnaître qu'il avait commis une grave erreur, qu'il voulait qu'elle revienne, même si cela signifiait la fin de sa carrière à la Western Oil. Mais il avait travaillé si dur pour arriver là où il se trouvait qu'il ne pouvait pas sacrifier sa position à une relation qui, depuis le départ, était inévitablement vouée à l'échec. Aussi avait-il pris sur lui et tenté de l'oublier. Il pensait y être parvenu, mais aujourd'hui, il n'était plus sûr de rien…

Ana essaya de se dégager de son étreinte et, à la grimace qu'elle fit, il comprit qu'il lui faisait mal. Aussitôt, il la relâcha, s'efforçant de se dominer. Il avait fait un gros travail sur lui-même pour garder le contrôle de ses nerfs en toute circonstance. Pourquoi Ana avait-elle le pouvoir de réduire à néant ses efforts et de lui faire perdre tout bon sens ?

— Il faut absolument que nous parlions, murmura-t-il d'un ton dur. Maintenant !

— Ce n'est pas l'endroit approprié, répondit-elle.

Il devait bien reconnaître qu'elle avait raison. S'ils disparaissaient tous les deux, les gens le remarqueraient immédiatement et les spéculations iraient bon train.

— Très bien, concéda-t-il, voilà ce que nous allons faire. Tu vas dire au revoir à Beth, regagner ta voiture et rentrer. Quelques minutes après, je prendrai à mon tour congé, et je te rejoindrai chez toi.

Il la vit relever le menton dans ce geste qu'il connaissait si bien.

— Et si je ne suis pas d'accord ?

— Je te le déconseille, répondit-il. En outre, tu me dois au moins une explication.

Elle soupira et finit par lui donner son accord.

— Entendu.

Elle n'avait guère le choix. Elle avait beau être entêtée, et même se conduire parfois comme une jeune femme un peu gâtée, elle était avant tout intelligente.

Il la regarda tandis qu'elle s'éloignait d'un pas peu assuré, son fils — ou plus exactement *leur* fils — collé à la hanche. Il fallait dire qu'elle portait des boots aux talons incroyablement hauts. Des bottes de traînée, aurait estimé son frère Jordan. Pas les atours classiques d'une riche héritière, et encore moins ceux d'une mère, mais Ana avait une âme rebelle, elle ne se conformait jamais aux règles ou à ce qu'on attendait d'elle. C'était d'ailleurs ce qui l'avait d'emblée attiré, chez elle. Son assurance et son cran l'avaient terriblement excité, d'autant qu'il avait l'habitude de sortir avec des femmes bon chic bon genre, susceptibles de lui apporter l'équilibre dont il avait si grand besoin, et de préserver le nid douillet qu'il s'était construit, sans jamais l'entraîner vers des régions plus sombres de lui-même… Toutefois, Ana n'était pas aussi mauvaise fille qu'elle voulait le laisser croire. De fait, elle l'avait tiré vers la lumière comme aucune autre n'en avait été capable.

Repérant Beth, il fonça sur elle. Il ne faisait aucun doute qu'elle savait que l'enfant était le sien. Et, à l'expression qu'elle afficha quand il s'approcha d'elle, il déduisit qu'elle avait compris ce qui venait de se passer.

— Elle nous avait fait jurer de garder le secret, se défendit-elle avant qu'il n'ait le temps de dire quoi que ce soit.

— Tu aurais dû malgré tout me le dire.

— Comme si tu n'étais pas au courant !

— Comment aurais-je pu l'être ?

— Allez, Nathan, arrête ! Tu romps avec une femme, un mois plus tard, elle se retrouve enceinte, et tu veux me faire croire que tu n'as même pas soupçonné que tu pouvais être le père ?

Evidemment, c'était ce qu'il avait pensé ! Et puis il avait attendu un appel d'Ana, certain que si l'enfant était le sien, elle respecterait les règles de la bienséance et le mettrait au courant. Mais comme elle n'avait pas donné de ses nouvelles, il en avait conclu que l'enfant n'était pas le sien et qu'il lui avait fallu bien peu de temps pour se trouver un nouveau partenaire. Il en avait terriblement souffert, il ne pouvait pas le nier.

Toutefois, il ne semblait pas qu'Ana lui ait finalement trouvé un remplaçant puisqu'elle élevait seule son fils, d'après ce qu'on lui avait rapporté. Encore que cela ne lui était d'aucune consolation…

— Elle a eu tort de me le cacher, insista-t-il.

— Oui, tu as raison. Mais tu sais, tu lui as brisé le cœur. Et si elle m'entendait te faire une telle confession, elle ne m'adresserait plus jamais la parole ! Elle était anéantie quand tu as rompu. Alors, s'il te plaît, ne sois pas trop dur avec elle.

Il ne voyait pas en quoi cela justifiait son silence. Mais il préféra ne pas épiloguer.

— Je dois m'en aller, déclara-t-il. Embrasse bien fort ta petite fille pour moi.

Beth fronça les sourcils, inquiète.

— Je te le répète, Nathan, ne sois pas virulent avec Ana. Tu n'imagines pas les bouleversements qu'elle a connus pendant ces dix-huit mois. Une grossesse, une naissance… Elle a tout assumé seule.

— Parce qu'elle l'a choisi. Au moins, elle avait le choix !

Il avait du mal à contenir sa fureur et se sentait trahi par tous les gens à qui il avait fait confiance. Sans ajouter un mot, il se dirigea vers le parking, tout en tentant de se raisonner… Comment aurait-il pu en aller autrement ? Il n'était plus très proche de Leo, même s'ils avaient étudié ensemble, et Beth était la cousine d'Ana. Pouvait-il lui reprocher d'avoir été loyale envers sa famille ? Qui plus est, si elle lui avait fait un tel aveu, il aurait été obligé de lui raconter qu'il avait plus d'une fois trouvé Leo, alors son petit ami, en compagnie d'une autre femme, dans leur chambre d'étudiants…

En outre, pensa-t-il une fois derrière le volant de sa Porsche, s'il n'avait pas cherché à éclaircir la situation concernant le fils d'Ana, c'était sans doute par peur de la vérité. Il tenait trop à sa tranquillité d'esprit… Comment aurait-il pu annoncer au président-directeur général de la Western Oil que son enfant était le petit-fils de leur premier concurrent ? Neuf mois plus tard, le problème était encore plus aigu : depuis l'explosion qui s'était produite à la raffinerie, de lourds soupçons planaient sur la Birch Energy… S'il lui prenait l'envie d'annoncer l'existence de son fils aujourd'hui, il pouvait faire une croix sur le poste de P.-D.G. qui allait bientôt se libérer, comme d'ailleurs sur n'importe quel autre poste qu'il était susceptible d'occuper…

Et puis, il ne connaissait rien au rôle de père, à part le fait qu'il ne voulait pour rien au monde ressembler au sien. Mais en serait-il capable ?

Il était si souvent allé chez Ana, à Raven Hill, qu'il conduisait presque en pilote automatique. Quand il s'engagea dans l'allée, il remarqua qu'un SUV de luxe y était déjà garé. Elle avait dû troquer sa décapotable contre un véhicule plus pratique, depuis qu'elle était mère. C'était le réflexe de tout parent responsable. Et il ne doutait pas un instant qu'elle était une bonne mère. Elle lui avait souvent parlé du chagrin profond qu'elle avait éprouvé en perdant sa propre mère et combien elle avait ensuite souffert de l'indifférence de son père. Elle lui avait affirmé que, quand elle aurait des enfants, elle leur donnerait toujours la priorité.

Lui et son frère Jordan avaient souffert du problème inverse. Leur père avait constamment été derrière leur dos, à leur asséner ses principes, à les rudoyer pour qu'ils agissent selon sa volonté. Eux n'avaient jamais accepté cet asservissement, et il avait grandi en s'opposant continuellement à son père. Jusqu'à ce que sa rage et son indignation atteignent des degrés tels qu'il s'était lui-même perdu dans la bataille.

Il se gara derrière le SUV, lâcha le volant et remua ses doigts. Il l'avait serré si fort que ses bras étaient douloureux. Il avait besoin de se détendre. Il avait l'impression d'avoir été le dindon de la farce, mais s'il entrait chez Ana dans cet état de colère, il finirait de perdre ses moyens, et la situation ne pourrait que déraper.

Il s'efforça de respirer régulièrement. Une fois qu'il se sentit plus calme, il sortit de sa Porsche et se rendit sous la véranda. Ana se tenait sur le seuil. Elle l'attendait, comme autrefois. Leur relation devant demeurer secrète, c'était chez elle qu'ils se retrouvaient, à l'époque. Mais les temps avaient changé : cette fois, quand elle s'effaça pour le laisser entrer et referma la porte derrière eux, elle ne se jeta pas dans ses bras pour lui donner le long baiser langoureux qui le délivrait en une seconde du stress de la journée…

Il se demanda soudain comment elle réagirait s'il l'attirait à lui et pressait ses lèvres contre les siennes.

Selon toute vraisemblance, elle le repousserait sans ménagement et il le mériterait. Pourtant, cela valait presque la peine d'essayer… En dépit de l'année et demie qui s'était écoulée, il la désirait autant qu'au premier jour. Autant que le soir où il avait franchi le seuil de sa porte pour la première fois. Rompre définitivement avant que leur relation ne devienne trop sérieuse lui avait paru la meilleure chose à faire, pour tous les deux.

Ana avait enlevé ses boots et sa veste de soie. Elle portait toujours son jean moulant, mais on voyait à présent sa tunique ample. Elle était nu-pieds. Elle ressemblait davantage à une étudiante qu'à une mère. Comme toujours, elle était à l'opposé de lui, qui quittait rarement son costume et sa chemise fermée jusqu'au dernier bouton. C'était un uniforme qui cachait l'homme réel qui sommeillait en lui. Il n'avait jamais avoué à personne, pas même à Ana, combien il lui était difficile parfois de maîtriser ses démons.

Il retira sa veste et l'accrocha au portemanteau, près de l'entrée.

— Où est l'enfant ?

— Au lit.

— Je veux le voir.

Il fit mine de se diriger vers le corridor, mais elle lui barra le chemin.

— Plus tard, peut-être.

Il sentit la colère sourdre en lui, puis se répandre dans tout son être, tandis que son pouls s'accélérait.

— Est-ce que tu es en train de me dire que tu refuses de me montrer mon propre fils ? questionna-t-il, le souffle court.

— Il dort, répliqua-t-elle d'un ton tranquille. Et puis, je pense qu'il vaut mieux que nous parlions *d'abord*.

L'envie le démangeait de passer outre ses recommandations. Ne l'avait-elle pas fait suffisamment attendre ? Mais elle se tenait devant lui, bras croisés, comme une maman ourse prête à tout pour protéger son bébé. Quand il s'agissait de son fils, il était manifeste qu'elle ne transigerait pas.

— Très bien ! fit-il en laissant échapper un large soupir, pour évacuer sa colère. Parlons, alors.

Elle fit un geste en direction du spacieux salon.

— Assieds-toi, dit-elle.

Son intérieur n'avait jamais été apprêté, et même si une femme de ménage passait toutes les semaines, il y régnait toujours un désordre bohème. Mais aujourd'hui, avec tous les jouets disséminés un peu partout, il lui sembla aussi délicat de s'approcher du sofa que de se déplacer sur un champ de mines. Quand il prit enfin place sur le canapé, une image s'imposa immédiatement à lui : celle de leurs corps entremêlés sur ce même sofa… Elle le chevauchait, tête en arrière, yeux fermés, jusqu'à ce que l'extase les saisisse…

Les souvenirs firent battre son pouls soudain très fort.

— Tu veux boire quelque chose ? lui demanda-t-elle.

Pourquoi ne lui proposait-elle pas plutôt une douche bien froide ? Il aurait tout de suite été partant.

— Non, merci, répondit-il en fronçant les sourcils.

Il l'observa tandis qu'elle se tenait face à lui, jambes croisées, dans une attitude raide qui traduisait son inquiétude.

Comme il ne voyait aucune raison de différer le sujet qui lui brûlait les lèvres, il déclara :

— Tu as donc estimé normal d'accoucher de *mon* enfant et de ne pas m'en informer ?

— Quand tu as appris que j'étais enceinte, tu aurais pu m'appeler pour te renseigner.

— Ce n'était pas à moi de le faire.

Elle haussa les épaules comme si elle ne voyait pas où était le problème, dans son comportement.

— Comme je te l'ai dit, je ne croyais pas que cela t'intéresserait. En fait, j'ai pensé que tu préférerais ne pas savoir. Tu m'avais suffisamment répété que tu ne voulais pas avoir de famille ! Qu'est-ce que tu aurais fait, si je te l'avais dit ? Tu aurais risqué ta carrière pour reconnaître Max ?

En toute honnêteté, il ignorait quelle aurait été sa réaction. D'ailleurs, il ne s'agissait pas uniquement de sa carrière. D'autres facteurs étaient à prendre en considération, des choses très personnelles dont elle n'avait pas connaissance. Il n'en restait pas moins qu'il aurait dû être averti de sa paternité.

— C'était à moi d'en décider. Pas à toi.

— Puisque tu n'avais pas de temps à me consacrer, comment aurais-tu pu en avoir pour un enfant ?

Ce n'était pas simplement un manque de temps. Elle ne l'avait pas compris et ne le comprendrait certainement jamais, mais il lui avait fait une faveur en mettant un terme à leur relation. Elle avait le pouvoir de le pousser à bout. Or, étant donné son tempérament impétueux, un trait de caractère contre lequel il luttait en permanence, cela ne pouvait, à terme, que les exposer à des ennuis. En outre, il n'était pas un homme destiné à vivre en couple, il ne pouvait lui donner la relation dont elle rêvait, *et qu'elle méritait.* Elle était à la fois douce et passionnée, débordante de vie. Il redoutait plus que tout de la blesser.

— Si je comprends bien, je t'ai blessée, et ton silence au sujet de ta grossesse était ta façon à toi de me rendre la pareille ? fit-il alors.

— Je n'ai jamais dit ça.

Sans doute, mais il constatait aussi qu'il avait visé juste.

— Cette discussion ne va nous mener nulle part, Nathan, le prévint-elle. Si tu veux parler de Max, parfait. Mais si tu es venu ici pour régler des comptes, tu peux tout de suite t'en aller.

Il se pencha en avant.

— Tu pourrais au moins avoir le courage d'admettre que tu as commis une erreur.

— J'ai agi en mon âme et conscience, dans l'intérêt de mon bébé. *Dans l'intérêt de tout le monde.*

Elle fit une pause, avant d'ajouter, comme à contrecœur :

— Mais j'avoue qu'à l'époque j'étais meurtrie et désorientée… Peut-être que je n'ai pas pris en compte les sentiments de tout le monde.

Il s'adoucit en constatant qu'elle faisait là quasiment un aveu de culpabilité. En outre, elle avait raison : désigner un fautif ne les conduirait nulle part, et ne réglerait certainement pas le problème. Le seul moyen de s'en sortir, c'était de discuter calmement et de façon rationnelle. Et, eu égard au penchant d'Ana à se tenir sur la défensive, il devrait se montrer le plus raisonnable des deux. En gros, il devait penser à la façon dont son père aurait réagi en pareille situation, et faire l'exact opposé.

Il ravala son amertume — et une bonne partie de sa fierté — avant de déclarer :

— Oublions qui a tort, qui a raison, qui a porté préjudice à l'autre, et parlons plutôt de mon fils.

— Pour commencer, dis-moi ce que tu comptes faire, maintenant que tu es au courant, lui dit Ana.

Il semblait avoir réussi à lui faire comprendre qu'il désirait désormais aborder la question de manière civilisée et de ne pas poursuivre la querelle.

— En toute sincérité, je ne sais pas encore ce que je vais faire, répondit-il. Je n'ai pas encore assimilé le choc de la nouvelle.

— Tu redoutes les conséquences que cela pourrait avoir sur ta carrière ?

— Bien sûr, c'est un gros problème.

— Max est ton fils. Tu devrais l'accepter et l'aimer de manière inconditionnelle. Si tu n'en es pas capable, il n'y a pas de place pour toi dans sa vie, lui asséna-t-elle.

— Tu es un peu dure avec moi, tu ne trouves pas ?

— Max relève de *ma* responsabilité, renchérit-elle. Je suis sa mère et je sais ce qui est le mieux pour lui. Si tu n'es pas prêt à le reconnaître et à lui faire une place dans ta vie, ce qui veut dire lui rendre des visites régulières à des dates que nous déterminerions ensemble, tu peux tout de suite l'oublier. Il a besoin de stabilité, pas d'un père qui jouerait au Yo-Yo avec lui, entrerait et sortirait de sa vie quand bon lui semblerait.

Il serra les dents sous l'affront.

— Et j'imagine que tu attends aussi de moi un support financier, dit-il d'un ton crispé.

— Tu peux garder ton argent, répondit-elle, nous n'en avons pas besoin.

— Max est aussi mon enfant, et je tiens à participer financièrement à son éducation.

— Tu ne peux pas utiliser *ton* argent pour t'incruster dans sa vie, Nathan. Il n'est pas à vendre. Si tu ne peux pas être présent pour lui sur le plan affectif, et sur le long terme, alors tu es hors jeu. Et cela, ce n'est pas négociable.

Il n'aimait pas du tout sa façon directe d'aborder le sujet, pas plus que ses exigences, mais il l'avait toujours connue ainsi, peu soucieuse de ménager sa susceptibilité. De plus, il savait qu'elle avait raison sur le point qu'il n'était pas facile d'être parent : soit on l'était, soit on ne l'était pas. En la matière, la demi-mesure n'existait pas.

— Très bien, il va falloir que je réfléchisse, déclara-t-il.

— Moi aussi, répondit-elle.

Puis elle se leva, l'invitant ostensiblement à l'imiter. Elle remarqua au passage son expression contrariée et un peu choquée, mais elle n'avait pas d'autre choix que de lui imposer un tel effort.

Elle voulait à tout prix qu'il comprenne combien être responsable d'un enfant et de l'adulte qu'il deviendrait était une tâche aussi terrifiante qu'épuisante, même si elle n'aurait jamais imaginé que cela puisse être aussi gratifiant.

Et elle était fermement décidée à faire valoir que tant qu'il n'aurait pas compris ni accepté cette réalité-là, il ne pourrait pas s'approcher de Max.

— Quelle que soit ta décision, je l'accepterai, reprit-elle. Evidemment, j'adorerais que Max connaisse son père, mais je ne veux pas t'imposer une responsabilité que tu n'es pas prêt à assumer.

Elle le vit se diriger vers la porte sans un mot. Il s'empara de sa veste et jeta un dernier regard vers le corridor qui menait aux chambres… L'espace d'une seconde, elle crut qu'il allait lui demander une nouvelle fois de voir Max, mais il n'en fit rien.

— Est-ce que je peux t'appeler ? demanda-t-il.

— Mon numéro n'a pas changé.

Et il aurait pu le constater par lui-même s'il avait pris la peine de lui téléphoner au cours des dix-huit derniers mois, ne put-elle s'empêcher d'ajouter mentalement.

Il posa la main sur la poignée de la porte, puis se tourna vers elle.

— Je suis désolé pour la façon dont les choses se sont passées entre nous, lui dit-il.

Mais il ne l'était pas au point de lui demander de revenir dans sa vie, pensa-t-elle tout en le regardant s'éloigner.

Elle ne doutait pas que la nuit allait être longue, pour lui. Peut-être même que la semaine entière le serait, en fonction du temps qu'il lui faudrait pour prendre une décision. Il n'était pas le genre d'homme à agir sur une impulsion. Il méditait toujours prudemment avant de prendre une décision. Un jour, il lui avait avoué que leur relation était la première chose spontanée à laquelle il avait cédé, dans sa vie d'adulte. Elle s'était trouvée tout émoustillée à l'idée qu'elle détenait un tel pouvoir sur lui, tout en regrettant que, malgré cet ascendant, elle n'ait pas réussi à faire en sorte qu'il l'aime.

Elle resta sur le seuil jusqu'à ce que la Porsche disparaisse, puis elle traversa la pelouse et se dirigea vers la porte en face de chez elle, se frottant les bras pour se protéger de l'air frais de la soirée. Elle frappa. Immédiatement, Jenny Sorenson, sa voisine et amie, lui ouvrit.

— Tout va bien ? s'enquit cette dernière d'un ton soucieux, en s'effaçant pour la laisser passer.

Max était assis sur le tapis du salon en compagnie de Portia, la fille de Jenny, âgée de quinze mois. Elle s'était trouvée incapable d'anticiper sur la réaction de Nathan et avait jugé plus prudent que son fils ne se trouve pas à la maison lorsqu'il viendrait discuter.

— Oui, tout va bien, répondit-elle. Je suis désolée d'avoir déposé Max chez toi sans un mot d'explication, mais le temps m'était compté.

Lorsque son fils entendit sa voix, il poussa un petit cri et se mit à ramper dans sa direction. Mais en chemin, il fut distrait par le jouet que Portia cognait contre la table basse du salon, et changea d'avis.

— Tu avais l'air vraiment bouleversée quand tu m'as laissé Max, et je me suis inquiétée pour toi, reprit Jenny.

— J'ai croisé le père de Max, aujourd'hui, expliqua-t-elle. Il voulait que nous parlions et j'ai jugé préférable que notre fils ne soit pas à la maison.

Elle n'avait pas confié à Jenny les détails de sa relation avec Nathan. De fait, jusqu'à ce qu'elle accouche, elle et sa voisine se saluaient à peine. Cette dernière était femme de médecin et avait un mode de vie très conservateur. Un après-midi, alors que Max pleurait parce qu'il souffrait de coliques, Jenny avait entendu ses cris par la fenêtre ouverte et avait demandé si elle pouvait lui être utile. Elle aussi avait fait le choix d'élever sa fille sans nourrice ni fille au pair, et Ana ne passait pas un jour sans se féliciter de l'avoir rencontrée. Elle lui avait appris quelques astuces pour soulager les coliques de Max, ayant elle-même eu un bébé sujet à ce genre de petits maux. Depuis, elles étaient de très bonnes amies. Elle ne lui avait pas pour autant raconté toute sa vie.

— Et toi, qu'est-ce que tu penses de tout cela ? demanda Jenny.

— Je suis partagée. J'aimerais vraiment que Max connaisse son père, mais en même temps, je crains de l'exposer à un abandon.

— A mon avis, il faut lui donner une chance, dit Jenny avec fermeté, tout en jetant un coup d'œil à Max et Portia qui se chamaillaient pour un ours en peluche. Un enfant a besoin d'un père.

Même si sa fille voyait à peine le sien, pensa alors Ana. Chirurgien réputé, Brice Sorenson avait un emploi du temps surchargé. Il partait souvent avant que sa fille ne soit réveillée, et rentrait bien après qu'elle soit au lit. Avec un peu de chance, il la voyait quelques heures le dimanche, entre ses heures de garde et le golf. Et même si Jenny ne l'avait jamais formulé clairement, elle avait l'impression que, même lorsque Brice était à la maison, il ne s'occupait pas vraiment de Portia. Il était plus âgé que Jenny, et avait déjà de grands enfants d'un premier mariage. Il ne changeait jamais les couches de Portia, ni ne lui donnait à manger. Elle connaissait bien ce genre de situation, pour l'avoir vécue enfant, et elle refusait que Max subisse le même sort.

— La balle est dans son camp, répondit-elle à Jenny.

Et si Nathan ne voulait pas le meilleur pour Max, alors elle le bannirait pour toujours de la vie de son fils sans l'ombre d'un remords.

- 3 -

Même si Nathan n'avait pas apprécié ce qu'Ana lui avait dit, il devait admettre, après quelques jours de réflexion, que ses remarques étaient tout à fait sensées et que celle-ci avait raison. Soit il faisait partie de la vie de Max, soit il n'en faisait pas partie, la demi-mesure étant exclue. Toutefois, il devait évaluer les conséquences sur sa carrière du fait qu'il reconnaisse Max. Il était certain que si la nouvelle venait à s'ébruiter, il pourrait dire adieu à son rêve de devenir président-directeur général de la Western Oil. Le conseil d'administration estimerait qu'il y avait un conflit d'intérêts direct. Depuis qu'ils savaient que l'explosion à la raffinerie était le résultat d'un sabotage, les membres avaient été prompts à accuser la Birch Energy, même si jusque-là aucune preuve n'avait pu être apportée à leurs allégations.

Mais il y avait un point encore plus important à déterminer : en quoi sa présence dans la vie de Max aurait-elle une bonne influence sur l'enfant ? Il ignorait comment un père se comportait, du moins un bon père. La seule certitude qu'il avait en la matière, c'était qu'il ne voulait à aucun prix ressembler à son propre père, qui exigeait la perfection en toute chose, et s'emportait verbalement — parfois même physiquement — si quelqu'un avait l'impudence de ne pas être à la hauteur de ses exigences irréalistes.

Il avait conscience de n'avoir pas totalement échappé aux lois de la génétique, et d'avoir hérité des accès de colère de son père. Même s'il s'efforçait toujours de les maîtriser, il ne pouvait pas exclure l'éventualité qu'il serait peut-être un père épouvantable. Cependant, il se devait au moins d'essayer. Et s'il échouait, il veillerait à ce que son fils soit à l'abri du besoin pour le restant de ses jours, même si Ana lui avait assuré qu'elle n'avait pas besoin de son argent.

Le mercredi après-midi, il appela cette dernière et lui demanda s'il pouvait passer chez elle pour discuter.

— 20 h 30, cela te convient-il ? proposa-t-elle. Après que j'aurai mis Max au lit.

— Tu refuses toujours que je le voie ?

— Je veux d'abord entendre ce que tu as à me dire.

Il comprenait sa position.

— Entendu pour 20 h 30, trancha-t-il.

— A tout à l'heure.

Il raccrocha juste au moment où Emilio, le directeur financier de l'entreprise, frappait à la porte vitrée de son bureau.

Il lui fit signe d'entrer, pensant que sa visite était liée au nouveau budget marketing que son service avait proposé le lundi matin. Si la Western Oil souhaitait réellement rétablir sa réputation auprès de ses clients, l'opération allait être onéreuse.

Mais Emilio déclara :

— Désolé de te déranger, je voulais juste te donner ça.

Et il lui tendit une petite enveloppe blanche.

— Qu'est-ce que c'est ?

— Une invitation.

— A… ?

— A mon mariage.

Nathan se mit à rire, pensant qu'il s'agissait d'une blague, ou qu'il avait mal compris.

— Ton *quoi* ?

Mais il vit le visage d'Emilio s'éclairer d'un franc sourire.

— Tu as bien compris, lui dit-il.

Il ne connaissait pas un homme plus opposé au mariage qu'Emilio. Qu'est-ce qui avait bien pu lui arriver ?

Poussé par la curiosité, il ouvrit l'enveloppe et en sortit l'invitation. Il resta bouche bée en lisant le nom de la future mariée.

— Isabelle Winthrop ? Ce n'est quand même pas celle qui a été mise en examen pour fraude financière ? s'exclama-t-il.

— Apparemment, tu n'as pas regardé les infos, ces derniers temps. Les charges qui pesaient contre elle ont été abandonnées vendredi dernier.

Voilà qui expliquait tout ! Il avait travaillé tard, ce vendredi-là, puis, le samedi, il était allé à la fête d'anniversaire organisée par Beth, et depuis il n'avait plus pensé qu'à Ana et son fils. Il ne se rappelait pas avoir allumé la télévision ou acheté un journal.

— Et maintenant, tu vas l'épouser ?

— Absolument.

Il secoua la tête.

— Son mari est mort il y a quelques mois, non ?

— C'est une longue histoire, dit Emilio.

Il n'en doutait pas, même s'il était étonné de n'avoir rien appris plus tôt. Il était vrai qu'Emilio était un homme aussi réservé que lui, et il se réjouissait sincèrement que son collègue ait trouvé une personne avec qui partager sa vie.

— J'ai hâte que tu me la racontes, cette histoire, lui dit-il.

Emilio sourit.

— A propos, j'ai étudié ta proposition, et je te suggère qu'on en discute avec Adam et qu'on regarde les chiffres de plus près, déclara-t-il. En début de semaine prochaine, si c'est possible.

— Demande à ta secrétaire d'appeler la mienne pour convenir du rendez-vous.

Il passa le reste de l'après-midi en réunions diverses. Durant la dernière, les participants commandèrent à manger, ce qui lui épargna la peine d'aller au restaurant ou de passer chez le traiteur pour manger chez lui, avant de se changer et de se rendre chez Ana.

Il arriva chez elle à 20 h 30 pile. Depuis le samedi précédent, elle avait pris le temps de décorer la façade de sa maison : les vacances de Noël arrivaient à grands pas. Des branches de sapins piqués de petites lumières blanches encadraient ses fenêtres, et une couronne composée de houx frais et de boules de Noël ornait la porte d'entrée. Il songea que, pour sa part, il n'avait pas accroché la moindre décoration dans son appartement. A quoi bon, puisqu'il ne serait pratiquement jamais chez lui, pendant les vacances ? S'il avait dû décorer un endroit, en toute logique, ç'aurait été son bureau, dans la mesure où c'était là qu'il passait l'essentiel de son temps.

Comme il s'apprêtait à frapper, la porte s'ouvrit.

— Quelle ponctualité ! observa Ana.

Elle portait un legging violet, et un sweat-shirt à fermeture Eclair assorti, avec en dessous un T-shirt au motif à moitié effacé. Elle avait attaché ses cheveux à la va-vite avec une pince et ne portait pas la moindre trace de maquillage. Et pourtant, elle était aussi sexy qu'il était possible de l'être.

La maternité lui allait sacrément bien.

Elle l'invita à entrer.

— Désolée pour le désordre, mais je viens juste de mettre Max au lit et je n'ai pas eu le temps de ranger.

Le salon donnait effectivement l'impression qu'une bombe y avait explosé. Il ignorait jusqu'alors qu'un enfant puisse avoir besoin d'autant de jouets.

— On dirait qu'il y a eu une dizaine d'enfants, dans cette pièce, dit-il en retirant sa veste qu'il accrocha au portemanteau.

— En fait, il y en avait cinq. Aujourd'hui, c'était mon jour de garde.

— Ton jour de garde ?

— Avec d'autres parents, on se relaie pour garder les

enfants, afin qu'ils puissent jouer ensemble. Même si en fait, Jenny, ma voisine d'en face, et moi sommes les seules véritables mères. Deux autres sont des nourrices, et une est fille au pair. D'ailleurs, Jenny et moi sommes à peu près certaines que la fille au pair couche avec le père du bébé. Et une des nourrices nous a confié que le couple pour lequel elle travaille est sur le point de divorcer. Ils font chambre à part, et lui dort dans la chambre d'amis.

Il était loin d'imaginer que de tels scandales sourdaient dans de simples réunions enfantines.

— Max n'est-il pas un peu jeune pour jouer avec d'autres enfants ? questionna-t-il.

— Il n'est jamais trop tôt pour socialiser les enfants.

— Tu n'as pas de nourrice ? s'étonna-t-il.

— J'adore passer du temps avec Max, et grâce à l'héritage de ma mère, je n'ai pas besoin de travailler. Mon rôle de mère au foyer me comble parfaitement. Cela n'a pas toujours été facile, mais je ne regrette rien, l'expérience en vaut la peine.

Il songea alors à sa propre mère : elle avait toujours été bien trop accaparée par ses associations caritatives et les différentes organisations auxquelles elle adhérait pour s'occuper personnellement de ses fils.

Ana lui désigna le salon.

— Entre et prends un siège, dit-elle. Est-ce que tu veux boire quelque chose ?

Il aurait eu besoin d'un bon whisky, voire de plusieurs. Mais quelle que soit la quantité d'alcool qu'il avalerait, elle ne suffirait pas à rendre les choses plus aisées.

— Non merci, répondit-il.

Elle attendit qu'il s'assoie, puis elle prit place sur le rebord du fauteuil, en face de lui.

— Est-ce que tu as pris une décision ? questionna-t-elle.

— Oui, annonça-t-il.

Puis il posa ses coudes sur ses genoux et se frotta nerveusement les mains. Elle le regardait, rivée à sa réponse. Il n'était pas certain qu'elle allait apprécier ce qu'il avait à lui dire. Elle attendait vraisemblablement une décision définitive, mais il n'était pas en mesure de lui en offrir une. Pas encore.

— Je voudrais une période d'essai, dit-il alors.

Elle leva les sourcils.

— Une période d'essai ? répéta-t-elle. On ne parle pas d'une inscription à un club de gym, Nathan ! Il s'agit d'un bébé. D'un être humain.

— C'est précisément pour cette raison que ce serait une mauvaise idée de foncer tête baissée. Je ne connais rien au fait d'être parent. Comme tu l'as souligné, je n'ai jamais imaginé fonder une famille. Et je crains d'être un très mauvais père. J'aimerais passer du temps avec Max, pendant quelques semaines, et voir s'il m'apprécie.

— Max a neuf mois, il aime tout le monde.

— Très bien. Mais cela me permettra de voir si moi, je l'apprécie.

— Et si ce n'est pas le cas ? Qu'est-ce qui se passera ?

— Je me conformerai à tes vœux et je me retirerai de la vie de Max.

Elle secoua la tête.

— Franchement, Nathan, je ne sais pas quoi te dire…

— Je suis bien conscient que tu t'attendais à une réponse plus tranchée, mais en toute honnêteté, je pense que c'est la meilleure solution. Et ce n'est pas une décision que j'ai prise le cœur léger. Simplement…

Il soupira et secoua la tête.

— J'ai fait beaucoup d'erreurs dans ma vie, Ana, et la paternité est une affaire bien trop sérieuse pour que l'on prenne le risque de tout compromettre.

— Je suppose que la question des répercussions sur ton travail entre aussi en jeu.

— Je ne nie pas que ce soit un facteur important dans

ma décision. Notre actuel P.-D.G. va bientôt quitter ses fonctions, et je figure sur la liste des remplaçants potentiels triés sur le volet. Je ne veux pas laisser passer ma chance.

— Donc, il s'agit de travail, déclara Ana sans cacher son amertume.

— Je dois tout prendre en compte, lui dit-il. Mais ce dont il est avant tout question, c'est de l'intérêt de notre fils.

« Notre fils »... Ana sentit son cœur se serrer. Pendant longtemps, il avait été juste son fils à elle. Elle n'était pas certaine d'être prête à le partager.

Sa première impulsion fut de répondre par la négative à la proposition de Nathan. Cette position intermédiaire la révoltait. Et pourtant, elle ne devait pas être injuste envers lui... Elle avait eu neuf mois pour s'habituer à l'idée qu'elle allait être mère. De son côté, il se retrouvait père d'un seul coup, sans préavis, et maintenant, on attendait de lui qu'il prenne une décision qui aurait des répercussions définitives sur sa vie et celle de son fils. Pouvait-elle réellement lui reprocher de vouloir se montrer prudent ? Il était manifeste qu'il avait mûrement réfléchi et privilégié avant tout les intérêts de Max. N'était-ce pas le principal ? Sans compter qu'elle avait découvert un Nathan vulnérable, ce qui n'allait vraiment pas de soi pour cet homme à qui tout réussissait et que tout le monde respectait. Admettre qu'il n'était peut-être pas capable d'être un père digne de ce nom n'avait pas dû être facile. Il convenait de saluer son honnêteté.

— Très bien, finit-elle par dire, cette période d'essai me semble raisonnable. Mais il s'agira de visites encadrées, bien entendu.

— Bien entendu, approuva-t-il.

Elle venait donc de s'engager à passer du temps avec lui, ce qui allait sans nul doute la mettre au supplice. Le seul fait de le recevoir chez elle réveillait de nombreux souvenirs, et soulignait le désert que sa vie était devenue, sa solitude. Depuis leur rupture, elle n'avait même pas regardé un autre homme. Il était vrai qu'elle n'avait guère eu le temps de se distraire, mais elle était tout de même sortie à plusieurs reprises avec des amies et était allée à des réceptions mondaines avec son père. Elle avait bien été abordée par quelques hommes qui avaient été tentés de lier conversation avec elle, et certains étaient allés jusqu'à l'inviter à danser : elle n'y avait trouvé aucun intérêt.

Si, au bout d'un an et demi, les sentiments qu'elle éprouvait pour Nathan n'avaient pas disparu, cela signifiait peut-être qu'elle était destinée à l'aimer pour toujours, à moins que le fait de le côtoyer de nouveau ne lui fasse comprendre qu'il n'était pas aussi merveilleux qu'elle l'avait cru. Il avait forcément des défauts ! Des petits traits de caractère qu'elle finirait par trouver insupportables, à la longue. Elle l'avait sans doute placé sur un piédestal, et s'était construit une image erronée de lui.

Un regain d'espoir la saisit soudain : cette « période d'essai » serait sans doute une expérience fort positive, à condition qu'ils restent circonspects.

— Je pense qu'il est préférable que personne ne soit au courant de tes visites, reprit-elle.

Il parut soulagé. Sans doute s'inquiétait-il pour sa promotion à la Western Oil, même si elle soupçonnait que ce n'était pas la seule raison.

— C'est une très bonne idée, approuva-t-il.

— Il faut que nous soyons vraiment prudents, renchérit-elle. L'expérience risque d'être dévastatrice pour Max si elle vient à se savoir.

— C'est un bébé, Ana. Il ne peut pas lire les journaux.

— Pas encore. Mais un jour, il en sera capable. Si tu décides, pour une raison ou une autre, que tu ne peux pas faire partie de sa vie, je ne veux pas qu'il sache quoi que ce soit sur toi. Or, si la nouvelle que tu es son père s'ébruite, je peux t'assurer qu'on se chargera de la lui rapporter plus tard. Qui plus est, mon père adore Max. Mais s'il apprenait que tu es son père, il penserait que j'ai cherché à le défier, et il nous renierait, Max et moi.

— Tu cherches toujours à gagner son affection ?

— Je me fiche pas mal de ce que mon père pense de moi, mais le futur de Max, c'est la Birch Energy, si tant est qu'il choisisse cette voie une fois adulte. En tout état de cause, c'est son héritage. Je ne veux pas l'en priver pour des raisons égoïstes.

— Mais si je décide de faire partie de sa vie, c'est ce qui se passera, argua-t-il.

— En l'occurrence, connaître son propre père est plus important que tout. Il a besoin d'une présence masculine dans sa vie et, pour l'instant, ce que j'ai de mieux à lui proposer, c'est mon père. Qui sait ? Peut-être que Max le comblera et qu'il surmontera enfin le fait que je n'étais pas le fils dont il avait toujours rêvé.

— Dis-moi, Ana... Pour toi, je n'étais qu'un moyen comme un autre de défier ton père ? Rien de plus ? demanda-t-il brusquement.

Au début, oui, elle le reconnaissait. Jusqu'à ce qu'elle tombe éperdument amoureuse de lui. Mais cela, elle ne lui avouerait jamais. C'était son petit secret, sa fierté en dépendait.

— Cela te choque ? fit-elle d'un ton détaché.

— Pas vraiment, dans la mesure où toi et moi savons que ce n'est pas la vérité.

Dans ces conditions, pourquoi lui avait-il posé la question ? Elle aussi aurait pu lui demander s'il avait pour habitude de séduire les femmes puis de leur briser le cœur. Elle soupira. Il était vain de chercher à polémiquer. Elle ne le suivrait pas sur ce terrain-là.

— Quels jours pourras-tu voir Max ? demanda-t-elle d'un ton calme. Je le couche à 20 heures. Si tu veux le voir en semaine, il faut venir avant. Tu peux aussi passer le dimanche après-midi.

— En semaine, cela va être difficile, commença-t-il. Je suis débordé de travail. Je peux m'estimer heureux quand je sors à 21 heures.

— Personne n'a dit que l'expérience allait être facile, décréta-t-elle. Il faut savoir établir des priorités.

La première impulsion de Nathan fut manifestement de répondre du tac au tac mais, à la place, elle le vit prendre une large respiration, comme s'il se ravisait.

— Si je me rends plus tôt au bureau, je pourrai sortir à 18 h 30, et être ici un peu avant 19 heures.

— C'est un bon début, reconnut-elle.

— On commence demain !

Un long silence inconfortable s'ensuivit, chacun ne sachant plus que dire. Mais peut-être s'étaient-ils tout dit ?

— Bon, fit enfin Max en se levant, puisque nous avons trouvé un accord…

— La journée a été longue, je ne sais pas toi, mais moi, je prendrais volontiers un verre de vin…

A peine ces paroles eurent-elles franchi ses lèvres qu'elle comprit que c'était une très mauvaise idée. Mais elle avait tellement envie de le retenir ! Pourtant, elle avait bien conscience qu'elle ne pouvait pas le forcer à l'aimer. D'ailleurs, elle n'essaierait même pas. Ce qu'elle recherchait, c'était un homme qui l'aimerait de façon inconditionnelle, ce dont Nathan n'était pas capable.

Lui-même parut surpris car il fronça les sourcils.

— Es-tu en train de me demander de rester ?

A ces mots, elle comprit que son initiative était vraiment très déplacée.

— Oublie ce que je viens de dire, dit-elle précipitamment.

— Rouge ou blanc ?

— Pardon ? fit-elle d'un air confus.

— Qu'est-ce que tu as à m'offrir comme vin ? Du rouge

ou du blanc ? demanda-t-il, un sourire aux lèvres. Car je ne bois que du vin rouge.

Elle avait eu tort de proposer ce verre, étant donné qu'elle était encore bien vulnérable, le concernant. Elle était tout simplement en train de se préparer une nouvelle peine de cœur ! Il était fort probable qu'il ait une petite amie. Peut-être était-ce d'ailleurs pour cette raison qu'il lui avait demandé une « période d'essai ».

Elle s'enjoignit néanmoins de voir les bons côtés de la situation, car il était trop tard pour se lamenter. Passer un peu de temps en sa compagnie lui permettrait de repérer les défauts qu'il avait forcément, se répéta-t-elle, et cela contribuerait à le démythifier, à ses yeux.

De toute façon, après cette soirée, elle ne le verrait qu'en compagnie de Max.

— Tu as de la chance, lui dit-elle, j'ai les deux.

- 4 -

Lorsque Ana se dirigea vers la cuisine, Nathan se rassit, tout en se demandant s'il avait eu raison de rester. Il était venu chez elle pour discuter de leur fils, et maintenant qu'ils avaient trouvé un accord, il n'y avait plus matière à s'attarder. Le seul problème, c'était qu'il n'avait pas envie de partir.

Peut-être était-il temps qu'il admette à quel point cette relation l'avait touché. Il éprouvait encore des sentiments pour Ana, c'était incontestable. En dépit de ce qu'elle pouvait croire, il n'avait pas été aisé pour lui de rompre avec elle. Elle était la seule femme en compagnie de qui il avait pu être lui-même. Mais il savait qu'à la longue, ses démons auraient fini par reprendre le dessus et qu'elle aurait découvert son véritable visage. La connaissant, il était certain qu'elle aurait essayé de trouver une solution. L'ennui, c'était qu'il n'y en avait pas. Il ne pourrait jamais changer. Il était préférable qu'il passe le moins de temps possible avec elle quand Max n'était pas là pour faire office de tampon.

Il aurait dû enfiler son manteau et fuir sans demander son reste. Malheureusement, il en était incapable.

— Tu as donc postulé pour la fonction de président-directeur général ? dit-elle en revenant de la cuisine.

Il tourna la tête vers elle. Elle était en train d'ouvrir une bouteille de vin rouge, au comptoir du bar.

— Nous sommes trois en lice : moi, le directeur financier, Emilio Suarez, et mon frère Jordan.

— Ton frère ? s'étonna-t-elle. C'est une affaire à haut risque, alors.

Le bruit du bouchon résonna dans le salon et elle servit le vin dans des verres à pied.

— Si je me souviens bien, votre relation a toujours été compliquée, ajouta-t-elle.

— C'est le moins que l'on puisse dire. Il est d'une arrogance sans borne.

— Je l'ai rencontré, l'année dernière, à un dîner organisé pour collecter des fonds, lui apprit-elle en apportant les verres.

— Je parie qu'il a essayé de te draguer !

— Pourquoi ? Tu es jaloux ?

Elle lui tendit son verre, et leurs doigts se touchèrent quand il le prit. C'était un effleurement innocent, sans importance, mais qui suffit à lui faire de l'effet ! Bien plus qu'il n'aurait dû. Il espéra qu'elle n'avait rien remarqué. Reprenant place dans son fauteuil, elle ramena ses jambes sous elle. Ce qu'elle avait l'air jeune et sexy ! Et un peu fatiguée, aussi, ce qui rajoutait à son charme.

— J'ai fait cette remarque parce que Jordan ne peut pas s'empêcher de séduire les belles femmes. C'est plus fort que lui.

— Il me semble qu'il était accompagné.

Il haussa les épaules.

— Ce n'est pas ce qui l'arrête.

— Non, il ne m'a pas draguée, lui assura-t-elle alors. Mais il faut dire que j'étais enceinte de huit mois et aussi énorme qu'une baleine.

— Oh ! tu sais ! Je ne pense pas que cela ait été un problème pour lui.

Elle se mit à rire.

— Arrête ! Il n'est pas si mauvais que ça, tout de même !

Autrefois, non, il ne l'était pas…

Lorsque lui-même était enfant, il avait joué un rôle

protecteur auprès de Jordan. Que de fois ne s'était-il pas accusé des fautes de son jeune frère afin de le soustraire à la colère de leur père ! Combien de fois ne s'était-il pas interposé entre eux, quand ce dernier voulait le frapper ! En tant que frère aîné, il estimait qu'il avait pour devoir de le protéger. Il était si calme et si sensible. « Une vraie chochotte », estimait leur père. En retour, il n'avait reçu ni loyauté ni gratitude de la part de Jordan. Au cours des années, celui-ci s'était révélé un véritable manipulateur, et il s'était mis à dénoncer son aîné pour ses propres méfaits, à la maison comme à l'école. Jordan était devenu l'enfant parfait, incapable de faire le mal, tandis que lui-même était désormais systématiquement montré du doigt comme le fauteur de troubles. Il était vrai qu'il avait fait les quatre cents coups. Après toutes ces années, cela le tourmentait toujours.

— Jordan est Jordan, dit-il, on ne pourra pas le refaire.

— Quand est-ce que le nouveau P.-D.G. sera nommé ? demanda-t-elle.

Pas avant que l'enquête liée à l'explosion ne soit terminée, mais cela, il ne pouvait pas le lui dire. Seul un tout petit cercle d'initiés savait qu'il y avait une enquête en cours. L'explosion avait eu lieu en raison d'un matériel défectueux, qui venait pourtant d'être vérifié et correspondait aux normes de sécurité. Treize hommes avaient été blessés. Le conseil d'administration était convaincu que le coupable était un employé de la Western Oil, et il suspectait que la Birch Energy — et plus particulièrement le père d'Ana — était derrière cette sombre affaire. Le but de l'enquête consistait à démasquer le responsable. Mais c'était un processus lent, ardu et frustrant.

— La date n'a pas encore été arrêtée, dit-il. Dans quelques mois, sans doute.

— Et comment est-ce que tu le prendras, si c'est Jordan qui est nommé directeur ?

— Ce ne sera pas lui.

Sur les trois candidats, son frère était le moins qualifié, et il était certain que le conseil d'administration en avait conscience. Jordan avait usé de son charisme pour obtenir la fonction qu'il occupait actuellement, mais il ne pourrait pas aller au-delà.

— Tu as l'air bien sûr de toi, observa-t-elle.

— Je le suis, effectivement. Bon, ne le prends pas mal, mais je n'ai pas envie de parler de mon frère.

— Comme tu voudras. Dans ces conditions, de quoi veux-tu que nous discutions ?

— Et si tu me parlais de notre fils ?

— C'est dans le domaine du possible, dit-elle.

Sur ces mots, elle se leva, traversant le salon pour ouvrir un tiroir de la bibliothèque d'où elle sortit un énorme album. Il pensait qu'elle allait le lui tendre, mais elle prit place à son côté, sur le canapé. Elle était si proche de lui que leurs jambes se touchaient.

A tout prendre, il préférait quand elle se tenait à distance.

— Qu'est-ce que c'est ? demanda-t-il.

Posant l'album sur ses genoux, elle l'ouvrit à la première page.

— C'est l'album de Max. Il y a des photos et des commentaires sur tous les événements déterminants de sa petite vie. Je l'ai commencé avant sa naissance.

De fait, il vit sur la première page des photos d'elle enceinte. Il y en avait même une à la maternité. Elle avait exagéré, tout à l'heure, en se qualifiant de « baleine » à huit mois ! A part son ventre proéminent qui donnait à penser qu'elle avait avalé un ballon de basket, le reste de son corps était demeuré inchangé.

— Tu avais l'air en forme, dit-il.

— J'ai été malade tout le premier trimestre de ma grossesse, mais après je me suis sentie vraiment bien.

Les pages suivantes montraient des échographies — sur

l'une d'entre elles, on voyait clairement que le bébé était un petit garçon — puis figuraient des notes relatives aux visites chez le médecin. Toutes les autres pages étaient consacrées à Nathan. C'était incontestablement un charmant bambin ! Mais tandis qu'Ana tournait les pages de l'album, il sentit son intérêt passer des photos à la mère… Son profil délicat et familier, sa bouche sensuelle le troublaient, tout comme les quelques mèches qui s'étaient échappées de la pince et effleuraient ses joues. Dix-huit mois plus tôt, il n'aurait pas hésité à les caler derrière son oreille. Puis il aurait caressé sa joue, sa nuque, et aurait pressé sa bouche contre sa gorge délicate…

C'était tout de même incroyable qu'au bout de tout ce temps son désir pour elle soit demeuré intact ! Il devait impérativement se contrôler, pour leur intérêt à tous deux.

— C'est un adorable enfant, dit-il quand elle eut atteint la fin de l'album. Je trouve qu'il ressemble beaucoup à Jordan bébé.

Elle se leva et remit l'album à sa place. Il espéra qu'elle reviendrait s'asseoir à côté de lui et fut un peu dépité qu'elle n'en fasse rien. Cela lui permit aussi de comprendre qu'il devait s'en aller au plus vite.

Finissant son verre, il se leva.

— Il est tard, dit-il, même s'il était à peine 21 heures. Demain, je me lève de bonne heure. Il faut que je m'en aille.

Si elle fut déçue par son départ, elle n'en laissa en tout cas rien paraître et le raccompagna à la porte.

— A demain, vers 19 heures ? fit-elle.

— Ou un peu plus tôt, si je peux.

Il enfila sa veste et elle ouvrit la porte.

C'était normalement le moment où elle nouait ses bras autour de son cou et lui donnait un long baiser en guise d'au revoir. En général, elle essayait de le convaincre de passer la nuit avec elle. Il était chaque fois très difficile de résister à la tentation, mais coucher chez elle aurait établi un degré d'intimité entre eux qu'il n'avait jamais osé franchir. Il ne voulait pas qu'elle se fasse des illusions. Surtout elle, qui avait tendance à s'enflammer.

— Je suis heureuse que tu sois venu, ce soir, dit-elle.

— Moi aussi, répondit-il.

— Comme je te l'ai dit, je respecterai ton choix, Nathan. Si tu estimes que c'est au-dessus de tes forces, je ne t'en voudrai pas. Je reconnais qu'il n'est pas facile d'être parent, cela implique de si nombreux sacrifices !

— On dirait presque que tu essaies de me dissuader.

— C'est aussi une expérience très enrichissante, la plus gratifiante que je n'ai jamais faite, renchérit-elle. Elle transforme radicalement une personne, d'une façon qu'on ne peut pas imaginer quand on n'a pas d'enfant. Des choses qui autrefois étaient pour moi primordiales me semblent aujourd'hui bien dérisoires. Maintenant, c'est Max qui compte, et c'est tout.

— Ton enthousiasme me fait peur, dit-il alors.

Elle lui sourit.

— Je sais, c'est un peu intimidant, mais une fois qu'on est parent, soit on s'engage à fond, soit… Personnellement, je ne sais pas comment il est possible de faire autrement, mais je conçois que tous les parents ne sont pas comme moi. Ce doit être une question de feeling : soit tu le sens, soit tu ne le sens pas.

— Je suppose que le mieux à faire, c'est d'attendre et de voir, dit-il, philosophe.

— Sans doute.

Il eut l'impression qu'elle voulait ajouter quelque chose. Il attendit quelques secondes, mais comme elle se taisait, il s'éloigna. Il avait déjà descendu une marche quand elle le rattrapa et posa la main sur son bras.

— Nathan, attends…

Il se tourna vers elle.

Elle l'avait touché bien imprudemment, et le dommage

était fait. Maintenant, il n'avait plus qu'une idée : la prendre dans ses bras et l'embrasser à pleine bouche…

— Pendant que nous regardions l'album de Max, dit-elle, je me suis rendu compte à quel point il avait changé, en neuf mois.

Il ne comprenait pas très bien où elle voulait en venir…

— N'est-ce pas ce que les enfants sont censés faire ?

— Si, bien sûr, seulement… En fait, ce que tu as manqué m'a frappé. Et ce que je voulais te dire… Enfin, ce que je voulais que tu saches…

Reprenant son souffle, elle bredouilla alors :

— Je suis désolée, Nathan.

Il fut bouleversé par sa vulnérabilité qu'elle ne cherchait même pas à cacher, tout comme la façon dont elle lui tenait le bras. Elle était si proche de lui, si émouvante…

Il se pencha vers elle, juste pour tester le terrain. Elle ouvrit de grands yeux, comme pétrifiée. Contrairement à ce qu'il aurait parié, elle ne s'écarta pas, mais passa sa langue sur ses lèvres pour les humecter…

Il déglutit avec difficulté. Il était si tentant de capturer cette bouche appétissante. Il était certain qu'elle ne protesterait pas. Et de fil en aiguille, ils finiraient dans son lit…

Tout cela était parfaitement déraisonnable ! décida-t-il dans un sursaut de lucidité, avant de marmonner bien vite :

— Je dois partir.

Elle acquiesça d'un mouvement de tête, comme abasourdie.

— Très bien…

Il posa ses yeux sur la main d'Ana qui lui tenait toujours le bras.

— A moins que tu n'aies l'intention de venir avec moi, il va falloir que tu me lâches, dit-il.

— Désolée, murmura-t-elle.

Et elle retira vivement sa main.

A la lumière de la terrasse, il crut la voir rougir. Voilà qui ne lui ressemblait pas. Ana était une femme sûre d'elle-même, et sans fausse pudeur. Du moins était-ce l'image qu'elle aimait donner d'elle. Au fond, il ne savait pas comment il la préférait : en imperturbable femme à poigne, ou en jeune fille vulnérable.

Il recula de quelques pas.

— A demain, dit-il.

— A demain.

Il commença à descendre les marches, mais s'arrêta soudain au moment où elle allait refermer la porte.

— Ana !

— Quoi ?

— Excuses acceptées, dit-il.

Ce fut leur ultime échange avant qu'il ne s'engouffre dans sa Porsche.

Ana referma la porte et s'y adossa. Elle était bouleversée… Il s'en était fallu de peu pour qu'il l'embrasse. Il s'était approché tout près d'elle, ses yeux rivés à sa bouche…

A l'idée du contact de ses lèvres sur les siennes, elle sentit son cœur s'accélérer. Elle ne l'aurait pas repoussé, elle le savait, et elle aurait eu tort, parce qu'elle était déjà suffisamment paumée…

A feuilleter son album en compagnie de Nathan, elle avait compris combien chaque minute passée en compagnie de son fils avait été précieuse. L'idée qu'elle avait privé Nathan de ce bonheur, et pire encore, Max de la présence de son père, suscitait en elle un sentiment de culpabilité. Elle se sentait si égoïste ! Et si elle n'avait pas fait le bon choix, pour son enfant ? Elle ne voulait pas avoir créé un vide en lui…

Soudain, elle éprouva de la colère envers Nathan pour avoir éveillé en elle de telles pensées, d'autant qu'elle ne savait plus très bien à quoi s'en tenir avec lui. Et puis il avait accepté ses excuses si facilement. Etait-ce par indifférence, ou par calcul ?

Elle poussa un soupir. Elle lui accordait trop d'importance. En outre, qu'est-ce qui lui avait pris de lui toucher le bras ? Bien sûr, elle avait cédé à une impulsion, elle ne s'en était même pas rendu compte jusqu'à ce qu'il la prie de le lâcher. Leur contact physique lui manquait tant ! C'était si merveilleux, quand ils faisaient l'amour… C'était d'ailleurs si fantastique qu'elle n'avait pas du tout compris ce qui lui arrivait quand il lui avait annoncé qu'entre eux, c'était fini. Le ciel lui était tombé sur la tête. Apparemment, il y avait eu un problème qu'elle n'avait pas vu.

N'était-ce pas une raison supplémentaire pour ne pas recoucher avec lui ?

A cet instant, son téléphone portable sonna. Elle le sortit avec fébrilité de sa poche pour vérifier qui l'appelait, espérant presque que c'était Nathan pour annuler leur rendez-vous du lendemain. C'était Beth ! Elle était censée lui téléphoner dès que Nathan s'en irait, et visiblement sa cousine s'impatientait.

— Il est parti ? s'enquit-elle.

— Oui, il y a quelques minutes.

— Alors, qu'est-ce qu'il a décidé ? Est-ce qu'il veut être le papa de Max ?

Beth était convaincue depuis le début que Nathan voudrait faire partie de la vie du bébé et qu'il endosserait sans hésitation son rôle de père. De toute évidence, elle ne le connaissait pas aussi bien qu'elle le pensait.

— Il veut une période d'essai.

— Quoi ? s'écria-t-elle. Et pourquoi donc ?

— Pour de nombreuses raisons, mais la principale, c'est qu'il veut le meilleur pour Max.

— Max a besoin d'un père ! C'est ce qui est le mieux pour lui.

— Nathan ne voit pas les choses de la même façon. Il

n'est pas convaincu d'être un bon père et il a peur de la réaction, au travail.

— Et donc tu vas accepter ?

— Qu'est-ce que je peux faire d'autre ? Je ne peux pas le forcer à être le père de Max.

— Mais, qu'il le veuille ou non, il l'est ! Il faut qu'il soit présent pour son fils.

— Ecoute, Beth, je pense qu'il ne m'a pas tout dit et qu'il y a des raisons très personnelles qui expliquent sa réserve. Il a vaguement mentionné des erreurs commises dans le passé.

— Quel genre d'erreurs ?

— Je ne sais pas, il était très sibyllin. Je pensais que tu étais peut-être au courant, étant donné que Leo le connaît depuis la faculté.

— Rien ne me vient à l'esprit… La seule erreur majeure qu'il ait commise, c'est d'avoir rompu avec toi.

Tout en continuant à parler, elle verrouilla sa porte, puis éteignit la lumière de la véranda.

— Il a failli m'embrasser, tu sais…

Beth poussa un cri indigné.

— Tu plaisantes ?

— Non.

Elle se rendit dans le salon et prit les deux verres vides.

— On était sur la terrasse, et on se disait au revoir. Alors il m'a regardée pendant de longues secondes, puis il s'est légèrement penché vers moi…

— Il ne manque pas d'air ! Est-ce qu'il pense que le fait que vous ayez un enfant ensemble lui donne tous les droits ?

S'emparant de la bouteille de vin, elle se servit finalement un deuxième verre.

— En fait, c'est moi qui ai commencé.

De nouveau, Beth manqua s'étrangler.

— Je lui ai touché le bras, enfin juste la manche de sa veste…

— Oh ! fit Beth un rien déçue.

Elle s'attendait sans doute à une révélation plus scandaleuse.

Ana avala un peu de vin, notant distraitement l'empreinte de rouge à lèvres sur le verre vide posé sur le comptoir, avant de comprendre tout à coup qu'elle était en train de boire dans celui de Nathan. L'idée de placer ses lèvres là où il avait mis les siennes quelques minutes auparavant la fit frissonner…

Décidément, elle était un cas désespéré ! Elle reposa son verre.

— Ma question va peut-être te paraître stupide, mais est-ce que toi tu avais envie qu'il t'embrasse ? reprit Beth.

— Non… Enfin, si.

Elle poussa un soupir d'impuissance et poursuivit :

— J'ai encore des sentiments pour lui… Pourtant, il m'a brisé le cœur, et je serais complètement folle de renouer avec lui.

— Tu sais que je te soutiendrai quel que soit ton choix, mais un conseil, sois prudente. Ne prends pas de décision qui ne soit pas mûrement réfléchie. Promis ?

— Promis ! assura-t-elle avant de reprendre d'un ton hésitant. Le problème, c'est que, quand il s'approche de moi, j'ai l'impression que mon cerveau cesse de fonctionner. C'est comme une sorte de magnétisme animal. Et c'est ainsi depuis notre première rencontre.

— Quand est-ce que vous devez vous revoir ?

— Demain, à 19 heures.

— Max va au lit à 20 h 30. Donc, s'il se passe quelque chose, ce serait après ?

— J'imagine.

— Dans ces conditions, je t'appellerai à 20 h 45 ! décréta Beth. Ainsi, si tu as besoin d'un soutien moral, je te ramènerai à la raison.

L'idée d'être si faible l'irritait, mais pourquoi tenter le diable ?

— C'est une très bonne idée, approuva-t-elle alors.

— Tu es forte, Ana, insista Beth. Et tu en as vu d'autres.

Sa cousine avait raison. Elle était passée par des épreuves bien plus dures que celle-ci. Aussi pourquoi avait-elle la sensation de ne pas être aussi « forte » que Beth l'affirmait ?

- 5 -

Ana avait eu tort de craindre que Max et Nathan ne parviennent pas à nouer une relation.

Max adorait Nathan. Il avait été fasciné par lui dès l'instant où celui-ci avait franchi le seuil de la porte. Les deux heures qu'elle venait de passer à les regarder jouer avaient été l'expérience la plus réconfortante, la plus troublante mais aussi la plus éprouvante de sa vie.

Pour quelqu'un qui avait si peu l'habitude des bébés, Nathan n'avait pas commis une seule erreur. Il était doux et patient, et n'était pas intimidé par Max qui avait tendance à toujours chercher la bagarre.

— C'est vraiment un garçon, hein ? dit Nathan en riant.

Puis il plaça l'enfant sur sa tête, et ce dernier se mit à pousser des petits cris de joie. Il ne parut pas le moins du monde agacé quand Max colla sur son T-shirt de marque des bouts de biscotte mâchés, ou qu'il renversa du jus de fruits sur son pantalon.

Il était tout à fait spontané avec Max, à tel point qu'elle avait l'impression d'être le trouble-fête de leur tête-à-tête ! Son fils n'avait d'yeux que pour Nathan, comme si elle avait cessé d'exister. Elle fut presque soulagée lorsqu'il fut l'heure de le mettre au lit. Au moins, elle allait pouvoir passer un petit moment d'intimité avec lui. C'était sans compter sur le zèle de Nathan qui lui demanda alors s'il pouvait l'aider à coucher Max. Depuis qu'elle était revenue de l'hôpital, le coucher de son bébé était un rituel qu'elle n'avait jamais partagé… Cependant, elle était consciente que la demande de Nathan était tout à fait légitime. Le but de cette visite n'était-il pas de faire en sorte que père et fils se connaissent mieux ? A contrecœur, elle accepta, mais éprouva un pincement de jalousie quand, une fois en pyjama, Max tendit les bras vers Nathan.

— Qu'est-ce que je dois faire, maintenant ? demanda ce dernier.

— Couche-le tout simplement dans son lit et couvre-le, répondit-elle.

Elle donna un baiser à Max, et recula de quelques pas pour laisser Nathan le mettre au lit. Il le déposa sur son matelas de façon un peu maladroite, puis il remonta la couverture.

— Bonne nuit, Max, dit-il en lui souriant.

La même fossette que celle qui creusait la joue de son fils éclaira alors son visage. Elle mourait d'envie de se pencher sur le berceau pour s'assurer que Max était bien couvert et bordé, et pour lui donner un dernier baiser, mais elle se retint d'interférer entre le père et le fils. Ils avaient le droit de passer quelques minutes ensemble sans qu'elle ne s'en mêle.

Seulement, elle n'avait pas imaginé que ce serait si difficile.

— C'est bien comme ça ? demanda Nathan.

Elle hocha la tête et éteignit la lampe, sur la commode.

— Il va tout de suite s'endormir, prédit-elle.

Sur ces paroles, elle sortit de la chambre. Il l'imita, et la suivit jusque dans le salon. Tout s'était réellement bien passé, ce soir, aussi pourquoi sentait-elle qu'elle était sur le point de s'effondrer ? Les larmes lui brûlaient les yeux…

Elle était vraiment stupide ! Max était encore son fils, il dépendait d'elle pour tout et personne ne pourrait le lui prendre. Ce n'était pas parce qu'il aurait un père qu'il l'aimerait moins.

— C'est vraiment un enfant extraordinaire, déclara Nathan.

— C'est vrai, approuva-t-elle, priant pour qu'il n'entende pas l'émotion dans sa voix.

Elle se rendit dans la cuisine pour remplir le lave-vaisselle, et espéra que Nathan comprendrait qu'elle avait à faire et s'en irait. Mais il lui emboîta le pas.

— Tout s'est bien passé, dit-il en s'appuyant contre le comptoir, tandis qu'elle était devant l'évier, dos tourné.

— Oui, très bien, approuva-t-elle.

Elle cligna plusieurs fois des paupières pour retenir ses larmes. Pourquoi se montrait-elle si sentimentale, ce soir ? Elle ne pouvait absolument pas se permettre de se laisser aller devant Nathan. D'ailleurs, elle n'avait pas l'habitude d'être submergée par ses émotions, en général, elle savait les gérer.

Nathan demeura silencieux quelques instants, mais il finit par demander :

— Ana, quelque chose ne va pas ?

— Non, bien sûr que non, se défendit-elle.

Mais sa voix enrouée la trahissait, tout comme la larme qui venait de rouler sur sa joue. Elle n'arrivait pas à croire qu'elle se comportait comme une enfant. Il y avait pourtant longtemps qu'elle avait compris que pleurer ne menait à rien. Son père détestait de telles démonstrations de sensiblerie, comme il les appelait.

Lorsque Nathan posa une main sur son épaule, elle sentit son désespoir monter d'un cran.

— Est-ce que j'ai fait quelque chose de répréhensible ? s'enquit-il.

Elle secoua la tête en signe de négation. L'appréhension qu'elle entendait dans la voix de Nathan renforçait son sentiment d'être une véritable idiote. Il se faisait réellement du souci, et méritait une explication. Mais elle ne savait tout simplement pas quoi lui dire, et redoutait de perdre la face.

— Ana, parle-moi…

Il la fit gentiment pivoter pour voir son visage.

— Tu pleures ?

— Non, dit-elle en essuyant ses larmes à ses manches.

— Je ne comprends pas, reprit-il. J'ai eu l'impression que tout s'était bien passé, ce soir.

— Oui, bien sûr.

— Alors pourquoi est-ce que tu pleures ? Tu regrettes d'avoir accepté que je rencontre Max ?

De nouveau, elle fit non de la tête.

— Ce n'est pas ça.

— Alors c'est quoi ? Pourquoi est-ce que tu es aussi bouleversée ?

Elle se mordit la lèvre, puis baissa les yeux.

— Ana, il faut que tu me dises ce qui ne va pas, insista-t-il.

Elle aurait voulu lui crier d'enlever sa main de son épaule, de ne surtout pas la toucher, car cela la rendait encore plus nerveuse.

— Si j'ai fait quelque chose qui t'a déplu…

— Non, tu as été parfait, coupa-t-elle. Max t'adore…

— Et toi, cela te chiffonne, c'est ça ?

— Non ! Enfin, si, un peu…

Il fronça les sourcils. Visiblement, il ne comprenait plus rien. Et c'était logique : elle était tellement troublée que ses paroles n'avaient ni queue ni tête.

Elle devait se ressaisir !

— Depuis la naissance de Max, nous vivons en symbiose, lui et moi, commença-t-elle. Il dépend de moi pour toute chose. Mais ce soir, en vous voyant tous les deux…

Sa voix se brisa.

Dans un suprême effort, elle reprit :

— J'imagine que je suis jalouse. Je ne sais pas ce que je deviendrais si Max n'avait plus besoin de moi.

— Mais il est évident qu'il a besoin de toi !

Elle haussa les épaules, sentit le poids de ses mains dessus, et de nouvelles larmes coulèrent sur ses joues.

Ce fut alors qu'il la prit dans ses bras et la serra tout

contre lui. Comme le réconfort était doux ! Au fond, à quoi bon toujours chercher à être forte ? Il y avait si longtemps qu'elle attendait ce moment… Sans hésitation, elle noua ses bras autour de son cou et l'étreignit avec ferveur, tout en souhaitant que l'instant dure toujours. Elle ferma alors les yeux, et respira profondément, pour s'imprégner de son odeur, avant de frotter ses joues contre son torse… Il lui était si familier, et la sensation était tellement parfaite…

— Je suis juste une nouveauté, dit-il. Un nouveau jouet avec lequel on peut jouer.

Il lui fallut quelques secondes pour comprendre qu'il parlait de Max.

— Non, il t'aime vraiment, dit-elle en reniflant. C'est comme s'il sentait qui tu es.

Elle leva les yeux vers lui.

— Et c'est très bien ainsi ! ajouta-t-elle. Tout est parfait, c'est ce que je voulais. Je ne sais pas pourquoi je pleure. C'est idiot.

— Je suis certain que ta réaction est tout à fait normale, lui assura-t-il.

Elle aurait préféré qu'il soit moins correct et qu'il lui dise sans ménagement qu'elle était irrationnelle et stupide. Cela lui aurait permis de le détester. Où étaient donc ces défauts qu'elle était censée trouver chez lui ?

— Arrête d'être aussi gentil avec moi, lui dit-elle.

Un petit sourire éclaira son visage.

— Pourquoi ?

— Parce qu'il m'est impossible de te haïr.

— Peut-être que je n'ai pas envie que tu me haïsses.

A cet instant, le téléphone fixe se mit à sonner. Elle comprit que c'était Beth qui l'appelait avant qu'elle ne commette l'irréparable.

Mais n'était-il pas déjà trop tard ?

Sur une impulsion, elle se hissa à la hauteur de Nathan et l'embrassa sur la bouche… Sans attendre, il lui rendit son baiser. Alors elle oublia les sonneries insistantes du téléphone, le murmure de ses propres doutes, pour se concentrer sur la douceur de ses lèvres, le goût de sa bouche, le frottement de sa barbe contre son menton… Il embrassait comme un dieu, à la fois tendre et exigeant. Il lui faisait l'effet d'une drogue : elle en réclamait déjà davantage, tout son corps était avide de ses caresses.

Il l'agrippa soudain par la taille et la souleva du sol. En un rien de temps, elle se retrouva sur le comptoir et l'entoura de ses jambes… Elle sentit alors son érection contre son ventre, ses mains chaudes et vigoureuses sur sa peau nue…

Et tout à coup, on sonna à la porte. La sonnerie fut suivie par une série de coups frénétiques. Qui cela pouvait-il bien être ? se demanda-t-elle, aussi stupéfaite que contrariée.

Nathan détacha sa bouche de la sienne.

— Je crois que tu as de la visite, dit-il.

Elle fut submergée par une immense impression d'injustice. Pourquoi fallait-il qu'on vienne sonner chez elle à cet instant précis ? S'ils ne répondaient pas, peut-être que le visiteur repartirait. Ils restèrent un moment sans bouger… Mais la sonnette retentit de nouveau, puis des coups plus forts encore se firent entendre. Qui que ce soit, elle devait ouvrir : le manège allait finir par réveiller Max.

— Je vais voir qui c'est, dit-elle enfin, folle de rage.

Rajustant son pull, elle se dirigea vers la porte… au moment même où le téléphone se remettait à sonner ! Cela avait intérêt à être important, sans quoi… Elle ouvrit la porte avec brusquerie pour découvrir Beth sur le seuil de sa porte. Main levée, celle-ci s'apprêtait encore à sonner, tout en tenant son portable contre son oreille. Dès qu'elle le referma, le fixe cessa de sonner.

— Salut ! dit-elle un grand sourire aux lèvres.

Puis elle bouscula légèrement Ana pour entrer dans le vestibule.

— J'étais dans le quartier, et j'ai pensé que je pouvais te rendre une petite visite.

Dans le quartier ? A cette heure-ci ? Beth habitait à vingt minutes. A la façon dont elle avait frappé et sonné, c'était une femme en mission.

Beth la scruta et ses yeux s'élargirent imperceptiblement.

Quand Ana se retourna, elle vit Nathan, juste derrière elle. Lui aussi avait rajusté ses vêtements. Rien ne pouvait les trahir.

— Bonjour, Beth, dit-il.

— Salut, Nathan. Je ne savais pas que tu étais là.

— Tu n'as pas vu ma voiture, garée dans l'allée ? répliqua-t-il sur un ton légèrement ironique.

— Ah ! C'est donc ta voiture !

Beth adressa un regard en biais à Ana avant d'ajouter d'un air hypocrite :

— J'espère que je n'arrive pas au mauvais moment.

— Je m'apprêtais à partir, répondit Nathan en prenant sa veste sur le portemanteau.

Ana décida qu'il était temps d'intervenir.

— Beth, tu veux bien nous excuser deux minutes ?

— Bien sûr, répondit cette dernière, sans manquer d'adresser un regard menaçant à sa cousine, au cas où elle chercherait à l'embrouiller.

Elle suivit alors Nathan à l'extérieur, et referma la porte derrière eux.

— Tu n'es pas obligé de partir, tu sais. Je peux tout à fait me débarrasser d'elle.

— C'est vraiment ce que tu veux ?

Elle allait lui assurer que oui, lorsqu'elle se ravisa et prit le temps de considérer sa question. Trente secondes auparavant, elle était sûre à cent pour cent de ses désirs, mais maintenant qu'elle avait le temps d'y réfléchir plus calmement, elle se demandait si elle n'avait pas été sur le point de commettre une erreur. Elle aurait couché avec lui, et ensuite, que se serait-il passé ? Ils auraient eu une nouvelle liaison qui aurait duré un mois et lui aurait brisé le cœur… Est-ce que quelques semaines de relation torride en valaient vraiment la peine, eu égard aux souffrances qui l'attendaient ? D'autant que s'il décidait de faire partie de la vie de Max, elle aurait affaire à lui pendant au moins dix-huit ans ! Il n'était peut-être pas franchement nécessaire de rendre la situation encore plus délicate qu'elle ne l'était…

— Ana, nous savons tous les deux que tout cela compliquerait les choses, déclara-t-il soudain.

Elle crut que son cœur allait flancher…

Ce qu'il tentait de lui faire comprendre avec tact, c'était qu'il ne la désirait pas. D'ailleurs, tout à l'heure, c'était elle qui avait initié le baiser. Il l'avait prise dans ses bras pour la consoler, pas pour la séduire. Mais elle s'était méprise sur ses intentions. Evidemment, il aurait pu l'arrêter, mais après le déballage d'émotions qu'elle lui avait fait subir, il avait dû craindre de blesser ses sentiments.

Elle prit une profonde inspiration.

— Tu as raison, décréta-t-elle en croisant les bras.

Et elle eut l'impression que le vent était soudain plus froid.

— Pour dimanche, ça tient toujours ? demanda-t-il.

— Bien sûr, répondit-elle, s'efforçant de paraître naturelle. Quelle heure te convient ?

— Vers midi ? J'apporterai le repas.

Et ainsi, ils formeraient une bien gentille petite famille, pensa-t-elle avec amertume. Mais elle ne devait pas le décourager, lui et Max s'étaient tellement bien entendus, ce soir. Car il s'agissait avant tout de son fils, et non de ce qu'elle pouvait bien ressentir.

— D'accord. Avec plaisir, répondit-elle de façon machinale.

— Parfait. A dimanche, alors.

Il descendit les marches de la terrasse et se fondit dans la nuit. Bien qu'elle fût tentée d'attendre qu'il monte dans sa Porsche pour le regarder s'éloigner, elle savait qu'elle devait rentrer et affronter Beth.

Elle fut surprise de ne pas la trouver derrière la porte mais dans la cuisine où elle se servait un verre de vin.

— Dure journée ? demanda-t-elle en entrant.

— Ce n'est pas pour moi, précisa Beth, en rebouchant la bouteille.

Puis elle lui tendit le verre.

— C'est pour toi, ajouta-t-elle. Je pense que tu en as besoin.

Elle prit le verre.

— J'imagine que tu n'es pas passée par hasard, dit-elle à sa cousine.

— Disons que j'ai eu l'intuition qu'un coup de téléphone ne suffirait pas. C'est très facile à ignorer quand on est occupé, n'est-ce pas ? Et puis, de toute façon, je préfère l'approche directe.

Elle avala un peu de vin et posa son verre sur le comptoir.

— Bonne idée.

— Si je n'étais pas arrivée, tu aurais couché avec lui. Je me trompe ?

Avant le coup de sonnette, elle avait été à deux doigts de l'entraîner dans sa chambre. Encore qu'ils auraient parfaitement pu faire l'amour sur le comptoir de la cuisine. Ce n'aurait pas été la première fois.

Son regard avait dû la trahir car, croisant les bras, Beth se planta devant elle.

— C'est toi qui as besoin d'être surveillée pendant ces visites, pas Max ! lui asséna-t-elle.

— Je t'assure, Beth, que cela ne se reproduira plus. Nous avons compris que nous ne ferions que compliquer les choses.

— Il dit ça maintenant, mais…

— Non, il le pense vraiment. Je crois que c'était une façon polie de me dire que je ne l'intéressais plus.

Beth fronça les sourcils.

— Alors pourquoi t'a-t-il fait des avances ?

— Il ne m'a pas fait d'avances…

Sa cousine la considéra, perplexe, avant d'écarquiller les yeux…

— Tu veux dire que c'est toi qui l'as séduit ?

— J'ai essayé, avoua-t-elle en haussant les épaules. Je crois que la dernière fois je me suis fait des idées en pensant qu'il avait failli m'embrasser.

Et s'il l'avait prise dans ses bras ce soir, c'était uniquement pour la consoler. Dix-huit mois auparavant, il n'avait plus voulu d'elle, et c'était toujours le cas aujourd'hui.

— Oh ! ma chérie ! s'exclama Beth en la serrant contre elle.

Décidément, elle inspirait la compassion de tout le monde, aujourd'hui !

— Je suis si bête, soupira-t-elle.

— Mais non, ne dis pas ça !

Beth s'écarta d'elle, tout en lui tenant les bras.

— C'est lui qui est stupide de t'avoir laissée tomber. Il ne te mérite pas.

— Je l'aime encore, Beth…

Elle aurait tant voulu refermer la porte sur ses sentiments, comme son père était capable de le faire. Elle aurait surtout aimé être plus forte, ne pas se retrouver toujours meurtrie.

— Je suis pathétique, ajouta-t-elle encore dans un murmure.

— Tu cherches juste à être heureuse, et tu veux offrir à ton fils ce qui t'a manqué : une famille unie. Il n'y a rien de pathétique là-dedans.

Max n'aurait jamais un père et une mère qui s'aimaient mais il était au moins possible que ses deux parents l'aiment, pensa-t-elle alors. Si c'était le mieux qu'elle pouvait obtenir pour son fils, elle s'en contenterait.

- 6 -

Ce mardi-là, dans son bureau, Nathan regardait les photos qu'Ana lui avait envoyées par courrier électronique. C'étaient celles de sa visite du dimanche. Il n'avait pas encore vraiment réalisé combien il était attaché à Max, et vice versa, jusqu'à ce qu'il reçoive ces photos. Il n'avait pas non plus saisi leur ressemblance, pas simplement dans les traits, mais aussi dans les expressions et les gestes. Et il découvrait juste dans les yeux de son fils, sur les clichés, l'adoration qu'il lui vouait. Il l'avait réellement adopté, et lui-même ne pouvait nier la fibre paternelle que Max faisait vibrer en lui.

Ana, pour sa part, semblait sur ses gardes. Il avait espéré qu'ils pourraient discuter de ce qui s'était passé entre eux, le fameux jeudi soir, avant l'arrivée de Beth, mais elle s'était faite particulièrement discrète, le dimanche. A part les quelques photos qu'elle avait prises, elle avait passé le plus clair de l'après-midi dans son bureau, à mettre à jour l'album de Max. A plusieurs reprises, il avait essayé d'engager la conversation, mais elle lui avait battu froid. Apparemment, elle n'avait eu aucun mal à oublier le baiser qu'ils avaient échangé.

Il s'était bien dit que la prendre dans ses bras n'était pas une bonne idée, mais elle semblait tellement désorientée et malheureuse qu'il n'avait pas pu s'en empêcher. Et, dès l'instant où il l'avait enlacée, il avait compris qu'il allait l'embrasser. Finalement, c'était elle qui avait noué ses bras autour de son cou et pressé sa bouche contre la sienne… Si Beth n'était pas arrivée, il ne doutait pas un instant qu'ils auraient fini dans son lit. Et ç'aurait été une grave erreur, car Ana avait agi sous le coup d'une grosse émotion. Quand il lui avait proposé d'en rester là, elle avait sauté sur l'occasion, sans la moindre hésitation.

Il soupira. Les sentiments d'Ana semblaient fluctuants. Il ne savait pas trop quel jeu elle jouait avec lui, mais il aurait aimé avoir sa légèreté.

Il avait essayé de se faire inviter à dîner, le dimanche soir, mais Ana n'avait pas marché. Elle avait affirmé avoir des projets pour la soirée, sans lui dire lesquels. Il avait espéré dîner tranquillement en famille, puis mettre Max au lit et discuter ensuite avec elle autour d'un verre de vin. Leurs retrouvailles lui avaient fait comprendre à quel point il aimait passer du temps en sa compagnie. Il était parti de chez elle à 5 heures en se demandant ce qui était le plus douloureux : se séparer de Max, ou d'Ana.

Depuis le jour où Beth les avait présentés l'un à l'autre, il avait été attiré par Ana. Et même s'il était vrai que leur relation avait d'abord été physique, et qu'ils s'entendaient merveilleusement bien sur ce plan-là, il s'était rendu compte, après leur rupture, combien il regrettait leurs discussions. Elle avait une façon bien à elle d'analyser le monde, une vision originale et décalée. En dépit de sa position dans la société texane, elle n'était pas du tout prétentieuse. Elle était nature et, sous son influence, il avait l'impression qu'il pouvait l'être lui aussi. C'était le genre de femme qui pourrait l'accepter tel qu'il était. Mais elle était malheureusement trop bien pour lui, trop honnête. Ce qu'elle avait pu lui manquer, quand il avait rompu…

Pourtant, il était conscient que cela ne pourrait jamais fonctionner entre eux, aussi pourquoi fixait-il l'écran en formant des plans pour passer plus du temps avec elle ?

Comme quitter le travail plus tôt et venir sonner à sa porte pour le dîner sans s'être annoncé…

On frappa soudain à la porte de son bureau. Levant la tête, il aperçut son frère. Il lui fit signe d'entrer.

— Bonjour. Qu'est-ce qui se passe ?

— Maman ne t'a pas appelé ?

— Si, quand j'étais en réunion. Et j'avoue que je n'ai pas eu le temps de la rappeler. Quelque chose ne va pas ?

— Non, non. Elle veut juste que tu apportes le vin, cette année.

— Le vin ?

Jordan éclata de rire.

— Pour le repas de Noël. C'est samedi en huit.

— Tu plaisantes ?

Nathan regarda aussitôt son calendrier. Il avait l'impression que Thanksgiving remontait à une semaine ! Un dîner par an avec sa mère lui aurait largement suffi.

— Qui sait ? J'aurai peut-être la grippe, cette année, ajouta-t-il.

— Si j'y vais, je ne vois pas pourquoi tu en serais dispensé, grogna Jordan.

— Et si aucun de nous d'eux n'y allait ?

— C'est notre mère, tout de même.

— Elle nous a mis au monde. Notre mère, c'était la nourrice. Peut-être que c'est avec elle que nous devrions passer Noël.

— Je te rappelle que Noël est le temps du pardon, lui dit Jordan.

Il soupira et s'appuya contre son dossier.

— Très bien. Je l'appellerai.

— Et pour le cadeau, comment fait-on ?

— Si on lui achetait une plaque avec, gravé en lettres d'or : « Meilleure mère de l'année » ?

— Très drôle !

Quand il s'agissait d'offrir un cadeau à sa mère, il n'avait jamais d'idée. Il fallait dire que lorsqu'un enfant de douze ans offrait à sa mère un collier qu'il avait acheté en vidant sa tirelire et que, le lendemain, il le retrouvait à la poubelle, il était marqué pour la vie.

— Cela ne suffit-il pas que je passe toute une soirée avec elle ? C'est déjà un beau cadeau, non ?

— Bon, cela ne te gêne pas si moi je lui offre quelque chose ? trancha Jordan.

— Pas du tout.

— Très bien, fit son frère. Sinon, du nouveau du côté de l'enquête ?

Rien qu'il ne puisse lui confier. Bien qu'Adam et le conseil d'administration aient promis de mettre Jordan au courant de l'évolution de l'enquête, tous demeuraient circonspects. Jordan était le directeur d'exploitation et il travaillait en étroite collaboration avec les hommes de la raffinerie. Ils le respectaient et lui faisaient confiance. S'ils apprenaient qu'il y avait des traîtres parmi eux, et pensaient que Jordan était de mèche avec ceux-ci, il perdrait toute sa crédibilité auprès des employés. Aussi la plus grande prudence s'imposait-elle.

En outre, les enquêteurs n'avaient pas véritablement progressé, eu égard au dernier rapport qu'on lui avait remis, et ne détenaient aucune piste leur permettant de démasquer l'auteur du sabotage. Pour sa part, il refusait de croire qu'une personne de confiance soit responsable de l'explosion.

— Non, ça piétine, dit-il.

— S'il y avait du nouveau, tu me le dirais, n'est-ce pas ?

Il ne répondit pas.

Jordan secoua la tête.

— C'est bien ce qui me semblait.

Son jeune frère était en permanence sur la défensive, et cherchait toujours à entrer en compétition avec lui. C'était pour cette raison qu'il avait présenté sa candidature pour le poste de directeur de la Western Oil. Rien d'autre n'expliquait cette candidature, et certainement pas ses compétences.

— Tu avais autre chose à me dire ? demanda-t-il comme Jordan s'attardait.

— Non, c'était tout, répondit ce dernier en se dirigeant vers la porte. N'oublie pas d'appeler maman.

Il allait s'acquitter de cette tâche avant d'oublier, décida Nathan, en priant pour que la conversation soit rapide. Puis il décrocha le téléphone et composa le numéro de sa mère. Ce fut la gouvernante qui répondit.

— Votre mère est à son club de bridge, monsieur Everette. Essayez de la joindre sur son portable.

— Pouvez-vous simplement lui dire qu'on m'a bien transmis le message et que j'apporterai du vin, à Noël ?

— Bien sûr, monsieur.

Après avoir raccroché, il s'appuya contre le dossier de son fauteuil et considéra tout le travail qu'il lui restait à faire. Puis il pensa à Max et Ana… Et ce fut l'envie qu'il avait de passer du temps avec eux qui l'emporta.

En un rien de temps, il éteignit son ordinateur et attrapa son manteau. Lynn, sa secrétaire, leva les yeux de son écran et lui lança un regard surpris.

— Je dois partir plus tôt, aujourd'hui, dit-il. Est-ce que vous pouvez annuler mes derniers rendez-vous ?

Elle sourcilla, inquiète.

— Tout va bien ?

Il trouvait fort triste d'être tellement esclave du travail qu'il ne pouvait pas partir tôt sans que sa secrétaire ne pense qu'un malheur était arrivé.

— Oui, oui. Je dois simplement régler certaines affaires personnelles. Je commencerai de très bonne heure demain matin. Appelez-moi s'il y a des urgences.

Alors qu'il se dirigeait vers l'ascenseur, il croisa Adam qui eut l'air surpris en le voyant sur le départ, et consulta sa montre pour être sûr de ne pas se tromper.

— Est-ce que je me suis endormi derrière mon bureau ? Il est déjà 20 heures ?

Il eut un sourire entendu.

— Je pars plus tôt pour des raisons personnelles.

— Tout va bien ?

— Oui, oui, ne t'en fais pas. Et comment va Katie ?

La femme d'Adam vivait à Peckins, sur une exploitation agricole bio et communautaire. La bourgade se trouvait au Texas, mais à deux heures d'ici. Adam et elle étaient en train de s'y faire construire une maison et attendaient leur premier enfant.

— Elle est en forme. Son ventre grossit chaque jour un peu plus.

Leur relation à distance ne devait pas être évidente, pensa-t-il, mais à en juger par la bonne humeur d'Adam, ils le vivaient plutôt bien. L'espace d'un instant, il s'imagina à sa place, en père de famille heureux…

— Cette semaine, elle est en ville pour le travail, dit Adam. Elle organise une petite fête, samedi soir. Il y aura quelques collègues proches et des amis. Si tu veux te joindre à nous, tu es le bienvenu.

A vrai dire, il espérait passer le samedi soir avec Ana et Max, mais étant donné le poste qu'il visait, ce n'était pas vraiment le moment de refuser une invitation de la part de son directeur.

— Je vais vérifier mon emploi du temps et je te donne une réponse.

— J'ai bien conscience que je te préviens au dernier moment, et je ne t'en voudrai pas si tu ne viens pas. Mais si tu as le temps, passe.

— Entendu.

Nathan fut encore interpellé à deux reprises sur son chemin vers l'ascenseur, puis il dut prendre un café dans le hall avec un collègue, avant de pouvoir enfin regagner sa voiture. Il passa chez lui pour se changer et, pour la première fois, fut frappé par la tristesse de son appartement. Aucune décoration ! Il n'avait même pas mis en évidence, sur sa table, les cartes de Noël qu'il avait reçues. S'il avait si peu de goût pour cette fête, c'était sans doute parce qu'elle n'était pas liée à de bons souvenirs.

Quand il avait acheté sa maison, cinq ans auparavant, il avait engagé un décorateur parce qu'il n'avait pas le temps de s'occuper de l'aménagement intérieur. C'était esthétiquement plaisant, mais cela n'avait pas d'âme. Il n'y avait jamais mis sa touche personnelle. Il passait si peu de temps ici qu'il aurait pu vivre à l'hôtel, cela aurait fait le même effet. Par contraste, l'appartement d'Ana, en dépit du désordre ambiant, ressemblait à un véritable foyer. Quand ils sortaient ensemble, c'était chez elle qu'ils passaient la majeure partie de leur temps. Et pour tout avouer, il n'avait jamais amené de femme ici.

Se rappelant les taches que Max avait faites sur ses pantalons lors de ses précédentes visites, il opta pour un jean et un polo. A 16 h 10, il arrivait chez Ana et se gara à côté de son SUV. Une bourrasque de vent frais s'engouffra sous sa veste quand il se dirigea vers la terrasse. Il frappa à la porte, priant pour qu'elle ne l'accueille pas trop froidement.

Elle ouvrit la porte, Max sur la hanche. Elle était de toute évidence surprise de le trouver sur son perron.

— Nathan, qu'est-ce que tu…

Elle s'interrompit pour le détailler de la tête aux pieds, notant ses cheveux ébouriffés, ses vêtements décontractés.

— C'est bien toi ? fit-elle.

Si elle avait l'air désorientée, Max lui ne l'était pas. Il poussait des petits cris de plaisir, et tendait les bras vers lui. Ana n'eut pas d'autre choix que de le lui donner.

— Bonjour, petit bonhomme, dit-il en le cajolant.

Se tournant vers Ana, il ajouta :

— Je suis sorti plus tôt, aujourd'hui, et je me suis dit que j'allais venir vous rendre une petite visite.

Elle recula pour le laisser entrer et referma la porte derrière eux. Elle portait un jean et un sweat-shirt. Elle avait une queue-de-cheval et les pieds nus. Ce qu'elle pouvait être belle ! L'envie de l'attirer à lui et de capturer sa bouche était aussi forte qu'un an et demi auparavant…

— Je pensais que tu étais débordé de travail, observa-t-elle.

Il haussa les épaules.

— Je commencerai plus tôt demain, voilà tout. J'avais envie de voir Max. Il me manquait. J'ai décidé de tenter ma chance…

— Oh… !

Elle semblait hésitante.

— En fait, nous avions un programme pour la soirée. Nous devions dîner de bonne heure et aller acheter un sapin de Noël.

— Beau programme ! dit-il, cherchant à s'inviter.

— Je pensais que ce genre de choses t'ennuyait.

— Qui t'a dit ça ?

— Toi.

Lui ? Il ne s'en souvenait plus.

— Eh bien, il est peut-être temps que je change d'avis… Dis-moi, ce traiteur thaï que tu aimais tant, il existe toujours ?

Elle croisa les bras, et le regarda d'un air sceptique.

— Dans ces conditions, on pourrait commander notre dîner chez lui, ajouta-t-il. Je vous invite, bien sûr !

Elle eut un vague sourire amusé.

— Si tu m'invites, difficile de refuser…

Il lui adressa un beau sourire et lui rendit Max pour enlever son manteau.

Assise sur le canapé, Ana écoutait de la musique de Noël à la radio, tout en regardant Nathan installer le sapin.

Cette soirée était sans doute une très mauvaise idée. Elle n'aurait pas dû l'inviter à venir choisir l'arbre avec elle. Plus elle le voyait, plus il lui était difficile de contrôler ses sentiments, mais Max avait paru si ravi de le voir, et Nathan semblait lui aussi tellement heureux… Elle n'avait pas eu le cœur de le renvoyer. Qui plus est, la période de Noël était censée favoriser les rapprochements familiaux. Non qu'ils formaient une famille, Nathan, Max et elle ! Du moins pas au sens conventionnel du terme… De toute façon, Max était si petit qu'il n'en aurait aucun souvenir.

Et brusquement, elle se demandait si elle faisait tout cela pour Max, ou pour elle…

Son fils s'était endormi dans la voiture, sur le chemin du retour, et elle l'avait directement mis au lit en arrivant. Nathan n'avait donc aucune raison de s'attarder. Elle était parfaitement capable d'installer le sapin. Aussi pourquoi avait-elle accepté, quand il lui avait proposé de le faire à sa place ?

Elle était faible, voilà pourquoi Nathan était toujours là ! Elle avait adoré l'après-midi qu'ils avaient passé ensemble, tout comme choisir l'arbre de Noël en sa compagnie. Elle voulait qu'ils forment une famille. Elle le souhaitait si fort qu'elle n'était plus en mesure de penser de façon rationnelle.

Elle avait fait de son mieux pour se mettre en retrait et pour que Nathan profite pleinement de Max. Cependant, moins elle était disposée à lui parler, plus il insistait. Elle aussi aurait aimé qu'ils soient amis, mais ce qu'elle ressentait pour lui n'avait rien à voir avec de l'amitié. A l'avenir, il ne devrait plus passer chez elle à l'improviste, surtout s'il décidait de faire vraiment partie de la vie de Max, ce qui semblait le plus probable. Elle n'avait pas encore soulevé le sujet, attendant qu'il l'aborde quand il serait prêt.

— Qu'est-ce que tu en penses ? demanda-t-il en s'éloignant du sapin pour le contempler. Est-ce qu'il est droit ?

— C'est parfait, dit-elle.

Le sapin était plus grand que ceux qu'elle achetait habituellement, mais cette année, au diable l'avarice ! Max serait si content quand il se réveillerait, le lendemain, de découvrir ce géant vert. Demain soir, quand les branches se seraient assouplies et adaptées à leur nouvel environnement, ils le décoreraient. Tout serait spécial, pour ce Noël-là, car c'était le premier de Max.

Nathan saisit le mug de chocolat chaud sur la commode, là où il l'avait posé, puis il prit place près d'elle, sur le canapé, posant son bras sur le dossier, derrière elle. Leurs jambes se touchaient presque. Elle se demanda alors ce que signifiait ce petit jeu. Pourquoi s'était-il assis tout contre elle ? D'ailleurs, il n'avait pas à s'installer, mais à partir ! Toutefois, il aurait probablement été grossier de sa part de lui suggérer qu'il était temps qu'il s'en aille.

Avec les flammes qui crépitaient dans l'âtre et une seule lampe allumée, près du canapé, l'atmosphère qui régnait dans le salon était indéniablement romantique…

— J'ai passé une soirée très agréable, dit-il.

Il paraissait presque surpris par ses propres paroles.

— Tu as donc changé d'avis au sujet des fêtes de Noël ?

— Peut-être. Du moins, c'est un début.

— Dans ces conditions, tu devrais venir nous aider à décorer le sapin, demain.

Aussitôt, elle se mordit la langue. Comment avait-elle pu prononcer de telles paroles ? Son cerveau ne tournait plus très rond !

Nathan lui sourit.

— Et si je te prenais au mot ?

Elle s'était promis de l'éviter, et voilà qu'elle favorisait les activités familiales alors que Max était bien trop petit pour s'en souvenir un jour. Elle se compliquait inutilement la vie, sans bénéfice pour son fils.

— Pourquoi est-ce que tu détestais tellement les fêtes de Noël ? lui demanda-t-elle pour faire diversion.

— Je n'ai pas des souvenirs chaleureux de ces fêtes.

Elle le considéra un instant avant d'enchaîner :

— En fait, tu ne m'as jamais parlé de tes parents. J'imagine qu'il y a une raison. En tout cas, s'ils avaient été épouvantables, tu te serais forcément confié.

— Sans doute, fit-il vaguement.

Elle comprit que si elle voulait en apprendre davantage, elle n'aurait pas d'autre choix que de se livrer à un petit interrogatoire.

— Sont-ils toujours ensemble ?

— Non. Ils sont divorcés.

Il se pencha alors vers la table basse pour y poser son mug.

— Pourquoi cet intérêt subit ? ajouta-t-il.

Elle haussa les épaules.

— Je ne sais pas… J'imagine que j'ai envie d'en savoir plus sur la famille paternelle de mon enfant. Surtout s'il fait leur connaissance et passe du temps avec eux.

— Ça ne risque pas.

— Pourquoi ?

— Ma mère est une snob de première catégorie et mon père est un insupportable tyran. Je la vois au plus trois fois par an, et avec lui, j'ai coupé les ponts. Cela fait au moins dix ans que je ne l'ai pas vu.

Son propre père n'était pas vraiment un modèle, mais elle ne pouvait pas imaginer le bannir de sa vie.

— Ce ne sont pas des gens spécialement gentils, tu sais. Jordan et moi avons été élevés par notre nourrice.

— Si ma mère avait vécu, je pense que mes parents seraient toujours ensemble, dit-elle alors. Je me rappelle qu'ils formaient un couple uni et heureux.

Son père avait tant aimé sa mère qu'il n'avait jamais pu surmonter sa disparition.

— Je ne pense pas que les miens aient connu le bonheur ensemble.

— Pourquoi se sont-ils mariés, alors ?

— Ma mère recherchait un mari fortuné et mon père

appartenait à une vieille famille très huppée. Je suis né sept mois après leur mariage.

— Tu penses qu'elle a fait exprès de tomber enceinte ?

— C'est ce qu'a toujours prétendu ma grand-mère. Quand on est enfant, on entend bien plus de choses que ne le croient les adultes.

Elle ne savait pas quoi lui répondre. Il avait dû être horrible pour Nathan de grandir avec l'idée qu'il avait été conçu dans un objectif bien précis : servir de piège.

Max saurait qu'il avait été désiré et aimé dès l'instant où il avait été conçu, même si ses parents ne vivaient pas ensemble, se promit-elle. Et soudain, une idée lui traversa l'esprit. Une idée qui la bouleversa…

— Est-ce pour cette raison que tu avais peur de ne pas être un bon père ? lui demanda-t-elle à brûle-pourpoint.

— Je n'ai pas à proprement parler eu les meilleurs exemples en la matière.

Elle se demanda alors pourquoi elle ne l'avait pas questionné au sujet de sa famille quand ils sortaient ensemble. Elle n'avait pas cherché à mieux le connaître…

Elle pensait l'aimer, mais en vérité, elle ne le connaissait pas. Pendant le temps qu'avait duré leur relation, elle n'avait pensé qu'à elle. Aussi ne devait-elle pas s'étonner qu'il l'ait laissée tomber…

— Je suis affreuse, murmura-t-elle alors.

Il la regarda d'un air profondément étonné.

— De quoi est-ce que tu parles ?

— Pourquoi est-ce que je ne t'ai jamais interrogé sur ta famille ? Pourquoi est-ce que j'ignorais tout de ce que tu viens de m'apprendre ?

Il se mit à rire.

— Franchement, Ana, cela n'a aucune importance.

— Si ! Je ne suis pas fière de moi, tu sais. Quand nous sortions ensemble, je ne parlais que de moi. Ma vie n'a pratiquement pas de secret pour toi. Et toi, tu avais tous ces… ces bagages encombrants à porter et je n'en avais pas la moindre idée. On aurait pu en discuter ensemble.

— Peut-être que je n'avais pas envie d'en parler.

— Quoi de plus normal ? Tu es un homme ! C'était à moi de t'arracher des confidences. Et je ne t'ai jamais posé la moindre question ! J'étais vraiment nulle, comme petite amie.

— Mais qu'est-ce que tu racontes ? Tu n'étais pas nulle du tout.

— D'ailleurs, poursuivit-elle sans l'entendre, je n'étais même pas ta petite amie.

Elle se leva et prit les mugs vides, sur la table.

— J'étais juste une femme avec qui tu couchais, et qui n'arrêtait pas de parler d'elle.

Elle se rendit dans la cuisine et posa les tasses dans l'évier.

Nathan l'y suivit.

— Tu ne parlais pas tant que ça de toi, tu sais, dit-il. Et puis, nous nous entendions formidablement bien au lit, toi et moi.

- 7 -

Ana pivota brusquement sur ses talons pour faire face à Nathan, ne sachant trop s'il plaisantait ou s'il était sérieux, si elle devait en rire ou le gifler.

Quelle qu'ait été son intention, sa remarque l'avait blessée.

— C'est vraiment tout ce que c'était pour toi ? demanda-t-elle. Juste une histoire de sexe ?

Ces mots à peine prononcés, elle se rendit compte à quel point elle devait lui paraître vulnérable. N'était-ce pas le moment de jouer cartes sur table ? Elle eut vraiment envie de lui avouer combien elle l'avait aimé et combien elle avait souffert de la rupture. Au point où elle en était, il était sans doute préférable de tout dire, et de lui montrer enfin son vrai visage : celui d'une femme complètement déraisonnable.

— Quelle importance, puisque tu n'es sortie avec moi que pour défier ton père ? rétorqua-t-il, les yeux sombres.

Elle aurait dû prévoir le coup !

— Mais pour que les choses soient claires, continua-t-il en s'approchant pour la bloquer contre le comptoir, sache que ce n'était pas juste une affaire de sexe, entre nous. Tu me plaisais beaucoup.

— Et c'est pour cela que tu m'as laissée tomber, ironisa-t-elle durement.

— Si j'ai rompu, c'est à cause des sentiments que j'éprouvais pour toi.

Elle sursauta.

— Cela n'a aucun sens… Quand quelqu'un vous plaît,

on ne rompt pas avec lui. On ne traite pas une personne pour qui on éprouve des sentiments comme une princesse… pour lui dire du jour au lendemain de partir.

— Je sais que ça paraît insensé, mais sache que j'ai agi en fonction de tes intérêts.

Il n'était pas sérieux ! Comment cette rupture aurait-elle pu lui être bénéfique ?

— Comment pouvais-tu savoir ce qui était le mieux pour moi ? répliqua-t-elle, soufflée.

— Il y a des choses que tu ne connais pas sur moi, et que tu ne comprendrais pas.

Elle en avait assez de cette vieille litanie dont les hommes aimaient décidément user avec elle : « Ce n'est pas ta faute, c'est la mienne. » Elle avait entendu ce discours des dizaines de fois. Si ce n'était pas sa faute, alors pourquoi la laissait-on tomber ? Elle était toujours celle à qui on brisait le cœur.

— Ecoute, cela fait dix-huit mois maintenant, donc n'en parlons plus, trancha-t-elle. C'est fini.

Elle voulut passer devant lui, mais il la retint par le bras.

— Non, ce n'est pas fini !

— Pour moi, si ! mentit-elle.

Puis elle chercha à se dégager.

— Tu n'as pas été la seule à souffrir, tu sais, lui dit-il alors.

Elle poussa un petit cri d'indignation.

— Je suis sûre que tu étais anéanti, répliqua-t-elle sur le ton de la dérision.

Un éclair de colère passa dans les yeux de Nathan.

— Non, ne me parle pas comme ça, Ana ! Tu ne sais pas à quel point il a été dur pour moi de te quitter. Combien de fois j'ai voulu décrocher mon téléphone pour t'appeler.

Il s'approcha un peu plus près d'elle, de sorte que ses lèvres étaient à quelques millimètres des siennes.

— Combien il m'est difficile de te revoir aujourd'hui, alors que je te désire toujours autant…

Son cœur se mit à battre la chamade. Elle avait du mal

à respirer. Il venait de lui dire ce qu'elle rêvait d'entendre de sa bouche : *il éprouvait toujours du désir pour elle*. Alors, sur une folle impulsion, elle se hissa sur ses talons et l'embrassa.

Pendant quelques secondes, elle craignit qu'il ne la repousse, mais quand il l'enlaça, glissant ses doigts dans ses cheveux et mêlant sa langue à la sienne, toute angoisse disparut et elle se sentit vaciller de bonheur…

Elle avait peine à le croire, elle en aurait hurlé de joie : elle était *enfin* dans ses bras, ils s'embrassaient avec passion, sans se soucier des conséquences…

Quand il détacha sa bouche de la sienne, ce fut pour chercher son regard. Aussitôt, son cœur se serra.

— Des remords ? fit-elle d'une voix tremblante.

Il lui sourit et secoua la tête.

— Non, je savoure juste l'instant.

Car ce serait leur dernier, elle le savait, elle pouvait le lire dans ses yeux. Ils passeraient cette nuit ensemble, et puis les choses devraient reprendre leur cours normal. Il n'y avait pas d'autre solution. Ils redeviendraient simplement les parents de Max. L'idée était douloureuse, et elle n'aurait pas dû accepter ce qui était en train de se passer, mais le désir qu'elle éprouvait pour lui avait raison de tout.

— Tu es certaine que tu es d'accord ? demanda-t-il en gentleman qu'il avait toujours été.

Elle s'écarta de lui, prit une plume sur le coussin du canapé, et la jeta au feu. Ses yeux sombres rivés à elle, il ne la lâcha pas une seconde du regard quand elle se déshabilla. Une fois en soutien-gorge et en culotte, elle s'allongea sur la couverture. Elle avait la sensation qu'il voulait la dévorer sur place, et cette sensation la grisait. Sa peau était chaude et moite d'anticipation.

A son tour, il enleva son polo, fit glisser son jean à terre avant de le rejeter, du pied, un peu plus loin…

Il était mince, fort, et beau. La perfection incarnée. Le

reflet des flammes dansait sur sa peau quand il s'étendit à côté d'elle. Se redressant sur le côté, il se mit à la dévisager.

— Mon corps a un peu changé, dit-elle alors.

Il lui toucha le ventre, puis le caressa du dos de la main. Elle frissonna.

— Pour ma part, dit-il en se penchant sur elle pour déposer un baiser entre ses seins, juste au-dessus de la dentelle de son soutien-gorge, je pense que tu es encore plus sexy qu'avant.

Puis il repoussa un bonnet de son soutien-gorge pour dévoiler un de ses seins. La pointe se hérissa immédiatement et il commença à la titiller du bout de sa langue, avant de l'aspirer… Elle poussa un léger gémissement et ferma les yeux. Il dégrafa alors d'un geste adroit son soutien-gorge. Un grognement de satisfaction lui échappa devant le spectacle de ses seins, et elle fut rassurée de constater qu'il la voyait toujours avec les mêmes yeux qu'autrefois, sans remarquer les légères traces que la grossesse avait laissées dans son sillage.

Pendant quelques instants, il se contenta de caresser le haut de son corps, de l'embrasser, de l'explorer avec ses doigts magiques, et sa bouche qui faisait des merveilles… Elle mourait d'envie qu'il franchisse la ligne de sa taille, son entrecuisse était brûlant, mais il ne paraissait pas pressé !

Evidemment, elle appréciait les préliminaires, toutefois ils ne devaient pas non plus durer trop longtemps.

— Tu me rends folle, murmura-t-elle.

— Je vais trop vite ?

— Ce serait plutôt le contraire…

— Je n'ai pas envie que tu jouisses trop tôt…

Et, sur ces mots, il passa la main sous l'élastique de sa culotte. Elle se mordit la lèvre et retint un petit cri, enfonçant ses ongles dans ses épaules. Il lui jeta un regard à la fois tendre et ironique.

— Tu vois, qu'est-ce que je disais ?

— Si tu ne m'avais pas excitée à ce point, avec tes préliminaires ! fit-elle le souffle court.

— J'aime quand ça dure.

— Et moi, je crois que j'ai attendu assez longtemps ! Dix-huit mois, cela commence à compter !

Il plongea alors son regard dans le sien puis glissa la main entre ses cuisses. Dès l'instant où ses doigts touchèrent les plis humides de sa chair brûlante, elle se sentit au bord de l'orgasme…

— Pas encore, lui chuchota-t-il.

Il retira sa main et elle poussa un petit gémissement de regret. Il fit rouler sa culotte sur ses cuisses et, s'agenouillant devant elle, il enfouit sa tête entre ses jambes…

La chaleur de son souffle, l'agilité de sa langue lui procurèrent un plaisir si intense, si parfait, si beau qu'un long cri de volupté lui échappa… Ce ne fut que lorsqu'il se redressa devant elle, l'air inquiet, qu'elle se rendit compte qu'elle pleurait.

— Je t'ai fait mal ? demanda-t-il alors.

— Non, parvint-elle à articuler, c'était parfait.

— Pourquoi est-ce que tu pleures, alors ? demanda-t-il avec douceur.

Elle renifla et s'essuya les yeux.

— La sensation était trop forte. C'est l'émotion, après tout ce temps. Ce n'est rien…

Il la regarda, sceptique.

— Nous devrions peut-être en rester là…

Il reculait ? Elle n'arrivait pas à le croire.

— Non, je ne veux pas ! s'écria-t-elle.

— Tu n'as pas l'air bien du tout, Ana.

Elle se redressa sur les coudes, et le regarda droit dans les yeux.

— Ecoute-moi, bien, Nathan. Si tu ne me fais pas l'amour maintenant, je suis capable de commettre un crime !

Ana était si vulnérable qu'il hésitait à aller plus loin. De grosses larmes coulaient de ses yeux, il se faisait l'effet d'une brute ! Ils avaient connu des nuits d'amour intenses, par le passé, mais jamais elle n'avait éclaté en sanglots sous le coup de l'émotion. Il aurait été bien plus raisonnable d'en rester là, mais elle avait déjà coulé les mains dans son caleçon, et il avait une folle envie d'elle…

— Viens, Nathan, murmura-t-elle.

Quand elle l'embrassa, il sentit le sel de ses larmes, mais ne chercha pas à les arrêter. Après tout, pourquoi aurait-il été plus royaliste que le roi ? Lui aussi avait envie de se laisser aller. C'était d'ailleurs toujours le sentiment qu'elle lui avait inspiré. Un sentiment de liberté…

Quand elle prit son sexe dans sa main, il eut la sensation d'entrer dans une autre dimension… Elle planta sur lui un regard liquide, le regard d'une magicienne consciente de ses pouvoirs et qui n'avait pas peur de montrer ses désirs. Il retrouvait ce qu'il avait toujours aimé en elle, sa spontanéité, son authenticité. Elle ne cherchait pas à le manipuler, mais elle savait exactement ce qu'elle voulait.

Tendant la main vers son jean, il sortit son portefeuille, dans lequel se trouvait un préservatif. Elle le lui prit prestement des mains et ouvrit l'étui avec ses dents.

— Tu es vraiment pressée, hein ? dit-il d'un air ironique.

— Tu n'as pas encore compris que cela fait dix-huit mois que je suis en manque ? rétorqua-t-elle.

Elle aurait sans doute été surprise d'apprendre que depuis leur rupture il avait couché avec une seule femme — une ancienne maîtresse — et que la liaison avait été aussi brève que peu excitante. Mais comparée à Ana, quelle femme l'était ? Elle avait détruit ses capacités à s'intéresser à d'autres partenaires, celles qui avaient sa préférence autrefois, des femmes sages et soumises. Tout le contraire de celle qu'il tenait actuellement dans ses bras…

Soudain, elle prit les choses en main et s'assit sur lui. Il comprit que l'heure des palabres était vraiment terminée. S'emparant du préservatif, elle le glissa sur son sexe dur, et il agrippa la couverture pour garder le contrôle de lui-même. Elle lui adressa alors un sourire suggestif, puis se plaça au-dessus de lui… Son corps était moins fluet, ses seins plus pleins et ses hanches plus douces qu'avant, et il n'avait jamais vu une femme aussi belle.

— Prêt ? lui dit-elle.

Et elle se laissa doucement glisser sur lui…

Il crut qu'il allait en perdre le souffle lorsque ses parois chaudes se refermèrent sur lui… Quelle ironie du sort, après la façon dont il l'avait fait languir !

— Oh ! Nathan ! fit-elle, yeux fermés, en chaloupant lentement au-dessus de lui. C'est merveilleux…

Il n'osa pas prononcer le moindre mot. Il devait se concentrer, il ne devait pas jouir avant elle. Et pour cela, il lui fallait reprendre la main.

Sans prévenir, il se redressa et la fit basculer sous lui. Elle poussa un cri de surprise et voulut protester. Mais il plongea en elle sans lui en laisser le temps, et ce fut un gémissement de plaisir qu'elle poussa finalement. Se cambrant contre lui, elle enroula ses jambes autour de ses hanches, tel un délicieux étau… Alors il entra dans un océan de plaisir…

Quand il prit de nouveau conscience du temps, il ouvrit les yeux et la regarda, sous lui. Yeux fermés, elle respirait lourdement, ses cheveux formant un éventail de feu sur la couverture. Cette femme était la tentation à l'état pur.

— Ça va ? demanda-t-il.

Elle ouvrit les paupières et il fut soulagé de ne pas y voir de larmes, cette fois, mais un air satisfait, le même qu'elle devait voir dans ses yeux.

Le souffle court, elle déclara alors :

— Je sais que nous n'avons pas été raisonnables, et que cela va compliquer les choses, mais je ne regrette rien.

Faire l'amour avec Nathan avait toujours été une expérience extraordinaire. Mais ce soir, il l'avait envoyée dans une autre galaxie…

Etait-ce parce qu'il y avait un an et demi qu'elle en rêvait, ou bien parce que c'était son premier rapport sexuel depuis la naissance de Max ? En réalité, Nathan était avant tout un amant surdoué… Il la rendait complètement ivre de plaisir. Elle regrettait déjà que ce soit l'ultime fois, entre eux, cette nuit.

Roulant sur le dos, il soupira profondément et déclara :

— Et à présent, j'imagine que nous devons parler.

Elle mit sa main en visière et fit la moue.

— Est-ce vraiment nécessaire *maintenant* ? Est-ce que nous ne pouvons pas profiter tranquillement de notre sensation de bien-être ?

Elle lui jeta un coup d'œil en biais avant d'ajouter :

— Tu es sûr que nous allons pouvoir parler ?

Il se tourna vers elle, s'appuyant sur un coude. Avait-il la moindre idée de l'effet qu'il lui faisait, dans cette position ? Il était tellement sexy…

— Tu veux qu'on remette la discussion à plus tard ?

— A quoi bon parler ? Toi et moi savions que c'était une unique fois, ce soir. C'est arrivé, c'est terminé, fin de l'histoire. Ne gâchons pas tout en en discutant.

Il lui adressa un regard à la fois soulagé et étonné, comme s'il n'en croyait pas ses oreilles, ce qui la fit sourire.

— Tu es sûre ? demanda-t-il.

— Pourquoi toujours tout analyser ?

Ce qu'elle aurait voulu, c'étaient des sentiments, et elle n'aurait évidemment pas repoussé une demande en mariage. Mais cela, c'était un rêve inaccessible. Elle retint un soupir. Avec lui, elle se serait contentée d'une liaison purement sexuelle. Seulement, maintenant qu'elle était mère, elle ne pouvait pas agir à la légère. Un jour ou l'autre, leur histoire finirait, et elle ne voulait pas de nouveau vivre un affreux chagrin d'amour. Une mère dépressive était préjudiciable à son enfant. Aussi, au nom de Max, devait-elle s'épargner.

Il devait bien y avoir un autre homme fait pour elle sur cette terre. Il ne serait sans doute pas aussi merveilleux que Nathan, ni aussi prodigieux au lit. Et elle ne l'aimerait sûrement jamais autant qu'elle avait aimé le père de son enfant, mais il était peut-être préférable de renoncer à la passion pour vivre en paix avec soi-même.

Elle reprit alors :

— Nous avions besoin de faire l'amour pour exorciser tout ce qui existait entre nous. Maintenant c'est fait, tu comprends ?

— Ah bon ? Dans ces conditions, il y a un problème.

Elle sourcilla.

— Quel problème ?

Il baissa les yeux et elle suivit son regard. Il était encore en érection ! Il était manifeste qu'il n'avait rien exorcisé du tout.

Au fond, puisqu'ils étaient encore au lit tous les deux, ils pouvaient tout à fait refaire l'amour. Deux fois, trois fois, même, toute la nuit s'il le fallait, étant donné l'énergie de Nathan…

Mais après, ce serait définitivement terminé.

- 8 -

Le matin suivant, assis à son bureau, Nathan se sentait détendu et heureux comme jamais depuis longtemps. Depuis dix-huit mois, exactement.

Le seul problème, c'était que ce bonheur ne durerait pas…

Pendant un certain temps il pourrait caresser l'illusion que la vie était belle et qu'il pouvait envisager les choses sous un jour différent, il se dirait que l'amour d'Ana l'avait changé, et puis un incident se produirait, qui le mettrait hors de lui et il se rendrait compte que rien n'avait changé. Ne valait-il pas mieux en rester là, tant qu'il en était encore temps ? Car la dernière chose qu'il voulait, c'était blesser Anna. S'ils s'étaient revus, c'était avant tout dans l'intérêt de Max, et maintenant, tout donnait à penser que leur relation à eux avait repris le dessus. Continuer aurait été une erreur. Aussi, la prochaine fois qu'elle lui ferait des avances, il était fermement décidé à prendre ses jambes à son cou. C'est lui qui se montrerait le plus raisonnable des deux. Qu'elle le croie ou non, il savait ce qui était le mieux pour elle.

L'Interphone sonna soudain.

— M. Blair voudrait que vous passiez dans son bureau, lui annonça sa secrétaire.

Il se leva aussitôt pour se rendre d'un pas preste dans le bureau d'Adam.

— Ils vous attendent, lui annonça la secrétaire de ce dernier en lui ouvrant la porte.

Ils ? Avait-il oublié un rendez-vous ? Il n'avait pas

vraiment eu l'esprit à travailler, ces derniers temps, mais sa propre secrétaire n'était-elle pas là pour lui rappeler ses obligations ? Pourquoi ne lui avait-elle rien dit ?

Il découvrit Adam assis à son bureau, et mais fut surpris de constater qu'Emilio était également présent, qui se tenait près de la fenêtre. Il ne manquait plus que Jordan…

— Ferme la porte, lui ordonna Adam.

— Et Jordan ?

— Je l'ai envoyé à la raffinerie.

Il n'y avait qu'une raison qui pouvait expliquer qu'il soit exclu de la réunion : il y avait du nouveau concernant l'explosion.

Obtempérant, il prit un siège en face d'Adam.

— Je suppose qu'il y a des progrès, avança-t-il.

Adam et Emilio échangèrent un regard.

— En quelque sorte, répondit ce dernier.

Nathan s'interrogea sur le fait qu'Adam ait eu une discussion avec Emilio avant de le convoquer et décida sur-le-champ que cela ne lui plaisait guère. N'étaient-ils pas censés être au même niveau, Emilio et lui, et ce, jusqu'à ce que le nouveau directeur soit nommé ?

Il se redressa sur sa chaise.

— Je ne sais pas de quoi il s'agit, mais il est évident que vous en avez déjà parlé sans moi.

— Nous avons quelques questions à te poser, commença Adam d'un ton solennel.

Etait-il possible qu'ils sachent à propos de Max et d'Ana ? Il retint son souffle.

— Je vous écoute.

— Je sais que Jordan et toi n'êtes pas très proches, commença Emilio. Mais est-ce que tu es un peu au courant de ses finances personnelles ?

— Nous n'échangeons pas vraiment d'astuces pour augmenter nos stock-options, répondit-il. Pourquoi ?

— Est-ce que tu aurais la moindre idée de ce qui l'aurait

poussé à déposer ou retirer de grosses sommes de son compte, ces derniers temps ?

Ainsi, l'enquête les avait amenés à fouiller dans les comptes de Jordan ? Avaient-ils aussi vérifié les siens ? En dépit de tous les sentiments ambigus que son frère lui inspirait, son vieil instinct protecteur resurgit soudain.

— Est-ce que vous accusez mon frère de quelque chose ?

— Une semaine avant l'accident, quelqu'un a déposé deux cent mille dollars sur le compte de Jordan, et quelques jours plus tard, il a lui-même effectué un virement de trente mille dollars.

— A qui ?

— Nous n'avons malheureusement pas accès à cette information, répondit Emilio.

— En d'autres termes, vous le soupçonnez d'être responsable du sabotage ?

— Toi-même ne peux nier que ces mouvements d'argent sont suspects.

Il regarda tour à tour Adam et Emilio.

— Vous pensez que quelqu'un l'a suborné, et qu'il a lui-même soudoyé une autre personne pour saboter le matériel ?

— C'est une possibilité, répondit Adam.

— Pourquoi aurait-il fait une chose pareille ?

— Jordan est ambitieux, intervint Emilio. L'explosion est arrivée avant que nous n'apprenions que le poste de directeur se libérait. Peut-être qu'il n'en pouvait plus d'attendre.

— Son dévouement, tant pour la société que pour les employés de la raffinerie, a toujours été exemplaire, leur rappela Nathan.

De fait, en dépit des différences sociales qui existaient entre Jordan et les ouvriers, ce dernier avait toujours eu un contact remarquable avec eux. Et ces derniers le lui rendaient bien, ils respectaient son frère et lui faisaient confiance. Ils le considéraient à la fois comme un chef et l'un des leurs.

— Il se peut qu'on lui ait fait une offre impossible à refuser, argua Emilio. En contrepartie du sabotage.

— Il a beau être ambitieux, je ne l'imagine pas un instant mettre des vies en danger pour faire avancer sa carrière.

— Peut-être que personne ne devait être blessé, mais que les choses ne se sont pas déroulées comme prévu, suggéra Adam. C'était lui le plus bouleversé d'entre nous, rappelle-toi. Peut-être qu'il avait des remords.

— S'il a obtenu une meilleure offre, pourquoi travaille-t-il encore à la Western Oil, alors ?

— Pour ne pas éveiller les soupçons. A moins qu'il ne reste parce que le poste de P.-D.G. s'est depuis libéré et qu'il le convoite.

— Il se peut aussi que, dans la mesure où il y a eu des blessés, le contrat ne tienne plus, intervint Emilio.

— Ecoutez, fit Nathan, vous savez que mon frère et moi ne sommes pas les meilleurs amis du monde, mais j'ai du mal à encaisser vos suspicions.

— Cela nous déplaît tout autant qu'à toi, lui assura Adam. Mais nous ne pouvons pas ignorer cette éventualité. S'il était vraiment impliqué dans l'explosion, et qu'il venait plus tard à se savoir que nous avions des soupçons et que nous n'avons rien…

— Pourquoi ne l'interrogez-vous pas directement ?

Emilio se mit à rire.

— C'est de Jordan que nous parlons, Nathan ! Tu penses honnêtement que, s'il est coupable, il l'admettra ?

Bien vu ! Son frère ne reconnaissait jamais ses erreurs.

— Sa secrétaire part en congés maternité dans quelques semaines, et les enquêteurs nous ont suggéré d'employer une personne de leur service pour la remplacer, l'informa alors Emilio.

— Si Jordan s'en aperçoit, il sera fou furieux, s'exclama-t-il.

— Nous devons donc faire en sorte qu'il ne se rende compte de rien, dit Adam. De toute façon, nous avons encore quelques semaines devant nous. Essaie de discuter avec lui ! Il pourrait laisser échapper quelques informations.

— Franchement, je suis bien la dernière personne à qui il se confierait. Non, une telle discussion ne conduirait qu'à éveiller ses soupçons.

— Nous ne sommes sûrs de rien, mais s'il est innocent, nous ne pouvons pas prendre le risque de le perdre, souligna Adam. Il s'est beaucoup investi dans l'entreprise.

— Nous avons fait le pari de te faire confiance en te livrant nos soupçons, déclara Emilio. J'ai des frères, moi aussi, je sais que c'est beaucoup exiger de toi. Mais nous avons besoin de ton soutien à cent pour cent.

Il reconnaissait qu'ils avaient raison, même si les soupçons qui pesaient sur son frère lui étaient intolérables.

— Je suis avec vous, bien sûr, marmonna-t-il.

Et, en prononçant ces paroles, même s'il était convaincu d'agir comme il le fallait, il eut la sensation de trahir son frère.

De retour à son bureau, il se redemanda s'ils n'enquêtaient pas aussi sur lui. S'ils apprenaient sa relation avec Ana, et l'existence de Max, non seulement ses chances de devenir président-directeur général seraient compromises, mais les soupçons se porteraient sur lui.

Or, s'il avait de plus en plus envie de faire partie intégrante de la vie de son fils, est-ce que cela n'allait pas précisément compliquer les choses ? Ana ne l'avait pas encore interrogé sur sa décision, mais ce n'était qu'une question de temps. Ils ne pouvaient continuer à vivre dans l'impasse qui était la leur, notamment après ce qui s'était passé la nuit précédente. Plus il y réfléchissait, et plus il se disait qu'il avait eu tort de se laisser tenter, car cela altérait son jugement, lui faisait oublier les autres éléments à prendre en compte.

Cela l'empêchait notamment de réfléchir à la question de savoir s'il était capable ou non d'être un bon père. Qu'adviendrait-il s'il répétait les erreurs de ses parents, s'il était un père aussi sévère que le sien, toujours prompt à émettre des jugements catégoriques, ou pire, s'il était comme sa mère, trop accaparée par sa propre vie pour se rendre compte qu'un petit être vulnérable avait besoin de lui ? Et si, à cause de Max, il n'était pas nommé directeur, voire s'il perdait son poste actuel, aurait-il du ressentiment envers lui ?

Si seulement il pouvait faire perdurer la situation actuelle quelques mois encore, au moins le temps que le conseil d'administration prenne sa décision…

Il avait laissé son portable dans son bureau, et on l'avait appelé deux fois en son absence. Le premier numéro lui était inconnu, mais le deuxième, c'était celui d'Ana. Peut-être avait-elle estimé qu'ils avaient finalement besoin de discuter. Il fut tenté de la rappeler un peu plus tard, mais il pensa soudain qu'elle l'avait peut-être appelé au sujet de Max. Etait-il malade, ou blessé ? Il sentit son pouls s'accélérer à cette pensée…

Il la rappela sur-le-champ et elle décrocha aussitôt. En arrière-fond, il perçut alors le babillement joyeux de Max et en ressentit un tel soulagement qu'il se laissa tomber sur son siège. En à peine une semaine, le petit bonhomme était parvenu à se faire une place dans son cœur.

— Tu as cherché à me joindre ? fit-il.

— Désolée de te déranger au travail, mais je voulais te demander quelque chose. Tu as une minute ?

— Bien sûr.

— Il s'agit d'une faveur, mais tu es tout à fait en droit de refuser, et alors je m'adresserai à Jenny. Mais je me suis dit que tu aurais envie de le faire.

— Faire quoi ?

— Garder Max samedi soir. J'ai été invitée à une fête entre filles, par Beth.

— Garder Max ? Euh… Tu veux dire qu'il n'y aurait que lui et moi ?

— Oui, c'est ça. J'ai pensé que tu aimerais passer un peu de temps en tête à tête avec ton fils. Je partirai vers 19 h 30 et il faut le mettre au lit à 20 h 30. Tu n'auras à t'occuper de lui qu'une heure.

Il resta quelques secondes sans voix à l'idée qu'elle lui faisait assez confiance pour le laisser seul avec Max.

— Si tu ne veux pas…

— Non, ce n'est pas ça ! coupa-t-il. Seulement, je suis juste un peu surpris que tu me demandes de le garder, étant donné mon manque d'expérience en la matière.

— Max t'adore et tu connais la routine du coucher. Et puis c'est un bébé assez facile. Je ne vois pas quel problème il pourrait y avoir. Si tu décides de faire partie de sa vie, tu ne vas pas te contenter de venir chez moi lui rendre des visites. Il faut que tu t'habitues à être seul avec lui. Parfois même la nuit.

Il devait reconnaître que l'idée l'excitait et l'effrayait à la fois. Il décida sur-le-champ de s'adresser à un spécialiste pour que ce dernier vérifie que son appartement ne présentait pas de danger pour Max. Il achèterait aussi des jouets et des meubles pour enfant. Avec ses deux chambres d'amis, il avait largement la place de l'accueillir chez lui. Simplement, il n'y avait jamais pensé jusque-là.

— Encore une fois, si tu ne sens pas à l'aise à l'idée de le garder, je ne t'en voudrai pas. Je ne veux pas que tu croies que j'essaie de te forcer la main alors que tu n'es pas prêt.

— Non, au contraire, j'en ai envie, dit-il en toute sincérité.

— Parfait. Tu pourras venir chez moi à 19 h 30 ? Comme ça, je te montrerai où sont les choses dont tu auras besoin avant que Beth n'arrive.

— Pas de problème.

— Je ne sais pas ce que tu fais ce soir, dit-elle alors, mais Max et moi, nous allons décorer le sapin vers 19 heures.

Il avait un dîner de travail prévu à 18 h 30 avec son équipe, et il était peu probable qu'il soit libre avant 20 heures. Ce qui voulait dire que, le temps d'arriver chez Ana, il verrait Max à peine dix minutes. De sorte qu'il serait venu pour elle, pas pour son fils, ce qui n'était pas forcément une bonne idée.

— Ce soir, je ne peux pas, mais demain, à l'heure du déjeuner ?

— Entendu !

Elle fit une pause, et ajouta :

— A propos, tu n'as rien reçu au courrier de la part de Beth et Leo ?

— Je ne sais pas, je vais vérifier…

Et il prit sa pile de courrier qu'il n'avait pas encore eu le temps de parcourir.

Ce fut alors qu'il aperçut une enveloppe petit format de couleur grise. S'en emparant, il vit qu'elle portait au dos l'adresse de Beth et de Leo. Il l'ouvrit. C'était une invitation à leur fête de nouvel an. Il y allait tous les ans, mais l'année précédente, il s'était abstenu par crainte de croiser Ana enceinte de l'enfant d'un autre et au bras du futur père… S'il avait su que c'était le sien, il aurait sans doute réagi différemment.

— J'imagine que toi aussi tu es invitée, dit-il alors.

— Oui, et je me demandais si tu avais l'intention d'y aller, parce que moi, j'en avais envie, mais ce serait un peu bizarre d'y être tous les deux, et de faire comme si on ne se connaissait pas.

— Nous ne pouvons pas non plus arrêter de sortir sous prétexte qu'il ne faut pas que nous nous rencontrions.

— Non, tu as raison. Donc, tu iras ?

— Oui, répondit-il.

Ne serait-ce que pour prouver que ce qu'il y avait entre eux n'avait pas à être monté en épingle.

— Bien, moi aussi.

Ils parlèrent encore un peu de Max et, même si Ana ne fit aucune allusion à ce qui s'était passé la veille, les faits flottaient comme un non-dit entre eux. Au fond, ils avaient peut-être eu tort de ne pas en discuter à chaud, pensa-t-il à contrecœur. Mais il redoutait tellement de la blesser !

Etait-ce aussi pour épargner sa susceptibilité qu'il avait couché avec elle ? Comme c'était généreux de sa part ! Pourquoi ne pas être honnête et admettre qu'il lui avait fait l'amour parce qu'il en avait extrêmement envie ? Et que le désir qu'elle lui inspirait continuait à le hanter. Il lui faudrait plus d'une nuit pour « l'exorciser ». Peut-être toutes les nuits qu'il lui restait à vivre... Et si elle revenait vers lui, il ne pourrait pas la repousser.

Il n'avait plus qu'à prier pour qu'elle n'en fasse rien.

Juste après avoir raccroché, il voulut noter le rendez-vous dans son agenda... et se rendit compte qu'il avait accepté avec un peu trop d'empressement la proposition d'Ana : ce samedi-là, il était censé aller à la fête d'Adam et de Katie. Il avait été tellement enthousiasmé à l'idée de passer un peu de temps seul avec son fils qu'il en avait oublié de consulter son agenda.

Comme il regrettait son manque de discipline ! Emilio et sa fiancée y assisteraient, bien sûr, tout comme Jordan qui ne manquait jamais une occasion de marquer des points. Il aurait pu rappeler Ana, et lui expliquer la situation, mais il avait l'intuition qu'elle se vexerait.

Il poussa un soupir. Etre parent requérait des sacrifices. Par ailleurs, Adam lui avait bien précisé qu'il ne lui en voudrait pas s'il n'était pas libre puisqu'il s'agissait d'une invitation de dernière minute. Il espérait qu'il était sincère. Il était bien trop proche du but pour tout compromettre.

Tout allait bien se passer, se dit Ana.

Assise sur le canapé, elle avait un œil rivé sur Max, dans son trotteur, et l'autre sur la pendule. Nathan devait arriver d'une minute à l'autre. Si elle était aussi nerveuse, ce n'était pas tant parce qu'elle laissait son fils tout seul avec son père, qu'à l'idée de revoir Nathan. Elle ne l'avait pas revu depuis qu'ils avaient couché ensemble, puisqu'il n'était finalement pas venu le jeudi, pour déjeuner. Ils avaient parlé au téléphone, mais ce n'était pas pareil.

Elle avait été bien naïve de croire que coucher avec Nathan lui permettrait de mieux l'oublier. Tout ce qu'elle avait réussi à faire, c'était à attiser le désir qu'elle éprouvait pour lui, à l'aimer encore un peu plus. Mais quel intérêt y avait-il à être amoureuse d'un homme qui ne vous aimait pas ?

Elle avait sûrement cru qu'en couchant avec elle, il se rendrait compte, comme par miracle, qu'il l'aimait et qu'il ne pouvait pas vivre sans elle. Elle rêvait ! Elle ne doutait pas qu'il ait de l'affection pour elle, du désir aussi, mais pas assez pour avoir envie de passer le reste de sa vie avec elle. Elle représentait pour lui une distraction passagère, il ne verrait jamais en elle une femme qu'on épousait.

Et quand bien même serait-il poussé de par son tempérament responsable et sérieux à s'installer avec la mère de son enfant, elle ne pourrait pas s'en satisfaire. Elle avait besoin d'absolu, d'un homme qui l'adorerait, qui sacrifierait tout pour elle.

Nathan ne serait jamais cet homme-là. Ni pour elle, ni pour aucune autre d'ailleurs, il était bien trop indépendant, trop concentré sur sa propre vie.

La seule exception à la règle semblait être Max.

La sonnette retentit soudain, et elle bondit du canapé comme un ressort. Prenant une profonde inspiration, elle s'enjoignit de se calmer. Elle s'efforça de marcher lentement jusqu'à la porte, vérifiant au passage son reflet dans le miroir. Elle avait mis un bon moment à se préparer, et elle était assez satisfaite du résultat. Qui sait ? Elle rencontrerait peut-être un homme, ce soir, au pub… Si tant est qu'elle parvienne à sortir Nathan de ses pensées !

Gorge nouée, elle lui ouvrit. Avec ses cheveux légèrement

ébouriffés et son regard bien vif, il avait l'air plus sexy que jamais. En général, il portait des vêtements décontractés quand il venait voir Max, mais aujourd'hui il avait un costume.

Il la considéra longuement, caressant du regard son pull en cashmere noir, ses leggings de même couleur et ses cuissardes à très hauts talons. Puis il écarquilla les yeux.

— Tu es très belle, lui dit-il.

Elle rougit du compliment... et ressentit un flot d'émotions mêlées. Devait-elle se réjouir de l'éloge ou s'en agacer ? Elle ne savait plus.

— Merci, dit-elle.

Puis elle le laissa entrer. Ce fut alors qu'elle se rendit compte qu'il avait l'air épuisé.

— Désolé pour mon retard, dit-il. Ma réunion n'en finissait pas. Je n'ai même pas eu le temps de repasser chez moi pour me changer.

— Tu as l'air fatigué.

Il enleva son manteau.

— La semaine a été longue. Nous allons lancer une nouvelle campagne, et aucune difficulté ne nous a été épargnée ! Heureusement que la société ferme quelques jours à Noël. J'ai vraiment besoin de vacances.

Du salon, Max poussa un petit cri, et s'agita dans son trotteur dans l'espoir de rejoindre Nathan.

— Salut, bonhomme ! dit ce dernier en se dirigeant vers lui.

Il le prit alors dans ses bras et le serra contre lui.

— Tu m'as manqué, ajouta-t-il.

Elle sentit son cœur fondre.

— Il a fait une très longue sieste, dit-elle. Il est probable qu'il ne s'endorme pas aussi tôt que d'habitude. Fais quand même en sorte qu'il soit au lit à 21 heures. Nous devons nous lever tôt demain car nous prenons le petit déjeuner chez mon père.

— Vous y allez souvent ?

— Environ deux fois par mois. Mon père est très occupé, mais il aime voir son petit-fils.

— Et sa fille aussi, j'imagine.

— Non, surtout Max. Mon père et moi n'avons pas grand-chose à nous dire, tu sais. Sauf quand il me fait la leçon sur la façon dont je dois élever Max, là, il est prolixe. Mais c'est un monologue.

— Un peu comme ma mère, observa Nathan. Elle adore s'écouter parler. Est-ce que ton père est célibataire ? On pourrait arranger une rencontre.

— Ce qui ferait de toi mon demi-frère ? Ce serait facile à expliquer à Max, ça !

Il éclata de rire, puis montra le sapin.

— Il est beau.

— Nous l'avons décoré mercredi soir.

— Nous ?

— Max et moi, même si j'admets que j'ai fait le plus gros du travail.

Bon, les retrouvailles n'étaient pas aussi désastreuses qu'elle le redoutait. Il fallait dire que tous deux restaient sur leurs gardes.

Elle regarda la pendule.

— Beth ne va pas tarder à arriver. Je vais te montrer tout ce que tu dois savoir.

A vrai dire, elle aurait préféré passer la soirée à la maison, avec Nathan et Max, mais Beth l'avait suppliée au téléphone de sortir et de s'amuser un peu. Elle devait donc se plier à cet effort de sociabilisation.

Nathan avait déjà assisté au coucher de Max, mais elle lui montra où se trouvaient les couches et les pyjamas, au cas où il salirait celui qu'il portait.

— Je t'ai écrit sur un Post-it, dans la cuisine, comment on faisait un biberon, mais tu m'as déjà vue faire plusieurs fois, lui dit-elle. En tout cas, n'hésite pas à m'appeler sur mon portable.

— Je suis certain que je vais m'en sortir. Dernièrement, j'ai compris quelle responsabilité c'était d'avoir des enfants. Et quand je pense que, toi, tu t'en occupes toute seule !

— Oui, c'est deux fois plus difficile pour les mères seules, approuva-t-elle comme ils revenaient dans le salon. Et encore, j'ai de la chance car, moi, je n'ai pas de problèmes financiers et j'ai choisi de ne pas travailler. Il y a tant de mères qui font une double journée, entre le travail et les enfants, et qui en plus ne s'en sortent pas. J'envisage sérieusement de créer une fondation pour mères isolées.

— Pour les aider financièrement ?

— Oui, mais aussi sur le plan affectif et psychologique. Il faudrait donner des cours de puériculture et également de droit pour qu'elles sachent comment se défendre face aux pères qui refusent leur responsabilité.

— C'est un projet ambitieux !

— Je sais, et c'est pourquoi je dois bien l'étudier avant de me lancer dans l'aventure. J'attendrai que Max soit un peu plus grand.

Dehors, quelqu'un actionna un Klaxon. Beth.

— C'est mon chauffeur, dit-elle d'un ton léger.

Elle enfila son manteau, prit son sac. Elle hésita au moment de faire la bise à son fils, car celui-ci était encore dans les bras de Nathan… Elle choisit alors de lui envoyer un baiser.

— Au revoir, mon bébé. Sois sage. Maman t'aime.

— Amuse-toi bien, lui dit Nathan.

— Toi aussi !

Prenant sur elle, elle ouvrit la porte et sortit.

— C'est la première fois que tu les laisses tous les deux ? dit Beth quand elle monta dans la voiture.

— Mouais, répondit-elle en attachant sa ceinture.

— Nerveuse ?

— Un peu, oui. Mais je suis sûre qu'ils vont passer une bonne soirée.

— Et toi ? demanda Beth dans un sourire malicieux. Tu es prête aussi à prendre du bon temps ?

Elle ? Il y avait longtemps que son heure était passée.

- 9 -

En dépit de la musique, de la danse et des délicieux margaritas, sans compter les hommes qui l'avaient invitée à danser, Ana n'arrivait pas à se détendre. Elle ne pensait qu'à Nathan et Max, avec qui elle aurait préféré rester plutôt que dans ce pub branché. Mais la simple idée de devoir affronter Beth si elle appelait un taxi pour rentrer plus tôt la décourageait.

Qu'était-il arrivé à la jeune fille insouciante qui adorait faire la fête ? Celle qui était complètement déprimée quand elle passait une soirée seule chez elle. Celle qui avait toujours été en mouvement, pleine d'énergie, toujours en quête d'une nouvelle aventure. Il fallait croire que la maternité l'avait bien changée. A moins que l'explication ne soit à chercher du côté de Nathan…

— Je suppose que cette soirée n'était pas une très bonne idée, lui dit Beth sur le chemin du retour, dans la voiture.

Laissait-elle à ce point transparaître ses sentiments ?

Beth semblait si déçue ! Elle se sentit submergée par la culpabilité.

— Je suis désolée, marmonna-t-elle. J'imagine que c'est à cause de Max. Il me manque quand je le quitte quelques heures.

— Nous sommes déjà sorties plusieurs fois ensemble depuis la naissance de Max, et même s'il te manquait, cela ne t'a pas empêchée de t'amuser.

Beth lui jeta un regard en biais.

— Lorsque tu as lancé un regard indifférent au type hypersexy qui est venu t'inviter à danser et que toutes les filles convoitaient, ce n'est pas à Max que tu pensais, mais à son baby-sitter !

— Beth, j'ai couché avec Nathan.

Elle n'avait pas eu l'intention de lui faire cette confidence, mais les mots étaient sortis malgré elle.

Beth fit la grimace.

— Je l'avais senti venir…

— Je te jure que ça ne se reproduira pas, se défendit-elle aussitôt.

— Bien sûr, fit Beth d'un ton sceptique.

— C'est vrai, je suis sérieuse. J'avais besoin de l'exorciser et vice versa. Nous l'avons reconnu tous les deux, et maintenant, c'est fini.

— C'est la pire idiotie de l'année ! L'exorciser ? En couchant avec lui ? Mais tu l'aimes ! Si tu couches avec lui, tu ne fais que cultiver ton désir.

— Malheureusement, je m'en suis rendu compte *après* avoir couché avec lui. Et ce qui est le plus humiliant, c'est que c'est moi qui l'ai séduit. Pourquoi est-ce que je me fais tant de mal ?

Beth tendit le bras et lui serra la main.

— Je suis désolée, ma chérie. Les hommes sont tous des s…

— Non, pas Nathan ! C'est ce qui est le plus insupportable, dans toute cette affaire. C'est un type bien. Seulement, il n'est pas celui qu'il me faut.

Beth s'arrêta devant chez elle.

— Tu ne vas pas recoucher avec lui, c'est sûr ? demanda-t-elle.

— Sûr et certain.

— Tu veux que j'entre et que je reste avec toi jusqu'à ce qu'il parte ? Juste au cas où ?

— Il est plus de minuit, je ne veux pas te retenir.

Prenant son sac, elle ajouta :

— Ne t'inquiète pas, j'ai compris la leçon.

Beth lui fit la bise.

— Je t'aime, ma chérie. On s'appelle demain.

Elle sortit de la voiture et fit au revoir à sa cousine de la main tandis que celle-ci s'éloignait. Puis elle s'avança vers la porte d'entrée, d'un pas presque hésitant. Avant, elle pouvait boire toute la nuit, et garder la tête froide. Ce soir, deux margaritas avaient suffi à lui brouiller l'esprit.

Quand elle entra dans la maison, elle fut étonnée de la trouver plongée dans le noir. La télévision aussi était éteinte. A la lueur du feu, elle discerna la silhouette de Nathan, sur le canapé. Il avait l'air épuisé quand il était arrivé, il avait dû s'endormir.

Elle enleva ses bottes, et s'approcha de lui, pour le réveiller. Ce fut alors qu'elle se rendit compte qu'il n'était pas seul. Max était recroquevillé sur son torse, la tête sous le menton de Nathan. Lui aussi dormait, dans le creux protecteur des bras de son père. Des larmes lui montèrent spontanément aux yeux…

C'était le plus beau tableau qu'elle n'avait jamais contemplé de sa vie. Il en émanait une telle douceur !

Elle s'assit sur le rebord du canapé, et caressa gentiment la joue de son fils. Elle constata qu'il avait la peau un peu fraîche. Il devait regagner son lit. Elle frotta le bras de Nathan. Lui aussi aurait eu besoin d'une couverture.

Il cligna des paupières, et la regarda d'un air endormi.

— Quelle heure est-il ? demanda-t-il.

— Minuit passé. J'imagine que Max n'arrivait pas à trouver le sommeil.

Nathan frictionna doucement le dos de son fils.

— Il s'est réveillé vers 22 heures, dit-il à voix basse. Je crois qu'il était perturbé de ne pas te voir. Alors, comme il n'arrivait pas à se rendormir, je l'ai pris avec moi, et apparemment je me suis moi aussi endormi.

— J'espère qu'il n'a pas été trop pénible.

— Pas du tout. Et toi, tu t'es bien amusée ?

— Oui, c'était super, mentit-elle. C'est toujours sympa de passer des soirées entre filles.

— Je vais le ramener dans sa chambre, décréta Nathan.

Elle se leva.

— Tu veux que je le prenne ?

— Non, puisque je le tiens.

Il se redressa délicatement, maintenant Max contre lui. Ana le suivit jusque dans la chambre et la regarda poser son fils dans son lit, puis le couvrir. Max dormait si profondément qu'il ne se rendit compte de rien. Alors elle le borda avant de repousser les quelques mèches fines qui lui tombaient sur le front.

— Bonne nuit, mon cœur. Fais de beaux rêves.

Ils sortirent de la chambre, puis regagnèrent le salon.

— Merci de l'avoir gardé.

— Je t'en prie, c'était un plaisir.

— Tout s'est bien passé, à part le fait qu'il se soit réveillé ?

— Oui, nous nous sommes bien amusés, tous les deux.

Nathan regarda sa montre.

— Il est tard, je dois rentrer, ajouta-t-il. Et toi, demain, tu te lèves de bonne heure pour aller chez ton père.

Elle aurait aimé lui dire de rester, lui offrir un dernier verre, et peut-être même se jeter dans ses bras et le supplier de lui faire l'amour, en dépit des promesses faites à Beth.

Pour toutes ces raisons, elle devait le laisser partir.

— Tu as raison, il faut que j'aille me coucher.

Elle le raccompagna dans le vestibule.

— Je pourrais peut-être passer demain dans l'après-midi pour voir Max ? suggéra-t-il. On pourrait dîner ensemble.

Le voir deux jours consécutifs n'était pas une bonne idée, et pourtant elle s'entendit répondre :

— Bien sûr. Nous reviendrons de chez mon père vers 13 heures.

— Je t'appellerai vers cette heure-ci, alors.

Il enfila son manteau, et fit mine d'ouvrir la porte. Puis, se ravisant, il s'immobilisa brusquement.

Elle sentit son cœur s'emballer, comme si un grand événement était sur le point de se produire. Ce fut alors que Nathan lâcha la poignée et se retourna vers elle.

— Je n'ai pas envie de partir, déclara-t-il.

D'abord abasourdie, elle s'enjoignit de lui dire de partir, qu'elle était fatiguée, qu'il ne fallait pas tenter le diable. Mais à la place, elle répondit :

— J'allais me faire une tasse de thé. Tu en veux une ?

— Avec grand plaisir.

Nathan regardait Ana préparer le thé. En vérité, il détestait cette boisson, mais si cela lui permettait de passer un peu plus de temps avec elle, il voulait bien faire le sacrifice de quelques gorgées.

Il avait pensé qu'en rentrant elle lui proposerait spontanément de prendre un verre, et quand elle n'en avait rien fait, il s'était presque senti blessé.

Tout cela était déraisonnable, il le savait bien, mais Ana était si sexy ! Tout en elle était excitant et irrésistible. Il voulait croire que c'était pour lui qu'elle était si glamour ce soir, et non pour un homme qu'elle avait rejoint au pub. Après tout, c'était comme ça qu'il l'avait rencontrée. Ils étaient dans le même bar, ce soir-là, et Beth les avait présentés l'un à l'autre.

Il ne savait pas précisément où elle était allée, ce soir. Elle lui avait juste indiqué qu'il s'agissait d'une soirée entre filles. A la façon dont elle était habillée, c'était la conclusion qui s'était imposée à lui. Encore qu'elle portait des talons vertigineux à l'anniversaire de la fille de Beth. Il se pouvait tout à fait qu'elle ait assisté à une réunion Tupperware !

— Qu'est-ce que vous avez fait, ce soir, Beth et toi ? demanda-t-il d'un ton naturel.

— Nous avons rejoint deux autres amies dans un endroit branché, en ville.

Un pub, donc, pensa-t-il, contrarié.

— C'était bien ?

Elle haussa les épaules.

— C'est toujours un peu la même chose, tu sais. Mais la musique était sympa, et les cocktails réussis.

— Tu t'es bien amusée, alors ?

— Mouais.

Pourquoi restait-elle si vague ? Evidemment, ce n'étaient pas ses affaires… Cela signifiait-il qu'elle avait rencontré un autre homme ?

La bouilloire se mit à siffler et elle versa le thé dans les mugs, sur les sachets.

— Qu'est-ce que tu mets dans ton thé ? questionna-t-elle.

— Du sucre, répondit-il d'un ton machinal avant de poursuivre. Tu sors souvent avec tes amies ?

Elle posa son mug devant lui, ainsi que le sucrier et une petite cuillère.

— Dernièrement non, mais je pense qu'il est temps que je m'y remette.

— Te remettre à quoi ?

— Rencontrer des hommes, et sortir avec eux.

Cherchait-elle à le rendre jaloux ? A moins qu'elle n'ait pas la moindre idée des sentiments qu'il éprouvait pour elle et qu'elle ne voie en lui qu'un simple confident.

— Et tu crois que c'est dans un pub que tu vas rencontrer l'homme qu'il te faut ?

— J'imagine que non. C'est là que nous nous sommes rencontrés, tous les deux, et regarde où cela m'a menée.

Elle savait le piquer, c'était indéniable.

— Note bien que je ne regrette rien, ajouta-t-elle. Je suis si heureuse d'être la mère de Max.

— C'est juste moi que tu voudrais retirer de l'équation, rétorqua-t-il alors.

— Je n'ai pas dit ça, je pense seulement que les hommes qui fréquentent les bars ne recherchent pas de relations sérieuses. Lorsque je mentionne que j'ai un fils, en général, ils ne s'attardent pas.

Elle fit légèrement tourner son mug entre ses paumes, et continua :

— Evidemment, il y a aussi ceux qui me jurent qu'ils pourraient être le meilleur ami de Max parce qu'ils en ont après mon argent. Il m'est très difficile de faire confiance à un homme.

— Tu devrais peut-être attendre que Max soit un peu plus grand pour sortir.

Elle se mit à rire, un rire froid et amer.

— C'est facile à dire, pour toi.

— Ah bon ? Tu crois vraiment que c'est facile, pour moi ?

Elle leva les yeux vers lui, remarquant sans doute qu'elle avait touché une corde sensible. Pourtant, elle renchérit :

— Toi, tu peux faire tout ce qui te plaît, quand tu veux, et avec qui tu veux. Quand on doit s'occuper d'un bébé vingt-quatre heures sur vingt-quatre, on ne peut pas se permettre ce luxe.

Il s'approcha subrepticement d'elle, yeux plissés.

— Pour info, il n'y a qu'une femme avec qui j'ai envie d'être. Mais cette femme pense que ce serait trop compliqué.

Elle détourna le regard vers la fenêtre.

— Je t'en prie, ne dis pas des choses pareilles, murmura-t-elle. Tu sais bien que c'est impossible, entre nous.

Il posa les mains sur ses épaules et elle sursauta. Il ne pouvait supporter l'idée qu'elle sorte avec un autre homme que lui.

— Tu ne veux plus de moi, alors ?

Il savait qu'il était égoïste, mais peut-être que cette fois, cela marcherait. Peut-être qu'il avait vraiment changé.

— Tu sais bien que si ! répliqua-t-elle. Mais je n'ai pas envie de souffrir une nouvelle fois.

— Tu admets enfin que je t'ai fait souffrir.

— Ecoute, Nathan, reprit-elle, je pense qu'il vaut mieux que tu partes.

— Et moi je ne veux pas partir.

Repoussant ses longs cheveux sur le côté, il pressa ses lèvres contre sa nuque délicate. Elle poussa un léger soupir, visiblement partagée entre différents élans.

— Je ne peux pas coucher avec toi, Nathan.

Il fit légèrement glisser son pull à col échancré sur son épaule pour déposer un baiser sur sa peau nue. Il la sentait sur le point de flancher.

— Qui a parlé de coucher ensemble ?

— Arrête ! dit-elle.

Mais son ton était si peu convaincant qu'il était presque certain d'emporter la bataille.

— Et si, cette fois, les choses étaient différentes ? Si moi j'étais différent ?

Elle le regarda, pensive.

— Que veux-tu dire, au juste ?

Il plongea alors ses yeux dans les siens.

— Je veux être avec toi, Ana. Avec toi et Max.

Après un premier instant où elle parut stupéfaite, il put lire dans ses prunelles à la fois une lueur d'espoir et de la peur.

— Mais ton travail ? Ta carrière ?

Elle venait de mettre le doigt sur le nœud de la guerre…

— Il faudra que notre relation reste clandestine pendant quelque temps, jusqu'à ce que je sois nommé P.-D.G. Une fois que je serai en poste, ils auront du mal à me déloger. De toute façon, ils constateront vite que ma loyauté leur est acquise.

— Dans combien de temps seras-tu nommé directeur ?

— Adam partira au printemps, avant la naissance de son

enfant. Je pense que le conseil d'administration annoncera la nomination du nouveau directeur un mois avant.

— Ce qui veut dire que nous devrons nous cacher pendant encore trois ou quatre mois ?

— Dans le pire des cas. Ce pourrait être plus tôt.

Il lui effleura la joue.

— Après ça, nous serons libres de nous montrer au grand jour.

Devant son expression toujours sceptique, il n'hésita pas à recourir à un argument de poids.

— Je pense que, pour Max, nous devons au moins essayer. Tu ne crois pas ?

L'argument parut faire mouche.

— Si c'est pour Max, commença-t-elle en lui enlaçant le cou. Et tant que tu me promets que tu ne me feras pas de nouveau souffrir…

— Je te le jure, ma chérie.

Sur cette promesse, il captura sa bouche et la prit dans ses bras pour l'emmener dans sa chambre, bien décidé à ne pas se renier.

- 10 -

Ce fut son téléphone portable qui réveilla Ana, le lendemain. Il était posé sur la table de nuit et elle reconnut instantanément la sonnerie qu'elle avait attribuée à son père. Elle ouvrit les yeux et vérifia l'heure : 9 h 05 !

La panique la saisit : elle était censée être chez lui cinq minutes plus tôt ! La veille, elle avait complètement oublié de régler son réveil.

S'emparant du téléphone, elle s'empressa de répondre :

— Bonjour, papa.

— Où es-tu ? s'écria-t-il. Tu as oublié que nous devions nous voir, ce matin ?

— Je suis désolée. Je n'ai pas fait sonner mon réveil et je ne me suis pas réveillée.

— En d'autres termes, tu es sortie, hier soir, et tu n'avais pas envie de te lever à une heure raisonnable ce matin pour que je puisse voir mon petit-fils.

A l'entendre, on avait l'impression qu'elle avait dormi la moitié de la journée. Il n'était que 9 heures du matin ! Mais il s'entêtait à ne voir en elle que la jeune fille irresponsable qu'elle était avant la naissance de Max. Et puis, comment savait-il qu'elle était sortie ? Elle refusait de croire que des photos d'elle circulaient déjà sur internet, ce matin. Mais il était fort probable que son père suppose qu'elle était sortie parce que c'était le week-end.

— Je peux être chez toi dans une heure, proposa-t-elle sans chercher à se justifier inutilement.

— Ne prends pas cette peine, il est clair que tu as d'autres priorités. Et moi qui commençais à croire que tu avais enfin grandi. Heureusement que ta mère n'est plus là pour voir ça !

Elle s'abstint de répliquer que si sa mère avait encore été en vie, son existence aurait été complètement différente. Leur existence à tous les deux, d'ailleurs.

Comme elle s'apprêtait de nouveau à s'excuser platement, il raccrocha sans lui en laisser le temps.

Elle se demanda alors lequel des deux avait besoin de grandir. Mais elle n'aurait jamais le cran de l'affronter et de lui dire sa façon de penser… Elle laissa retomber le téléphone sur la table de chevet.

— J'image que c'était ton père et qu'il était furieux.

Ana faillit bondir de peur en entendant la voix mal réveillée de Nathan, à côté d'elle. Elle avait cru qu'elle était seule.

Elle se tourna de son côté. Il était étendu sur le dos, les yeux encore fermés, le torse nu, et merveilleusement beau. Un mélange d'excitation, de joie et d'espoir la submergea. Jamais il n'avait passé la nuit avec elle, quand ils sortaient ensemble. Même s'ils faisaient l'amour jusqu'à 4 heures du matin, il rentrait toujours chez lui. S'il était resté, cela ne pouvait signifier qu'une chose : qu'il pensait vraiment ce qu'il lui avait dit, la veille. Il voulait que ça marche, entre eux.

Elle n'en avait pas été certaine à cent pour cent, jusqu'à maintenant. Ce n'aurait pas été la première fois qu'un homme lui mentait pour obtenir d'elle ce qu'il attendait. Mais il était vrai qu'aussi loin qu'elle se souvenait, jamais Nathan ne lui avait menti. Et même s'il ne lui avait pas dit qu'il l'aimait, ni évoqué quoi que ce soit qui aurait pu ressembler à une proposition de mariage, peut-être que ce n'était plus qu'une question de temps.

— Il était tellement en colère qu'il m'a raccroché au nez, dit-elle.

— Pourquoi est-ce que tu insistes ?

— Si j'essaie d'avoir une relation civilisée avec lui, c'est à cause de Max. Et peut-être aussi parce que j'ai un peu pitié de lui. C'est pathétique, vraiment, cette façon de se mettre tout le monde à dos. Il est comme ça depuis la mort de ma mère.

Nathan ouvrit les yeux et les riva à elle.

— Ce n'est pas une excuse, décréta-t-il.

Sans doute, mais il n'en demeurait pas moins son père… Toutefois, si Nathan était décidé à jouer son rôle dans la vie de Max, la figure du grand-père devenait moins indispensable. Elle devrait peut-être couper les ponts avec lui pendant quelque temps afin qu'il prenne conscience que sa conduite n'était plus acceptable.

— Tu as raison, et il est temps qu'il le comprenne, approuva-t-elle.

Encore que l'époque de l'année était mal choisie. Il aurait été cruel de refuser qu'il voie son petit-fils à Noël.

Nathan leva le bras pour qu'elle vienne se blottir contre lui, et elle posa la tête sur son torse chaud. Elle entendit alors le battement régulier de son cœur. Il l'embrassa sur le front, puis déclara :

— Puisque tu ne vas pas chez ton père, nous pourrions aller prendre notre petit déjeuner tous les trois à l'extérieur.

— Et si on nous voit ensemble ?

— Je connais un restaurant agréable, pas loin du campus. Il y a vraiment peu de chance pour que nous y croisions des gens que nous connaissons.

— Dans ces conditions, pourquoi pas ?

— A quelle heure est-ce que Max se réveille ?

— Il devrait déjà être debout.

Sous la couette, elle sentit soudain la main de Nathan agripper sa hanche.

— Tu crois qu'on a le temps de prendre une douche ?

Repoussant la couverture, elle exposa alors son érection au grand jour et répondit, dans un sourire :

— Je pense que ça ne coûte rien d'essayer.

Nathan, qui aurait dû se rendre au bureau pour travailler quelques heures, passa finalement toute la journée et la soirée avec Ana et Nathan. Ils étaient d'abord allés prendre un brunch dans le restaurant qu'il avait suggéré et personne ne les avait apparemment reconnus, puis ils avaient fait un peu de shopping pour Max. Comme il faisait doux, ils étaient ensuite allés se promener au parc. En fin d'après-midi, ils avaient acheté de la nourriture chez le traiteur thaï pour le dîner. Après le repas, bien qu'il ait la nette sensation qu'Ana avait envie qu'il reste pour la nuit, il avait décidé de rentrer, car le lendemain il devait se lever tôt pour aller au bureau.

Quand il était arrivé chez lui, son appartement lui avait semblé encore plus impersonnel que d'ordinaire. Si les choses se déroulaient comme prévu avec Ana et Max — et il espérait de tout cœur que ce serait le cas — ils devraient songer à emménager dans une maison commune, une villa spacieuse dotée d'un grand jardin où Max pourrait jouer et d'un environnement convivial, non loin d'un parc. Il était certain qu'ils pourraient dénicher sans mal une telle perle, mais il ne voulait rien entreprendre pour l'instant. Il devait attendre d'être nommé président-directeur général.

Il passa le reste de la soirée à surfer sur internet, et fit notamment des achats en ligne pour Max. Il dut s'acquitter de prix de port exorbitants pour être bien certain que les jouets seraient livrés avant Noël. Il s'était déjà engagé à passer le soir du 24 décembre chez sa mère, avec son frère, mais le jour de Noël, il espérait bien être chez Ana à la première heure, quand Max ouvrirait ses cadeaux. Il avait du mal à croire que c'était dans six jours. Et puis, il avait un léger problème : il ne savait pas quoi offrir à Ana. Elle n'aimait pas vraiment les bijoux, et c'était d'ailleurs un cadeau bien peu original. Quel présent un homme pouvait-il faire à une femme qui avait tout ce qu'elle désirait ?

Il devait se creuser les méninges pour trouver une surprise qui lui plairait vraiment, et à laquelle elle n'aurait jamais pensé. Il y réfléchissait encore, le lundi matin, tout en cherchant des idées sur internet, quand sa mère l'appela.

— Un ami vient de m'inviter à une croisière pour les vacances de Noël, lui apprit-elle. Je ne pourrai donc pas passer les fêtes avec toi et ton frère.

Elle n'avait même pas la décence de paraître désolée ! Il ne doutait pas un instant que l'idée de cette croisière l'enchantait, et que son « ami » était sans doute bien plus âgé qu'elle et très fortuné.

— Très bien, dit-il. Amuse-toi bien.

Elle ne suggéra pas qu'ils remettent le traditionnel repas à plus tard, pas plus qu'elle ne lui présenta des excuses. Elle se contenta de lui souhaiter de belles fêtes et raccrocha, fidèle à son image de reine des glaces qu'elle avait toujours eue. Mais le coup de téléphone lui donna une idée de cadeau pour Ana…

Il lança tout de suite une rapide recherche sur internet, et trouva du premier coup ce qu'il voulait !

Il s'apprêtait à prendre contact avec l'agence pour les ultimes détails lorsqu'il se rappela que, par souci d'anonymat, il était préférable de tout régler par internet. Il imprima alors l'e-mail de confirmation pour les billets et termina la commande cinq minutes avant la réunion prévue avec les membres de son équipe, dans le salon de café, au rez-de-chaussée de l'immeuble.

La réunion dura jusqu'à l'heure du déjeuner et, alors qu'ils s'apprêtaient à rassembler leurs affaires pour remonter dans leurs bureaux respectifs, sa secrétaire l'appela.

— Votre frère est dans votre bureau, et il se demande s'il doit attendre ou revenir plus tard.

— Je prends l'ascenseur et j'arrive.

— Très bien, je l'en informe.

Dans l'ascenseur, il repensa à son cadeau. Il était décidément très fier de sa trouvaille. C'était un présent idéal pour Ana, auquel elle ne s'attendrait vraiment pas. Il s'acheminait vers son bureau, lorsqu'il se rappela subitement qu'il avait laissé l'e-mail de confirmation sur sa table de travail ! Le nom des passagers n'y figurait pas, il y avait juste l'itinéraire, mais Jordan se douterait qu'il ne partait pas tout seul ! Il pria pour avoir de la chance et que ce dernier n'ait rien remarqué, même s'il n'y croyait guère.

Il fit un signe de la tête à sa secrétaire quand il passa devant elle et entra dans son bureau. Jordan se trouvait près de la fenêtre, en train d'admirer le paysage à ses pieds. Il se retourna en l'entendant.

— Que se passe-t-il ? demanda Nathan sans ambages.

L'e-mail se trouvait exactement là où il l'avait laissé, sur le sous-main, près de son ordinateur. Il posa dessus le dossier qu'il avait à la main et s'assit.

— Je présume qu'elle t'a appelé, fit Jordan.

— Apparemment le Père Noël existe, et cette année, il m'a fait le cadeau que j'attendais, répliqua-t-il avec humour.

— Est-ce qu'elle t'a dit qui était ce nouvel « ami » ?

— Non, et je ne l'ai pas questionnée.

— C'est un baron. Elle l'a rencontré lors de son dernier voyage en Europe. Il a vingt ans de plus qu'elle, mais appartient à une vieille famille d'aristocrates.

— Un vieux décrépit, en somme.

— Je suppose que tu n'as toujours pas repris contact avec papa, enchaîna Jordan.

Il jeta un bref regard à son frère. Bien sûr que non, et ce n'était pas demain la veille qu'il le ferait. Il ne comprenait d'ailleurs pas pourquoi Jordan entretenait toujours des liens avec lui.

— Il va se remarier.

— Ce sera son mariage numéro combien ?

— 5. C'est une hôtesse de l'air de vingt-huit ans. Il l'a rencontrée lors d'un voyage d'affaires à New York. Elle habite à Seattle, mais elle va venir s'installer ici, au Texas.

— Je leur donne six mois.

— Je sais que tu ne veux pas en entendre parler, mais il s'est beaucoup radouci, depuis notre enfance. Il me demande de tes nouvelles, chaque fois que nous nous téléphonons. Il aimerait bien que tu l'appelles.

— Qu'il ne compte pas là-dessus !

— Parfois, Nathan, j'ai l'impression que tu es encore plus entêté que lui !

Sur ces paroles, Jordan se dirigea vers la porte, mais s'immobilisa soudain et se retourna.

— A propos, je voulais te demander… Pourquoi est-ce qu'un célibataire achète une croisière Disney pour trois personnes ?

Jordan était décidément impossible ! Nathan s'efforça de ne rien laisser paraître de son agacement.

— Même si cela ne te regarde pas, sache que ce n'est pas pour moi que j'ai effectué cette réservation, mais pour un ami. Il avait peur que sa femme ne tombe dessus, il veut lui faire une surprise pour Noël.

Il n'aurait su dire si son frère le crut ou pas. Peut-être n'était-ce pas la meilleure excuse, mais c'était la première qui lui était venue à l'esprit.

Au bout de quelques secondes, Jordan haussa les épaules, et déclara :

— Je retourne travailler.

Il le regarda sortir, espérant que la catastrophe avait été évitée.

Quelques minutes plus tard, Ana l'appela.

— Est-ce que tu penses pouvoir passer avant que je mette Max au lit, ce soir ? demanda-t-elle.

— Je vais faire mon possible, répondit-il.

Comme il avait beaucoup musardé sur internet, il n'avait guère travaillé depuis ce matin. Il se rattraperait pendant les vacances de Noël, quand tout le monde se détendrait en famille.

— Quand tu sauras à quelle heure tu peux te libérer, appelle-moi, comme ça, je retarderai le coucher de Max.

— D'accord. A propos, j'ai acheté ton cadeau de Noël.

Il entendit le sourire dans sa voix quand elle répondit :

— Tiens, quelle coïncidence ! Moi aussi.

— Si ça se trouve, on s'est acheté la même chose.

Elle se mit à rire.

— Il y a peu de risque, et si tu m'as acheté ce que j'ai choisi pour toi, alors il va falloir que je reconsidère sérieusement notre relation.

— Dans ce cas, nous n'avons pas à nous inquiéter. J'ai aussi fait quelques cadeaux à Max, ils devraient être livrés avant Noël.

— J'ai oublié de te demander... A quelle heure comptes-tu sortir de chez ta mère, le soir de Noël ? Je pensais que tu pourrais ensuite passer à la maison.

— Je ne vois pas ma mère, à Noël.

— Je croyais que ton frère et toi réveillonniez avec elle.

— Il y a eu du changement. Elle a décidé, à la place, de partir en croisière avec un « ami ».

— Tu es sérieux ?

— Elle l'a rencontré en Europe, le mois dernier. C'est un baron.

— Quoi ? Elle laisse tomber ses fils pour un homme qu'elle connaît à peine ? Mais c'est affreux.

— C'est tout ma mère, que veux-tu...

— Qu'est-ce que tu as prévu, en remplacement ?

— Rien. Comme Jordan ne m'a pas demandé ce que j'allais faire, j'en déduis qu'il a d'autres plans. Je resterai sans doute chez moi jusqu'à ce que tu reviennes de chez ton père. A quelle heure tu rentres, en général ?

— Aussi tôt qu'il est décemment possible. En général, il n'y a que nous deux, et ce n'est pas très joyeux. Heureusement, maintenant, il y a Max. Enfin, pour tout dire, je ne sais pas grand-chose sur ses intentions, cette année, car cela fait deux fois que je l'appelle en vain, aujourd'hui. Une fois sur son portable, une fois au bureau. Sa secrétaire m'a dit qu'il était en réunion, mais en général, ça veut dire qu'il ne veut pas me parler. Il m'en veut pour le rendez-vous manqué, sans compter qu'il y avait une photo de moi, dans le journal local, dimanche. On m'y voyait au pub, un verre à la main. Je n'ai même pas vu le paparazzi qui a pris la photo.

— Comment ne peut-il pas voir que tu as changé ? Que tu es plus mûre, responsable et que tu es une formidable mère.

— S'il s'en apercevait, il préférerait mourir plutôt que le reconnaître.

— Comment va-t-il réagir quand il apprendra notre relation ?

— Pour tout te dire, cela m'est égal. J'en ai assez de son petit jeu. Si ce n'était pas pour Max, je passerais le réveillon de Noël avec toi. Près du feu, en pyjama.

— C'est ce que nous ferons, l'année prochaine, promit-il, se rendant compte qu'il anticipait déjà ce que serait leur Noël suivant.

— Oui. Mais cette année, nous devrons réveillonner séparément, je suppose. Je te tiens au courant dès que j'ai des nouvelles de mon père.

A cet instant, Adam passa la tête dans l'entrebâillement de sa porte de bureau.

— Désolé de te déranger. Est-ce que tu as une seconde ?

Question purement formelle, puisque tout le monde avait toujours « une seconde » pour le P.-D.G. Il lui fit signe d'entrer.

— Mademoiselle Maxwell, est-ce que je peux vous rappeler un peu plus tard ? dit-il alors dans le combiné.

Il savait qu'Ana comprendrait qu'une personne venait d'entrer dans son bureau.

— Bien sûr, dit-elle. On se rappelle.

Refermant son portable, il demanda à Adam :

— Qu'est-ce qui se passe ?

— Je voulais savoir si tu avais eu l'occasion de discuter avec Jordan.

— A propos de quoi ?

Adam parut un peu étonné.

— Des découvertes suspectes que nous avons faites sur ses comptes. !

— Désolé… Non, pas encore.

Il venait de se couvrir de ridicule. Il fallait dire que, dernièrement, il avait été trop préoccupé par sa propre vie pour se pencher sur la question.

— Comme je te l'ai dit la dernière fois, Jordan et moi ne communiquons pas beaucoup, ajouta-t-il. Nous étions censés dîner ensemble pour Noël, et je pensais aborder le sujet avec lui, mais finalement le repas vient d'être annulé. En fait, je ne sais pas comment m'y prendre sans éveiller sa suspicion.

— Je comprends. De toute façon, nous en saurons plus quand sa secrétaire sera en congé et que nous la remplacerons par une personne au service des enquêteurs.

— Oui, je pense que c'est la meilleure solution pour obtenir les informations dont nous avons besoin, même si, encore une fois, je crois en son innocence.

— J'espère que c'est le cas.

Adam s'apprêtait à partir quand, la main sur la poignée, il se ravisa et pivota sur ses talons.

— Nathan, tout va bien ?

— Bien sûr ! Pourquoi me poses-tu une telle question ?

— Ces derniers temps, je te trouve un peu distrait. Et puis tu sors plus tôt, depuis quelques jours.

— Tu trouves que je suis moins performant ?

— Non, non, absolument pas. Et au cas où cela t'inquiéterait, mes observations n'auront aucun impact négatif concernant ta candidature au poste de P.-D.G. C'est l'ami qui se fait du souci…

Il comprit qu'Adam, sans le demander clairement, attendait des explications, ce qui était tout à fait légitime.

— Pour tout avouer, j'ai rencontré quelqu'un, répondit-il. Pour l'instant, il n'y a rien d'officiel, mais les choses pourraient le devenir.

— J'aimerais faire sa connaissance. Tu pourrais venir avec elle au mariage d'Emilio.

— Malheureusement, je ne pense pas qu'elle soit disponible, dit-il en s'efforçant de paraître naturel.

— C'est moi qui me suis marié le premier, puis Emilio s'est laissé passer la bague au doigt, déclara Adam en souriant. Le prochain sur la liste sera peut-être toi.

— Il ne faut pas préjuger de ses forces, répondit-il en riant.

— S'installer, fonder une famille, ce n'est pas si mal que ça, tu sais, déclara Adam.

Puis il sortit du bureau.

Il aurait aimé pouvoir dire à son ami qu'il avait déjà une famille, lui parler fièrement de son fils, exhiber des photos de lui…

Mais il devait tenir quelques mois encore. Alors Ana et lui pourraient s'exposer au grand jour.

- 11 -

La situation devenait ridicule.

Il était 16 heures, la veille du réveillon, et le père d'Ana ne s'était toujours pas manifesté. Elle lui avait téléphoné une dizaine de fois dans la semaine, lui laissant des messages où elle le priait de la rappeler. Elle lui avait même renouvelé ses excuses pour son oubli du dimanche.

Mais rien n'y avait fait, elle demeurait sans nouvelles.

Elle regarda la pendule, sachant que Nathan allait arriver d'une minute à l'autre, puis son regard tomba de nouveau sur le téléphone. Elle se demanda si elle aurait le temps de donner rapidement un nouveau coup de fil.

Elle poussa un soupir. Pourquoi insistait-elle ? Elle avait fait son possible, présenté des excuses, l'avait prié de lui pardonner. Il pensait peut-être la punir en la laissant passer Noël toute seule ? Cependant, elle le voyait mal manquer une occasion de couvrir Max de cadeaux. Le connaissant, il attendait la dernière minute pour décrocher son téléphone et comptait qu'elle obéisse au doigt et à l'œil quand il lui indiquerait ses dispositions pour la fête. Il était incroyable qu'un homme à la tête d'une société de plusieurs milliards de dollars se comporte de façon aussi puérile. Elle en avait assez d'être à son entière disposition, et il était temps qu'il le comprenne. Nathan n'ayant rien prévu pour le lendemain à l'occasion du réveillon, c'était avec lui qu'elle avait envie de passer la soirée.

Si son père n'appelait pas avant qu'il n'arrive, alors il

manquerait son premier noël avec Max. Sa décision était prise. Abandonnant l'idée de lui téléphoner, elle voulut se servir un verre de vin pour surmonter son léger sentiment de culpabilité quand la sonnette retentit.

Elle se précipita pour ouvrir.

— Joyeux Noël ! dit Nathan en entrant.

Avant qu'il n'ait le temps de retirer son manteau, elle jeta ses bras autour de son cou et l'embrassa. Ce ne fut que lorsqu'elle s'écarta de lui qu'elle remarqua la boîte ornée d'un joli nœud qu'il portait à la main.

Il la lui tendit.

— Tu as encore de la place, sous ton sapin ? demanda-t-il.

— A peine, dit-elle, en lui montrant la dizaine de paquets qui avaient été livrés en son nom, le matin même et qu'elle avait déposés au pied du sapin. Tu as acheté tout le magasin ?

— Presque, répondit-il en riant.

Il enleva son manteau et la suivit dans le salon, où elle plaça le présent avec les autres.

— Où est Max ? questionna-t-il.

— Il fait la sieste. Il ne devrait pas tarder à se réveiller. Tu veux un verre de vin ?

— Volontiers.

— La Western Oil vient de fermer ses portes pour la trêve des confiseurs ? demanda-t-elle en se dirigeant vers la cuisine avec lui.

— Tout à fait. Je devrai passer au bureau entre Noël et le nouvel an pour boucler quelques dossiers, mais toute mon équipe est effectivement en vacances. Sinon, j'ai l'intention de passer le plus de temps possible avec toi et Max.

Elle remplit deux verres de vin et lui en tendit un.

— J'ai une proposition à te faire, déclara-t-elle alors.

— Je t'écoute.

— Est-ce que tu aimerais passer le réveillon de Noël avec ton fils, cette année ?

Il sourcilla.

— Que se passe-t-il ? Tu t'es disputée avec ton père ?

— Pas du tout, puisque je n'ai pas pu lui parler. Il ne m'a pas rappelée et j'en ai assez de ses petits jeux. Alors j'ai décidé de faire d'autres plans.

— Et s'il appelle à la dernière minute, en espérant que tu viennes ?

— Je serai au regret de décliner.

— Tu es certaine ?

— Tout à fait.

Elle se hissa sur la pointe des pieds pour l'embrasser.

— C'est avec toi que Max et moi avons le plus envie de passer Noël.

Il lui sourit et l'enlaça par la taille.

— Dans ce cas, j'accepte.

— Il faudra que j'aille au supermarché tout à l'heure, pour acheter la dinde de Noël et tout ce qui va avec. En fait, je n'en ai jamais préparé, mais je suis sûre de trouver une recette sur internet.

— S'il y a encore des dindes ! Les supermarchés ont dû être dévalisés.

— Eh bien, nous devrons nous contenter de pâtes ! Mon père me donne tellement de nourriture à rapporter chez moi, au réveillon, que je ne fais jamais les courses avant Noël.

Il lui sourit, passa sa main dans ses cheveux et l'embrassa gentiment.

— Tant que je suis avec Max et toi, je me fiche bien de ce qu'il y a dans mon assiette.

Ces paroles lui mirent évidemment du baume au cœur, mais, comme ce serait leur premier Noël ensemble, elle avait envie de faire les choses en bonne et due forme.

L'Interphone relié à la chambre d'enfant émit quelques crépitements, ce qui signifiait que Max commençait à se réveiller.

— Tu veux bien aller le prendre pendant que je cherche des recettes ? demanda-t-elle.

Il lui donna un très tendre baiser qui la laissa toute frissonnante, puis se rendit dans la chambre de leur fils.

Elle passa l'heure suivante sur internet, découvrant qu'il n'y avait pas une recette pour farcir la dinde, mais des milliers ! Elle choisit celle qui lui semblait la meilleure, puis établit la liste de tout ce dont elle avait besoin, espérant que les supermarchés ne seraient pas dévalisés, comme Nathan l'avait prédit. Ils décidèrent d'aller au restaurant et de faire les courses après. Le petit supermarché bio où elle s'approvisionnait régulièrement n'avait presque plus rien en rayon. Ils se rendirent dans un autre supermarché bio, plus commercial. En vain.

Sans se laisser décourager, ils essayèrent une chaîne de supermarchés généraliste. L'endroit était bondé, mais ils trouvèrent au moins ce qu'ils convoitaient avant tout : des dindes. Le seul problème, c'était qu'elles étaient énormes.

— Nous allons manger de la dinde pendant un mois, observa Nathan en la mettant dans le chariot.

Elle se contenta de sourire. Cela lui était complètement égal, dès l'instant où il était avec elle.

Ils passèrent dans les autres rayons, et elle fut ravie de constater qu'il y avait là aussi la plupart des produits bio qu'elle achetait habituellement. Au rayon pâtisserie, ils achetèrent trois gros gâteaux, ne cherchant même pas à commander chez un pâtissier de renom, certains qu'ils se heurteraient à un refus, eu égard à la date… Ils durent faire la queue pendant un bon moment à la caisse, le chariot étant finalement plein à craquer, et ils en profitèrent pour discuter du programme du lendemain. Quand ils eurent chargé le tout dans la voiture, l'heure du coucher pour Nathan était largement passée. Le petit garçon s'endormit dans la voiture et, à leur arrivée, elle le mit au lit pendant que Nathan déchargeait les courses.

Il voulut ensuite l'aider à ranger, mais elle le renvoya de la cuisine, en lui donnant la télécommande de la télévision.

Quand il y revint une demi-heure plus tard pour demander une bière, il portait un pantalon de pyjama, et rien d'autre.

Elle noua ses bras autour de son cou.

— C'est un piège pour m'attirer hors de la cuisine ? demanda-t-elle en souriant.

Il lui rendit son sourire.

— Ça marche ?

Elle humecta ses lèvres avec sa langue.

— Si je n'avais pas un millier de choses à faire…

Il lui donna un rapide baiser.

— Je t'accorde un petit répit, mais si tu ne te dépêches pas, je t'arracherai à ta cuisine, que tu le veuilles ou non.

Quand il retourna devant la télévision, elle commença à préparer certaines petites choses pour le lendemain, tout en pensant que la soirée avait été parfaite. Un peu trop parfaite pour durer, sans doute…

Tout n'allait-il pas très bien entre eux, avant qu'il ne la laisse tomber, dix-huit mois plus tôt ? Si elle avait su ce qui avait motivé son geste, sans doute aurait-elle été moins inquiète. Mais peut-être devait-elle cesser d'être paranoïaque et être reconnaissante de cette deuxième chance.

Il était 23 heures passées quand elle éteignit la lumière de la cuisine. Dans le salon, la télévision marchait toujours, mais Nathan s'était endormi. Elle s'empara de la télécommande et l'éteignit. Et puis, bien que consciente qu'ils devaient se lever tôt le lendemain, elle eut le besoin urgent de se blottir contre lui.

Elle se déshabilla et laissa tomber ses vêtements en pile sur le sol, avant de se glisser contre lui et de se mettre à lui caresser les cuisses. Il ne fit pas un geste. Elle allait devoir recourir à des méthodes plus efficaces. Posant la main sur son estomac, elle la fit lentement, très lentement glisser sous l'élastique du pyjama… S'il fermait toujours les yeux, elle put constater que d'autres parties de son corps ne dormaient pas vraiment… Il poussa un petit grognement quand elle prit son sexe dans sa main. Alors elle le regarda et il lui sourit.

— D'abord, j'ai cru que je rêvais, dit-il. Ce n'est pas tous les jours qu'un homme se réveille sous les caresses d'une belle femme nue…

Elle lui rendit son sourire.

— Je devrais sans doute le faire plus souvent.

— C'est une habitude que je prendrais volontiers moi aussi.

Enserrant son visage, il l'attira à lui pour lui donner un lent et profond baiser… Puis il caressa ses épaules, son dos, avant de frotter son érection à son corps. Elle s'agrippa à lui et laissa échapper un gémissement, sa bouche contre la sienne. L'instant suivant, il la pénétrait.

Elle avait enfin obtenu de ce qu'elle voulait, constata-t-elle, aux anges… avant de se rendre compte, paniquée, qu'ils avaient oublié un « détail » : un préservatif !

Et pourtant, l'idée qu'il n'y ait pas de barrière entre eux, qu'elle soit totalement à lui la bouleversait… Elle n'avait pas envie qu'il arrête ses délicieux va-et-vient. Mais elle avait bien conscience que, sans préservatif, elle jouait à la roulette russe. La preuve dormait quelques portes plus loin… Elle se dit aussi qu'elle aurait ses règles dans deux jours, de sorte que les risques de conception étaient fort minimes.

Estimant toutefois que ce n'était pas une décision qu'elle pouvait prendre seule, elle se redressa et posa les mains sur le torse de Nathan.

Il lui lança un regard interrogateur.

— Nous devons arrêter, décréta-t-elle.

— Nous ne « devons » rien du tout ! répondit-il d'un air désapprobateur.

— Nous avons oublié d'utiliser un préservatif.

— Je sais.

— *Quoi ?*

Il sourit légèrement, puis lui caressa les hanches.

— Tu penses sincèrement que je n'en étais pas conscient ?

— Et tu t'en fiches ?

— Non, mais je ne voulais pas être impoli, ma première envie étant de te satisfaire.

— Je suis sûre que c'est comme ça que je suis tombée enceinte de Max.

— Tu veux dire que c'est trop tard ? Que le dommage est déjà fait ? Mais il ne s'est rien passé, tu sais.

Il s'exprimait avec une grande légèreté — comme s'ils avaient discuté du temps qu'il faisait — tout en continuant à aller et venir doucement en elle.

— J'aurai mes règles dans deux jours, il y a peu de risque pour que je sois fertile, mais devons-nous tenter le diable ?

— Tu es contre l'idée d'un deuxième enfant ?

— Non, mais…

— Alors ne t'inquiète pas.

Parfait, s'il n'avait pas peur des conséquences…

Il embrassa sa nuque et, avec ses mains et sa bouche, dissipa ses ultimes doutes…

Tout à coup, il prit son visage entre ses mains, et la regarda bien droit dans les yeux.

— Je t'aime, Ana.

Ces quatre mots suffirent à la faire jouir, et il ne fut pas long à la rejoindre… Après quoi, elle blottit sa tête sous son menton, complètement détendue, tandis qu'il la tenait serrée contre lui.

Ce que les choses avaient pu changer, en quelques semaines ! Cela semblait presque trop beau pour être vrai. En un sens, elle aurait aimé être tombée enceinte, car Nathan serait forcément resté avec elle…

Aussitôt, elle regretta sa pensée. Elle savait combien ce petit jeu-là était dangereux. Et puis, pourquoi aurait-elle eu besoin d'un piège ? Il avait dit qu'il l'aimait, et qu'il n'avait rien contre le fait qu'elle retombe enceinte. Tout était parfait.

Dans ces conditions, pourquoi ressentait-elle cette sorte de malaise, tout au fond de son âme ?

Ce fut l'odeur du café qui réveilla Nathan.

Il était à peine 8 heures, mais la place à côté de lui était vide. Il roula sur le dos, et se frotta les yeux. La veille au soir, sur le canapé, ç'avait été grandiose. Il avait toujours eu peur qu'Ana soit trop amoureuse et lui fasse perdre tout contrôle, mais il comprenait à présent qu'elle était exactement la femme dont il avait besoin. La passion qu'il ressentait pour elle était comme un exutoire à toute l'énergie négative qui pouvait parfois se former en lui. Grâce à elle, il se sentait équilibré.

Elle était la seule à pouvoir le sauver, et à le maintenir sur le bon chemin. Elle lui apprendrait à être un bon père. Envers Max, et envers les autres enfants qu'ils auraient peut-être ensemble. Il avait envie d'évoluer, les possibilités qui s'offraient à lui étaient infinies.

Fort de cette pensée, il se mit debout, tout en se demandant si Max était déjà réveillé. Il était impatient de voir la tête qu'il ferait en découvrant tous ses cadeaux.

Enfilant le bas de son pyjama et un T-shirt, il se mit en quête d'Ana. Les lumières du sapin étaient allumées et de la musique de Noël emplissait le salon. Elle était déjà dans la cuisine, dans un pantalon de pyjama en flanelle rose. La dinde était sur une plaque, prête à être enfournée.

Elle lui sourit en l'apercevant.

— Joyeux Noël ! lança-t-elle.

— Bonjour. Quelle bonne odeur de café !

— Je viens juste d'en faire, dit-elle en lui montrant la cafetière.

Il passa derrière elle, l'enlaça par la taille, et lui donna un baiser sur la joue.

— Tu es levée depuis quelle heure ?

— 6 heures. Je voulais farcir la dinde avant que Max ne se réveille.

— Et moi, je peux faire quelque chose ? demanda-t-il.

— Oui, tu peux me servir du café, à moi aussi, pendant que je finis cette petite vaisselle. J'ai entendu Max remuer, et je pense qu'il ne devrait pas tarder à se manifester.

Ce fut alors qu'un cri perçant retentit dans l'Interphone.

— Finalement, dit Ana, tu pourrais peut-être aller le chercher dans son lit pendant que je nous sers du café.

Quand il arriva dans la chambre, le petit Max était debout, accroché aux barreaux de son lit. Il poussa un cri de joie en le voyant.

— Joyeux Noël, Max ! Tu es prêt à ouvrir tes cadeaux ?

Il le prit dans ses bras, changea rapidement sa couche — il avait fait de grands progrès, en la matière — puis l'emmena dans le salon. Elle les attendait avec du café pour lui, et du lait pour Max. Il s'assit sur le canapé et son fils se blottit contre lui pour boire son lait.

Ce fut alors que le téléphone d'Ana sonna. Elle roula les yeux au ciel.

— C'est mon père, déclara-t-elle d'un ton affligé.

— Tu n'es pas obligée de répondre.

— Non, je refuse de jouer le même jeu que lui.

Et elle s'empara de son portable.

— Bonjour, papa, dit-elle.

Elle l'écouta quelques secondes, avant de répondre :

— J'ai cherché à te joindre toute la semaine. Comme tu ne m'as pas rappelée, j'en ai déduit que tu avais d'autres projets pour Noël, et j'ai moi-même prévu autre chose.

Une pause s'ensuivit, et elle reprit :

— Non, je ne changerai pas mes plans. J'ai une dinde farcie au four.

Il perçut alors les éclats de voix de son père qui fulminait à l'autre bout du fil.

— Je suis désolée que la nourriture que tu as achetée soit perdue, mais si tu m'avais rappelée et m'avais dit que…

De nouveau, elle fut interrompue par une salve de colère, mais elle reprit bien vite :

— Non, je ne cherche pas à compliquer la situation. Seulement, je ne peux pas…

Elle écarta le portable de son oreille, puis secoua la tête en le refermant.

— Il a raccroché. Apparemment, il nous attendait pour 17 heures.

— Ça va, Ana ? s'enquit-il, inquiet.

Elle haussa les épaules et posa son portable sur la table basse.

— C'est tant pis pour lui. Il a plus besoin de nous que nous de lui.

Elle avait raison. Maintenant, ils formaient une famille, elle, Max et lui. Il ne put s'empêcher de ressentir une petite satisfaction : son père était le premier dans son domaine, mais sur le plan personnel, c'était un bien piètre individu.

— Bon, reprit Ana, qui veut ouvrir ses cadeaux ?

- 12 -

Lovée sur le canapé, en face du feu, Ana sirotait son café tout en regardant son fils ouvrir ses cadeaux, même s'il semblait davantage s'amuser avec les boîtes et le papier qu'avec les jouets eux-mêmes. Nathan était assis par terre, près du sapin, en train de monter les jeux en kit. Il avait apparemment adoré la chope de bière qu'elle avait choisie pour que son fils lui offre, avec comme inscription « Le meilleur papa du monde », et la carte d'abonnement pour assister aux matchs de basket-ball des San Antonio Spurs qu'elle lui avait offerte. Et elle ne pouvait toujours pas croire qu'il avait réservé une semaine de croisière Disney ! Elle ne s'était pas attendue à un cadeau aussi original. Un voyage à trois, où ils ne connaîtraient personne et où personne ne se mêlerait de leurs affaires, c'était fantastique.

Ce Noël était décidément merveilleux, et même le coup de téléphone de son père n'était pas parvenu à le gâcher. Elle n'était pas en colère contre lui, juste désolée pour lui : il ne la connaissait pas, et peut-être ne l'avait-il jamais connue. Le pire, c'était qu'il n'avait jamais fait le moindre effort en ce sens.

Mais c'était tant pis pour lui. Si elle arrivait à lui tenir tête, et refusait désormais de se laisser manipuler, peut-être finirait-il par se remettre en question.

Enfin, rien n'était moins sûr… Elle avait toujours supposé que c'était la disparition de sa mère qui l'avait aigri, mais il lui arrivait parfois d'en douter. Elle avait juste six ans quand sa mère était décédée. Peut-être que ses souvenirs de la famille heureuse qu'ils avaient formée, tous les trois, n'étaient-ils rien d'autres que le fruit d'une imagination enfantine.

— Ça y est ! s'exclama Nathan d'un ton triomphant.

Il venait de finir de monter les jouets de Max.

— Cela ne t'a pris qu'une heure, le taquina-t-elle.

Il se leva et vint s'asseoir à côté d'elle.

— Je dois admettre que je vois à présent sous un autre jour les nombreuses séances de montage de jeux de mon enfance. Même si elles auraient pu avoir lieu sans énervement ni juron.

— Chez nous, c'était le majordome qui s'en chargeait, observa-t-elle.

Il passa son bras autour de ses épaules, et l'attira vers lui :

— Les choses seront différentes pour Max.

Elle posa la tête sur son épaule.

— Je sais, dit-elle en souriant.

Ils restèrent un bon moment l'un contre l'autre, à écouter de la musique de Noël, et à regarder Max jouer. Elle finit par se lever pour mettre la dinde au four et préparer le repas de fête. Quand elle coucha Max pour sa sieste de l'après-midi, elle et Nathan se précipitèrent dans le lit pour faire l'amour. Après quoi, Nathan s'endormit. Elle se doucha, s'habilla et vérifia la cuisson de la dinde. Elle devait encore cuire une heure, mais elle avait pris une belle teinte dorée. Jusque-là tout allait bien.

Elle avait laissé son portable sur le comptoir, en mode silence, et quand elle vérifia l'écran, elle se rendit compte qu'elle avait manqué un appel de son père, à 15 h 15. Peut-être avait-il pensé qu'elle bluffait, et qu'il appelait pour vérifier si elle était en route. Elle aurait aimé qu'il tire une leçon de toute cette histoire, mais elle craignait qu'il ne l'accuse simplement d'être égoïste.

C'était sans doute triste, mais elle ne pouvait rien y

changer. En revanche, elle devait se protéger. Et c'était la position qu'elle entendait désormais adopter.

Elle rassembla les jouets de Max au pied du sapin et, vers 16 heures, elle l'entendit remuer, dans son lit. Elle s'apprêtait à aller le prendre lorsqu'on sonna à la porte, ce qui la surprit. Elle n'attendait personne et, en général, les gens ne rendaient pas des visites impromptues le jour du réveillon de Noël.

Intriguée, elle alla ouvrir. Elle resta bouche bée en découvrant la personne qui se tenait sur le seuil de la porte.

— Papa ? Qu'est-ce que tu fais ici ?

— Comme tu t'entêtais, je n'avais pas d'autre choix que venir chez toi remettre ses cadeaux à Max.

C'était elle l'entêtée ? Il ne pouvait pas être sérieux.

— Ce n'est pas le bon moment, répondit-elle.

— Qui est-ce, Ana ? demanda Nathan juste derrière elle.

Il portait son fils dans les bras. Tous les deux étaient en pyjama et légèrement ébouriffés. Son père entra sans être invité et, quand il vit Nathan, la plus grande surprise se peignit sur son visage.

— Qui c'est, celui-là ? s'exclama son père.

Il les regarda tous tour à tour et finit par plisser les yeux, comme s'il venait de comprendre. Il se tourna alors vers elle, mâchoires serrées.

— J'aurais dû m'en douter, marmonna-t-il.

— Ce n'est pas ce que tu crois !

— C'est comme ça que tu cherches à me punir ? En frayant avec l'ennemi ?

Si ses paroles la blessèrent, elle s'efforça de ne pas le montrer. Ce fut alors que son père se tourna vers Nathan.

— Quand vous aurez eu l'obligeance de me donner mon petit-fils, vous pourrez vous habiller et partir au plus vite de chez ma fille !

Sans ciller, Nathan plongea son regard dans celui du père d'Ana, puis serra son fils d'un bras protecteur contre lui.

— Il est hors de question que je vous donne *mon* fils, s'exclama-t-il.

— Max est le fils de cet homme ? s'étrangla son père.

Nathan eut la sensation qu'il venait d'ouvrir une boîte de Pandore, mais ç'avait été plus fort que lui, il n'avait pas été capable de se taire. Il n'allait certainement pas se laisser impressionner par cet homme arrogant. Son rôle de père l'emportait largement sur celui de grand-père, c'était un fait indéniable !

— Oui, Nathan est le père de Max, confirma Ana sans l'ombre d'une excuse ni d'un regret dans la voix.

— Mais enfin, Ana, ma pauvre fille, où avais-tu la tête ?

— Cela ne te regarde pas, papa.

— Tu peux me dire où était cet homme pendant ta grossesse ? Pendant les neuf premiers mois de la vie de Max ? A moins que tu ne l'aies vu en secret, et que tu m'aies menti pendant tout ce temps !

— Nathan a appris la naissance de Max il y a quelques semaines, mais maintenant il est présent.

— Peut-être pas pour très longtemps…

Se tournant vers lui, Birch poursuivit :

— J'ai cru comprendre que vous convoitiez le poste de directeur, à la Western Oil. Je ne pense pas que le conseil d'administration soit ravi d'apprendre que vous êtes lié à ma famille.

— Je saurai faire face, assura-t-il, tendu.

— Non, ce ne sera pas la peine, trancha alors Ana. Parce que mon père ne va le dire à personne. Sinon, il ne reverra jamais son petit-fils.

Walter Birch eut un rire méprisant.

— Maxwell m'adore. Tu n'oserais pas le priver de son grand-père.

— Si tu ruines la carrière de l'homme que j'aime, je n'hésiterai pas un seul instant à le faire.

Il cligna des yeux, apparemment stupéfait qu'elle lui tienne tête.

— Tu n'es pas sérieuse.

— Essaie, tu verras bien.

— Dans ces conditions, j'exige un test de paternité ! Je veux la preuve que c'est bien lui le père biologique de Maxwell.

Il voulut l'envoyer promener, mais Ana le devança.

— *Tu exiges ?* Et tu peux me dire de quel droit ? Cette histoire ne concerne que moi et Nathan qui, pour information, ne m'a rien demandé. Il m'a fait confiance, contrairement à mon propre père, qui pense que je suis capable d'avoir des partenaires multiples.

Son père leva les yeux vers elle.

— Cela t'est déjà arrivé, non ?

Nathan la vit blêmir sous le choc et il sentit la colère gronder en lui. Par chance, il tenait son fils dans ses bras, sans quoi il était probable que Birch aurait déjà reçu son poing sur la figure. Pour le bien de son fils, il choisit la tempérance. Et fut tout étonné d'en être capable, sans que cela ne lui coûte un effort surhumain.

Se postant près d'elle, il déclara alors avec calme :

— Vous parlez de la femme que j'aime. C'est la dernière fois que vous vous adressez à elle de cette façon, vu ?

Etait-il possible que Birch se soit rendu compte qu'il était allé trop loin ? Toujours est-il qu'au grand étonnement général, il déclara :

— Vous avez absolument raison, c'était déplacé de ma part. Je suis désolé.

— Je vais habiller Nathan, déclara Ana avec douceur.

Puis elle prit son fils des bras de Nathan et s'éclipsa, laissant les deux hommes en tête à tête.

Même s'il estimait que Birch l'avait bien cherché, il ne

pouvait s'empêcher d'éprouver de la compassion pour lui. Il savait ce que c'était que de perdre son sang-froid et de regretter par la suite ses gestes inconsidérés. Peut-être que cette scène permettrait au père d'Ana de se remettre en cause, et qu'il entamerait une nouvelle relation avec sa fille.

Au bout d'un long moment de silence, Birch reprit :

— J'ai des cadeaux pour Max. Je peux aller les chercher ?

Il lui demandait la permission ? C'était proprement incroyable. Il jugea qu'il n'avait nul droit d'entraver la relation entre Max et son grand-père.

— Bien sûr, répondit-il.

Walter Birch ouvrit alors la porte et fit signe d'entrer à l'homme qui se tenait sur la terrasse. Ce devait être son chauffeur, pensa-t-il en apercevant la Rolls Royce. Il avait les bras chargés de cadeaux.

Tandis que le chauffeur faisait trois allers-retours entre la voiture et la maison pour vider le coffre, Nathan observait Birch en silence. Ce n'était pas du tout la façon dont il avait cru passer Noël. La famille avait toujours le don de tout gâcher.

— Bien, fit Birch une fois que le chauffeur eut terminé et refermé la porte derrière lui, avez-vous l'intention d'épouser ma fille ?

Il aurait dû s'attendre à la question. Elle le prit pourtant de court.

— La pensée m'a traversé l'esprit, concéda-t-il.

— Je pense qu'il est inutile de croire que vous me demanderez la permission.

— Bien vu, fit-il en pensant que Birch devrait déjà s'estimer heureux s'il recevait une invitation à leur éventuel mariage.

— J'imagine que vous espérez un poste dans ma société, avec un grand bureau panoramique ?

— J'ai déjà un travail, répondit-il, écœuré par tant d'arrogance.

Walter Birch fronça les sourcils.

— L'idée que mon gendre travaille pour la concurrence me déplaît.

Pour sa part, il s'en fichait éperdument. En revanche, il aurait de sérieuses difficultés à travailler avec un homme comme le père d'Ana, surtout si c'était lui, l'auteur du sabotage…

Ana fit enfin son apparition avec Max, à qui elle avait mis sa tenue de Noël.

— Tu veux rester dîner ? demanda-t-elle à son père.

Birch jeta un coup d'œil vers Nathan.

— Si personne ne s'y oppose…

— Et si tu t'occupais de Max pendant que je finis de préparer le repas et que Nathan se douche ? suggéra-t-elle.

Son père enleva alors son manteau et, prenant Max dans ses bras, se dirigea vers le salon. Ana fit signe à Nathan de la suivre dans sa chambre. Elle referma la porte derrière eux et se pressa contre lui, l'enlaçant par la taille et posant sa tête sur sa poitrine.

— Ça va ? demanda-t-il en lui caressant le dos.

— Tu penses qu'après tout ce qu'il m'a dit, j'ai eu tort de l'inviter à rester ?

— Je ne crois pas qu'il pensait ce qu'il a dit. Il a parlé sous le coup de la colère.

— Tu as sans doute raison, merci de le défendre.

— C'est toi qui m'as défendu en premier, dit-il alors. Tu le pensais vraiment, quand tu as dit que tu m'aimais ?

— Bien sûr, dit-elle en se hissant sur la pointe des pieds. Je t'aime, Nathan.

Ces quatre mots furent son plus beau cadeau de Noël. Des femmes le lui avaient déjà fait cet aveu, mais c'était la première fois qu'une déclaration d'amour le touchait à ce point. Personne ne le comprenait, ni ne le connaissait comme Ana.

— Moi aussi, je t'aime, murmura-t-il.

Un sourire éclaira les traits d'Ana.

— Il faut que je retourne en cuisine avant que tout brûle.

— Je viens t'aider dès que je suis prêt.

Sur un dernier baiser, elle le laissa seul.

Alors qu'il était sous la douche, il eut la sensation d'entendre la sonnette. Peut-être était-ce le chauffeur, pensa-t-il, ou bien un ultime livreur pour les jouets de Max.

Mais, une fois douché, rasé et habillé, quelle ne fut pas sa surprise de découvrir que l'homme en train de jouer par terre avec son fils n'était personne d'autre que son propre frère, Jordan !

Le meilleur Noël de sa vie venait définitivement de virer au cauchemar.

Jordan bondit sur ses pieds dès qu'il l'aperçut.

— Salut, grand frère ! Joyeux Noël !

— Tu peux me dire ce que tu fais là ? s'étrangla-t-il.

— Il a sonné quand tu étais sous la douche, expliqua Ana en entrant dans le salon.

Birch était assis sur le canapé, et regardait la scène d'un air amusé.

— Quel mal y a-t-il à vouloir passer Noël avec mon frère et mon neveu ? demanda alors Jordan.

Il jeta un bref coup d'œil à Ana.

— Je t'assure que je n'ai rien dit, se défendit cette dernière. Il était déjà au courant.

— Tu te comportes curieusement depuis des semaines, expliqua alors Jordan. Et puis ton excuse bidon au sujet de la croisière. Franchement, Nathan, c'était une insulte à mon intelligence.

Nathan s'efforçait de garder la tête froide. Il n'allait pas s'expliquer avec son frère devant Ana et son père. Et certainement pas devant Max.

— Et si nous allions discuter dehors ? proposa-t-il.

— Il pleut et il fait froid, objecta Jordan.

— Tu ne vas quand même pas jouer les mauviettes,

répliqua-t-il, s'apercevant trop tard que c'était exactement ce qu'aurait dit son père.

Mais l'argument avait fait mouche. Jordan avait déjà mis son manteau et se dirigeait vers la porte. Il l'imita. L'air était humide et glacé.

— Comme c'est mignon ! commença Jordan d'un ton qui lui était plus naturel. Tu passes Noël avec Ana Birch et son père. Je pense que maintenant personne n'aura plus aucun doute sur l'auteur du sabotage.

— Jordan ! Comment peux-tu me soupçonner ?

— Tu ne peux nier qu'il y a matière à soupçon !

— Ecoute, je n'ai pas besoin de me justifier, et d'ailleurs cela ne te regarde même pas, mais il n'était pas prévu que Walter Birch passe Noël avec nous. Il s'est incrusté. En outre, je ne voyais plus Ana quand l'explosion a eu lieu. Je ne savais même pas que j'avais un fils. J'ai rompu avec elle avant qu'elle ne comprenne qu'elle était enceinte.

— Pourquoi n'a-t-elle rien dit plus tôt ? Est-ce qu'elle avait des doutes sur le père ?

Nathan serra les poings, et Jordan comprit qu'il était allé trop loin.

— Désolé, je ne pensais pas ce que je viens de dire.

— Elle avait l'intention d'élever Max toute seule.

— Et si c'est elle la responsable du sabotage ?

— Ana ? C'est ridicule !

— Pas complètement. Elle voulait peut-être se venger parce que tu l'avais laissée tomber.

— Ce n'est pas du tout son genre. Et puis, elle n'est pas en meilleurs termes avec son père.

— C'est tout de même la main qui la nourrit.

— Tu n'es pas bien informé. Ana a hérité une immense fortune de sa mère, et elle ne touche pas un dollar de la Birch Energy.

Jordan cherchait-il à se dédouaner d'une éventuelle responsabilité dans l'explosion, en faisant porter les soupçons sur Ana ? se demanda-t-il. Il n'était pas exclu qu'il ait appris qu'on enquêtait sur lui. Il avait promptement pris sa défense, devant Adam et Emilio, mais il n'avait aucune idée de ce dont son frère était capable.

— Comment as-tu découvert que c'était Ana que je fréquentais ? demanda-t-il.

— Je t'ai tout simplement suivi, mon vieux. Tu n'es pas exactement l'agent 007, tu sais.

— Et comment as-tu appris que Max était mon fils ?

— Je l'ignorai, jusqu'à ce que je le vois de près. C'est ton portrait craché, et puis la marque de naissance a fini par m'en persuader.

Il enfouit les mains dans ses poches et ajouta :

— Tu vas l'épouser ?

C'était la deuxième fois qu'on lui posait la question aujourd'hui.

— Il y a de fortes chances que oui.

— Le vieux Birch va te proposer un poste.

— Pourquoi est-ce que je voudrais quitter la Western Oil, si j'en suis le P.-D.G. ?

— Le P.-D.G. ? Il faudra d'abord me passer sur le corps.

— C'est bien mon intention.

Jordan eut un frisson.

— Il fait froid, dit-il. On rentre ?

— Qui a dit que tu étais invité ? fit Max en croisant les bras.

— Tu laisserais ton petit frère passer Noël tout seul ?

— Un petit frère qui m'accuse de sabotage ! Et comment est-ce que je peux avoir la certitude que tu ne vas pas t'empresser d'annoncer la nouvelle à Adam et au conseil d'administration ?

— Ce serait trop facile, je préfère une bataille franche. Et puis, je te suis redevable pour ce que tu as fait pour moi, dans notre enfance.

C'était la première fois que Jordan l'admettait. Pour la

première fois depuis longtemps, il sentait naître un réel espoir d'entente…

A cet instant, la porte s'ouvrit et Ana passa la tête par l'entrebâillement.

— Désolée de vous interrompre, mais tout est prêt. Il me faut quelqu'un pour découper la dinde.

— Est-ce que mon frère peut rester dîner ?

— Il y a suffisamment de nourriture pour nous tous, mais attention : je ne veux pas que le premier Noël de mon fils se transforme en Troisième Guerre mondiale ! Si tout le monde reste courtois, pas de problème.

Jordan lui adressa son plus beau sourire de séducteur.

— Je suis toujours courtois, dit-il.

C'était vrai, pensa Nathan, jusqu'à ce qu'il vous poignarde dans le dos. Mais c'était Noël, la saison du pardon, et au nom de son fils, il voulait bien faire taire les conflits et jouer à la famille unie.

- 13 -

Quand ils prirent place autour de la table, Ana prévint ses convives qu'elle n'était pas un cordon-bleu. Mais peut-être était-ce la chance du débutant ou avait-elle des talents cachés, car le repas fut le meilleur réveillon de Noël que Nathan n'avait jamais connu. Même Birch, qu'il soupçonnait d'être plutôt avare en compliments, la félicita. Il espérait que désormais ce dernier se rendrait compte que sa fille avait de nombreuses ressources. Elle était toujours la femme qu'il avait rencontrée un an et demi plus tôt, et bien plus encore, et il était fier de celle qu'elle était devenue.

Son frère qui, au contraire, aimait complimenter les autres, qu'il le pense ou non, était sincèrement impressionné.

En dépit de la tablée fort contrastée, la soirée ne fut pas aussi pénible qu'il le redoutait. Cela tenait sans doute au fait que chacun évita soigneusement de parler affaires. Même Birch père semblait s'être rendu compte qu'il avançait sur des sables mouvants et il avait opté pour l'humilité.

Ce fut lui qui partit de bonne heure, dès le repas terminé, et l'oncle joua encore un peu avec son neveu avant qu'il ne soit l'heure pour Max de regagner son lit. Au moins, constata-t-il, Jordan avait l'étoffe d'un bon oncle.

— C'est un enfant formidable, lui dit son frère au moment de prendre congé. Tout le monde se met à en faire, en ce moment. D'abord toi, puis Adam, maintenant Emilio.

— Emilio ?

— Tout à fait, confirma Jordan. Tu as quitté la soirée

l'autre soir avant qu'il ne nous annonce que sa fiancée était enceinte. Ils venaient juste de le découvrir. Et je peux t'assurer qu'Emilio avait la larme à l'œil en nous faisant part de la nouvelle. Un gars aussi solide que lui, qui l'aurait cru ? En tout cas, il avait l'air très heureux.

— Peut-être seras-tu le prochain sur la liste. Il suffit de trouver la femme idéale.

— Mon problème, c'est que je trouve trop de femmes idéales, et je ne sais pas laquelle choisir.

Nathan lui sourit.

— Cela viendra sans doute au moment où tu t'y attendras le moins. Tu rencontreras une femme et tu comprendras que c'est la bonne.

— Est-ce que ça s'est passé comme ça, avec Ana ? demanda Jordan. Parce que je me souviens que tu m'avais dit que c'était fini, entre vous.

— Cette rupture, c'était la pire erreur de ma vie, dit-il. Je suis vraiment heureux qu'elle ait accepté de me donner une deuxième chance.

— Tu deviens sentimental, mon vieux, tu as trop bu, le prévint Jordan.

Il était tout à fait sobre, mais il préféra ne pas protester. Jordan lui serra le bras.

— Bonne nuit. Et encore joyeux Noël.

— A toi aussi. Rentre bien.

Il regarda son frère se fondre dans la nuit, puis il referma la porte et régla l'alarme.

Il retrouva Ana dans la cuisine, en train de faire la vaisselle.

— Le lave-vaisselle est en panne ? s'enquit-il.

— Non, il est déjà plein et en marche. C'est ce qui ne rentrait pas.

Il se posta derrière elle et l'enlaça par la taille, avant de lui mordiller l'oreille.

— Tu ne veux pas plutôt qu'on le fasse demain ?

— Je déteste trouver une cuisine sale en me levant. Mais si tu m'aides, ça prendra deux fois moins de temps.

Quand ils eurent fini, ils réchauffèrent du cidre épicé au four micro-ondes et allèrent déguster leur breuvage devant le feu, blottis l'un contre l'autre sur le canapé. Ana n'avait guère été bavarde depuis le départ des invités, et il commençait à se demander si quelque chose ne l'avait pas chiffonnée.

— Tout va bien, Ana ? questionna-t-il. Tu es bien taciturne.

Elle soupira et posa sa tête contre son épaule.

— Je suis fatiguée. La journée a été longue et elle ne s'est pas vraiment déroulée comme prévu. Mais malgré tout, ça s'est bien passé.

— Mieux que je ne l'aurais cru, étant donné la liste des invités.

— J'ai vraiment eu un choc en découvrant mon père sur le perron. Et un encore plus grand quand j'ai ouvert à ton frère.

— Oui, c'était un visiteur complètement inattendu.

— Il a été adorable avec Max. Je ne m'attendais pas à ça.

— Tant qu'il s'agit des enfants des autres, ça va, mais je ne crois pas qu'il ait l'intention de fonder une famille. Remarque, moi non plus, avant, je n'y pensais pas.

— Nathan, je vais te poser une question un peu délicate… Est-ce que tu es sûr qu'il ne va pas parler de nous au conseil d'administration ? Je me souviens que tu ne voulais pas qu'il le sache.

— Il m'a assuré qu'il se tairait, qu'il voulait une compétition équitable.

— Et tu lui fais confiance ?

— Pas toi ?

Elle haussa les épaules.

— Je ne sais pas si c'est à cause de tout ce que tu m'as raconté sur lui, mais j'ai l'impression qu'il t'en veut.

— Il n'a aucune raison de m'en vouloir. Grâce à moi,

il a été épargné plus de fois que je ne peux les compter. Il me doit beaucoup.

Se redressant, elle le regarda.

— Epargné par qui ?

— Notre père. C'était un dur, qui n'hésitait pas à défaire son ceinturon pour nous corriger. Parfois, il utilisait même son poing.

Elle ouvrit de grands yeux.

— Ton père vous frappait ?

— Je te l'ai déjà dit, c'est une brute.

— Je pensais qu'il se contentait de vous donner des ordres, je n'imaginais pas qu'il vous maltraitait physiquement. Et tu as protégé Jordan de ses coups ?

— C'est le plus jeune, et, jusqu'au bac, il était petit pour son âge. Très calme et timide. J'étais bien plus fort et je préférais prendre les coups à sa place.

Elle le regarda, bouche bée.

— Quoi ? s'exclama-t-elle, sans en croire ses oreilles.

— C'était moi le plus âgé, je me devais de veiller sur Jordan.

— C'était à ton père de trouver une façon plus constructive d'imposer sa discipline à ses enfants. Et il relevait de la responsabilité de ta mère de vous protéger tous les deux. Pourquoi laissait-elle faire ?

— Elle ne voulait pas perdre celui qui la nourrissait.

— Elle laissait son mari maltraiter ses enfants ? Tu sais que les gens vont en prison pour de telles complicités !

Elle paraissait plus que perturbée d'apprendre quelle avait été sa vie : furieuse était le mot qui convenait. Peut-être parce qu'elle considérait ses révélations en tant que mère.

— Ce n'est pas la peine de te mettre dans cet état, Ana, c'était il y a longtemps.

— C'est injuste, insista-t-elle. Tu méritais de meilleurs parents.

— Sans doute, mais les choses ne se passent pas toujours comme on le souhaiterait.

— Tu es l'homme le plus méritant que je connaisse. Nombre d'adolescents auraient mal tourné et toi, tu es devenu le directeur marketing d'une société qui vaut des milliards.

— Merci, dit-il, ému, avant d'ajouter : Tu veux connaître la dernière ? Ton père m'a quasiment proposé un poste à la Birch Energy.

Elle éclata de rire.

— Tu es sérieux ?

— Il a dit qu'il n'aimait pas l'idée que son gendre travaille pour une société concurrente.

— Est-ce que tu lui as rappelé que tu n'étais pas son gendre ?

— Je ne le suis pas encore, mais il parlait d'un futur proche.

Elle fronça les sourcils.

— Est-ce que nous avons prévu de nous marier dans un « futur proche » ? Si oui, j'ai dû manquer un épisode, dit-elle.

— A moins que tu ne veuilles pas m'épouser.

Elle se redressa et posa sa tasse sur la table basse.

— Je n'ai pas dit ça. Seulement, j'ignorais que c'était ton intention. A vrai dire, nous n'avons jamais abordé le sujet.

Avait-elle mauvaise mémoire ou bien prenait-elle un malin plaisir à lui faire répéter ses intentions les concernant ?

— Je t'ai dit que je voulais que cette relation fonctionne, que je voulais vivre avec toi. Après cet aveu, le mariage allait de soi, non ?

— Pour une femme célibataire, rien n'est jamais acquis. Autrefois aussi, tu disais être heureux avec moi. Et puis, tout à coup, tu m'as laissée tomber.

Il l'attira à lui et l'étreignit. Elle se lova contre lui, telle une boule toute chaude et douce. Elle semblait toujours si forte, si résistante qu'il oubliait parfois son côté vulnérable. Elle n'avait pas eu une enfance facile : elle avait dû se sentir abandonnée par sa mère, puis rejetée par son père. Quand il était entré dans sa vie, il l'avait séduite et délaissée à son tour… Mais cela ne se reproduirait plus jamais. Il allait lui montrer qu'il serait fidèle à sa parole, que désormais tout était différent.

— Je voulais te faire part d'une idée, commença-t-il.

— Je t'écoute.

— Je me suis dit que nous allions avoir besoin d'un plus grand espace tous les trois, une maison avec un jardin, pour Max. A cause du travail, je pensais qu'il valait mieux attendre, mais à la réflexion, nous pourrions peut-être commencer à chercher, car cela prend toujours un certain temps pour trouver le nid idéal.

Elle se redressa, comme si elle se retenait de laisser exploser sa joie, et qu'elle préférait rester encore sur ses gardes.

— Tu es sûr ? Et si nous trouvons tout de suite ?

— Dans ces conditions, nous emménagerons et je garderai mon appartement un certain temps pour conserver la même adresse.

Elle le regardait toujours d'un air hésitant.

— Si tu n'en as pas envie, nous pouvons attendre, précisa-t-il.

— Oh, si ! J'en ai envie. Seulement, tout va si vite… Je ne veux pas te forcer la main, je veux que tu sois sûr de toi.

— Je le suis, Ana.

Il n'avait jamais encore été aussi sûr de lui de toute sa vie. Ana lui apportait l'équilibre dont il avait besoin. Il aurait été bien fou de la laisser lui échapper.

Elle lui sourit.

— Alors, c'est d'accord. Nous allons nous mettre en quête d'une maison.

— J'appellerai un agent immobilier en début d'année.

Elle s'adossa au dossier.

— Je suis épuisée, dit-elle.

— Va te mettre au lit ! Je vais éteindre les lumières et vérifier que Max dort bien.

— Entendu, fit-elle en bâillant.

Elle se leva et se dirigea vers sa chambre, tandis qu'il débranchait la guirlande électrique du sapin. Puis il alla contempler Max qui dormait sur le ventre. Comme d'habitude, il avait repoussé sa couverture.

Il le borda, puis lui donna un baiser.

Quand ils vivraient tous les trois ensemble, il pourrait faire ça tous les soirs, pensa-t-il.

Il referma la porte et, tout en regagnant la chambre d'Ana, retira sa chemise. Serait-elle trop fatiguée pour faire l'amour ? se demanda-t-il. Il eut la réponse quand il entra dans la chambre : à sa respiration régulière, il était clair qu'elle dormait.

Il se mit en pyjama et se glissa à côté d'elle. Dans son sommeil, elle vint machinalement se coller contre lui. Le réveil indiquait minuit. Quoi de plus merveilleux que de finir cette journée de Noël en tenant dans ses bras la femme qu'il aimait ?

Et pourtant, au fond de lui-même, il avait un curieux pressentiment. Tout était si parfait… N'était-ce pas trop beau pour durer ?

- 14 -

— Tout va bien entre Nathan et toi ? murmura Beth en prenant la coupe de champagne vide d'Ana pour lui en donner une autre. Vous vous êtes à peine regardés.

— C'est une stratégie, répondit-elle.

Nathan et elle étaient convenus de se retrouver dans la chambre d'amis, à l'étage, juste avant les douze coups de minuit pour se souhaiter une bonne année à l'abri des regards.

A peine s'était-elle glissée dans sa robe de cocktail rouge carmin, plus tôt dans la soirée, qu'il avait tenté de la lui enlever. Et il était vrai que, si son smoking lui allait à ravir, elle le préférait en tenue d'Adam.

Depuis Noël, il avait dormi chez elle toutes les nuits. Chaque jour, il apportait des choses supplémentaires de chez lui, et faisait livrer les vêtements qu'il donnait à laver et à repasser chez elle.

Si, un mois plus tôt, quelqu'un lui avait dit que Nathan, Max et elle vivraient plus ou moins ensemble à Noël, elle l'aurait traité de fou.

— Ce soir, vous êtes donc des rivaux, toi et lui ? fit Beth en posant la coupe vide sur le plateau d'un serveur qui passait à côté d'elle.

— Non, répondit Ana.

Puis elle jeta un coup d'œil à Nathan qui discutait avec deux couples fort élégants. Comme s'il avait senti son regard, il leva les yeux dans sa direction. A part un léger frémissement des lèvres, il ne lui envoya aucun signe.

— Juste indifférents.

Une serveuse s'approcha soudain de Beth.

— Nous commençons à manquer de serviettes en papier, dit-elle.

— Les autres paquets sont dans le garde-manger, je vais vous montrer, répondit Beth en soupirant.

Elle s'éloigna et Ana s'approcha alors de l'immense arbre de Noël. Le sien paraissait bien misérable, en comparaison. Celui-ci était si haut qu'il atteignait le plafond voûté. Il y en avait un deuxième dans le hall, au pied de l'escalier. Beth recourait toujours aux services d'un décorateur, pour Noël : il s'occupait aussi bien de l'intérieur que de l'extérieur. De nombreuses lumières blanches décoraient la maison, ainsi que les arbres et les arbustes du jardin. Nul doute que toutes ces décorations étaient visibles depuis l'espace.

— Quel sapin ! dit Nathan en se matérialisant à son côté, comme s'il faisait poliment la conversation à une invitée.

— N'est-ce pas ? approuva-t-elle.

Il ajouta alors plus bas :

— Le nôtre a l'air ridicule, à côté.

Elle lui sourit et répondit sur le même ton.

— C'était justement ce que j'étais en train de penser.

— L'année prochaine, nous ferons mieux.

— Si nous en voulons un aussi grand, il nous faudra un plafond en voûte.

— Faut-il mettre cette condition sur la liste ?

En vue de l'achat de leur maison, ils avaient commencé à établir la liste des caractéristiques qu'elle devrait présenter. Nathan avait même effectué des recherches en ligne et il avait repéré plusieurs propriétés susceptibles de correspondre à leurs souhaits.

Elle aurait aimé se défaire de l'impression que tout allait trop vite…

Etait-ce parce qu'elle avait été trop souvent blessée par

le passé, ou bien était-ce son instinct qui lui disait que quelque chose allait déraper. Elle ne savait pas très bien.

— Ana Birch ? fit une voix juste derrière elle.

Elle se retourna pour découvrir une femme rondelette, de petite taille et au visage vaguement familier. Sa coupe courte accentuait ses rondeurs et elle portait une robe qui aurait mérité une taille de plus.

— Oui ?

— C'est moi, Wendy Morris ! s'exclama la femme avec grand enthousiasme. Nous étions ensemble à St. Mary's School.

Il lui fallut quelques secondes pour faire le rapprochement avec la jeune fille pétillante qui cherchait toujours à se faire apprécier par les élèves les plus populaires et qui en devenait pénible.

— Wendy ! Comment vas-tu ? Cela fait une éternité ! s'exclama-t-elle à son tour.

— Je m'appelle Wendy Morris-Brickman, maintenant, dit-elle fièrement en brandissant son alliance juste sous son nez.

Puis elle tournoya sur elle-même et s'écria :

— Chéri, viens par ici !

Un homme de l'âge de Nathan, le cheveu rare et portant des lunettes rondes, dans un smoking légèrement trop étroit pour sa silhouette enrobée, traversa la pièce. Wendy s'empressa de le prendre par le bras, d'un air satisfait.

— Je te présente David Brickman, mon mari. David, voici Ana Birch, une amie du lycée.

« Amie » était sans doute un terme exagéré, mais elle ne la corrigea pas. Elle serra la main que lui tendait son mari, une main molle et moite.

— Ravi de vous rencontrer, dit-il.

Elle constata alors qu'il ne la regardait pas, mais qu'il avait le regard fixé sur Nathan, qui se trouvait toujours à côté d'elle.

Ce fut alors que Wendy demanda :

— Et c'est ton…

— Nathan Everette ! coupa Nathan, en lui serrant la main.

Puis il voulut saluer David qui le regarda d'un air hésitant, le visage soudain rouge de colère.

— Vous ne savez pas qui je suis, n'est-ce pas ? demanda-t-il.

Nathan cligna des paupières et elle vit clairement qu'il faisait des efforts pour fouiller sa mémoire.

— Nous étions à Trinity Prep, ensemble, précisa David d'un ton hautain.

Ana fut choquée par son dédain, et se demanda qui pouvait bien être cet homme, et pourquoi il était si ouvertement hostile.

Nathan avait dû le reconnaître, car il devint soudain livide.

— David, bien sûr, dit-il du bout des lèvres.

Elle eut l'impression qu'il allait se sentir mal.

— Allons-y, ma chérie, décréta David.

Et il entraîna sa femme dans une direction opposée, celle-ci ne comprenant visiblement pas ce qui se passait.

— Qu'est-ce que tout ça veut dire ? murmura Ana.

— Je t'expliquerai plus tard, répondit Nathan.

Et il s'éloigna.

Elle ne pouvait malheureusement pas lui courir après sans éveiller des soupçons, mais elle voulait savoir ce qui se passait. Peut-être que Beth aurait une petite idée.

Elle avala d'une traite le reste de son champagne, puis se rendit dans la cuisine. Sa cousine ne s'y trouvait pas… et n'était nulle part en vue. Elle s'en étonna. Beth était l'hôtesse parfaite qui ne disparaissait pas au beau milieu de la fête qu'elle donnait.

Elle trouva Leo dans son bureau, en train de montrer ses coupes de football à ses amis.

— Tu n'aurais pas vu Beth ? questionna-t-elle.

— Elle doit être allée se remettre du rouge à lèvres, dit-il.

Sans attendre, elle monta à l'étage et tomba sur la porte fermée de la chambre. Elle frappa doucement.

— Je descends dans une minute, répondit Beth à travers la porte.

— C'est Ana. Tout va bien ?

Un silence s'ensuivit, puis la porte s'ouvrit. Beth avait les yeux rouges comme si elle avait pleuré et son maquillage avait coulé.

— Beth, qu'est-ce qui ne va pas ?

Celle-ci l'attira dans sa chambre et referma derrière elles.

— Rien, je me suis un peu effondrée. Je vais me remettre.

— Qu'est-ce qui s'est passé ?

Beth s'assit sur le rebord de son lit.

— Rien, ce n'est rien.

— Non, ce n'est pas *rien* puisque tu pleures.

— C'est Leo, finit par dire Beth. Tu sais comment sont les hommes.

— Qu'est-ce qu'il t'a fait ?

— Je suis allée chercher les serviettes, dans le garde-manger, et il s'y trouvait…

Devant le regard interrogateur d'Ana, elle ajouta d'une voix tremblante :

— En compagnie d'une secrétaire juridique de sa société.

— Et j'imagine que ce n'était pas pour les serviettes !

Beth eut un éclat de rire entre deux sanglots.

— Elle était en soutien-gorge !

— Oh ! le s… ! s'exclama Ana, furieuse.

Elle l'avait vu deux minutes plus tôt, et il ne paraissait pas avoir le moindre remords. Elle avait toujours cru que Leo était un père et un mari parfaits, et que Beth et lui formaient un couple idéal. Quelle désillusion !

— Tu penses que c'était un égarement passager, ou qu'il a une liaison ?

— Il est rentré très tard du bureau, le mois dernier, et il allait toujours prendre ses appels sur son portable dans le bureau. Pour tout te dire, nous n'avons plus de vie sexuelle. J'imagine qu'elle est la nouvelle saveur du mois.

— Du mois ? Tu veux dire que ce n'est pas la première ?

— En général, il est plus discret, il ne les ramène jamais à la maison. Il dit toujours qu'il est sincèrement désolé, et que ça ne se reproduira plus. Mais cela ne l'empêche pas de recommencer ! Je pensais que quand nous serions mariés, il cesserait, que je lui suffirais.

Ana en resta bouche bée. Leo trompait déjà Beth à l'université et elle l'avait quand même épousé !

— Beth, pourquoi est-ce que tu acceptes qu'il te traite comme ça ?

— Je l'aime, et puis est-ce que j'ai le choix ? Je ne veux pas être une mère divorcée. Mes parents adorent Leo. Il vient d'une bonne famille et il a une carrière de rêve. Ils seraient horrifiés.

Ana aimait beaucoup sa tante et son oncle, mais elle les jugeait bien trop attachés aux apparences.

— Envoie tes parents promener ! s'écria-t-elle. Tu dois agir en fonction de tes intérêts à toi.

Beth se tamponna les yeux.

— Je ne suis pas comme toi, Ana. Je n'ai pas ta force et je déteste être seule.

— Tu me crois forte ? Je t'assure que j'ai toujours besoin d'être rassurée. Mais je préfère être seule et malheureuse, que vivre avec un homme qui n'a aucun respect pour moi. Tu mérites bien mieux que lui. Et pense à l'image que tu renvoies à ta fille !

— Elle ne sait rien, elle est trop petite.

— Aujourd'hui peut-être, mais elle finira par comprendre, si rien ne change. Tu veux qu'elle croie que ce n'est pas grave, quand un mari trompe sa femme ? Tu veux qu'elle endure ce que toi tu vis actuellement ?

Beth se mordit la langue et secoua la tête.

— Je te déçois, Ana ?

— Bien sûr que non ! Je t'aime et je serai toujours de ton côté. Je veux juste que tu sois heureuse.

— Il avait vraiment l'air désolé, il m'a dit qu'il allait tout de suite mettre un terme à cette liaison, et que cela ne se reproduirait plus jamais. Peut-être que cette fois, il était sincère.

Ana retint un soupir. Pourquoi Leo changerait-il, puisque les seules répercussions de ses actions, c'était de faire le malheur de sa femme toute dévouée.

— Beth, il faut que tu réagisses. Si tu ne veux pas le quitter, dis-lui que vous devez consulter un psy, tous les deux.

— Mais mes parents…

— Oublie tes parents, d'accord ? Fais ce qui est le mieux pour toi et Piper.

Elle prit la main de Beth et la serra tendrement.

— Je te soutiendrai, et je t'aiderai, lui dit-elle.

— Je vais y réfléchir, promit Beth.

Redressant les épaules, elle ajouta :

— Il faut que je me remaquille, les invités m'attendent. Il va bientôt être minuit.

A contrecœur, Ana quitta la chambre de son amie pour se diriger vers l'escalier, espérant qu'elle finirait par la convaincre qu'elle n'avait pas à subir un tel traitement. Surtout de la part d'un homme qui était censé l'aimer.

Elle faillit se heurter à Nathan qui arrivait à cet instant-là sur le palier.

— Où est-ce que tu vas ? lui demanda-t-il à voix basse, même s'il n'y avait personne susceptible de les entendre.

— Allons au deuxième ! déclara-t-elle. Il faut que nous parlions. Tu n'imagines pas ce qui s'est passé.

— J'allais partir, lui annonça-t-il alors.

— Partir ? Mais Jenny garde Max pour la nuit. Nous pouvons rentrer aussi tard que nous voulons.

— Je n'ai plus le cœur à m'amuser.

Que s'était-il encore passé ? Comment une soirée qui avait si bien commencé pouvait-elle brusquement dégénérer ?

— C'est à cause de David Brickman ? questionna-t-elle. Pourquoi a-t-il été aussi odieux avec toi ?

— C'est une longue histoire.

— Raconte-la-moi, dit-elle.

Et, l'attrapant par le bras, elle l'entraîna au deuxième étage, dans la chambre d'amis où ils s'étaient donné rendez-vous.

Une fois à l'intérieur, il lui demanda :

— Et toi, qu'est-ce qui t'est arrivé ?

— A moi, rien, c'est Beth… Elle a surpris Leo en fâcheuse posture dans l'arrière-cuisine avec une de ses collègues. Elle m'a dit qu'il la trompait depuis des années. Même à l'université, quand ils n'étaient pas encore mariés.

— Je sais.

Elle en demeura stupéfaite.

— Tu savais ?

— J'ai été son colocataire pendant deux ans, et il n'était pas vraiment discret.

— Pourquoi est-ce que tu n'as jamais rien dit ?

— Qu'est-ce que je pouvais dire ? Qui suis-je pour juger les autres ?

— Tu cautionnes ce genre de comportement ?

Il poussa un soupir.

— Bien sûr que non.

— Comment peux-tu être ami avec un homme comme lui ?

— Ce n'est pas moi qu'il trompe. La vie sexuelle de Leo ne me regarde pas.

A son tour, elle exhala un long soupir.

— Tu as raison, je ne voulais pas m'en prendre à toi Seulement, je suis en colère ! Contre Leo parce qu'il a blessé Beth, et contre Beth parce qu'elle accepte une telle situation

— Je sais.

Soudain, il l'attira à lui, et elle se sentit tout de suite mieux. C'était exactement ce dont elle avait besoin.

Elle posa la tête sur le revers de sa veste, inhala l'odeur de son après-rasage. Il avait le don de l'apaiser et elle savait qu'il ne la tromperait jamais.

— Alors, c'est quoi cette histoire avec David Brickman ? A propos, je n'étais pas « amie » avec sa femme, on fréquentait le même lycée, c'est tout. Je la connais à peine, mais visiblement elle a très mauvais goût en matière d'hommes.

— Le comportement de Brickman était totalement justifié, déclara Nathan contre toute attente.

— Pardon ? Mais qu'est-ce que tu as bien pu lui faire ?

— Il y a des aspects de ma vie que je ne t'ai jamais révélés, Ana. Des choses que j'aurais préféré oublier…

— C'est-à-dire ?

— Tu sais, à l'école, il y a les faibles et ceux qui profitent de leur faiblesse, qui cherchent la bagarre.

— Et ce David, c'était ce qu'il faisait ? Vu sa taille, je me demande comment il pouvait impressionner les autres.

— Ce n'était pas lui, mais moi.

Incrédule, elle se mit à rire. C'était complètement ridicule !

— Nathan, tu es l'homme le plus charmant et le plus patient que j'aie jamais rencontré.

— Ça n'a pas toujours été le cas. Mon père me rudoyait à la maison, et moi je malmenais mes camarades à l'école, les plus faibles, les plus petits. Mon thérapeute m'a dit que je me sentais puissant, en agissant ainsi.

— Tu as fait une thérapie ?

— Au lycée… Cela faisait partie de ma mise en liberté surveillée.

Elle crut défaillir… De quoi lui parlait-il ?

— Pardon ? parvint-elle à articuler.

— Après que j'ai envoyé mon père à l'hôpital, continua-t-il.

Le souffle coupé par une telle révélation dont elle avait du mal à évaluer la portée, elle demanda :

— Que s'était-il passé ?

Il s'assit sur le bord du lit et elle l'imita.

— J'avais été exclu du lycée pour quelques jours parce que je m'étais bagarré. Ce n'était pas une première, et comme toutes les autres fois, cela m'avait valu une correction de la part de mon père. Mais ce jour-là, je ne sais pas ce qui m'a pris, j'ai craqué et je lui ai rendu les coups. Au premier coup de poing qui l'a atteint, il s'est effondré sur la commode et il s'est ouvert le crâne. J'ai été arrêté pour coups et blessures volontaires.

— C'était plutôt un cas de légitime défense.

— Ce n'est pas ce qu'ont estimé les policiers. Evidemment, ils ne connaissaient pas toute l'histoire, mais ma mère a pris le parti de mon père.

C'était affreux…

— Ce fut la dernière fois qu'il a levé la main sur moi, et puis la thérapie m'a fait le plus grand bien, continua-t-il. Cela m'a appris à gérer mes colères. Même si, aujourd'hui encore, je dois parfois lutter pour me contrôler.

Elle-même avait plusieurs motifs de colère, à cet instant précis. Entre le mari de Beth et les parents de Nathan, elle commençait à croire qu'il n'y avait pas de justice dans ce monde. Mais le pire, c'était qu'elle avait la sensation qu'en dépit de tout ce qu'il avait surmonté et accompli, Nathan avait toujours une très mauvaise image de lui.

Et elle doutait d'être capable de le faire changer d'avis.

- 15 -

En salle de conférences avec son équipe, Nathan finalisait le spot publicitaire de la Western Oil destiné à la télévision, quand Adam l'appela.

— Il faut que je te parle, lui dit-il, sur un ton qui ne laissait rien présager de bon.

— Cela ne peut-il pas attendre ? demanda-t-il. Nous avons presque terminé.

— Non, je veux te voir tout de suite.

— Très bien, j'arrive.

Il pria son équipe de terminer sans lui, puis regagna le bureau d'Adam, inquiet. Il espérait que les enquêteurs n'avaient pas trouvé de nouvelles preuves accablant Jordan. Après avoir passé Noël avec lui et l'avoir vu jouer avec Max, il espérait que son frère et lui pourraient renouer et arriveraient à entretenir une bonne relation.

— Entrez tout de suite, lui dit la secrétaire d'Adam.

Ce dernier était assis derrière son bureau, fauteuil tourné vers la fenêtre. Il l'avait cependant entendu entrer car, sans bouger, il déclara :

— Ferme la porte.

Il s'exécuta.

— Assieds-toi, ajouta Adam.

Il prit un siège, un peu surpris qu'Emilio n'ait pas été lui aussi convoqué, et se demandant bien pourquoi Adam était aussi laconique. Au bout d'une minute de silence, il n'y tint plus.

— Est-ce que je suis censé deviner pourquoi tu m'as fait appeler ? questionna-t-il.

Adam daigna enfin se tourner vers lui, le visage de marbre.

— J'ai reçu des nouvelles perturbantes, annonça-t-il alors.

— Des enquêteurs ?

— Elles émanent d'une autre source. Mais elles sont en relation avec l'enquête.

— C'est au sujet de Jordan ?

— Non, c'est à *ton* sujet.

Il sentit son pouls s'accélérer brusquement.

— Il s'agit de moi ?

— On m'a dit que tu avais des liens avec la Birch Energy, lui apprit Adam. Que tu avais une relation avec la fille du directeur et que tu avais récemment eu un rendez-vous avec Walter Birch en personne. Est-ce que c'est vrai ?

Et dire qu'il espérait encore, il y avait quelques minutes, que sa relation avec son frère allait se pacifier. Quel traître, ce Jordan ! Car, la « source », ce ne pouvait être personne d'autre que lui.

Il serra les poings de rage. Il ne pouvait se permettre de laisser éclater sa colère dans le bureau d'Adam.

— Je n'ai pas eu de rendez avec Walter Birch, déclara-t-il. Nous avons passé Noël ensemble, chez sa fille.

Adam fronça les sourcils.

— Pourquoi ?

— Parce que je sors avec Ana Birch, dit-il. Et que nous avons un fils.

Il avait dit ces mots sur un ton très plat, et Adam parut sincèrement stupéfait.

— Depuis quand ?

— Je l'ai découvert il y a peu, dit-il. Cela remonte à un mois. Je n'avais pas vu Ana Birch depuis un an et demi.

— Donc, tu n'étais pas en contact avec elle au moment de l'explosion.

— Non.

Adam parut soulagé.

— Cette source ne m'a pas dit de façon explicite que tu étais le saboteur, mais elle le sous-entendait fortement.

— Je sais qui est cette « source », déclara-t-il alors. A part Walter Birch, mon frère est la seule personne qui soit au courant de ma relation avec Ana. Il était là, lui aussi, pour Noël, lors de ce qu'il appelle mon « rendez-vous » avec Birch.

— Il semblait réellement inquiet, Nathan.

— Dis plutôt qu'il ne pense qu'à gagner en me mettant hors jeu. Et il est prêt à tout pour y arriver, y compris à faire de fausses déclarations contre son propre frère.

La mesure était comble. Dès qu'il sortirait du bureau d'Adam, il irait lui dire sa façon de penser. Et ce serait sans doute la dernière fois qu'ils se verraient.

— Ta relation avec la fille de Birch est-elle sérieuse ? reprit Adam.

— Nous avons l'intention de nous marier. Mais cela n'affectera nullement ma loyauté envers la Western Oil.

— Pour ma part, je te crois, mais il ne va pas être aisé de convaincre le reste du conseil d'administration. Tu ne peux nier qu'il y a un conflit d'intérêts.

— Est-ce que tu veux dire que mon poste est en jeu ?

— Tant que je suis P.-D.G., tu n'as rien à craindre. Mais si le conseil d'administration a vent de cette liaison, tu peux dire adieu au poste que tu convoites.

— En d'autres termes, je suis hors course ?

— *Si* le conseil l'apprend. Je ne vais rien leur dire, mais il se peut malgré tout que l'information finisse par se savoir, et que le conseil en conçoive une inquiétude légitime, dans le contexte de l'explosion. Notre première réunion de l'année aura lieu mercredi prochain. Si le sujet est à l'ordre du jour, je ferai tout pour minimiser l'affaire, mais je ne peux rien te promettre quant à leur réaction pour le poste de directeur.

Et dire qu'il avait mené une si longue bataille pour voir ses espoirs anéantis comme un rien par son propre frère…

Il prit congé d'Adam et fila droit dans le bureau de Jordan, en proie à une colère grandissante.

— Est-ce que mon frère est dans son bureau ? demanda-t-il à sa secrétaire.

— Oui, mais il a demandé qu'on ne le dérange pas.

Le contraire l'aurait étonné ! pensa-t-il en se dirigeant droit vers son bureau, malgré les protestations de la secrétaire. Il en ouvrit brutalement la porte. Jordan était assis dans son fauteuil, téléphone à la main, dans une position décontractée. Il bondit sur ses pieds en voyant son frère.

— Est-ce que je peux te rappeler ? dit-il à son interlocuteur.

Puis il raccrocha.

— Eh bien, Nathan, tu ne sais pas qu'on doit frapper avant d'entrer ? enchaîna-t-il.

Il referma la porte derrière lui.

— Espèce de sale traître !

Jordan leva un sourcil.

— Il y a un souci ?

— Ne fais pas insulte à mon intelligence, s'il te plaît ! le prévint-il. Tu penses vraiment que je ne sais pas que c'est toi qui m'as dénoncé ? C'est ça, ta conception d'une bataille équitable ?

Jordan haussa les épaules.

— Je ne vois pas où est le problème.

— Ah bon ? Cela ne te pose aucun problème d'avoir trahi ton propre frère ?

Jordan contourna son bureau, l'air flegmatique.

— Cela n'a rien à voir avec le fait que nous soyons frères, ce sont les affaires, c'est tout. Je pensais que tu faisais la différence.

Nathan se planta devant son frère.

— Tu m'as menti en me regardant droit dans les yeux

Jordan. Après tout ce que j'ai fait pour toi quand nous étions enfants. Dire que je t'ai toujours protégé et que…

— Qui t'avait demandé de le faire ? l'interrompit Jordan avec une brusquerie qui le surprit. Je n'avais pas besoin de ton aide, d'ailleurs, je ne te l'ai jamais demandée.

— Il n'y a que toi qui compte, n'est-ce pas ? Les autres n'existent donc pas, à tes yeux ?

— Je vais te battre, Nathan. Et cela n'a rien à voir avec l'expérience, l'éducation ou la force. Le fait est que ce n'est pas moi qui couche avec la fille de notre principal concurrent.

Il s'approcha un peu plus de son frère et ajouta :

— Et d'après ce que j'ai lu, tu n'es probablement pas le seul.

Avant qu'il ne puisse se contrôler, Nathan envoya à Jordan son poing sur la figure…

Finalement, il en était toujours au même stade, incapable de contrôler la colère qui sans prévenir le submergeait. Après avoir passé toute son enfance à protéger son petit frère des coups, il n'aurait jamais cru qu'un jour il en viendrait à le frapper.

Jordan sortit un mouchoir de la poche de sa veste et tamponna sa bouche qui saignait un peu. Un sourire éclairait malgré tout son visage.

— Après tout ce temps passé en thérapie, je vois que tu en es toujours au même point que *lui*.

Il avait su trouver les paroles précises qui s'enfoncèrent comme un poignard dans son cœur. Son frère avait raison… Après toutes ces années, n'avait-il pas encore compris que l'on ne résolvait rien par la violence ?

Et si un jour Ana, ou Max, le mettaient hors de lui, perdrait-il son sang-froid et les frapperait-il eux aussi ? Il pensait que le contact d'Ana l'avait transformé, avait fait de lui un homme meilleur, mais il s'était sacrément trompé !

Il sortit précipitamment du bureau de Jordan et se dirigea vers l'ascenseur, aveugle aux personnes qu'il croisait sur son passage. Quel genre d'homme serait-il s'il mettait son propre enfant et la mère de celui-ci en danger ?

La réponse était simple : un monstre.

Il appuya sur le bouton qui menait au parking et se rendit chez Ana en mode automatique. Par chance, ni elle ni Max n'étaient à la maison.

Il alla directement dans la chambre et commença à rassembler ses affaires, tout en se demandant comment il avait pu en apporter autant en si peu de temps.

Il était dans la salle de bains, en train de prendre sa brosse à dents et son rasoir, lorsque Ana se dessina sur le seuil.

— Qu'est-ce que ton sac fait…

Apercevant son visage, elle sursauta littéralement.

— Nathan ! Pourquoi es-tu si blanc ? Qu'est-ce qui s'est passé ?

Ana était certaine qu'il allait lui annoncer le décès d'un proche.

— Je dois partir, articula-t-il.

— Pourquoi ? Où est-ce que tu vas ?

— Je retourne chez moi. De façon permanente, précisa-t-il.

A ces mots, elle sentit le sang refluer de son visage, et son cœur se mit soudain à cogner comme un fou dans sa poitrine.

— Tu me laisses tomber ?

— Il faut que tu me croies quand je te dis que tu seras plus heureuse sans moi. Et Max aussi.

Passant devant elle, il revint dans la chambre et jeta ses affaires de toilette dans son sac.

Ce n'était pas possible… Elle était en train de vivre un véritable cauchemar… Il ne pouvait pas la quitter une deuxième fois !

— Nathan, je t'en prie, dis-moi ce qui s'est passé, l'implora-t-elle en déglutissant avec difficulté. J'ai fait quelque chose de mal ?

— Tu n'as rien fait, dit-il en fermant son sac. Jordan m'a dénoncé.

Elle s'en doutait. Elle avait toujours su qu'on ne pouvait pas faire confiance à son frère.

— Alors tu me quittes pour pouvoir rester en lice au poste de directeur ?

— Mon départ n'a rien à voir avec le travail. C'est moi. Je me suis expliqué avec Jordan, nous nous sommes disputés, et je l'ai frappé.

— Il n'a eu que ce qu'il méritait ! s'exclama-t-elle.

— Il ne faut jamais répliquer par la violence. Tu n'es pas en sécurité, avec moi dans les parages. Et Max encore moins.

— Nathan, c'est ridicule ! C'est une chose de se battre alors qu'il n'y avait pas provocation, de rudoyer quelqu'un. En l'occurrence, Jordan t'a trahi et tu as perdu ton sang-froid. Tu serais incapable de nous faire le moindre mal, à Max ou à moi.

— Comment peux-tu en être certaine ? Est-il prudent de courir le risque ?

— J'en suis sûre à cent pour cent.

— Eh bien, pas moi !

Prenant son sac de voyage, il se dirigea vers la porte.

Elle le suivit.

— Non ! s'écria-t-elle, au désespoir. Tu ne vas pas recommencer ! Tu ne peux pas me faire ça une deuxième fois.

Il ouvrit la porte d'entrée. Elle se précipita pour la refermer.

— Il faut que nous parlions de tout ça, Nathan, dit-elle d'un ton haletant.

Lorsqu'il baissa les yeux vers elle, elle fut frappée par son air fatigué. Fatigué et résigné. La même expression que la dernière fois, quand il avait rompu. Elle comprit qu'il ne changerait pas d'avis.

— Il n'y a rien à dire, répondit-il.

La douleur qu'elle ressentit fut si intense qu'elle manqua s'écrouler à terre.

— Tu avais dit que tu ne me ferais pas souffrir, lui rappela-t-elle dans un murmure.

— Je pensais avoir changé, mais je me suis trompé.

— Et Max ? Il a besoin de toi, plaida-t-elle.

Il secoua la tête.

— Il s'en sortira mieux sans moi.

Il posa la main sur la poignée, sans la regarder. Elle aurait pu continuer à lui bloquer le passage, mais où cela les aurait-il menés ? Dans sa tête, il était déjà parti. Franchir le seuil n'était qu'une pure formalité.

Elle s'écarta et il rouvrit la porte. Il avait posé un pied sur la terrasse quand elle lui cria :

— Si tu pars, c'est fini pour toujours. Je ne te donnerai pas une autre chance. Ni avec moi ni avec Max. Si tu t'en vas aujourd'hui, tu sors définitivement de sa vie.

Il s'immobilisa, un pied encore à l'intérieur, et contre toute attente, elle sentit l'espoir renaître. Peut-être que ses paroles l'avaient fait réagir, lui avaient redonné un semblant de raison.

Il se retourna, la regarda dans les yeux, et elle sentit son pouls battre plus fort…

— Je suis désolé, Ana, dit-il.

Et il franchit le seuil de sa maison.

Après avoir quitté Ana, ce soir-là, Nathan avait roulé pendant des heures. Incapable de revenir à son domicile, il avait fini par louer une chambre d'hôtel, et c'était là qu'il vivait depuis une semaine. Au travail, il fonctionnait en pilotage automatique.

Ana et Max lui manquaient. Il ignorait qu'il était possible d'éprouver une telle douleur dans la poitrine. C'était comme s'il y avait un immense trou dans son cœur, dans son âme… Sans Ana et Max, la vie n'avait plus aucun sens.

Il n'avait pas reparlé à son frère depuis qu'ils s'étaient

affrontés, mais le mercredi matin, Jordan frappa à la porte de son bureau. Il fut tenté de lui dire d'aller au diable. Toutefois, comme son frère l'avait souligné, il ne fallait pas mélanger travail et vie privée. Au bureau, il n'avait pas d'autre choix que de lui parler.

— Tu as une minute ? demanda Jordan.

Il lui fit signe d'entrer.

— Le conseil se réunit cet après-midi, dit-il.

— Je sais.

— Tu crois sans doute que j'ai l'intention de le mettre au courant de ta relation avec Ana.

— Exact.

— Sache que j'ai changé d'avis. Je ne le ferai pas.

— Et je suis censé te remercier ?

— Non. Je voulais juste t'en informer.

— De toute façon, ça n'a plus d'importance. Nous avons rompu la semaine dernière.

Jordan parut sincèrement interloqué.

— Vous avez rompu ? Pourquoi ?

— Qu'est-ce que ça peut te faire ?

— Nathan, si c'est à cause de ce que j'ai dit…

— Quand tu as insinué que la femme que j'aimais était une traînée ?

Jordan hocha la tête, il paraissait rongé par le remords.

— Je cherchais juste à te blesser, avoua-t-il alors. Je ne pensais pas que tu prendrais mes paroles au sérieux.

— Alors tu seras soulagé d'apprendre que notre rupture n'a rien à voir avec tes allégations.

— Je suis désolé que ça n'ait pas marché, entre vous. Et Max, dans tout ça ?

— Je ne le vois plus non plus.

— Quoi ? Elle t'empêche de voir ton fils ?

— C'est moi qui ai fait ce choix.

— Tu es devenu fou ? Tu aimes cet enfant, et il t'adore. Je ne t'ai jamais vu aussi heureux qu'en sa compagnie.

— C'est le seul moyen pour qu'ils soient en sécurité.

— En sécurité ? Par rapport à qui ?

— A moi. Comme tu l'as dit, je suis comme *lui*.

Jordan roula les yeux au ciel.

— Nathan, ce n'étaient que des paroles en l'air. Je voulais te faire du mal, te provoquer pour que tu me frappes.

— Quoi ? Tu voulais que je te frappe ?

— Parce que je savais qu'après, tu te sentirais misérable. Parce que…

Il reprit sa respiration, puis poussa un long soupir.

— En fait, je ne sais pas… C'est comme si je portais un fardeau sur mes épaules depuis des années.

— Je sais que tu m'en veux, Jordan. Pourtant, j'ai pris…

— Tu as pris soin de moi, bien sûr. Tu me défendais contre le monde entier. Mais est-ce qu'il ne t'est jamais venu à l'idée de m'apprendre à me battre, au lieu de le faire à ma place ? Je n'avais peut-être pas envie que tu sois mon sauveur !

Il fut sidéré par de telles paroles. Pendant toutes ces années, il avait eu l'impression de rendre service à son frère en le protégeant. En réalité, avait-il fait plus de mal que de bien ?

— Comme j'étais ton aîné, j'imaginais qu'il relevait de ma responsabilité de prendre soin de toi…

— Est-ce que tu as la moindre idée de la culpabilité que je ressentais quand papa se défoulait sur toi pour une bêtise que j'avais commise ? Au bout d'un moment, je me suis mis à t'en vouloir de penser que j'étais trop faible pour me défendre. J'en suis arrivé au point où cela me faisait plaisir de te voir prendre les coups pour moi. Je voulais que tu te sentes aussi faible et petit que moi.

— Jordan, je cherchais juste à t'aider… Je n'avais aucune idée que tu éprouvais de tels sentiments.

Jordan haussa les épaules.

— Eh bien, maintenant, tu le sais ! Et puis, tu ne dois

pas gâcher ta relation avec Ana et Max. Tu le regretterais pour le reste de ta vie.

— Je le regretterais bien plus si je leur faisais du mal.

— Mais tu ne vas pas leur faire de mal ! Pas physiquement, du moins. Il y a des années que je te provoque, depuis que nous sommes adultes, et regarde combien de temps il t'a fallu pour me donner un coup de poing ! Et si tu avais vu ta tête, après…

Jordan eut un petit rire.

— On aurait dit que tu venais d'écraser un chiot avec ta voiture. Ce seul spectacle valait d'avoir un peu mal à la mâchoire.

Alors, pour la première fois depuis une semaine, il sourit.

— J'avais vraiment l'air si dépité ?

— Oui, et je suis étonné qu'après tout ce que je t'ai fait endurer, tu ne me détestes pas, et que tu sois encore là pour moi. Si je t'appelle à 3 heures du matin, d'un bar, pour te dire que je suis trop ivre pour rentrer, tu accours… A bien y réfléchir, cela fait de toi le plus faible d'entre nous.

— Parce que moi, si je t'appelais d'un bar à 3 heures du matin…

— Je te dirais de prendre un taxi pour rentrer et je me rendormirais !

Jordan fanfaronnait, il viendrait le provoquer, il en était sûr. S'il se fichait de lui, ils n'auraient pas eu cette conversation. Peut-être que tout n'était pas perdu entre eux.

— Cela ne change rien à notre bataille pour le poste de directeur, poursuivit Jordan. C'est moi qui vais gagner, et ensuite je serai ton patron. Tu vas voir comme tu vas bien t'amuser.

— Il faudra d'abord me passer sur le corps.

Jordan lui adressa un petit sourire narquois, puis sortit de son bureau.

Il resta à fixer le vide pendant quelques instants, essayant d'analyser ce qui venait de se passer, ce qui avait été réglé, mais il avait l'impression que les murs se refermaient sur lui… Il avait besoin de sortir d'ici, de prendre l'air, de se rafraîchir les idées et de vraiment réfléchir.

S'emparant de son manteau, il sortit de son bureau et ordonna à sa secrétaire d'annuler tous ses rendez-vous. Il reviendrait le lendemain, lui assura-t-il.

En réalité, rien n'était moins sûr. Il se pouvait tout à fait qu'il se mette au volant de sa voiture, choisisse une direction au hasard et ne revienne jamais.

Après avoir tourné en rond pendant un bon moment avec sa Porsche, il se retrouva à l'endroit auquel il s'attendait le moins au monde : la demeure de son père.

- 16 -

La propriété de la famille Everette avait exactement le même aspect que dix ans plus tôt, c'est-à-dire la dernière fois que Nathan l'avait vue. Et pourtant, cette constatation ne le consolait pas.

Il ignorait pourquoi ses pas l'avaient guidé ici, et ce qu'il allait faire, mais soudain il se retrouva hors de la voiture, en train de se diriger vers la porte d'entrée. C'était comme s'il poursuivait une trajectoire sur laquelle il n'avait aucun contrôle.

Il grimpa les marches de la terrasse, leva la main pour frapper, mais laissa retomber son bras.

Qu'était-il en train de faire ? S'il avait soigneusement évité cette maison depuis dix ans, s'il avait soigneusement évité son père, c'était pour une bonne raison. Cette visite inopinée ne résoudrait rien.

Dans un sursaut de lucidité, il pivota sur ses talons, fit mine de partir… Mais il n'alla pas plus loin que la première marche. Au fond de lui-même, il savait que tant qu'il ne se serait pas expliqué avec son père, il ne pourrait pas aller de l'avant. Il douterait toujours de lui-même. Il devait affronter son père, pour lui-même et pour Max.

Alors, avant de changer d'avis, il fit demi-tour, et cette fois, frappa à la porte.

La gouvernante vint ouvrir. Quand elle le vit, elle plaqua la main sur sa poitrine, interdite. Elle avait pris quelques kilos et sa chevelure avait blanchi, se fit-il la réflexion.

— Nathan ! Cela fait des années…

— Bonjour, Sylvia. Est-ce que mon père serait ici, par hasard ?

— Vous avez de la chance, il se remet d'un rhume et il travaille à la maison.

— Est-ce que vous pouvez m'annoncer ?

— Bien sûr ! Entrez, et donnez-moi votre manteau.

— Je ne vais pas rester longtemps, prévint-il.

Elle se dirigea vers le bureau tandis qu'il regardait autour de lui. Contrairement à l'extérieur, l'intérieur avait été entièrement réaménagé : les couleurs tapageuses dont sa mère raffolait avaient disparu et l'ensemble correspondait plus au style du Texas. Sans doute l'une des multiples femmes de son père avait-elle des talents de décoratrice.

— Nathan ! Quelle surprise !

Réprimant un sursaut, il se tourna vers son père qui s'avançait vers lui, l'air stupéfait.

Il s'attendait à le retrouver tel qu'il l'avait laissé, dix ans plus tôt, aussi fut-il étonné de constater qu'il avait sacrément vieilli. Il avait désormais les cheveux plus sel que poivre, et son visage était sillonné de rides. Il semblait aussi avoir perdu quelques centimètres. Il présentait une version amoindrie de lui-même et ne ressemblait plus guère au monstre qu'il avait gardé en mémoire.

— Bonjour, papa.

— Je ne t'embrasse pas, car je suis enrhumé et je ne voudrais pas te donner mes microbes, dit-il.

— Merci.

— Allons dans mon bureau, proposa son père. Tu veux boire quelque chose ?

— Je ne peux pas rester longtemps.

— Ton frère m'a dit que vous briguiez tous deux le poste de président-directeur général, à la Western Oil.

— Je ne suis pas venu te voir pour parler de Jordan, s'empressa-t-il de préciser.

Son père hocha la tête et mit ses mains dans ses poches.

— Très bien. Pourquoi es-tu venu, au juste ?

— C'était une mauvaise idée ! déclara-t-il soudain. Je suis désolé de t'avoir dérangé.

Sur ces paroles, il fit volte-face et se dirigea vers la porte, avant de se rendre compte qu'il ne pouvait repartir sans avoir obtenu certaines réponses.

De nouveau, il se tourna vers son père.

— J'ai un fils, annonça-t-il.

Son père cligna les yeux de surprise.

— Je l'ignorais… Quel âge a-t-il ?

— Neuf mois, et il s'appelle Max.

— Félicitations !

— C'est un enfant adorable. Il me ressemble beaucoup physiquement, mais il a les yeux de sa mère. Il a la marque de naissance des Everette.

Il sentit un nœud d'émotion lui serrer la gorge quand il ajouta :

— Je l'aime plus que tout au monde, mais il est probable que je ne le revoie jamais.

— Pourquoi ?

— Parce que j'ai peur de lui infliger ce que toi tu m'as fait subir, enfant.

Il n'avait pas prévu de vider son sac de façon aussi brutale, et visiblement son père ne s'y était pas non plus attendu.

— Allez, viens t'asseoir, nous allons discuter un peu, fit ce dernier.

— Non, je ne veux pas m'asseoir, je veux juste savoir pourquoi… Pourquoi est-ce que tu as agi comme ça ? Si je comprends pourquoi, je pourrai peut-être être différent.

— Il ne passe pas un jour sans que je regrette la façon dont je vous ai traités, ton frère et toi. J'ai bien conscience que je n'ai pas été un père formidable.

— Tes regrets ne me sont d'aucun secours.

Son père haussa les épaules.

— C'est la façon dont j'ai moi-même été élevé. C'était tout ce que je connaissais.

C'était donc une *tradition* familiale. Il ne manquait plus que ça !

— En d'autres termes, c'est une fatalité à laquelle moi non plus je ne peux pas échapper.

Son père soupira.

— Non, Nathan, j'avais le choix, seulement, j'ai choisi de ne rien changer. J'ai souffert pendant vingt ans aux côtés d'une femme que j'aimais par-dessus tout, mais qui de son côté ne s'intéressait qu'à mon argent et à mon nom. J'étais amer, j'avais le cœur brisé, et je me suis vengé sur mes enfants…

— Tu l'aimais vraiment ?

Il n'arrivait pas à le croire. Sa mère était incontestablement très belle, mais elle était froide et égoïste.

— Bien sûr que je l'aimais. Pourquoi est-ce que je l'aurais épousée, sinon ?

— Parce qu'elle était enceinte.

— Elle ne s'en est rendu compte qu'une fois que nous avons été mariés. Près de deux mois après, si ma mémoire est bonne.

— Non, c'est impossible. J'ai entendu grand-mère et tante Caroline discuter, quand j'étais enfant. Elles disaient que tu avais été *obligé* de l'épouser.

— Ta grand-mère n'a jamais aimé ta mère. Elle pensait qu'elle n'était pas digne de porter le nom des Everette. Elle était furieuse quand elle a appris que je lui avais demandé sa main. Jusqu'au dernier moment, elle a espéré que le mariage ne se ferait pas, et quand ta mère est tombée enceinte, elle a voulu croire qu'elle l'était avant le mariage, mais c'est faux.

Il commençait à penser que tout ce qu'il connaissait de sa vie était également faux, ou du moins très mal interprété. Il n'y avait qu'un seul point qui demeurait totalement incompréhensible…

— Tu as dit que c'était la façon dont tu avais été élevé, mais ton père n'est-il pas mort quand tu avais quatre ans ?

— Je ne me souviens plus réellement de lui, mais je ne me rappelle pas qu'il ait jamais levé la main sur moi. Ta grand-mère, en revanche…

Nathan pâlit. C'était déjà affreux d'être frappé par un père, mais par une mère, ce devait être encore plus traumatisant. Puis se marier à une femme que l'on aimait mais qui ne vous aimait pas… Il était logique, en un sens, qu'il ait cherché à exercer une forme de toute-puissance sur ses enfants…

— Mon fils, reprit son père, ta grand-mère était très malheureuse, et moi aussi. J'ai été un père épouvantable. Mais il n'est écrit nulle part que tu es destiné à être comme moi. C'est toi qui choisiras d'être le père que tu *veux* être.

Si c'était une question de choix, et non de fatalité, alors tout était bien plus simple… S'il faisait des erreurs, il pourrait rajuster le tir.

— Il faut que j'y aille, marmonna-t-il, comme en apnée.

Il leva les yeux vers son père, et lui trouva un air si triste que, pendant quelques secondes, il fut vraiment désolé pour lui. Brusquement, il eut la sensation de ne plus le détester.

— Peut-être que tu pourrais repasser, un de ces jours, dit son père. Je ne sais pas si ton frère te l'a dit, mais je vais me remarier.

— Il l'a mentionné.

— Qui sait ? Cette fois, ce pourrait être la bonne.

— Je pourrais peut-être venir avec Max…

— Ce qui veut dire que tu vas le revoir ?

Si Ana acceptait… Et si elle était contre, il se battrait pour obtenir gain de cause et pour que Max fasse pour toujours partie de son existence.

Mais avant de se lancer dans la bataille, il devait assister à une réunion déterminante.

— Entendu, dit Beth, et elle raccrocha.

Elle posa son agenda sur la table basse et ajouta :

— J'ai rendez-vous avec un psychologue lundi prochain à 19 heures. Je l'ai pris tard pour que Leo puisse venir, au cas où il se déciderait.

Ana, tout comme sa cousine, savait qu'il n'y irait pas. Du moins pas encore. Beth s'était enfin décidée à agir, mais il refusait toujours de venir consulter avec elle. Cependant, si cette dernière était résolue à faire quelque chose, c'était un début.

— Je suis fière de toi, dit-elle en lui pressant le bras. Tu as franchi un grand pas.

— Un pas que j'aurais aimé franchir avec mon mari. S'il ne m'aime pas assez pour vouloir sauver notre mariage, je me demande si tout cela en vaut la peine.

Des larmes lui montèrent aux yeux, mais elle poursuivit :

— Je vais néanmoins essayer. Je m'en sortirai… Et toi, aussi, Ana.

Sauf que, dans son cas, Nathan l'aimait, qu'il aimait Max et aurait voulu vivre avec eux, mais qu'il était un idiot de première catégorie ! D'ailleurs, elle aussi était stupide d'avoir cru qu'il ne lui ferait plus jamais de mal. Elle lui avait donné une deuxième chance et il n'avait pas su la saisir. Après qu'elle eut pleuré toutes les larmes de son corps, sa tristesse s'était muée en colère. Nathan n'avait pas intérêt à se présenter à sa porte, sinon, il aurait affaire à elle !

— Bon, il faut que j'aille chercher Piper chez la baby-sitter, déclara Beth. Et que je passe chez le traiteur.

A cet instant, la sonnette retentit et Ana sentit son cœur s'emballer, comme chaque fois qu'on avait sonné à sa porte la semaine passée. Mais ce ne serait pas Nathan, pas plus aujourd'hui qu'hier. D'ailleurs, elle ne voulait pas le voir, c'était juste un réflexe pavlovien.

— J'y vais, fit-elle.

Ouvrant la porte, elle poussa un petit cri de surprise. *C'était bel et bien Nathan.* Elle s'enjoignit de rester calme…

— Bonjour, dit-il.

Elle sentit toute sa volonté l'abandonner et manqua se jeter dans ses bras. Il était si beau…

Se ressaisissant, elle parvint pourtant à articuler :

— Je suis très en colère contre toi.

— Je voulais juste discuter…

Sa voix profonde et rauque vint vibrer jusqu'au plus profond de son être. Elle frissonna. Encore une fois, elle se rappela qu'elle ne devait pas mettre de côté sa colère.

— J'ai de la visite, lui dit-elle.

— J'allais justement partir, prétendit Beth.

Elle pivota sur ses talons et foudroya sa cousine du regard. Quelle traîtresse ! Mais celle-ci, imperturbable, enfila son manteau et lui fit la bise.

— Je t'appelle demain, ajouta-t-elle.

Arrivée à la hauteur de Nathan, elle s'arrêta.

— Si tu lui fais encore du mal, tu auras affaire à moi, le prévint-elle.

Nathan leva les sourcils et Ana crut voir un vague sourire trembler sur ses lèvres. Il avait envie de sourire ? La situation ne s'y prêtait pourtant pas ! S'il espérait qu'elle allait lui pardonner et qu'il allait revenir, il se trompait !

Il entra et enleva son manteau. Il était en costume.

— Max est là ? demanda-t-il.

— Non, il est chez Jenny.

— Parfait, nous pourrons discuter tranquillement.

— Est-ce que j'ai dit que j'avais envie de « discuter » ?

— Tu m'as laissé entrer, non ?

Elle ne pouvait le nier. Ce n'était sans doute pas très intelligent de sa part, étant donné que sa colère n'était pas aussi grande qu'elle le pensait…

— On peut s'asseoir ? continua-t-il.

— Nous sommes très bien ici.

Elle voulait pouvoir le mettre à la porte, si elle sentait qu'elle ne pouvait plus se faire confiance.

— Comme tu voudras.

— De quoi veux-tu parler ? questionna-t-elle.

— J'ai eu une journée très constructive.

— Ah bon ? Et en quoi cela me concerne-t-il ?

— Mon frère et moi avons eu une conversation à cœur ouvert, et puis je suis allé rendre une visite à mon père.

Elle poussa une exclamation de stupeur.

— Pourquoi ?

— Je ne sais pas très bien… J'ai fait un tour en voiture, et je me suis retrouvé devant chez lui. Sans doute mon inconscient. J'imagine que lorsqu'on a un problème à régler, il vaut mieux remonter à la source. Et la source, c'était lui !

Elle croisa les bras et, malgré elle, demanda :

— Comment est-ce que les retrouvailles se sont passées ?

— C'était édifiant ! J'ai découvert que mon père aimait ma mère et qu'elle n'était pas enceinte quand il lui avait proposé de l'épouser.

— Ah bon ?

— Il l'aimait tellement qu'il est resté vingt ans avec elle, même s'il savait qu'elle s'était mariée avec lui par pur intérêt, et qu'il en était très malheureux.

— C'est triste, effectivement.

— C'est la différence entre lui et moi. Moi, je n'étais pas malheureux. J'étais heureux, très heureux avec toi…

Elle aussi l'était, pensa-t-elle, nostalgique…

Mais c'était fini !

Elle se rapprocha de la porte, prête à prendre la fuite s'il continuait à l'attendrir.

— J'ai enfin compris quel était mon problème, Ana. Je ne dis pas que tout est résolu, mais je suis un homme en cours de reconstruction. Seulement, il reste un petit obstacle…

Elle retint son souffle, bien décidée à s'en tenir à sa décision de l'éconduire.

— Je suis amoureux de toi, et mon fils me manque. Une vie sans vous serait inconcevable.

Elle ne céderait pas, se redit-elle, la main tout près de la poignée.

— Je suis allé voir le conseil d'administration, aujourd'hui.

— Pour quoi faire ?

— Pour tout leur avouer à ton sujet et celui de Max. Je leur ai assuré que le fait d'être marié à une Birch ne changerait rien par rapport à ma loyauté envers la Western Oil. Je ne sais pas s'ils m'ont cru, mais ils m'ont maintenu sur leur liste.

— Pourquoi est-ce que tu as fait ça, Nathan ?

— Parce que j'ai eu tort de vous cacher. Max est mon fils. Garder son existence secrète équivaut à avoir honte de lui. Or, ce n'est pas le cas. Je l'aime et je suis fier de lui. J'aime aussi sa mère et je veux passer le reste de ma vie à l'aimer.

A ces mots, il lui toucha la joue et ajouta :

— Et elle est bien plus importante à mes yeux que mon travail.

Elle se sentit brusquement désarmée. Il venait de prononcer des mots qu'elle attendait depuis si longtemps…

— Je voulais rester en colère contre toi, commença-t-elle, émue. Mais tu me rends la tâche bien difficile.

Il sourit.

— C'était le but de ma démarche. Ma dernière chance…

Alors, incapable de résister plus longtemps, elle se jeta dans ses bras et l'étreignit très fort.

— Je te l'accorde, mais cette fois-ci, c'est la dernière, sinon, Beth te découpera en morceaux.

— Nous sommes désormais liés pour la vie, Ana. Tu m'as tant manqué. Et Max aussi. Cette semaine a été la pire de ma vie.

— Pareil pour moi…

— Je t'aime, Ana.

— Je t'aime, moi aussi. Et si j'allais chercher Max pour qu'il partage notre bonheur ?

— Une seconde... Je voudrais encore aborder un dernier sujet avec toi.

Il était soudain devenu très sérieux.

— Quoi ? demanda-t-elle d'une voix presque haletante.

Il enfouit sa main dans la poche de sa veste... et en ressortit une petite boîte en velours. *Une bague*. Puis il tomba à ses genoux.

Son cœur se mit à battre à cent à l'heure.

Il ouvrit la boîte. A l'intérieur, un diamant solitaire brillait tranquillement. Il était si beau qu'elle en eut le souffle coupé.

— Ana, me feras-tu l'honneur de devenir ma femme ?

Elle avait rêvé de cet instant depuis toujours, mais elle n'imaginait pas qu'il serait si merveilleux. Elle avait désormais tout ce qu'elle désirait. Et bien plus encore.

— Oui, Nathan, dit-elle à travers un écran de larmes.

Un sourire aux lèvres, il lui glissa la bague au doigt...

Retrouvez prochainement,
dans votre collection

PASSIONS

Un papa pour sa fille, de Janice Maynard - N°909

Quand Brie parvient à la porte de Vaughn, ses jambes tremblent, et son cœur bat à toute allure. Elle n'a pas revu son ancien amant depuis trois ans, après qu'elle l'a quitté, faute d'engagement de sa part. Aujourd'hui, Brie appréhende: comment Vaughn réagira-t-il en découvrant son précieux secret, la petite fille qui est née de leur amour ?

Un parfait gentleman, de Karen Booth

Au cours d'un défilé de mode, Emma passe une délicieuse soirée en compagnie de Daniel, un parfait gentleman. Le lendemain, elle apprend, stupéfaite, que Daniel est l'héritier des magasins Stone, les rivaux historiques d'Eden's, le grand magasin qu'elle possède avec ses deux sœurs. Daniel essaye-t-il de lui soutirer des informations ? Peu importe, Emma préfère jouer avec le feu, car son désir de le revoir l'emporte sur ses craintes...

Le retour de son amant, de Reese Ryan - N°910

Darius à Royal ? Audra n'en revient pas : celui qui lui a brisé le cœur cinq ans plus tôt, sans explication, est de retour. Le revoir aujourd'hui lui donne le sentiment que tout n'est pas encore terminé entre eux. Malgré ses espoirs, Audra doit se protéger : durant leur relation, Darius lui a caché des secrets sur sa famille. Comment pourrait-elle lui faire confiance à nouveau ?

Fiancée de façade, de Katherine Garbera

Melinda est sous le choc. Elle, enceinte de Slade Bartelli, son amant ? Même si c'est son rêve le plus secret, elle aurait aimé que les circonstances soient différentes... Et voilà que Slade, pour préserver les apparences, lui propose de fausses fiançailles ! Melinda ne peut se contenter d'une union de façade, alors que son cœur appartient entièrement à Slade !

Un dilemme insoutenable, de Jules Bennett - N°911

SÉRIE : LIAISONS SCANDALEUSES TOME 2

Maty n'a pas le choix : si elle veut que son frère paralysé reçoive les meilleurs soins, elle doit travailler pour l'infâme Rusty Lockwood... Sa mission : convaincre Sam Hawkins, son ex de l'université, de vendre sa distillerie à Rusty, en usant de ses charmes si nécessaire. Mais, en présence de Sam, Maty est submergée par une foule d'émotions, ce qui la met dans une situation insoutenable : si elle veut aider son frère, elle doit trahir son premier amour...

Tentée par une seconde chance, de Joss Wood

Dix ans plus tôt, Tanna, sous le coup de la panique, s'est enfuie la veille de son mariage avec Levi. De retour à Boston, elle décide de replonger dans son passé pour guérir ses blessures. Levi, immobilisé à la suite d'un accident de moto, lui demande son aide afin qu'elle se rachète. Vivre auprès de son ancien fiancé la trouble au plus haut point, et Tanna se demande si elle est prête à s'ouvrir de nouveau au seul homme qui a réussi à conquérir son cœur...

Le secret d'Amanda, de Maureen Child - N°912

Laisser derrière elle Nathan et leur amour passionné... C'est ce qu'Amanda a fait en quittant sa ville natale, il y a tant d'années. Mais, maintenant qu'elle est revenue à Royal, la paix qu'elle avait retrouvée s'est évaporée à l'instant même où elle a posé les yeux sur lui. Malheureusement, si elle est tentée de rallumer la flamme qui brûlait entre eux, Nathan, lui, garde ses distances. Comme s'il n'avait pas oublié les amères circonstances de leur rupture....

L'amour à toute épreuve, de Barbara Dunlop

Quelle entêtée ! Troy n'a jamais rencontré une femme comme Mila : il a pourtant refusé de lui confier le poste d'agent de sécurité qu'elle convoite ! Cependant, lorsque sa demi-sœur, une chanteuse connue, est menacée par un fan, Troy se sent fléchir : Mila serait tout indiquée pour veiller sur elle... La jeune femme maîtrise en effet les techniques d'attaque et de défense. Même si elle n'utilise contre lui que la plus dangereuse de toutes : la séduction.

Le mensonge de Mia, de Charlene Sands - N°913

Mia vient de passer une soirée de rêve au côté du séduisant Adam. Et elle serait aux anges si leur rencontre avait été le fruit du hasard... Seulement voilà : elle rôdait autour de la maison d'Adam parce qu'elle enquêtait sur lui. N'a-t-elle pas en effet promis à sa sœur mourante de retrouver le papa de sa fille ? Mais son cœur se serre lorsqu'elle songe aux conséquences de ses manigances : elle sera séparée de sa nièce adorée, et Adam ne lui pardonnera jamais de l'avoir trahi...

Un insupportable contrat, de Lauren Canan

Son ranch : voilà la seule chose qui compte pour Shea. Un ranch que sa famille loue depuis des générations. Alors, si une clause du contrat signé au XIXe siècle la contraint aujourd'hui à épouser l'odieux fils des propriétaires pour conserver son bien, elle n'hésitera pas une seconde; elle s'unira à Alec Morreston et vivra à ses côtés une année. Sauf que Shea se rend vite compte que la plus grande épreuve sera de résister au feu du désir qu'Alec fait naître en elle...